헨리 본의 섬광의 부싯돌

삶과 죽음의
역설적 드라마

내일을여는지식 어문 6

헨리 본의 섬광의 부싯돌

삶과 죽음의
역설적 드라마

장인수 지음

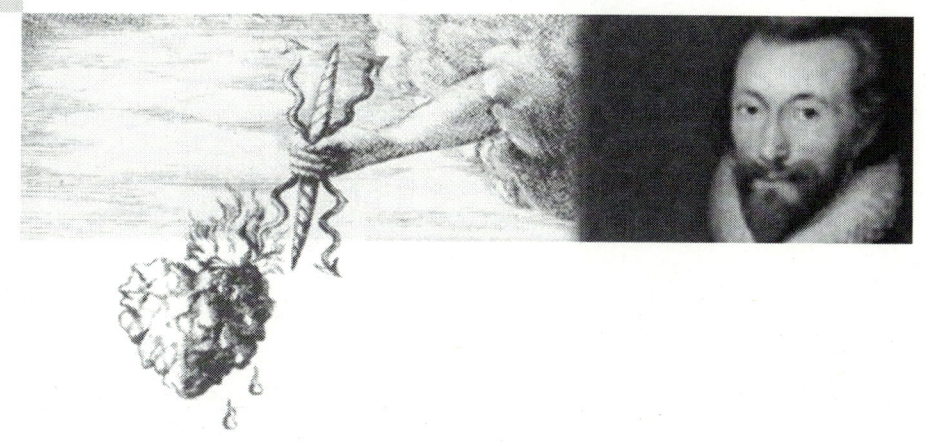

한국학술정보㈜

『섬광의 부싯돌』 원판 표지(1650년)

책머리에

    수년 전 학위논문을 준비하면서 어느 시인의 작품을 선택할까를 고민하다가 나 자신이 신앙인이기에 형이상파 종교시인인 헨리 본에 관심을 갖게 되었다. 당시 본을 선택한 이유는 17세기 시인 중에서 가장 연구가 일천한 작가여서 도전해 보고 싶은 생각이 들었고, 남이 하지 않은 분야이기에 과감하게 달려들고 싶었기 때문이었다. 아마도 그건 글쓰기를 좋아하는 내 본성에서 비롯된 것인지도 모르겠다. 연구가 일천했기에 석사학위는 물론 박사학위를 할 때까지 국내에서의 자료탐색은 사막에서 오아시스를 찾는 격이었다. 그러나 오히려 남이 하지 않았기 때문에 내 나름의 논리를 더 잘 펼칠 수 있을 것이라 자위했었고 스스로는 본의 연구에 있어서는 가장 앞서 있는 학자라는 생각에까지 이르렀다. 학위논문과 몇 편의 논문을 완성하면서는 이제 번듯한 개인 연구서를 우리 학계에서는 가장 먼저 발간해 보리라 굳게 마음먹었었다. 그러나 생각이 시간을 지배하지는 않는 모양이다. 어느새 세월은 훌쩍 가버리고 말았고 바쁘다는 핑계만 자꾸 불어났다. 사실 그동안 써놓은 분량만 하더라도 책 한 권 정도는 쉽게 편집이 되리라 생각했는데 실행이 되지 않았던 것은 역시 게으름 때문이다.

지난해 벽두에 금년에는 무언가 성과물을 만들어 내겠다고 마음 먹고는, 창작시집 한 권과 함께 본의 연구서 출간을 꼭 이루고야 말겠다고 다짐했었다. 시집 원고를 완성해 놓고는 목표를 설정하는 것이 대단히 중요하다는 사실을 다시 한 번 깨닫게 되었고 본 연구서의 원고를 서서히 마쳐가면서 이제는 본격적인 글쓰기에 도전해 보고 싶은 충동마저 느낄 수 있었다. 그 다짐과 깨달음 그리고 충동이 얼마만큼의 진보를 가져다줄지는 모르지만 나름의 노력이 가미된다면 앞으로도 그 연구의 주제가 어떠하든지 더욱 좋은 글을 쓰고 그리고 책으로 묶어 출간할 수 있을 것이라 생각해 본다.

　본의 연구는 앞서도 이야기했지만 그 연구가 매우 일천하다. 이는 국내의 상황만을 말하는 것은 아니다. 물론 해외의 영문학계에서는 다수의 연구자들이 헨리 본을 연구하고 연구서를 발간한 바 있지만 그 연구의 양적인 결과물이 다른 작가들에 비해서 상대적으로 그리 많지 않은 상황이라는 사실이다. 물론 17세기 형이상파 시인들에 대한 연구가 20세기에 들어서면서 시작되었다고는 하나 존 단의 경우나 조지 허버트의 경우에는 많은 학자들에 의해서 다량의 연구서가 발간되었고 대학에서도 학위논문의 주제로 많이 연구되는 부류에 속하고 있다. 그러나 헨리 본의 경우에는 아직 한 권의 전문연구서도 나오지 않았고 학위논문의 연구대상도 별로 그리 많지 않은 것으로 알고 있다. 일부 17세기 시를 연구하는 학자들에 의해 마이너로 연구한 논문들이 현재 국내의 본에 대한 연구의 전부라 할 수 있다.

　헨리 본은 종교 시인으로 분류하지만 그 역시 초기의 작품 활동은 세속시로 출발하였다. 그의 세속시는 사실상 종교시의 전초적인 의미를 포함하는 자연의 모형들이 많이 등장하고 있어 종교시를 연구하는 선결 학습으로도 매우 중요한 위치를 점하고 있다고 볼 수 있다. 그러나 아직 우리의 영문학계에서는 그의 세속시는 논외의 대상으로 삼고 있고 연구가 전혀 이루어지지 않고 있는 실정이다. 차후 본의 종교시의 연구가 더욱 활발해지는 시점이 오게 된다면 세속시의 연구도 활발하게 연구되어야 할 것으로 생각된다.

국외의 경우는 20세기 초의 형이상파 시가 연구되기 시작하면서부터 엘 씨 마틴(L. C. Martin) 교수를 필두로 하여 헨리 본 연구에 불을 지피기 시작하였고 이 엘 마릴라(E. L. Marila) 교수가 뒤를 이었으며, 앨런 러드럼(Allan Rudrum) 교수가 그 뒤를 이어 본의 연구를 계속 유지시켜 주고 있다. 그 외에 캘훈(T. Calhun), 페팃(E. C. Pettet), 그리고 조나단 포스트(Jonathan Post), 제임스 시몬즈(James Simmonds) 교수 등이 본 연구에 참여하며 계보를 이어 나가고 있다. 헨리 본의 전기는 허친슨(F. E. Hutchinson) 교수가 출간한 『헨리 본의 생애와 이해』(Henry Vaughan: A Life and Interpretation)가 유일하고 본의 시에 대한 색인 정리는 이밀다 터틀(Imilda Tuttle)이 출간한 『본의 섬광의 부싯돌 색인집』(Concordance to Vaughan's Silex Scintillans)이 있다.

본 연구서는 헨리 본의 대표적인 종교시집 『섬광의 부싯돌』(Silex Scintillans)을 중심으로 본의 종교시에서 나타나는 중요한 주제는 무엇인가를 살펴보는데 그 목적을 두었다. 그리고 그 주제를 이끌어 가기 위한 기본적인 시적 사상과 본의 신비주의적인 안목이 어떻게 작용하고 있는가를 탐색하고자 하였다. 이를 위해서 제1장에서는 본의 생애와 사상의 근저를 알아보고자 하였고, 제2장에서는 세속시를 분석하면서 그 안에서 그려지는 사랑과 자연의 모습을 통해 종교시의 요소가 무엇인가를 살피고 그 요소가 본이 종교시로 변환하는 데 어떠한 역할을 담당하였는지를 살펴보았다. 제3장은 재생의 시를 중심으로 죽음의 문제가 본의 시에서는 얼마만큼의 위치를 차지하고 있는가를 살펴보았다. 본에게 있어 죽음은 지상의 삶을 탈피하고 신의 세계로 입성하는 매개의 역할이라는 것을 확인하도록 하였다.

제4장에서는 지상세계의 모형을 그려 주는 세상과 인간의 모습을 통해 인간의 천상회귀의 필연성과 당위성을 제시하였다. 제5장에서는 빛과 어둠의 역설을 통해 인간의 천상회귀의 갈망과 성취를 확인해 보았고 제6장에서는 그 빛과 어둠을 통해서 인간의 지상적인 삶이 구원으로 이르는 과정을 설명해 보았다. 그리고 본의 궁극적인 종교시의 종착점이 죽음을 통한 새로운 삶의 성취라는 것으로 귀결시켜 보았다.

본의 연구를 시작한 것이 온전히 학문만을 위한 것은 아니었다. 그것은 종교시를 선택한 이유가 신앙과 관계가 있었기 때문이다. 신앙시가 쉽게 다가온 것도 나의 신앙이 이를 받아들일 자세를 만들었기 때문이었다고 보아도 좋을 것이다. 신앙시를 읽으면서 내 신앙의 성숙이 있었음을 고백한다. 더욱이 내 스스로 신앙시를 쓰게 된 것도 온전히 본의 영향이다. 물론 여타의 종교 시인들도 영향을 주었지만 본은 내가 선택한 시인이었기에 그의 시가 성숙의 기회를 제공했다고 보아도 좋을 것이다.

본 연구자는 이번 연구서가 헨리 본 연구를 활성화시키는 시발점이 되기를 진심으로 기대한다. 물론 이 연구가 헨리 본 연구의 완성은 아니라고 본다. 더욱 많은 연구자들이 더욱 심도 있는 본 연구에 뛰어들기를 바라면서 국외의 경우와 같이 연구의 계보가 국내에서도 조성되고 그리고 그 연구의 지평을 따라 질적 양적인 연구가 계속되기를 희망한다.

　연구서의 발간을 흔쾌히 허락해 주신 한국학술정보(주) 측에 지면을 빌려 심심한 감사를 드린다. 주변에서 무언가의 업적을 남겨야 할 것 아니냐며 등 떠밀며 독려해 준 동료교수들에게도 깊은 감사의 말을 전하고 싶고, 이제 갓 태어나 언제나 미소로 나를 즐겁게 하는 나의 외손자 조호진이 장차 이 책의 소중한 독자가 되기를 기원하며 늘 건강을 조심하라며 노심초사하는 아내에게 감사의 말과 함께 이 책을 바친다.

2009년 2월 가장동에서
저자 장인수

목차

서론

    17세기 영국은 대다수의 사람들이 종교에 대해 큰 관심을 기울이던 시기였기에 종교시가 나타날 수 있는 좋은 사회적 배경을 지니고 있었다. 특히 16세기 말부터 17세기 초에 걸쳐 유럽의 정신사를 지배했던 신비주의 사상은 종교시의 기본사상으로서 큰 영향력을 끼치게 되었으며 당시의 종교시인의 사상에 있어서도 큰 영향을 주었다. 사회적인 분위기로 보자면 르네상스와 종교개혁의 정신이 교차되는 혼란의 와중에서 명상적인 신앙을 통한 신과의 만남과 대화를 모든 사람들이 절실하게 요구하고 갈구하던 시기였다. 이러한 필연에 의하여 종교시는 자연스럽게 발생할 수 있었고 17세기 형이상파 시인의 아버지인 존 단을 시작으로 조지 허버트, 리처드 크래쇼우, 앤드류 마블과 함께 헨리 본과 같은 위대한 종교 시인이 배출될 수 있었다.

    헨리 본의 초기 시는 몇몇의 형이상파 시인들과 마찬가지로 세속시로 출발하였으며 다른 시인들의 시풍을 여러 가지 형태로 모방하고 있음을 알 수 있다. 그러나 당시 젊은 시인들에게 있어서 이러한 모방의 형태는 비판의 대상이 아니었고 오히려 관습적인 것이었다. 그는 모방을 통해 새로운 자신의 수법을 모색했으며 거기에 자기의 순수한 의식을 삽입하여 자신의 시로 승화시켰다. 이러한 모방을 뛰어넘어 자신의 특징 있는 소리를 창조해 내었다는 것에서 본의 시적인 자질과 태도의 독창적인 면모를 읽을 수 있게 한다.

기독교 신앙 시인으로서 본에 대한 비평가들의 견해는 크게 두 가지 관점으로 나눈다. 하나는 그의 작품이 명상적인 측면에서 자연의 모습을 그리고 있을 뿐이라는 순수한 자연시인으로 보는 것이고, 또 하나는 종교적인 측면을 고려하여 그의 시에서 그려지는 자연의 모형은 순수한 자연을 표현한 것이라기보다는 신의 섭리가 개재된 자연의 모습을 그려 주는 신비주의적 자연시인으로 보는 것이 그것이다. 대부분의 비평가들은 본의 시 속에 다른 시인들이 가지고 있지 않은 신비적인 감각이 항상 존재하고 있다고 보고 있으며, 또한 본을 종교적 체험을 통해 자연을 그리는 시인으로 평가하고 있다. 그를 신비시인이라 부르는 가장 큰 이유 중 하나는 그의 자연에 관한 관조가 신비스러운 관점으로 나타나고 있기 때문이다. 그는 일반적인 가시적 안목으로 자연을 본 것이 아니라 그 안에 내재하고 있는 신의 신비를 발견하였다는 것이다. 그러나 그 자연과 신비스러움의 관계에 있어 단순한 암시가 아니라 시인의 내면에 자리잡았던 인간적인 죽음의 공포와 삶의 갈등이 자연을 바라보는 데 신비스러운 안목으로 볼 수 있도록 작용했다는 사실이다. 더욱 중요한 것은 그 죽음의 공포와 삶의 갈등이 단순히 자신만의 해결책에 의해 풀어져 나간 것이 아니라 그에게 영향 주었던 성서와 선배시인의 종교시에 의해 새로운 모습으로 승화되었다는 것이다. 즉, 공포와 갈등을 인간적인 힘으로 극복한 것이 아니요 자연을 관조하면서 그 안에 내재한 신의 모습을 찾아냄으로써 종교적인 측면에서 이를 해결하고 있다는 사실이다.

본의 신비주의에 대한 영감은 자연에서부터 얻어진 것이라 말할 수 있다. 그렇기 때문에 그의 종교시에서는 자연을 관찰함에 있어 이전에 일반적이며, 세속적인 안목을 탈피하여 신비한 안목으로 자연을 바라봄으로써 그 안에 나타나는 신의 세계를 시속에 구현해 줄 수 있었다는 사실이다. 이로써 본의 종교시를 전체적인 면에서 살펴볼 때 그의 기본적인 목표는 자연의 이면을 탐구함으로써 신의 세계를 인식하게 하는 것이라 볼 수 있다. 한편 그의 종교시에서 나타나는 신비주의의 관점은 중세교회에서 발전된 신비주의 운동과 깊은 관련이 있다. 본래 중세의 신비주의는 신에 대한 지식을 다루는 학문적인 영역을 의미하는 것이었다. 그러면서 한편으로는 자연이라는 피조물을 통해 신의 세계를 알게 하는 것이 주요한 목적이었다. 더욱이 신플라톤사상의 영향은 신비주의의 특징을 확산시켰으며 중세교회에 새로운 신학체계를 만들어 주었고 이러한 일련의 사상적 배경이 본의 종교적 체험과 더불어 그의 시적 세계를 만들어 내었던 것이다. 그는 중세 신비주의가 주장하던 피조물을 통해 얻어지는 신의 지식을 자연이라는 대상 속에서 찾으려 하였다. 그렇기 때문에 그의 시 속에는 자연신비주의적인 요소가 담겨 있음을 알 수 있으며 자연에 대한 신비적인 체험과 순수한 자연의 모습을 통하여 신의 섭리와 자연과의 조화, 그리고 신의 세계와 자연과의 융합을 보여주고 있는 것이다. 더욱이 그의 시적 수법은 자연의 현상 속에서 강제적인 표현과 수법을 통해 신의 세계를 표현한 것이 아니라, 자연 그대로의 현상을 순수하게 그려주고 그 자연의 이면에서 신비스럽게 섭리하는 신의 모습을 독자들이 느낄 수 있도록 만들어 놓았다는 것이다.

본의 자연신비주의를 설명하는 데 가장 많이 등장하는 것은 죽음의 주제이다. 또한 그의 시 전편에 걸쳐 나타나는 내용도 죽음의 의미가 많이 나타나고 있다. 이것은 그의 시가 궁극적으로 회귀하고자 하는 신의 세계가 죽음을 통해야만 한다는 역설적인 의미가 짙게 나타나고 있기 때문이다. 본이 의사였다는 사실은 그가 죽음과 얼마나 가깝게 있었는가 하는 것을 시사해 준다. 그는 삶 전체를 통해 많은 죽음을 보아왔을 것이고 특별히 자기가 아끼고 사랑했던 대상을 죽음에 실려 떠나보내야 했던 경험을 갖고 있었다. 그렇기 때문에 그의 시에서 보면 그는 죽음의 실체를 쉽게 보아 넘기거나 가벼운 슬픔 정도로 표현해 준 것이 아니라, 죽음의 바탕에 깔려 있는 감추어진 비밀을 알아내려는 듯한 인상을 시 속에 표현해 주고 있다. 그는 감추어진 그 비밀에 대해 한 낮의 구름 낀 태양빛보다도 오히려 어둠의 신비가 더 아름답다고 보면서 죽음을 나타내는 어둠의 신비 그 이면이 바로 성스러운 새 세계가 있음을 우리에게 제시해 주고 있다.

본의 종교시에서 나타나는 죽음에 관한 문제는 그리스도의 죽음에서 출발하고 있음을 알 수 있다. 그렇기 때문에 그의 시 전반에 걸쳐 나타나는 죽음의 양상은 인간의 죽음과 그 인간의 죽음을 정복하고 새로운 세계로 이끌어 가는 역할을 담당하는 구세주의 죽음이라는 두 가지 양상으로 나누어 생각해 볼 수 있다. 그의 세속시에서는 인간적인 죽음에 대한 애도와 슬픔이 주종을 이루고 있는 반면에, 그의 종교시에서는 먼저 그리스도의 죽음이 그려진다. 이것은 그의 종교시가 의도하는 궁극적인 결론인 죽음에 의한 또 다른 세계의 지향성이 그리스도의 죽음과 무관하지 않음을 암시적인 면으로 예시해 주는 것이라 생각할 수 있다. 다시 말하면, 그리스도의 죽음을 통해 인간은 죽음을 벗어나 부활의 모습을 간직하면서 신의 세계로 나아갈 수 있음을 보여주고 있다는 것이다. 죽음으로부터 새 세계를 얻어내는 데에는 한 가지 조건이 제시된다. 그것은 죄로부터의 해방인데 이는 인간의 죽음 자체가 구원자의 죽음의 의미와 평형을 이루어야 한다는 사실이다. 구원자의 죽음이 필요하다는 것의 의미 속에는 인간의 죽음의 원인에 대한 올바른 이해가 선행되어야 함을 전제로 한다. 따라서 그의 죽음의 신비를 한마디로 표현해 본다면 죽음이란 삶의 끝이 아니요 새 세계로 가는 유일의 방법이 되는 것이라 생각할 수 있는 것이다.

한 편 성서를 통한 그의 시적 영향은 종교시의 전체적인 면을 놓고 볼 때 성서를 끝까지 인용하고 사용하였음을 알게 된다. 이 성서의 인용은 『섬광의 부싯돌』(Silex Scintillans) 제1권과 제2권에서 약간의 차이점을 찾아볼 수 있는데, 제1권에서의 성서 인용은 주로 죄의 문제와 그 죄의 구속에 관계되는 내용을 담고 있는 성서를 인용하고 있으며 인용의 분량도 20회나 나타난다. 반면에 제2권에서는 성서를 그대로 인용하지 않고 성서의 장과 절만을 표기하여 인유의 성격을 보여주고 있다. 그러나 『섬광의 부싯돌』 제1권에서는 성서의 문구 자체를 그대로 시의 앞뒤에 배치시켜 줌으로써 시의 의미 전체를 암시해 주거나 더 나아가서는 직접적인 영향을 주고 있다.

본은 자신의 기독교적 신앙을 통하여 죽음을 향해 살아가고 있는 인간의 나약함을 발견하였으나 그 죽음이 결코 인간 삶의 마지막이 아님을 기독교적인 신비한 명상을 통해 알아내었다. 그리고 이 신비적인 명상을 통해 삶의 신비에 대한 감각을 예민하게 연마할 수 있었으며, 내세에 대한 강한 비전을 획득할 수 있었다. 이 예리한 신비적인 감각과 내세의 희망은 그를 표면적 자연주의에서 벗어나게 하였으며 자연의 깊은 곳에 도사린 신의 섭리와 능력을 발견하게 해 주었다. 그렇기 때문에 그의 시 속에서 가장 많이 눈에 띄는 것이 자연의 이미지이다. 또한 그의 시적 사상 속에는 신플라톤사상을 내포하고 있었기 때문에 신의 세계로의 갈망과 회귀를 그의 자연 이미지 속에 교묘하게 표현해 주고 있는 것이다. 본의 시에 있어서 자연에 대한 예리한 관찰력과 신비적 안목을 통해 얻어지는 가장 중요한 이미지는 빛의 이미지와 어둠의 이미지이다. 대립되는 두 개념은 삶과 죽음, 천상과 지상세계의 대조적인 모습을 보여준다. 본은 그의 비전이 평화롭고 무한한 개념의 빛이 존재하는 천상세계에 있음을 지상세계의 유한한 시간적 개념과 비교하면서 제시해 준다. 여기에서의 빛의 의미를 시인은 영원이라는 시간의 세계 속에 있는 광명으로 보면서 그 안에 자신이 늘 바라는 천국적인 의미를 암시하고 있음을 알 수 있게 해 준다. 이러한 면에서 보면 그의 시 속에 나타나는 빛의 이미지는 신의 세계와 지상세계의 대조 속에서 신의 세계 즉, 천상세계를 나타내 주고 있다고 볼 수 있다. 빛과 대조되어 나타나는 어둠의 이미지에는 밤과 죽음이 있게 되며, 천상세계의 희망을 망각한 채 살아가는 현세적인 삶과 무질서와 혼돈만 난무하는 지상세계로 표현된다. 이것을 본은 죄의 결과로 인해 신과 단절된 세계로 보고 있다. 신과 격리된 삶이 곧 지상세계의 삶이라는 것이고 영원한 삶이 없는 죽음에 의해 유한해질 수밖에 없는 그런 삶을 의미하는 것이다. 그러나 두 이미지를 동일선상에 놓고 생각해 볼 때 신비적인 면모를 읽을 수 있다. 그는 두 개념을 양극 논리에 두지 않고 하나의 개념으로 합일시켜 보려고 역설적 시도를 보여준다. 신은 빛으로만 나타나고 어둠과는 적대관계에 있는 것이 아니요 양쪽 모두를 초월한 개념으로 생각해야 한다는 것이다. 어둠의 이미지는 빛의 이미지를 통해 구현하려는 시인의 새 세계 복귀를 위한 하나의 과정으로 보고 있으며, 따라서 밤의 의미는 신비적으로 해석한다면 신의 창조물 중 하나로서 빛의 의미와 같은 선상에서 볼 수 있다는 것이다. 본은 밤의 또 다른 의미를 인간에 있어 신비적인 명상의 시간으로 묘사하고 있는 것이며 고요와 휴식 그리고 평화가 존재하는 세계로 보고 있다. 밤이라는 시간대가 어둠과 혼돈스러운 시간이라기보다는 그 자체에 있어 인간들에게 신비적인 명상을 제공하는 시간으로 해석될 수 있는 것이 바로 본이 이해한 어둠의 의미인 것이다.

이슬의 이미지와 꽃의 이미지 역시 대조적인 모습으로 표현되면서 자연신비주의적인 요소를 담고 있는 이미지 중 하나로 그려지고 있다. 물의 상징체계에 있어 신의 능력과 은총은 생명의 샘으로부터 흘러나와 그 모형을 이슬이나 또는 비의 형태로 하여 지상세계로 내려오게 되고 그것은 다시 샘물이나 강의 형태로 변화되면서 흘러가고 그리고는 증류의 과정을 거쳐서는 다시 천상세계의 생명 샘으로 돌아간다는 순환적 패턴을 보여주게 된다. 지상세계에서의 삶은 물의 형태 그대로를 지니고 있으나 증류의 과정에서는 형태의 변화를 읽을 수 있게 되는데 이것은 이미 정화된 모습으로 나타나면서 죽음을 깨고 새로운 삶의 세계로 나아나는 변화의 의미로 받아들여질 수 있는 것이다. 즉, 육체의 형태적 변화를 통해야만 천상세계의 비전에 도달할 수 있음을 보여주고 있다. 이러한 의미에서 보아 이슬의 이미지는 지상적인 것보다는 천상적인 의미가 더 강하게 나타나고 있다고 볼 수 있다. 이슬의 이미지에는 신의 은총으로 받아들여지는 인간 죄의 정화와 속죄를 의미하는 직접적인 표현의 이슬과 비가 있으며, 인간 삶의 재생을 기약하고 구원을 제시해 주는 눈물의 이미지와 피의 이미지가 있다. 이와 같이 이미지의 의미론적인 개념으로 볼 때에 이슬의 이미지는 천상적인 의미에서 나타나는 인간 구원이라는 신의 놀라운 은혜가 암시되고 있음을 알 수 있다. 물의 일반적인 의미에서 보더라도 이슬의 이미지는 목마른 대지를 비옥하게 만들어 주는 것과 인간 상호 간에 온정을 주고받는 것, 그리고 더럽고 추한 인간 생활을 깨끗하게 정화시켜 준다는 것으로 받아들여질 수 있으며, 특히 내면적인 의미로서는, 종교적인 의미로 그려지는 성령이 인간의 마음속에 스며들어 새로운 생명의 세계를 알게 하고 한편으로는 인간의 내면에서부터 지향하고 있는 천상세계의 소망과 희구를 일깨워 주는 것이 된다. 이러한 관점에서 본다면 이슬은 인간 생명의 근본을 이루어 주는 신성한 힘이라는 것이며 한편 구원의 이미지로 해석할 때에는 그리스도의 강림을 암시적으로 표현한다고 볼 수 있다.

이슬의 이미지와 대조적인 상징으로 나타나는 꽃의 이미지는 또 다른 신비적인 요소를 내포하면서 신의 세계와 대조적인 측면을 보여주는 지상적인 의미를 표현하는 이미지이다. 본의 시 속에 나타나는 자연의 묘사 중에서 지상적인 세계관을 표현하는 데 가장 빈번하고 의미 있게 등장하는 것이 꽃의 이미지이다. 한편으로 꽃의 이미지가 보여주는 암시적인 의미는 천상세계와 대조되는 모습을 그려 주면서 지상세계에서의 천상적인 재현의 모습이 나타나는 것이다. 그리고 그 이면에는 지상세계만을 표면화하는 것이 아니라 천상세계의 지상적인 암시가 내포되어 있다. 꽃의 이미지를 통해서 나타나는 대조적 상징의 종국적인 목표는 신의 세계의 회복임을 시인은 천상세계의 평화와 안식과 신의 존재를 통해 강하게 주장하고 있다.

본의 자연관의 시작은 고향에 대한 애정에서 시작하여 자연의 그대로를 표현하는 것이다. 그리고 그 안에 내재하는 신의 세계를 발견하는 것이라 말할 수 있다. 자연 속의 모든 생물은 인간이 생각하지 못하는 천상세계를 바라보고 그곳으로의 지향성을 늘 간직하고 있음을 보여주고 있다. 시인은 자연을 보면서 인간이 만들어내지 못하는 자연의 경이로운 현상을 찬양하면서 그것들만이 가질 수 있는 자연의 힘이 곧 하늘의 세계를 바라볼 수 있는 힘으로 보았다. 이러한 이유를 들어 시인은 인간들이 자연을 통해서 습득해야 할 지혜란 바로 모든 자연 속의 생물들이 지향하는 천상세계의 지향성이라고 정의해 주고 있다. 본의 자연관과 가장 밀접하게 관련지어 생각해 볼 수 있는 것이 그의 인간관에 관한 관점이다. 이것이 그의 우주론적인 시 속에서 다루어질 때는 인간이 있어야 할 자신의 자리를 잃어버리고 그 세계에서부터 떨어져 나왔다는 것을 전제로 한다. 그러나 그의 이 자리를 잃었다는 것과 그 세계로부터 추방되었다는 것은 인간의 완전한 타락이라는 의미보다는 단지 일시적인 버림을 받았다는 것으로 간주되는 것이다. 이것은 다시 그 자리로 복귀할 수 있는 가능성을 제시해 주는 깊은 의미를 내포하고 있다.

결론적으로 본의 대표적 종교시집인 『섬광의 부싯돌』에서는 그의 시가 자연을 통해서 보여주는 신비적인 요소는 과연 어떻게 표현되고 있는가와 죽음을 통해 그가 궁극적으로 도달하려는 신과의 합일(Contacta Essencia)의 구현이 어떻게 이루어지는가를 알 수 있다. 그렇기에 '죽음을 통해 새 삶을 얻는다.'(By dying, I gain a new life.)는 주제야말로 본의 대표적 종교시집 전편에 걸쳐 나타나는 광의의 주제이며 또한 그의 시가 궁극적으로 추구하는 목적이기도 한 것이다.

제1장

헨리 본의 생애와 사상

1 본의 생애

헨리 본(Henry Vaughan)은 1621년 4월 17일 웨일즈(Wales) 지방 브레콘 주(Breconshire)의 뉴튼(Newton – upon – Usk)에서 쌍둥이 형제 토마스(Thomas) 본과 함께 태어났다. 헨리가 쌍둥이 중에 형이었다. 그러나 본의 생애에 대해서는 그 전기적 사실이 명백하게 알려져 오지 못하고 있는 실정이다. 20세기에 들어서기까지도 형이상파시가 세인들의 각광을 받지 못했다는 이유와 함께 본과 그의 종교시마저도 비평가들의 연구의 대상에서 멀어져 있었기 때문에 생애와 작품의 연구가 부진했었던 것이 사실이다. 처음 그의 전기를 찾아낸 사람은 그와 동향인 브레콘 출신 그웰리안 모건(Lois Gwellian Morgan)과 그녀의 미국인 동료 로이스 이모겐 귀니(Imogen Guiney)에 의해서였다. 1925년 그웰리안 모건은 헨리 본의 전기 연구에 따른 업적을 인정받아 웨일즈대학에서 명예학위를 받았고 1939년까지 연구를 계속하였으나 완전한 전기를 완성하지 못하였으며 17세기 문학에 대가였던 허친슨(Hutchinson)에게 인계하였다. 이로써 그는 이 연구를 이어받아 1947년 본에 대한 최초의 전기적 연구서를 발표하였다. 그럼에도 허친슨은 확실하게 본 가(家)의 초기 시절에 관한 많은 날짜들을 확정하지 못했다.

그러나 우리가 말할 수 있는 것은 그들의 막내 동생 윌리엄은 1628년에 태어난 것 같고 1632년에는 헨리와 토마스가 함께 매튜 허버트(Matthew Herbert)로부터 수업을 받으면서 랭가톡(Llangattock)에 살고 있었다는 사실이다. 본은 허버트의 사사로 인한 영향에 대해 상당한 존경심을 가지고 회고하곤 했다. 본은 그의 세속시집인 『시편들』(Poems)에 이렇게 쓰고 있다.

> 웨일즈에서 나는 태어났다. 이곳은 아버지와도 같은 어스크(Usk) 강의 바람이 불어닥치는 산에서부터 넓은 계곡으로 이루어져 나를 어슬렁거리게 만들었던 곳이다. 그때 학문에 전문가요, 라틴 학업에 스승인 허버트가 그의 고요한 보호 아래 나를 받아주었고, 그의 지도를 6년 동안 받았다. 이 한 사람에게서 나는 두 가지 은총을 받았는데 그것은 학문과 사랑이었다.

두 번째 세속시집인 『올로 이스카누스』(Olor Iscanus: Swan of Usk)의 시적 영향은 매튜 아놀드(Matthew Arnold)에 의해서였다. 이 시집의 마지막 부분에는 아놀드에게 바치는 짧은 라틴어 시가 있는데, 이 제목에서 본은 아놀드에 대해 "옛날에는 스승이었고 언제나 그의 가장 친애하는 친구"라고 기술하고 있으며, 그리고 허버트에 대해서는 그의 명성에 대하여 짧게 대변해 주고 있다. 토마스 본은 허버트에게 두 개의 라틴 시와 논쟁적인 작품인 『인간 – 쥐』(The Man – Mouse)라는 제목의 헌정 서간을 쓰면서 감사를 표현하고 있다. 물론 나이든 교장선생에 대한 찬사가 르네상스 시기엔 대수롭지 않은 시적 장르가 되고 있지만 말이다. 그러나 이러한 영향은 본 두 쌍둥이가 모두 그 자체로 의미 있는 것을 채택했다는 사실이 중요하다는 점을 말해 준다.

한편, 작가 존 오브리(John Obley)는 헨리 본이 듀크 로이드(Duke Lloyd) 판사의 서기관 직무를 수행했다고 증언한다. 로이드는 적극적인 왕당파였는데 1645년 판사직에서 해직당했다. 허친슨(F. E. Hutchinson)이 제시하는 대로 본이 담당했던 판사 서기관직은 1642년과 1645년 사이로서 그리 오래 종사하지는 않은 것 같다. 사실 그가 언제 의사업을 개업했는지 모르지만, 1655년의 『신비주의적 의사』(Mystical Doctor)나 1657년의 『화학자의 열쇠』(Chemist Key)와 같은 산문집 그리고 『섬광의 부싯돌』에서의 의학적 언급으로 미루어 볼 때, 개업은 하지 않았지만 그가 1650년대에 의학을 공부하였음을 추측할 수 있게 해 준다. 그의 말년의 인생은 『전기』(The Life)에 기록된 대로 첫 결혼한 부인과의 사이에 난 자식들과의 불화 때문에 슬펐던 것으로 보이나, 이것은 그의 시를 읽는 독자에게는 특별한 흥밋거리는 되지 못한다.

본의 학업에 대한 기록은 제대로 찾아볼 수가 없지만 그의 쌍둥이 동생 토마스 본이 1638년 5월 4일 전통적으로 웨일즈 사람들을 위한 대학인 옥스퍼드의 예수대학(Oxford Jesus College)에 지원하였고 그해 12월 14일 입학이 허가된 것으로 미루어 헨리 본도 같은 학교에 들어간 것으로 추측된다. 두 젊은이가 동시에 옥스퍼드에 입학한 것으로 여겨지나 헨리가 그곳에 머무른 공식적인 기록은 없다. 아마도 헨리 본은 처음부터 학위를 얻지 않기로 의도했으므로 정식으로 입학하지 않고 돈을 절약한 것으로 보인다. 예수대학의 회계 장부에는 토마스에게 평균보다 훨씬 더 많은 돈이 부과된 것으로 보아 이 쌍둥이의 수업료가 함께 부과된 것으로 보인다. 그렇지만 헨리가 1640년쯤 법률을 공부하기 위하여 옥스퍼드에서 런던으로 떠나간 것으로 보이는 뒤에도 많은 돈이 토마스에게 계속 부과되었다. 공식적 기록에는 말이 없지만, 헨리 본은 1673년 전기 작가 존 오브리에게 다음과 같은 편지를 보냈다:

나는 학위를 얻기 위해 옥스퍼드에 머무르지 않았으나 아버지의 구상 하에 나는 법을 공부하기 위해 런던으로 보내졌다. 그러나 최근의 갑작스런 내란이 발발함으로 인하여 이 일은 완전히 좌절되고 말았다.

이것은 헨리가 잠시 동안 옥스퍼드에 머무른 것을 제시해 주는데, 이 기간이 정상적인 사건 과정의 전개를 독자들에게 제공할 수 있는 유일한 단서가 되고 있다. 그래서 오브리에게 제공된 정보라는 그 자체만으로도 토마스와 헨리 본의 전기라는 것을 알 수 있고 이것은 나중에 안토니 우드(Anthony Wood)가 옥스퍼드 역사에서도 사용하고 있다.

본은 자신의 고향이 고생대인 실루리아(Siluria)기 때 형성되어 오랜 역사를 갖고 있다고 믿었으며 이곳에 실루리안(Silurian)들이 살고 있었기 때문에 자신을 그들의 자랑스러운 후예로 생각하고 스스로를 실루리스트(Silurist)라고 불렀다. 이는 자신이 웨일즈의 자랑스러운 후예로서 자신의 고향의 각양각색의 자연의 모습과 더불어 산천과 계곡을 아주 가깝게 접하고 있으며 또한 사랑하고 있다는 것을 표현하기 위해서였다. 이러한 고향의 자연에 대한 사랑과 친밀함이 종교적 변용과정을 거치면서 이후 그의 작품 속에 사상적인 배경을 이루고 있으며 또한 자연에 대한 애정이 폭을 넓혀 가면서 신과의 교감으로 이어져 그의 독창적인 자연신비주의 사상의 기반으로 자리잡게 된 것이다.

본의 교육은 정규적이 되지 못했고 그리고 순탄하게 이루어진 것이 아니었다. 1638년 예수대학에 입학한 것이 정규교육으로 기록되어 있지만 사실상 이전 6년 동안 고향의 교구 목사인 매튜 허버트에게 개인적인 교육을 받았었다. 옥스퍼드에서 수학하면서 그는 많은 라틴서적을 독파하였고 라틴어에는 능통하였으나 학업을 마치지 못하였다. 런던으로 이주하여 법학을 공부하였으나 역시 큰 흥미를 느끼지 못하고 의술을 익히게 되었다. 그는 이 시기에 쓰인 기록들을 1646년에 발간된 그의 최초의 시집 『시편들』(Poems with the Tenth Satyre of Juvenal Englished)에 수록하였다. 이 작품집에는 자연에 대한 감각은 아직 잘 나타나 있지 않으며 오히려 연애시적인 성격을 띠고 있는 반면에 그의 종교시에서 보여주는 분위기와 이미지가 여러 모형으로 나타나고 있다.

맏아들이었기 때문에 가문에 대한 책임감으로 인하여 1642년 고향으로 돌아온 본은 로이드판사의 비서가 되었다. 자신이 그리워하던 자연의 모습이 그대로 남아 있는 고향에 돌아온 그는 고향의 서정을 잘 표현해 주고 있는 대표적인 세속시집 『올로 이스카누스』(Olor Iscanus: 어스크의 백조)를 1647년에 완성하였다. 그러나 이 시집은 종교적인 갈등으로 인한 심경의 변화로 출간이 지연되었고, 이후 친구 토마스 파월에 의해 1651년에서야 뒤늦게 출간되었다. 『어스크의 백조』에 수록된 작품들은 특별한 의도하에 쓰인 목적시들로서 시인의 주변 인물들의 죽음을 애도하는 엘레지와 자연의 모습들 그리고 친구에게 띄우는 서간체 형식의 시들로 구성되어 있는 것이 특징이라 할 수 있다. 특히 여기에서 나타나는 자연의 이미지들은 후일 종교시에서 보이는 이미지와 시적 사상과 연관성을 지니고 있어 자연신비주의를 만들어 내는 데 지대한 영향을 주었다고 생각된다.

실망스럽지만 이미 전술한 바대로 본의 공식적 교육에 대한 공식적인 증거는 찾을 길이 없다. 그러나 이것은 흔히 있는 현상으로서 크롬웰 역시 자신이 머물렀다고 알려져 있는 곳이 있으나 역시 공식적인 기록은 없다는 사실이다. 그가 어른이 되어서 커다란 부분의 생계 수단이 된 것으로 여겨지는 1673년 6월 15일에 취득

했다고 하는 의학 학위에 대해서도 언제 어디서 얻게 되었는지 분명하게 나타나 있지 않다. 당시 오브리에게 보내는 편지에서도 그는 브레콘 주에서 편지를 썼다고 설명한다. 편지의 일부분에 보면 "여기서 나는 아직도 격일 열병에 걸려 있는 주교부인을 치료 중이다."라고 편지의 끝 부분에서 설명하고 있다. 그리고 그는 덧붙이기를 "나의 직업은 의술이며 나는 여러 해 동안 이 직업을 상당히 성공적으로 수행하고 있어 신에게 감사한다. 나보다 더 위대한 대부분 사람보다도 지금은 더 큰 명성을 얻고 있다."라고 술회하고 있다. 20년 후 그의 죽음 2년 전에 쓴 편지에서 그는 자신이 서전트 르 헌트 부인(Mr. Sergeant Le Hunt's Lady)을 치료 중인데 이분은 아주 심각한 증상을 보이는 발진티푸스병에 걸려 위험한 지경이라고 설명하고 있는 점으로 미루어 그가 계속적으로 의술에 종사하고 있었다는 것은 사실인 듯하다.

그럼에도 헨리 본이 당시 사회와 장소의 격에 맞는 신사가 지녀야 할 교육을 받은 것은 분명하다. 다시 말하면 그는 라틴 고전을 읽고 이를 해석하였으며 약간의 그리스어도 알았는데 그리스어는 얼마나 알고 있는지 확실치는 않다. 그의 주요한 출판물은 모두 영어로 되어 있지만. 웨일즈 언어를 말하며 자란 것 같고 매튜 허버트와 함께 머물면서 그와 토마스는 웨일즈 전설과 시에 대한 지식을 다분히 습득하였다. 「대프니스」(Daphnis)라는 목가 전원시는 본래 1648년 그의 동생 윌리엄을 위해 썼다가 1666년 토마스의 죽음에 고쳐 쓴 시로서 다음과 같이 쓰고 있다.

여기, 태평한 세상이 잠들어 있을 때, 나는 어둠 속에서
우리의 검은 비전의 고상하게 높은 기록과

시들을 가지고, 그러나 나이든 앰피온의 입에서
가득 채워 흘러나오던 가장 밝은 시를 듣는다.
Here, when the careless world did sleep, have I
In dark records and number s nobly high
The visions of our black, but brightest bard
From old Amphion's mouth full often heard.

여기서 앰피온(Amphion)은 매튜 허버트일 것이고 '검으나 밝은 시인'은 아마도 또 다른 친구 머딘 엠프리(Myrddin Emprys)라 추측할 수 있다. 그렇지만 헨리의 것으로 여겨지는 몇 줄을 제외하고는 그의 절친한 친구인 토마스 파월(Thomas Powell)이 그의 작품 구원의 불 마차에서 "본이 웨일즈어로 쓴 시에 대해서 나는 알지 못한다."고 기술하고 있는 것으로 미루어 이 모두가 추측에 불과하다는 사실이다. 그의 시에는 분명히 약간의 웨일즈 영향이 있음을 알 수 있다. 그러나 그 정확성을 위해서는 그의 시 전체에 대한 본질에 대한 정확한 탐구가 있어야 할 것이다.

헨리와 토마스가 함께 신비철학에 대해 흥미를 가졌다는 사실은 매튜 허버트가 그들을 '허미즈 트리스메기스터스'(Hermes Trismegistus)의 작품들과 조로아스터(Zoroaster)의 신탁 같은 것에 접하였다는 것을 지적한 것에서 그 암시를 찾아볼 수 있다. 화학극장(Theatrum Chemicum: Chemical Theatre), 신비적 박물관, 헨리 코넬리우스 아그리파(Henry Cornelius Agrippa)의 신비철학 같은 신비적이거나 연금술적인 교훈집들, 그리고 기타의 여러 작품들은 파라셀서스(Paracelsus)에 힘입은 바가 크다. 두 형제가 신비주의적 문학을 알게 된 것은 1640년대보다 이른 시기였을 것으로 추정되는데 이때는 내란과 연관된 종교적 격정이 많은 이교사상이 득세하던 시기였고 따라서 이런 것들이 신비주의의 뿌리 역할을 했으며 이는 토마스 에드워드(Thomas Edward)의 '강그래나'(Gangraena)의 성격묘사와 비교하며 판단해 보면 잘 알 수 있게 된다. 이러한 사상과의 만남은 헨리 본의 시적사상의 깊이를 더해주는 또 다른 영향을 주었던 것이 사실이다. 이것은 또한 본 쌍둥이 형제가 영국교회의 신조에 철두철미한 교인이었으면서도 내란 당시 그들의 정치적 및 도덕적인 적들인 극좌파들에 의해 채용된 비정통적 사상에 동정심을 가지고 있음을 보여준다는 사실이다. 일반적으로 말해서 신비주의적 사상을 채택한 사람들은 영국국교인 성공회교도를 말하기보다는 신교도들이었다는 사실이다.

1650년은 본의 생애에 있어서 매우 중요한 의미를 지니고 있다. 귀향 이후 이미 그는 몇 가지의 영향과 사건으로 인하여 종교적인 영감에 사로잡혀 있었으며 이때부터 1655년까지 자연을 통한 종교적 명상에 사로잡히면서 독창적인 종교시를 발표하였는데 오랜 지병과 실의에 찬 생활에도 불구하고 가장 왕성한 문학적 위업을 달성하였다. 이 6년간의 시작 활동이 그의 전 생애를 통해 가장 열성적이었다고 베델(S. Bethell)은 "추측하건대, 본의 문학적 위업 달성에 있어 1650년에서 1655년까지의 6년간은 다른 어느 시기보다도 더욱 치밀한 삶을 살았다."고 말해 주고 있다. 본의 종교시는 1856년 라이트(Lyte) 목사에 의해 『헨리 본의 성시집』(The Sacred Poems and Private Ejaculations of Henry Vaughan)이라는 제목으로 처음 편집되어 출간되었고 차츰 형이상파시가 세인의 주목을 받게 되어 연구의 폭이 넓어지면서 본의 종교시도 점진적인 연구가 전개될 수 있었다. 연구 초기에 그의 시는 형이상파 시인들 중에서도 가장 적은 연구의 대상이었던 것이 사실이다. 이는 그의 작품의 대부분이 선배 시인 조지 허버트에 의한 모방에 기인하다는 비평이 주도적으로 행해졌기 때문이었다. 그러나 그의 종교시가 독창적인 이미저리를 통하여 자연신비주의시를 나타내고 있다는 비평적 평가를 받고부터는 그의 시도 많은 비평가들의 연구의 대상이 되었고 오늘날에 이르기까지도 지속적인 연구의 대상이 되고 있다. 라이트에 이어 1914년 엘 씨 마틴(L. C. Martin)에 의해 본의 시 전집 『헨리 본의 작품들』(The Works of Henry Vaughan)이 발간되었으며 이어서 후렌치 휘글(French Fogle)과 앨런 러드럼(Alan Rudrum)에 의해서도 시 전집이 각각 편집 발간되었다. 본의 시에 대한 비평적 연구는 마틴을 필두로 하여 이 엘 마릴라(E. L. Marila), 루이스 마츠(Louis L. Martz), 제임스 시몬즈(James Simmonds) 그리고 앨런 러드럼을 거쳐 조나단 포스트(Jonathan Post)와 토마스 캘훈(Thomas Calhoun) 등에 의해 연구의 인맥이 이어져 오고 있다.

본의 종교시에 대한 비평의 주류는 자연을 통해 구현되는 신과 인간의 종교적 관계를 중점적으로 다루어 놓은 자연신비주의에 대한 것이 대부분이고, 철학적인 입장에서 시를 조명하는 종말회귀사상이 있으며 아울러 그의 세속시에 대한 평가도 점차 늘어가고 있다. 근래에 들어오면서 그의 전기적인 배경을 통한 종교적 변용과정이 또 다른 연구의 주제로 대두되고 있는 실정이다. 다만 국내의 연구에서는 자연 이미저리를 통해 그의 종교시를 분석하는 시작단계의 연구에 머무르고 있으며 전기적인 배경을 수반한 시인의 종교적 변용과정이라든가 또는 시적인 변환과정에 대해서는 아직 제대로 연구되지 못하고 있는 실정이다. 그러나 국내외를 막론하고 그의 초기 세속시에서 나타나는 사랑과 자연의 모형들과 후일 종교시와의 관련성에 대한 연구는 매우 일천한 상태에 있다.

1689년 본은 그의 생의 많은 부분을 보낸 뉴톤의 집을 큰아들에게 소유하도록 주었고 아내 엘리자베스(Elizabeth)와 함께 씨스록(Sisrock)의 오두막집으로 이사하였다. 그 오두막집의 상인방 돌에는 '1689년 H^YE'라고 새겨져 있는데, 이는 헨리 본과 엘리자베스 본이 이곳에 살았다는 것을 표시하는 글로 보인다. 이 돌은 지금 란산트프레드(Llansantffraed) 교회정원의 그의 무덤 발치에 현재도 남아 있다. 본이 그때 당시 그 정도의 사회적인 위치에 있는 사람들을 매장하는 교회에 묻히는 대신에 교회정원에 묻힌 것은 그가 자연을 사랑해서라고 하기보다는 겸손을 상징하는 의도로 보인다. 가족의 문장 밑에 있는 그의 묘석에는 그가 원했던 것처럼 '유익하지 못한 종: 죄인들의 괴수'(SERVUS INUTILIS: PECCATOR MAXIMUS – Unprofitable servant: greatest of sinners)라는 글귀가 쓰여 있다. 본의 무덤 옆에 서 있으면 그가 그토록 사랑했던 어스크 강물의 흘러가는 소리를 들을 수 있다.

2 본의 작품

그의 초기 세속시집 『시편들』은 그의 창작시 13편이 실려 있는 짧은 시집이다. 그중에 여섯 편이 연애시의 요소를 갖고 있다고 볼 수 있는 아모렛(Amoret)에게 자신의 사랑을 고백하는 시편들로 구성되어 있다. 그리고 두 편은 서간체 형식의 작품이며 나머지 다섯 편은 랩소디(Rhapsody)와 엘레지(Elegy) 송을 담고 있는 서정적인 형식으로 구성되어 있다. 이 중에서 연애시로 분류된 시편들은 사랑의 시와 전통적인 서정시의 면모를 보여주고 있는 해빙턴 (Habington)의 카스타라(Castara)의 시적인 전략과 유사하게 나타나고 있다. 1646년에 본은 사랑의 서정시 몇 편을 쓰고 있었다는 것이 증명되고 있다. 더욱이 아모렛보다 더욱 사치스럽고 그리고 더욱 특별한 사랑으로 나타나고 있는 여인인 피다(Fida)와 에테시아(Etesia)에게 보내지는 시들은 이 시집에서 제쳐놓고, 수록하지 않았기 때문에 아모렛과의 결혼에 대한 연속성이 만들어질 수 있었다고 볼 수 있다.

사실 이 작품집에는 자연에 대한 그의 감각이 그리 잘 나타나고 있지는 않지만 그의 자연신비주의시에서 보여주는 분위기가 여러 측면에서 나타나고 있다고 평가받고 있다. 거기에는 그의 연애시를 대표하는 아모렛에 대한 사랑의 노래가 담겨 있고 당시를 풍미하던 연애시의 특성이 자연과 어떻게 융화하는가를 보여주는 사랑(Love)과 자연(Nature)의 연결 고리를 잘 표현해 주고 있다고 볼 수 있다. 그리고 한편으로는 이후 그의 자연신비주의시에서 보여줄 자연(Nature)과 종교(Religion)의 연결이라는 패턴을 통해서 자연신비주의 사상이 나타나는 다른 세계에 대한 모습들이 암시적으로 표현되고 있다. 조지 윌리암슨(George Williamson)은 이러한 본의 시적 태도에 대하여 "사람들은 본이 자연과 종교가 연합하는 것을 보여주기 이전에 그의 세속시에서 자연을 사랑과 연결시키려 하였다는 것을 발견하게 된다."라고 설명해 주고 있다.

본의 세속시는 선배 시인들의 시풍을 여러 모형에서 모방하고 있음을 알 수 있다. 그러나 당시의 시인들에게는 이런 모방은 비판의 대상이 아니라 단지 관습적인 것으로 치부하는 경향이 있었다. 이런 관점으로 해석해 볼 때 본의 초기 세속시는 소넷(Sonnet) 형식에서 보여주던 여성에 대한 페트라르칸 스타일의 태도를 보이면서 당시의 세속시의 대표적 시인이었던 벤 존슨(Ben Jonson), 랜돌프 (Randolph) 그리고 존 단(John Donne)과 해빙턴(Habington)의 영향을 통해 쓰인 것으로 보인다. 특별히 그의 초기 세속시집인 『시편들』은 해빙턴의 연애시 카스타라(Castara)로부터 상당한 영향을 받은 것으로 추측된다. 초기시의 아모렛에 대한 구애와 그리고 결혼에 이르는 단계적 묘사는 해빙턴의 영향이 지대했다고 볼 수 있다는 것이다. 조안 베넷(Joan Bennett)의 설명은 이를 잘 뒷받침해 주고 있다.

> 그의 두 세속시집인 1646년의 『시편들』과 1651년의 『어스크의 백조』는 비록 그가 페트라르크(Petrarch)풍의 태도나 엘리자베스 시기의 신비적인 이름들에 의해 주의를 기울였을지는 몰라도 확실히 존 단과 해빙턴에게 빚을 지고 있는 것에는 틀림이 없다.

비평가들은 헨리 본의 세속시를 크게 두 가지로 구분해 준다. 첫째는 여인에 대한 사랑의 시이고 두 번째는 자신의 고향의 자연과 인간의 죽음이라는 운명론을 그려 주는 시이다. 사실상 본의 세속시는 여타의 형이상파 시인들의 시와 비교해 볼 때 양적으로나 질적인 면에서 다소 처지는 면을 보이고 있다고 평가된다. 이로 인하여 일반적으로 본의 시를 논할 때는 자연신비주의시만을 논하게 되는 것이다. 그러나 단의 경우와 마찬가지로 그의 세속시에서는 종교시를 준비하는 하나의 예비적인 단계가 보인다는 사실을 인지할 필요가 있음을 간과해서는 안 될 것이다.

훨씬 먼저 쓰인 것들을 포함해 1678년에 출판된 『탈리아의 소생』 (Thalia Rediviva)을 제외하고는 모든 헨리 본의 출판물들은 1646년과 1657년 사이의 내란과 정치공백 기간에 쓰였고 그리고 출간되었다. 그의 작품에 대해 세심한 관심을 보이는 독자라면 그 시기의 험난한 기간 동안에 그가 느낀 고통을 알아차리게 될 것이다. 그리고 많은 그의 작품은 핍박으로 그가 경험하는 동안의 정신적 평형상태를 유지하기 위한 시도에서 솟아 나왔다는 것을 제시하는 것은 합당한 것이라 여겨진다.

본은 아마도 1640년대 초반에 런던에 거주하고 있었는데, 이때는 국가가 내적 갈등을 향해 곤두박질치고 있었던 시기였다. 그는 런던의 군중들이 스트래포드(Straeford)의 사형을 요구하는 것을 목도했을 것이다. 『시편들』과 『어스크의 백조』의 몇몇 시 속에서 독자들은 헨리 본이 시민내란에 개인적으로 연루되려는 감정을 알아차릴 수 있게 된다. 『어스크의 백조』가 출판이 연기된 것은 아마도 출판자가 편의를 위해 신중하지 못하게 써 내려간 편견적인 시들을 생략할 필요가 있었기 때문이었고 편집자인 파월은 1647년 이후에 쓰인 시로 이를 대치하였다. 다만 『섬광의 부싯돌』의 종교적인 시들에서는 직접적인 언급이 비교적 드물긴 하지만 본의 왕당파적 동정심과 그리고 분노라는 증거가 곳곳에서 숨겨져 있음은 어찌할 수 없는 사실로 남아 있다. 『섬광의 부싯돌』 속에 자주 묵시론적인 언급이 나타나고 있는 것은 작가로서 본이 전 생애의 나머지 부분을 청교도 공화정치체제하에서 살기를 원했다는 것을 드러내 주는 데 충분하다. 이것은 그가 종교나 정치에 있어 야망이 있었음을 나타내 준다. 아주 개인적인 영역 밖에서 그는 단지 최후심판의 위로를 찾고 있었다는 것이다.

초기에 세속시로 출발했던 본은 나름대로의 자아의 변용과정 과정을 거치면서 종교시를 쓰게 되었으며 놀라운 영감을 가지고 1650

년에는 대표적 종교시집 『섬광의 부싯돌』(Ⅰ)을 그리고 1655년에는 1권 이후에 쓴 시를 첨가하여 확대 편집하고 『섬광의 부싯돌』(Ⅱ)를 출간하였다. 두 작품의 발표 중간 시기인 1652년에는 종교적 명상 산문의 대표적 작품 『올리브 산』(Mount of Olives)을, 1654년에는 기도산문인 『꽃의 고독』(Floris Solitudinis)을 각각 발표하였다. 『섬광의 부싯돌』(Ⅱ)가 발표된 이후에는 작품에는 거의 손을 대지 못하였고 전에 써놓았으나 이전의 작품집에 수록하지 못한 것들을 수집하여 1678년에 『탈리아의 소생』이라는 제목을 달아 최후의 작품집으로 발간하였다. 이 시집에는 종교시와 세속시가 함께 수록되어 있어 또 한 번 독자들에게 그에 대한 평가가 혼란을 가져다준다. 이 또한 그의 전기적인 배경이 확실하게 규명되지 못했기 때문에 설명이 매우 부족한 상태에 있어 또 다른 연구의 대상으로 남을 수밖에 없다.

3 본의 시적 사상

본의 종교시에서 나타나는 신비주의의 관점은 중세교회에서 발전된 신비주의 운동과 깊은 관련이 있다. 본래 중세의 신비주의는 신에 대한 지식을 다루는 학문적인 영역을 의미하는 것이었다. 그러면서 한편으로는 피조물을 통해 신의 세계를 알게 하는 것이 주요한 목적이었다. 더욱이 신플라톤사상의 영향은 신비주의의 특징을 확산시켰으며 중세교회에 새로운 신학체계를 만들어 주었고 이러한 일련의 사상적 배경이 본의 종교적 체험과 더불어 그의 시적 세계를 만들어 내었던 것이다. 그는 중세 신비주의가 주장하던 피조물을 통해 얻어지는 신의 지식을 자연이라는 대상 속에서 찾으려 하였다. 그렇기 때문에 그의 시 속에는 자연신비주의적인 요소가 담겨 있음을 알 수 있으며 자연에 대한 신비적인 체험과 순수한 자연의 모습을 통하여 신의 섭리와 자연과의 조화, 그리고 신의 세계와 자연과의 융합이 그려지고 있다. 더욱이 그의 시적 수법은 자연의 현상 속에서 강제적인 표현과 수법을 통해 신의 세계를 표현한 것이 아니라, 자연 그대로의 현상을 순수하게 그려 주고 그 자연의 이면에서 신비스럽게 섭리하는 신의 모습을 독자들이 느낄 수 있도록 만들어 놓았다는 것이다.

그의 시적 사상 속에는 신플라톤사상을 내포하고 있기 때문에 신의 세계로의 갈망과 회귀를 그의 자연 이미지 속에 교묘하게 표현해 주고 있다. 신플라톤사상이란 본래 인간은 신의 세계에서 살았고 그리고 그 세계로부터 지상세계로 떨어져 나왔기 때문에 지상세계를 벗어나면 신의 세계로 다시 돌아갈 수 있는 가능성을 제시하는 사상을 말한다. 본의 자연신비주의시에서 나타나는 이미지를 전체적인 면에서 살펴볼 때 신플라톤사상이 시의 근본사상이 되고 있음은 부인할 수 없는 사실이다. 신플라톤사상을 기본으로 하여 대조적인 상징의 형태를 띠우면서 나타나는 자연신비주의적인 이미저리는 크게 두 가지의 형태로 구분시킬 수 있다.

첫째는 빛과 어둠(Light & Darkness)이 보여주는 대조적 상징의 이미지가 그것이다. 둘째는 죄를 정화해 주고 구원의 의미를 나타내면서 천상적인 의미를 담고 있는 이슬의 이미지와 지상적인 의미를 보여주는 꽃의 이미지의 대조적 상징을 들 수 있다. 한 가지 본의 이미지에 있어서 생각해 볼 수 있는 것은 이미지의 결합에서 나타나는 의미의 확대에 대한 것이다. 다시 말하면 그의 시에서 나타나는 이미지들은 개별적으로 생각할 때에도 나름대로의 의미를 전달해 주고 있지만 이미지가 서로 결합하게 되면 의미의 확대가 더욱 뚜렷하게 나타나고 있다는 것이다.

또한 형이상파시의 마지막을 장식하는 본의 시에는 인간의 천상 지향과 성취를 기본으로 하는 종말회귀사상을 통해 얻어낸 특유의 신비적 사상이 자연관과 인간관 그리고 천국관으로 이어지면서 깊은 관련을 맺고 있다. 그는 신비주의적인 안목을 갖고 자연 그 자체를 통해 신의 세계를 바라보고, 지상적인 것과는 격리된 순수한 종교적 입장을 견지하였다. 특히 죽음에 대한 그의 특별한 관심은 그의 삶에 있어 종교적 전환을 맞게 하였고 그 죽음의 개념을 종교적 관점에서 그리스도의 죽음과 병치시킴으로써 죽음을 통한 영적인 삶의 길을 모색하고 있다고 볼 수 있는 것이다. 더욱이 그 삶의 길을 자연의 신비 속에서 찾아내어 인간적인 측면에서의 신비적 관점을 보여주고 있다.

종말회귀사상의 기원은 그리스 철학을 연구하던 이집트인들 중에서 특별히 플라톤의 사상을 연구하던 철학자들이 '존재'의 문제에 대해 고심하던 중 새로운 철학적 종교의 의미를 발견하게 된 것이 그 시초가 되었다. 이것이 약간의 글과 구전으로 전해 내려오다가 중세에 들어오면서부터 본격적인 연구가 계속되어 연금술의 기록에 관한 단편적인 표본이 만들어지게 되었다. 중세에 접어들면서 이 사상이 활발하게 진행하게 된 연유 중 하나는 기독교 사상과의 융합이 어렵지 않게 이루어질 수 있었기 때문이라고 볼 수 있다. 이것은 두 사상의 중심을 이루는 신봉자들이 서로의 사상을 상호적으로 받아들였기 때문이다. 사실상 당시의 종교는 너무나 완고한 면을 보이기 때문에 상호적인 주장의 혼합은 어려웠을 것으로 추측될 수도 있다. 그러나 중세 기독교도들이 이 사상을 진지하게 받아들일 수 있었던 것은 기독교화한 연금술사들이 먼저 그들의 종교를 진지하게 받아들였기 때문이었다. 융합을 보인 연금술사들은 이미 그들 자신이 지니고 있었던 신비주의를 기독교 사상 속에 인용한 것이 틀림없다. 자아 절제와 명상의 방법이 그들이 이미 인지하고 있었던 사상의 기본을 이루는 것이었는데 이를 통해서 그들은 신비적인 체험을 할 수 있었고 나름대로의 새로운 종말회귀론 이론을 만들어 낼 수 있었다.

중세 종말회귀사상의 주요한 핵심은 종말에는 모든 생물이 회복된다는 믿음이었다. 당시의 연금술학자인 파라셀서스는 모든 생물은 회복을 통해 다시 나타나게 된다고 주장하였고, 토마스 브라운 경(Sir Thomas Browne)은 종말이 되면 창조주 신이 모든 생물들에게 적절한 모습으로 돌아가라고 명령할 것이라고 예언하였다. 또 다른 연금술학자인 포르다게(Pordage)는 비록 생물의 본질은 없어질지라도 그 형태는 영혼 속에서 남아 있게 된다고 주장하였다. 이러한 그들의 지상세계에 존재하는 모든 생물의 종말의 회복에 대한 신념은 모든 생물의 변화를 주장하던 중세 연금술사들의 이론을 더욱 넓혀주는 것이었다. 이것을 배경으로 하여 기독교와 접목된 종말회귀 신비주의(Hermetic Mysticism)사상은 그리스도의 추종자들로 하여금 삶의 변화라는 가능성을 제시해 주는 중요한 계기를 만들어 주었다고 볼 수 있다. 이에 따라 베멘(Behmen)은 의로운 사람의 재생에 대해 말하고 있는데, 그는 그리스도 안의 삶을 통해 인간은 재생하게 되고 그리고 새로운 세계에서 태어난다고 주장하면서 덧붙여 그 새로이 태어나는 세계는 이 세계가 아니고 신의 세계임을 강조하였다. 여기에서 한 가지 베멘이 강조하는 신의 세계에 관한 관점의 실제는 무엇인가 하는 것을 생각해 보아야 할 것이다. 사실상 이 세상에서의 신의 세계란 가시적인 것이기보다는 비가시적인 것으로 인식되는 것이기에 인간의 생각 속에는 신비스러운 것으로 받아들여질 수밖에 없다고 보며 주관적인 측면보다는 객관적인 면이 더 강하게 인지되고 있다고 보는 것이 지배적이기 때문에 종말회귀론 주창자들이 생각하는 신의 세계란 감각경험을 찬양하는 것에 그친다는 것이다. 그러나 변화하지 않는 신의 세계를 믿는다는 소위 강인한 신앙적인 비전으로 인하여 자신의 변화를 통한 깨끗함을 얻게 되고 힘이 축적됨으로써 신의 세계 속에 존재하는 무언가를 보게 된다고 믿는 것이 이들의 기본 입장이었다.

헨리 본의 종말회귀사상은 신플라톤사상을 기본에 깔고 있는 사상으로서 이미 위에서 살펴본 바와 같이 인간의 변화를 요구하는 정신을 기저로 하여 인간은 태초로부터 육체에 죄를 갖고 태어나는 존재로 보는 것이며, 그렇기 때문에 쉼 없는 기도와 신에게 귀의함으로써 얻어 낼 수 있는 신앙의 힘을 가지고 죄로 가득 찬 육체를 변화시켜야 한다는 것을 말한다. 헨리 본의 신비주의시에서 나타나는 종말회귀사상의 근원은 그의 쌍둥이 동생 토마스 본에게서 찾아볼 수 있다. 토마스 본은 중세 종말회귀사상에 심취한 학자로서 평범한 지상적인 것을 추구하는 사람이 아니라 천상의 세계를 지향하는 종말회귀론 주창자였다. 그의 작품인 『인지신학론』(Anthroposophia Theomagica)의 서문에서 "나의 삶은 고귀함의 핵심을 따라가는 과정"이라 하여 그의 학문적 영역이 지상적이 아닌 천상적인 것임을 보여주고 있다. 헨리 본은 이러한 동생의 천상세계를 열망하는 종말회귀사상을 그의 자연신비주의시 속에 인용하여 천상세계로의 회귀를 시 속에 그려 주고 있다고 볼 수 있다.

본의 시 중에서 이 사상이 가장 잘 나타나고 있는 「수탉의 울음」 (Cock - Crowing)을 살펴보면 그의 종말회귀사상의 근본이 무엇으로 형성되어 있는가를 잘 알 수 있으며, 특히 이 시를 통해서 동생 토마스 본과의 사상적인 균형이 어떻게 이루어지고 있는가를 다음의 예를 통하여 잘 알 수 있다.

> 빛의 아버지여! 어떤 빛의 종자나,
> 어떤 한낮의 눈짓을 그대는
> 이 새 속에 가두어 놓았는가? 모든 종족들에게
> 그대는 이 생기 넘치는 광선을 배당했었다;
> 그들의 자기력은 온밤 내내 작업하였고
> 그리고 낙원과 빛을 꿈꾼다.
> Father of light! what Sunnie seed,
> What glance of day hast thou confin'd
> Into this bird? To all the breed
> This busy Ray thou hast assign'd;
> Their magnetisme works all night,
> And dreams of Paradise and light.

이 시는 어두움을 몰아내고 빛을 가져다줌으로 해서 신과의 교감이 이루어지기를 열망하는 시인의 영혼의 상태를 수탉에 비유하고 있다. 수탉이 가지고 있는 생명의 씨앗인 빛의 작은 곡물을 모든 자연을 대상으로 나누어 주게 되면 신의 촛불로부터 발산되는 불꽃은 빛의 근원인 태양의 빛의 자력에 대해서 반응을 보이게 되며 따라서 수탉은 태양의 떠오름을 바라볼 수 있게 되고, 그러한 환희의 순간이 수탉의 내면에서 강하게 활동하게 된다는 것이다.

이로써 시인의 영혼도 신과의 교감을 이룰 수 있는 가능성을 제시해 주고 있다. 여기에서 나타나는 글의 특징과 아이디어는 모두 종말회귀사상에서 사용하는 용어들이다. 일반적으로 본의 자연신비주의시에서 이 사상을 묘사해 주는 시어는 광선(beam), 향유(balm), 향고(balsam), 교제(commerce), 열쇠(key), 정수(essence), 발산(exhalation), 일견(glance), 알곡(grain), 부화(hatch), 영향(influence), 불가시(invisible), 정제(refine), 자성(magnetism), 광선(ray), 씨앗(seed), 동정(sympathy), 결합(tie), 가면(veil), 가시(visible), 활력(vital) 등이 주종을 이루고 있는데 이 시어들은 전장에서 제시한 신비주의 이미저리와 연관되는 점을 느끼게 해 주면서 한편으로는 기독교적인 의미를 함축하고 있는 용어로 사용되기 때문에 그의 자연신비주의 사상을 적절히 표현할 수 있는 시어임을 알 수 있다. 또한 위에서 예시한 「수탉의 울음」에서도 예의 종말회귀사상의 용어들이 상당히 많이 나타나고 있음을 볼 수 있는데 이로써 이 시가 이러한 사상의 기반 위에서 쓰였음을 알 수 있게 된다.

위의 시에서 보여준 것들은 토마스 본의 종말회귀에 대한 기록인 『영혼의 마법적인 기행』(Anima Magica Absondita)에서도 다음과 같이 묘사되고 있어 헨리 본의 종말회귀사상과 균형을 이루고 있다.

감각적 활동에 있어서의 영혼은 그리 본질적인 것은 되지 못하지만 유용한 대리인 정도는 될 수가 있다. 왜냐하면 영혼이란 영적이며 형이상학적인 알곡과, 씨앗 그리고 빛의 일견에 의해서 작용되기 때문이다. 따라서 세상의 모든 사물들은 신의 접촉에 의해 보호되고 있다는 사실이다.

토마스의 글에서 보면 헨리 본의 시 속에서 나오는 시어와 균형을 이루는 언어들인 '알곡', '씨앗이나 빛의 일견', '빛의 아버지'와 같은 언어들이 나타나는데 이 모두가 종말회귀사상에서 사용하는 용어들로서 두 사람의 작품 속에 나타나는 용어가 거의 같은 형태를 지니고 있음을 알 수 있다. 또한 『인지신학론』에서도 "인간은 신성한 빛과 연합하지 않을 수 없다."고 단언하면서 같은 형태의 모습을 강조하고 있다. 이로써 헨리 본의 자연신비주의시에서 보여주는 인간의 신의 세계 지향과 연합이라는 의도가 동일한 모습으로 나타남을 볼 수 있으며, 한편으로는 그의 시어의 형태와 균형을 이루는 용어들이 등장하면서 그 중심 주제 역시 인간의 천상지향의 열망이 나타나고 있음을 알 수 있다.

이와 같이 토마스 본의 철학사상의 배경이 헨리 본의 시에 있어서 사상적 깊이를 더욱 심오하게 하는 데 큰 영향력을 행사한 것이 사실이다. 이러한 상호적 사상의 영향은 두 사람이 쌍둥이로서 함께 생활했다는 것에서도 기인된다고 볼 수 있다. 두 사람은 헨리 본이 런던에서 귀향한 1642년 이후부터 몇 년간을 같이 생활했었고, 또한 이 시기에 헨리 본은 성서와 허버트의 영향하에서 종교적으로 정신적인 전환기를 맞게 되었으며, 토마스 본도 당시의 종말회귀사상에 심취하여 두 사람 사이에는 각자의 사상에 대한 동일점을 찾으려는 시도가 있었을 것으로 생각된다. 그러므로 이러한 사상의 상호 교환으로 인하여 두 사람 모두 더욱 깊은 사상으로 진입할 수 있었으리라 생각된다. 이러한 사실은 헨리 본의 대표적 종교시집 『섬광의 부싯돌』 제1권과 토마스 본의 대표적인 신비적인 기록의 3편의 작품, 『영혼의 마법적인 기행』, 『인지신학론』 그리고 『신비적 영혼』이 1650년 같은 시기에 발간된 것으로 미루어 볼 때도 그 사실을 입증할 수 있다. 이러한 두 사람의 상호 관련성에 대해서 리차드 가넷(Richard Garnett)은 "두 형제는 생애를 통해서 항상 서로에게 영향력을 미치며 연합했다."라고 말하고 있다.

또한 젓슨(Judson) 역시 토마스의 헨리 본에 대한 시적 사상의 영향을 설명하면서 헨리 본의 종교적인 입장과 토마스의 사상이 서로 균형을 이루고 있음을 다음과 같이 강조해 주고 있다.

> 신성한 성령에 의해 활기찬 우주를 묘사하고 있는 본의 『시편들』들은 그의 쌍둥이 형제인 토마스의 신비적인 기록물의 내용들과 매우 유사함을 보여준다. 한 사람이 다른 형제로부터 시상을 끌어내지 못하게 되면 서로는 연금술에 관한 도서나 또 다른 신비서적을 탐독하곤 했다.

그의 설명에 의하면 헨리 본의 자연신비주의시에 묘사되고 있는 우주적인 표현은 그가 종말회귀사상과 신비주의에 대해 심취한 쌍둥이 동생 토마스의 작품에서 직접적으로 얻어온 것인지는 모르나 동일한 표현이 나타나고 있어 두 사람의 사상적 균형이 잘 이루어지고 있음을 보여주고 있다.

토마스 본의 작품을 통해 알 수 있는 그의 사상의 핵심은 르네상스 시기에 나타난 중세 종말회귀사상과 맥을 같이하는 것이라 생각한다. 특별히 그의 신비적인 기록물들에서 나타나는 중심 주제는 르네상스 연금술사들인 파라셀서스와 베멘의 사상적 체계에 영향을 받은 것으로 생각된다. 그 중심적인 내용은 생물은 회복을 통해 다시 그 모습이 나타나며, 그것도 그리스도 안에서 현 세계가 아닌 신의 세계에서의 재생을 보여준다는 것이다. 여기에서 회복의 의미를 헨리 본은 죽음으로 이해한 것으로 생각된다. 그리하여 그는 죽음을 자연의 보이지 않는 곳에 도사린 신의 섭리로 보고 신의 섭리에 의해서 인간은 죽음을 통해 신의 세계로 복귀할 수 있다는 그의 중심 되는 시적 사상을 창조해 낼 수 있었던 것이다. 이와 같이 토마스의 영향하에서 헨리 본은 그의 자연신비주의시의 중심사상을 구축할 수 있었고 진리의 근원으로서의 자연을 배웠으며 삶과 자연 속에서의 영원하고 신비스러운 빛과 열의 이미지를 만들어 낼 수 있었다. 또한 일반적인 신비사상을 접함으로써 자신의 시 속에 신비스런 의미를 함축시킬 수 있는 시적 기교를 익혔고 그의 시가 궁극적으로 지향한다고 볼 수 있는 죽음을 통한 천상세계의 성취를 발견해 낼 수 있었다고 볼 수 있다.

본의 인간관에 관한 관점은 그의 우주론적 시 사상에서 비추어 볼 때 인간은 자신이 있어야 할 자리를 잃어버리고 그 세계로부터 떨어져 나왔다는 전제가 있게 된다. 그러나 자리를 잃었다는 것은 천상으로부터의 추방이라는 의미보다는 인간 스스로의 타락에 의한 일시적인 버림의 상황이라고 생각해 볼 수 있다. 그렇기 때문에 그 세계로의 복귀에 대한 가능성은 아직 존재하고 있다는 사실이다. 본의 종교시가 실현하려는 천상회귀의 모형은 이렇게 신의 놀라운 은총이 그 밑바탕에 깔려 있다는 것이고, 지금은 비록 지상의 세계에서 살아가지만 인간들이 무지에서 벗어나 그 세계를 기억하고 그 세계를 지향하는 삶을 살아가야 한다는 것을 강조해 주고 있다.

본의 시에서 나타난 천상회귀의 실현을 위한 중심적 이미지는 빛과 어둠의 이미지이다. 자연을 통해서 얻어낸 빛과 어둠의 이미지는 본의 시를 특징짓는 가장 선명한 이미지이며 삶과 죽음의 과정을 설명하고 그리고 구원의 실현을 보여주는 이미지이다. 여기서 대조되는 두 이미지는 삶과 죽음 그리고 천상과 지상세계의 이미지를 함께 보여주면서 삶과 죽음의 순환적인 상태를 묘사한다고 볼 수 있겠다. 샌드뱅크(Sandbank)는 "본의 시어에 있어서 빛과 어둠의 용법이 중요하다는 사실을 다시 한 번 재론할 필요는 없다. 빛이란 신과 신의 선택, 천국, 삶, 그리고 행복이라는 말로 표현된다. 반면에 어둠은 악과 파멸, 죽음과 비탄으로 그려진다."라고 설명해 주고 있는데, 그는 본의 빛과 어둠의 이미지 속에는 종말회귀사상과 성서 그리고 기독교적인 신비주의와 종교적 명상을 배경으로 하는 기독교적 정신의 근저가 보이고 있음을 알게 된다. 결국 본의 빛과 어둠의 이미지는 신의 세계로의 회귀라는 사상이 가장 잘 표현되고 있다는 사실이다.

「세상」(The World)에서의 인간의 형상은 지상적인 것만을 추구하는 인간의 모습이 천상의 세계와 대조적으로 묘사되면서 그려지고 있다. 이 시의 주안점은 지상세계를 대변해 주는 인물로서 크롬웰을 등장시키고 있는데 그런 종류의 인물을 통해 세상적인 의미를 강조해 주고 있는 것이다. 그러나 보다 확실한 사실은 크롬웰과 동시대에 살아가고 있는 모든 인간들이 하늘의 세계를 망각한 채 세상적인 모습으로만 비쳐지고 있다는 사실이다. 크롬웰이 아니라 당시의 시대를 살아가는 인간들의 모습이 더욱 큰 문제로 지적되고 있다는 사실이다. 하늘의 소망이 아닌 지상적인 열망에만 빠져 있는 인간의 삶이란 곧 현실 안주와 향락을 일삼는 인물로 표현되고 있음을 볼 수 있다. 그리고 한편으로는 빛을 좋아하기보다는 어둠을 더욱 선호하는 인간들에게 어리석은 삶 속에서 깨어나라고 소리치고 있는 것이다.

본의 신비적인 안목은 지상을 어둠의 세계로 간주하면서 빛을 거부하고 있는 인간들에 대해 무지함을 한탄하고 있다. 그러나 항상 그의 신비적인 명상은 그 이면에 암시적인 측면으로 역설의 모형이 등장한다는 사실이다. 즉, 인간적인 측면으로 보자면 인간 모두는 세상을 탐하는 죄악과 어둠을 더욱 선호하는 삶의 방식으로 인하여 죽을 수밖에 없는 존재이지만 그러나 신의 측면에서 이를 본다면 인간은 그 누구를 막론하고 지상의 세계를 거쳐 영원의 세계로 복귀할 수 있는 가능성을 가지고 있음을 제시한다는 것이다. 「세상」의 시 일부분을 살펴보자.

> 그러나 그동안 쭉 울며 노래했고, 노래하며 울었던
> 사람들은 솟아 올라와 반지 속으로 들어갔다;
> 그러나 대부분은 날개를 쓰지 않았다.
> Yet some, who all this while did weep and sing,
> And sing, and weep, soared up into the *Ring*,
> But most would use no wing.

「세상」에서의 반지의 상징성은 신의 인간 구원이라는 기회를 보여주는 좋은 예라고 할 수 있다. 더욱이 여기서 반지와 더불어 중요한 것은 날개(wing)라는 시어이다. 시인이 날개를 쓰지 않았다고 표현한 것은 천상회귀가 인간의 의지가 아닌 신의 은총임을 나타내기 위함이라는 사실이다. 사람들이 영원의 세계를 상징하는 반지 속으로 들어갔다는 것은 천상회귀의 실현을 보여주는 것이고 신의 마지막 은총은 인간을 천상세계로 회귀하도록 만들어 준다는 사실이다. 그러나 그것은 인간의 생각이나 뜻이 아니라 신에 사랑에 의해서만 이루어질 수 있다는 것이다. 「인간」에서도 세상을 즐기면서 신의 세계를 망각하는 사람들이 등장하는데 이들 역시 「세상」에서 그려진 인간들과 동일한 모습으로 나타난다.

본의 천상회귀 사상은 그의 신플라톤사상과 종말회귀사상에서 기인한다고 이미 설명하였다. 이 사상에 의하면 인간의 삶이란 순환패턴을 이룬다는 것인데 천상의 세계에서 떨어져 나온 인간의 영혼은 육체를 통해 지상세계에서 살다가 다시금 천상의 세계로 복귀한다는 것이다. 그러면 천상으로 복귀하는 데에는 그 길이 제시되어야 한다고 생각할 수 있다. 본은 그 길을 어둠의 이미지를 이용하여 죽음으로 묘사하고 있다. 본은 죽음을 자연의 보이지 않는 곳에 도사린 신의 섭리로 보고 그 섭리에 따라 인간은 죽음을 통해 신의 세계로 복귀할 수 있다고 말하고 있다. 따라서 빛과 어둠의 이미지는 신의 세계로의 역설적인 지향이라고 볼 수 있다. 사실 빛이란 어둠 속에서만 존재한다. 어둠이 없다면 빛의 존재는 아무것도 아니라는 것이다. 따라서 어둠을 거치지 않고는 빛의 세계로 갈 수 없다는 것이고 죽음을 통하지 않고는 신의 세계로 나아갈 수 없다는 사실을 강조하는 것이다.

> *이 반지를 신랑은 그 누구를 위한 것이 아니요*
> *그의 신부를 위한 것이라고*
> *This Ring the Bridegroom did for none provide*
> *But for his bride.*(Ⅱ. 59 – 60)

「세상」의 마지막에 나오는 이 두 행은 인간의 천상회귀를 완결시키려는 신의 약속을 보여준다. 은혜의 신은 영원의 천상세계를 준비하고 그곳으로 인간들이 돌아오게 만들어 준다는 것이다. 여기에서 천상회귀의 결론을 읽을 수 있게 된다. 「세상」에서 묘사되는 천상회귀의 패턴은 바로 이렇게 죽음의 지상세계를 거쳐야만 천상의 세계로 나아갈 수 있다는 것이고 이로써 지상의 삶 역시 신의 은총의 기회라는 것을 보여준다. 다만 본에 의하면 그러한 순환 패턴을 통한 천상회귀를 우리네 인간들이 지상세계를 살아가면서 인식하기를 바란다는 것을 그려 주고 있다.

본의 종교시 『섬광의 부싯돌』에는 까마귀 형태의 표시가 있거나 짧은 글로 된 많은 애가를 포함하고 있음을 볼 수 있다. 중세 원고에 흔히 있었던 이 표시들은 초기 인쇄업자들에 의해서 유지되었으며 1611년 성경에서도 발견되었다. 그것이 성경에 사용됨으로 본 역시 이곳에 그것들을 사용하게 되었을 것이라 추측된다. 아마도 그는 사랑했던 동생의 기억 때문에 시를 쓰면서 특별히 성스런 것을 그 안에 표시했던 것 같다. 이러한 표시가 있는 시들 중에서 첫 번째로 나타난 시는 「누구를 위하여 내가 슬퍼하는지 당신은 알고 있습니다.」(Thou know'st for whom I mourn)인데, 단순한 abab, cdcd의 운율과 8음절의 시어, 그리고 삼보격의 시행이 번갈아 일어나는 길고 짧은 행들이 대단히 절제되고 단단히 억제된 슬픔의 효과를 준다. 그의 시에서는 죄의 문제가 거의 보편적으로 슬픔의 요인이 되는 것 같다. 그러나 본은 그의 동생 윌리엄의 죽음을 자신의 죄로 돌리는 매우 전형적인 17세기의 종교적 감수성이 있었던 것 같다. "그러나 그것은 당신의 손을 억지로 끌어낸 나의 죄입니다. / 이 첫 번째 장미를 골라내기 위하여"의 시구를 보면 본의 감정을 제대로 느낄 수가 있다. 신이 한 사람의 삶의 회개와 개선을 불러일으키기 위하여 한 형제를 데려갔다는 관념은 현대인에게는 생소하고 이기적인 것으로 보일 수도 있다. 그러나 여기 있는 본의 사상과 유사한 것들을 찾아내기 위하여 누구나 17세기의 문학을 아주 깊이 읽을 필요는 없다. 이 애가 중에서 제일 먼저 쓰인 것만으로도 독자들은 본에 대해 눈에 띄는 위안의 슬픔을 기대할 수 있기 때문이다. 그리고 그 위안의 글은 확실히 개인적으로 느낀 것보다는 더 인습적인 것처럼 보인다.

그런데 나의 영혼은 그의 것처럼 순결해졌으며,
나의 신념은 순수하고 확고합니다.
하느님은 똑같은 왕관으로 나를 장식하셨습니다.
당신은 그에게 이미 왕관을 씌웠습니다.
Then Make my soul white as his own,
My faith as pure, and steady,
And deck me, Lord, with the same crown
Thou hast crowned him already!

「내가 누구를 위하여 슬퍼하는지 당신은 알고 있습니다.」에서
보았던 것처럼, 비록 우리 인간의 육체가 죽음에 종속되어 있다고
할지라도, 본은 인간의 마음에 하늘과 영이 기거한다는 사상을 보
여준다.

다음으로 까마귀 표시가 있는 시 「오라, 오라, 나는 여기서 무엇
을 하는가?」(Come, come what do I here?)에서도 본은 무덤이 담고
있는 것은 죽은 것이 아니라 잠들어 있다는 이미지를 표현해 주는
것이다. 더불어서 누구나 시 「자정」(Midnight)이 까마귀로 표시된
것에 대해서는 의구심을 갖게 될 것이다. 왜냐하면 그 시는 분명
히 애도의 시가 아니기 때문이다. 그것은 동생 윌리엄의 죽음으로
인한 본의 마음의 상태를 표현하지 않은 것이었다. 이 시는 죄의
식과 그리고 거기에 수반되는 참회가 그 특징이다. 「내가 누구를
위하여 내가 슬퍼하는지 당신은 알고 있습니다.」에서 표출된 죽음
에 숨어 있는 삶의 주제를 우리는 이미 알고 있다. 그러나 「자정」
에서는 삶과 자연의 미묘함이 시인이 느꼈던 보잘것없는 삶과 분
명히 대조되고 있다. 그리고 한편으로는 다른 애가에서 슬퍼하는
죽은 이의 삶과 관련되고 있다. 까마귀 표시가 있는 또 다른 시 「내
인생의 환희! 여기 내가 남아 있는 동안」(Joy of my life! while left

me here) 역시 별의 이미지가 죽은 사람에게 비유되면서 애가의 성격을 띠고 있다. 「자정」은 소우주 이론을 사용하는 전형적인 시로서 간주될 수도 있다. 즉, 인간과 더 큰 세계를 비교해 줄 수 있다는 것이다. 그 비교는 다른 많은 시인들도 차용하던 것이었다. 그러나 누구의 시든지 간에 공통적으로 인간의 불안정성과 대조되는 우주의 확고부동함이 거기에 게재되어 있다. 「인간」(Man)에서 본 또한 그러한 주제를 적절하게 구사하고 있음을 볼 수 있는데, 본의 시에서는 다른 시인들에게서 나타나지 않은, 전형적으로 묘사되는 인간의 정신적 생명력 부족, 인간의 신속함의 부재, 그리고 동적인 광채와 대조되는 더 큰 세계의 생동감과 생명력이 나타나고 있다.

「내 인생의 환희! 여기 내가 남아 있는 동안」은 본의 동생 윌리엄의 죽음을 애도하는 것인지 아니면 그의 첫 번째 부인을 애도하고 있는 것인지 약간의 의심이 들게 만든다. 어떤 사람은 페이지 형식으로 구성된 이 시의 패턴을 「아침의 경계」(The Morning – Watch)라는 시처럼 중요하다고 생각할 수도 있다. 그러나 어떤 경우이든 본이 애도라는 측면에 관심을 두고 써 내려간 시임을 알 수 있다. 본은 죽은 이를 계속해서 파멸하려는 악의에 찬 작가의 작품에 대해서는 완강하게 부정적인 모습을 보이고 있다. 그래서 그는 여기에 선한 사람들의 삶을 죽은 후에도 계속해서 선을 위해 노력하고 있다고 표현하고자 했던 것 같다. 그럼에도 그 사상이 평범하다는 것에는 다소의 의심의 여지가 있게 된다. 윌리엄의 죽음이나 부인의 죽음이나 간에 그것은 개인적으로 본이 느낀 상당히 비참하고 불안정한 인간의 경험이라는 사실이었다. 사별이라는 상실의 경험은 그의 삶에 확고한 영향을 미쳤고 그것이 시적인 묘사로 승화되었다고 보아야 할 것이다. 그러나 그 사상에 대한 표현은 어둠과 빛이라는 본의 위대한 이미지 패턴을 통해 조정됨으로써 그의 종교시에서는 평범한 것 이상으로 승화되고 있다. 그리고 그러한 특징은 이후 『섬광의 부싯돌』 2부의 최대 걸작 「밤」(The Night)으로 구성되어 나타난다. 이 시를 읽으면 그의 상실감과 죽은 자들의 의미에 대하여 자연과 신의 세계라는 연결 고리가 적절하게 매치되면서 드러난다. 결국 그 배경은 성서적 빛에 의해서 의미 있는 것으로 변화됨을 알게 된다.

> 사랑스런 밤이여! 이 지상세계는 패배한다;
> 어리석은 짓의 멈춤; 근심하는 마음의 조심과 억제;
> 성령들의 날; 나의 영혼의 고요는 방해
> 받지 않은 채 후퇴한다!
> 그리스도의 사역과 그의 기도 시간;
> 높은 천국에서 종이 울리는 시간.
>
> 신의 고요함과, 탐색하는 비상;
> 내 주의 머리가 이슬로 가득할 때, 그리고 모든
> 그의 머리채가 밤의 맑은 방울로 젖어 있을 때;
> 그의 고요하고 부드러운 부르심;
> 그의 두드리는 시간; 성령들이 그들의 친절한
> 동반자를 발견할 때 영혼의 무언으로 바라본다.
> Dear night! this world's defeat;
> The stop to busy fools; care's check and curb;
> The day of Spirits; my soul's calm retreat
> Which none disturb!
> Chirst's progress, and his prayer time;
> The hours to which high Heaven doth chime.
>
> God's silent, searching flight:
> When my Lord's head is filled with dew, and all
> His locks are wet with the clear drops of night;

His still, soft call;
His knocking time; The soul's dumb watch,
When Spirits their fair kindred catch.

4 종교적 전환

4.1. 연대적 분석

이미 앞에서 설명한 바 있듯이 본은 세속시로 그의 시 작업을 시작했지만 그러나 그의 세속시에는 종교시의 기초를 조성해 줄 수 있는 신앙적인 요소들이 많이 내포되어 있었다. 즉, 본이 세속시를 쓸 때에도 이미 그의 사상 속에는 종교시를 쓸 수 있는 기본적인 요소들을 잠재하고 있었다는 것이다. 다만 그러한 종교시적인 요소들이 세속적인 형태로 나타났을 뿐이며 신앙적인 깊이에 의한 것이 아니라 세속적인 의미에서 그 모형들이 형성된 것이라는 사실이다. 이러한 의미에서 본의 종교적 전환이란 자신의 잠재의식 속에 내재했던 종교적인 의미들이 외부적인 요인에 의해 표출되고 사상 속에 뿌리를 내리게 되는 것을 말하는 것이라 생각된다. 종교적인 전환으로 새롭게 발전되고 성숙된 사상에 의해서 쓰인 그의 종교시는 자연을 관찰함에 있어서 이전에 일반적이며, 세속적인 안목에서 탈피하여 신비한 안목으로 자연의 세계를 바라봄으로써 자연 속에서 나타나는 신의 세계를 그의 시 속에 구현해 줄 수 있었던 것이다. 그렇기 때문에 본의 종교시를 전체적인 면에서 살펴볼 때 그의 종교시가 보여주는 기본적인 목표는 자연의 이면을 탐구함으로써 신의 세계를 인식하게 하는 것이라는 사실이다. 그리고 그 인식을 통해서 신의 세계를 지향하게 되는데 이러한 지향성의 소망은 죽음을 통해서 새로운 세계로 나아갈 수 있게 만들어 주는 자연신비주의의 관점에서 비롯되는 것이라 볼 수 있다. 물론 여기에는 자신의 죄를 인정하는 회개의 의미가 내포되어야 한다는 전제가 포함된다. 이러한 관점에서 초기의 세속시로 출발했던 그의 시풍이 어떻게 심오한 종교시의 모습으로 변화할 수 있었는가를 알아볼 필요가 있다. 그것은 그의 종교적 전환의 과정을 시적 변화의 과정과 대비시켜 주면서 살펴봄으로써 알아낼 수 있을 것이다. 이 종교적 전환은 그의 대표적 종교시집 『섬광의 부싯돌』의 단계적인 변화를 보여주는 커다란 단서가 되기도 한다. 그렇기 때문에 그의 시를 통해서 나타나는 종교적 변천과정을 작품연대와 대비하면서 분석해 봄으로써 그의 시가 종국적으로 도달하고자 하는 자연신비주의를 통한 천상세계의 성취과정이 어떻게 전개되고 있는가를 알 수 있게 된다.

본의 생애에 대한 전기적인 사실이 명확하게 밝혀져 있지 못한 실정에서 그의 종교적 전환의 과정을 찾아내기란 그리 쉽지만은 않은 게 사실이다. 그렇기 때문에 아직까지도 그의 종교적 전환에 대해서는 비평가들 사이에서도 여러 각도로 논란이 오가고 있다. 그러나 그의 시의 전반적인 맥락을 주제적인 측면에서 살펴보면 분명히 종교적인 전환이 여러 가지의 계기를 통하여 조금씩 변화해 왔음을 알 수 있다. 『섬광의 부싯돌』 제1권은 1650년에 발간되었으므로 그 이전에 이미 전환의 계기가 있었음이 분명하다. 또한 『섬광의 부싯돌』 제2권이 1655년에 출간되었으므로 그 중간에도 또 다른 요인으로 인하여 종교적 전환이 발전되고 성숙되었을 것으로 생각된다. 본의 종교적 전환에 대해서는 비평가들마다 조금씩 다르게 평가하고 있다. 허친슨은 본의 전기적 사실을 기록한 『헨리 본: 삶과 이해』(Henry Vaughan: A Life and Interpretation)에서 본의 종교적 전환은 1650년에 이미 모두 완결되었다고 주장하고 있다. 그의 이러한 주장의 근원은 본에 있어서 벌써 이 시기 이전에 종교적 변화가 서서히 진행되어 오고 있었으며 이때에 이르러 종전의 세속시와는 전혀 다른, 종교적으로 심취된 자세와 분위기로 대표적 종교시집인 『섬광의 부싯돌』 제1권을 발간할 수 있었을 것으로 보고 있기 때문이다. 다음의 예문은 본이 종교시 『섬광의 부싯돌』 제1권을 발간하였을 때에 이미 변화의 과정을 거쳤다고 보는 그의 주장을 잘 뒷받침해 주는 말이라 볼 수 있다.

> 『섬광의 부싯돌』의 저자는 변화된 사람이었다. 그리고 그 변화란 시인으로서 자신을 고찰하도록 하는 데 가장 중요한 것이었다. 그의 세속시와는 달리 『섬광의 부싯돌』은 첫 시 「재생」에서부터 마지막 시까지 표현법이나 그 기질에 있어 온통 종교적이며 신비적이다. 그것은 허버트의 『성전』만큼이나 순수하게 종교적이다.

더욱이 그는 종교시집을 발간할 수 있었던 본을 이미 변화된 사람으로 보았고 세속시에서와는 다르게 종교적이고 신비적인 안목에서 시를 쓸 수 있게 되었던 변화야말로 그를 종교 시인으로 인정받을 수 있게 한 중요한 단서라고 생각하였다. 그리고는 그에게 시적으로 영향을 주었던 허버트만큼이나 순수한 종교시의 모습이 보인다고 평가하고 있다.

그러나 마릴라는 허친슨의 주장이 너무 단편적인 판단이라 주장하면서 본의 전기적인 자료의 부족을 들어 무모한 추정은 오히려 그릇된 판단을 유발할 수 있다고 경고한다. 그러면서 그는 오히려 1650년 이후에 나타나는 일련의 작품들이 이전의 종교시와 비교하여 볼 때 종교적인 깊이가 더욱 깊게 나타나고 있음을 이유로 들면서 그의 종교적 전환은 1655년 『섬광의 부싯돌』 제2권이 나오는 데까지로 잡아야 한다고 주장한다. 그것은 1655년에 합본을 발간하면서 쓴 서문이 더욱 종교적으로 성숙한 면을 보이고 있는 것과, 1651년과 1653년 사이에 출간한 대표적 명상수필집 『올리브산』과 『꽃의 고독』의 내용은 물론, 이 두 수필집의 서문에서 나타나고 있는 본의 종교적인 깊이의 발전을 예로 들면서 "이 두 작품집의 작업은 작가로 하여금 신성한 주제에 몰두하려는 것을 증명해 주고 있다."고 주장한다.

반면에 조나단 포스트는 그의 종교적 전환의 흔적은 단지 그의 1655년판의 서문에서 허버트를 찬양하는 것에서만 찾을 수 있다고 말하면서 허버트의 영향만이 곧 그의 종교적인 전환과 관련이 있다고 주장한다. 이러한 여러 각도의 논란하에서도 그의 종교적 전환에 대한 상황은 몇 가지로 집약될 수 있다. 여기에서 가장 중요한 것은 그의 종교적 전환의 열쇠는 그의 전기적 배경을 기본으로 하면서 작품을 분석하고, 두 시집을 작품이 쓰인 연대로 나누어 살펴보면서 전체적인 구조에 있어 전환의 과정이 어떻게 변화해 왔는가를 살펴보아야 할 것이다. 다만, 전기적 사실의 불명확성 때문에 작품의 쓰인 연도를 정확히 구분하기가 곤란하다는 점을 간과해서는 안 된다는 것이다.

먼저 1650년의 본의 『섬광의 부싯돌』 제1권이 쓰이기 이전까지의 종교적 전환의 시작은 성서와 당시대 최고의 종교 시인으로 일컬어지는 허버트의 대표적 시집 『성전』(The Temple)에 의한 영향이었다. 『섬광의 부싯돌』 서문에서 그는 허버트의 종교적인 삶의 모습과 그의 시집 성전이 보여주는 종교적인 영향이 자신에게 있어서 종교적 전환의 가장 큰 계기가 되었음을 다음과 같이 고백하고 있다.

> 시를 쓰는 데 있어 효과적이며 성공적인 시도는 축복받은 사람 조지 허버트에 의한 것이다. 그의 성스러운 삶과 시들은 경건한 전환을 얻게 만들었다.

그의 고백에 의하면 허버트의 종교적인 삶과 그의 시를 통해서 본 자신이 종교적인 삶으로 귀의할 수 있었으며 자신도 그와 같이 종교시를 쓸 수 있는 능력을 기를 수 있었음을 고백하고 있다.

성서와 『성전』의 영향하에서 그의 종교적 전환은 태동기를 맞는다고 생각해 볼 수 있다. 즉, 이전까지의 자기 삶을 세속적이라 진단하고 이후의 삶을 신에 귀의하는 삶으로 전환해야겠다는 결심을 하게 되는 시기를 말한다. 성서를 통해서 본은 성서에 등장하는 선각자들의 종교적인 삶을 보게 되었고 그것으로 자신의 이전 삶이 죄로 가득 차 있음을 고백하게 된다. 「회개」(Repentance)에서 그는 자신의 죄의 형상을 '돌도 자신의 마음보다 부드럽다고' 표현하면서 신에게 다음과 같이 호소하고 있다.

> 당신의 권좌로부터 무거운 죄의
> 회전을 보소서, 나의 지고한 파괴가
> 나의 모든 영혼으로 고백하오니,
> 나의 신이여, 나의 고백을 받아주소서.
> 그 마지막 날에
> (나만의 방법으로 죄의식에 감동하여)
> 나는 홀로 앉아서, 그 쓰디쓴

잔을 잡았습니다.
Look from thy throne upon this roll
Of heavy sins, my high transgressions,
Which I confess with all my soul,
My God, accept of my confession.
It was last day
(Touched with the guilt of my own way)
I sat alone, and taking up
The bitter cup.

시인은 먼저 자신의 무거운 죄의 짐을 신이 바라보아 주기를 소망하면서 자신의 죄를 영혼의 모습으로 고백하고 그것을 신이 받아들여주기를 간절히 호소하고 있다. 그것이 이루어지는 마지막 때에는 죄로 인해 죽음의 잔을 들 수밖에 없는 자신의 상황을 고백한다.

허버트의 시적 영향은 앞서 이야기한 것처럼 그의 종교적 전환에 있어 대단한 영향력을 미쳤다. 본은 그의 시적 스타일이나 시어들, 시의 리듬, 심지어는 제목까지도 모방하였다. 「아침의 경계」(The Morning Watch)에서는 본이 허버트에 의해서 얻어낸 시어나 스타일이 어떻게 모방되고 의존되었는가를 적절하게 보여주고 있다.

오 즐거움이여! 무한한 감미로움이여! 무슨 꽃들로,
그리고 영광의 발산으로, 나의 영혼은 깨지고, 싹 틔우리!
O Joyes! Infinite sweetness! with what flowers,
And shoots of glory, my soul breakes, and buds!

이 두 행에서 보면 허버트의 「성서(Ⅰ)」(The Holy Scriptures Ⅰ)에 나오는 "오 성서여! 무한한 감미로움이여! 내 심장이 모든 글자를 빨아들이게 하소서"의 행에서 보여주는 시어나 스타일을 모방하고 있음을 알 수 있다. 이렇게 본은 선배시인 허버트에게서 스타일은 물론 시어, 리듬을 철저히 모방하였다.

한편 성서를 통한 그의 시적 영향은 종교시의 전체적인 면을 놓고 볼 때 성서를 끝까지 인용하고 사용하였음을 알게 된다. 이 성서의 인용은 『섬광의 부싯돌』 제1권과 『섬광의 부싯돌』 제2권에서 약간의 차이점을 찾아볼 수 있는데, 『섬광의 부싯돌』 제1권에서의 성서 인용은 주로 죄의 문제와 그 죄의 구속에 관계되는 내용을 담고 있는 성서를 인용하고 있으며 인용의 분량도 20회나 나타난다. 반면에 『섬광의 부싯돌』 제2권에서는 성서를 그대로 인용하지 않고 성서의 장과 절만을 표기하여 인유(Allusion)의 성격을 보여주고 있다. 그러나 『섬광의 부싯돌』 제1권에서는 성서의 문구 자체를 그대로 시의 앞뒤에 배치시켜 줌으로써 시의 의미 전체를 암시해 주거나 더 나아가서는 직접적인 영향을 주고 있다. 『섬광의 부싯돌』 제1권의 서문이라 볼 수 있는 이 시집 전체를 대변하는 헌사의 노래인 「헌사」(The Dedication)에는 구원자이며 세상의 빛이 되는 신에게 드리는 헌사의 서문에서 시작하여 마지막에는 "우리를 사랑하시는 그가, 그의 피로 우리를 대속하여 주었나니"의 요한계시록 1장 5절에서 7절의 성서 인용을 보여줌으로써 시 전체의 분위기가 그리스도의 죽음과 그 피로 우리의 죄를 씻어내는 죄와 구속의 의미를 부각시켜 준다.

> 나의 구원자이신, 빛의 세상,
> 그리고 역시 삶도, 나의 마음의 기쁨이시여!
> 당신의 은총과 진리로 인해
> 나의 죄지은 청춘이 드러납니다.
> 나의 슬픈 타락과 거칠음이

당신에게 속삭입니다. 가장 온순할 때에;
My dear Redeemer, the world of light,
And life too, and my heart's delight!
For all thy mercies and thy truth
Showed to me in my sinful youth,
For my sad failing and my wild
Murmurings at thee, when most mild:

　이 헌사의 내용에 보면 구원자를 빛의 이미지로 표현하여 자신의 죄를 깨닫게 해 주는 역할로 묘사해 주면서 구원자의 피의 성스러움이 자신의 죄를 정화시켜 주어 천상의 상태로 만들어 주고 있음을 보여준다. 그러므로 『섬광의 부싯돌』 제1권의 전체적인 분위기가 죄의 인식과 그 죄의 구속을 통해 인간의 구원이 이루어진다는 내용을 암시해 주는 것임을 알게 된다. 아울러 이 죄의 인식은 그가 종교시로 전환하는 가장 근본적인 태동의 모형의 하나임이 틀림없다. 처음 자기의 죄에 대한 자성에서 출발한 그의 죄의 인식은 자신의 과거의 생활이 신에 대한 그릇된 것임을 인식하고, 이에 대한 회개의 모습과 앞으로의 생활이 깨끗하게 되기를 고대하고 기원한다.

　『섬광의 부싯돌』 제1권에서는 죄와 그의 회개에 대한 양상이 폭을 넓혀 가면서 인류 전체의 죄 의식의 문제로 비약하고 있으며, 또한 죄로 인한 결과가 과연 무엇인가 하는 것도 알 수 있게 한다. 「타락」의 시를 보자.

나는 안다. 당신의 커튼이 굳게 드리워져 있음을; 당신의 무지개는
구름 속에서 너무 희미하게 보이고,
여전히 죄는 승리하고, 인간은 그 중심과,
수의 아래로 가라앉는다;

만물은 깊은 잠과 밤 속에 빠져 있다; 짙은 어둠이 깔리고
당신의 백성들 위로 평행선을 긋는다;
그러나 들어보라! 무슨 나팔 소리인가를? 천사의 외침을,
일어나라! 당신의 낫으로 밀어 넣으라는.
I see, thy curtains are close－drawn; thy bow
Looks dim too in the cloud,
Sin triumphs still, and man is sunk below
The centre, and his shroud;
All's in deep sleep, and night; thick darkness lies
And hatcheth o'er thy people;
But hark! what trumpet's that? what Angel cries
Arise! Thrust in thy sickle.

이 시는 죄로 인하여 타락하게 된 인간의 모습을 그려 주면서
신과의 단절된 상태를 신의 커튼이 드리워진 상황과 그리고 구름
이 지상과 하늘을 분리시켜 주고 있는 모습으로 그려 준다. 여기
에서 나타나는 '커튼', '구름', '장막', '깊은 잠', '밤', '두터운 암
흑'과 같은 어휘들은 신과의 단절을 보여주는 이미지로 등장한다.
이러한 말들은 죄로 인하여 인간이 어둠의 세계 속에서 살아가지
않으면 안 되는 상황을 보여주는 것이다.

또 하나 본에 있어 종교적인 전환의 원인은 1648년에 발생한 동
생 윌리엄 본의 죽음이었다. 극진히 사랑했던 동생의 죽음은 그에
게 있어 이전의 죄에 대한 회환을 더욱 깊게 만들었음은 물론 그
가 죽음의 실체를 느낀 가장 큰 사건이었다. 물론 그 이전에 영국
내란에 참전하였을 당시 죽음이라는 실상은 보아 왔을 것이지만
진실로 죽음에 대한 깊은 감각을 느끼게 된 것은 동생의 죽음에서
비롯되었다고 볼 수 있다. 이 시기에 느낀 죽음의 실체는 비록 객
관적인 안목이기는 하지만 죽음에 대한 새로운 감각을 느끼게 해
준 것이 사실이다. 「침묵, 그리고 그날들의 비밀」과 「오라, 오라

내가 여기서 무엇을 하고 있는가?」를 살펴보자.

> 침묵, 그리고 그날들의 비밀! 네가
> 떠난 이후 때는
> 천이백 시간이, 지난 지금, 산마루도 아닌데
> 구름이 걸려 있다.
> Silence, and stealth of days! 'tis now
> Since thou art gone,
> Twelve hundred hours, and not a brow
> But clouds hang on.

> 오라, 오라, 나는 이곳에서 무엇을 하고 있나?
> 그가 떠난 이후
> 날은 변하여 열두 해가 되고 시간은 하나로;
> 오라, 오라!
> 이 더럽혀진 눈물로
> 총합을 잘라내라!
> Come, come, what do I here?
> Since he is gone
> Each day is grown a dozen year
> And each hour, one;
> Come, Come!
> Cut off the sum,
> By these soiled tears!

위의 두 시는 동생 윌리엄 본의 죽음을 애도하면서 쓴 시들이다. 여기에서 동생의 죽음 이후에 시인이 정신적으로 느끼고 있는 공허와 갈등을 그는 고요함과 적막의 이미지, 그리고 방황하는 심정을 토로하는 어휘로써 표현하고 있다. 한 가지 여기에서 본이 가장 근접시켜 느끼고 있는 것이 죽음의 실체였음을 '너는 떠나고'라는 표현과 '그는 떠나고'의 표현으로 확실히 알 수 있다.

영국의 시민전쟁(Civil war)이라는 내란이 헨리에게는 개인적으로 상당히 영향을 준 것 같다. 그가 내란에 친히 가담해서 싸웠다는 상황적인 증거들이 속속 드러나고 있다. 그리고 그의 동생 윌리엄의 죽음은 내란에서 겪은 상처와 고난 때문이었다. 『인간 - 쥐』라는 시집 서문에서 토마스 본은 동생 윌리엄 본을 '영광스런 일' 때문에 죽었다고 말했다. 본의 시 「올리브 산」에서 그는 "동생의 적들은 그의 가장 친하고 가까운 친척들의 핏속에서 손을 씻었다."라고 쓰고 있다. 이러한 죽음의 인식은 그의 종교적 전환에 큰 전기를 제공해 준 발전기의 양상을 보인다. 윌리엄 본은 당시 21세의 철학도로 아리스토텔레스를 연구하는 재능 있는 청년이었다. 인간은 자기가 가장 사랑하고 아끼던 존재의 죽음이 있게 되면 우울과 자기반성이 나타나게 되는 법이다. 이렇게 앞날이 촉망되던 사랑하는 동생의 죽음은 바로 헨리 본에게 있어서 자신의 과거 생활에 대한 반성과 고민으로 연결되었고 이것이 이전에 그의 정신 속에 태동했던 죄 의식의 문제와 결부되어 영혼의 상당히 깊은 곳까지 들어옴으로써 이전 삶을 완전히 청산하려는 데까지 이르게 되었던 것이다. 페텟(pettet)은 동생의 죽음이 가져다준 본의 영적인 상태의 변화를 다음과 같이 보고 있다.

> 「내가 슬퍼하는 것을 너는 알리라」와 함께 또 다른 시에서 확실하게 증명되듯이 동생이 죽은 그해에 본에게 있어서 영적인 상태에 대해 심각한 고려를 만들어 주었다.

그러나 그의 과거의 실제적인 삶이 부도덕하였거나, 악한 일을 일삼았다는 것은 아니다. 다만 그는 죽음을 목도함으로써 적어도 자기의 이전 삶이 죽음 후에 우리가 가야 할 천국을 바라보며 산 것이 아니었고 너무나 세상적인 것에만 의존하고 있었다는 것을 느꼈다는 것이다. 이것은 윌리엄 본의 죽음 이전부터 성서를 통해 그의 정신 속에 서서히 잠식해 온 일련의 영적인 변화가 죽음을 눈앞에 대함으로써 그 변화의 양상이 급속히 진전된 것이라 볼 수 있다. 여기에서 죽음에 대한 본의 감각에 대해 알아볼 필요가 있다. 그의 생애에 있어 죽음의 그림자는 늘 그를 쫓아다녔다. 전쟁 터에서의 죽음에서부터 자신이 속한 왕의 군대의 패배와 그에 따른 죽음의 공포, 고향의 귀환 후 동생의 죽음, 그리고 아내의 죽음 이 곧바로 뒤를 이었고 급기야 자신도 병에 걸리게 되어 오랜 지병으로 죽음의 그림자 속에서 살아가게 되었기 때문에 죽음의 공포는 더욱 그의 정신을 긴장 속으로 몰아넣었을 것이 분명하다. 더욱이 고향에 돌아온 그는 의사로서 많은 병자들과 함께 삶과 죽음의 갈림길을 헤매었음이 틀림없다. 그러나 본은 죽음에 대한 갈등과 공포를 인간적으로만 보지 않고 이를 극복하는 영혼적인 문제를 탐구하게 되었다. 이때부터 그는 인간의 죽음을 삶의 끝으로 보지 않고 또 다른 삶의 길로 나아가는 하나의 방향 제시와 같은 상황으로 인식하게 되었다. 그의 이러한 인식은 성서의 배경에서 영향받은 것이라 생각해 볼 수 있을 것이다.

『섬광의 부싯돌』제1권의 서두에 나오는 '죽음, 대화'는 인간의 영혼과 육체가 서로의 입장을 논하는 형식으로 되어 있는데, 영혼이 먼저 육체에게 죽음에 얽매여 있으면서 어찌 수년 동안을 기다리고 있어야만 되느냐고 질문을 던지게 된다. 그러면 육체는 자기의 자유를 박탈한 어둠과 죽음의 속박에서 벗어나게 해달라고 신에게 간구의 기도를 올린다. 그러면서 이러한 논쟁을 계속해 나가다가 결론부분에 이르러서 영혼과 육체는 서로가 하나로 합쳐져 빛의 의미를 담고 있는 신의 구원을 통해 해가 지지 않는 영원한 땅에서 살아가게 됨을 보여주고 있다.

> 확실히 그건 죽음이었소, 그러나 그대는
> 당신의 모친의 가슴속에서 잠들고
> 내가 얼마나 가깝게 구원이 다가오는지
> 알도록 매 시간 신음하는 동안에.
> Just so it is in death, but thou
> Shalt in thy mother's bosom sleep
> Whilst I each minute groan to know
> How near redemption creeps.

위의 시에서 논쟁을 벌이던 영혼과 육체는 본래적인 의미에서 하나임을 확인하고 서로의 상황에 따른 새로운 삶의 길을 모색하게 된다. 육체는 어머니의 태 속에서의 거듭남을 통하여 신의 세계로 나아갈 수 있음을 보여주고, 영혼은 비록 느린 걸음이지만 구원으로 나아가고 있음을 보여줌으로써 영혼과 육체가 모두 새 세계를 지향하고 이를 성취하려 함을 보여준다. 이것은 죽음에게는 마지막 안녕을 고하고 영원히 빛의 세계 속에서만 살아가고자 하는 시인의 열망을 보여주고 있는 것이다. 이때에 이르기까지 그의 종교적 전환은 완성되지 못하였다고 볼 수 있는데, 그것은 1650년을 전후해서도 세속시가 쓰였고 이것이 1651년 『어스크의 백조』에 첨가된 것에서도 그 이유를 찾아볼 수 있다. 그렇기 때문에 이 무렵의 그의 종교적 전환은 혼재된 양상을 보이면서 계속 발전되어 가고 있는 것으로 정의하여야 옳을 것이다.

이와 같이 동생의 죽음으로 인하여 종교적 변화가 급격하게 발전되었고 여기에 더하여 아내의 죽음과 1652년부터 1654년까지의 자신의 오랜 지병(Long illness)은 죽음의 공포를 더욱 심화시켜 준다. 그러나 이러한 공포가 깊어 가게 되자 그의 신앙은 이를 극복하는 하나의 돌파구를 찾게 되는데, 그것이 바로 죽음을 천상세계로 지향하는 하나의 길이라고 생각하게 되는 그의 신비주의 자연관과 천국관으로의 발전이다. 그렇기 때문에 이 시기에 이르러 그의 종교적 전환은 완숙기에 이른다고 정의할 수 있다. 이 시기에 가장 두드러지게 나타나는 시적 현상은 이제까지의 지상적인 시적 분위기가 천상적인 모습으로 변화해 가는 형태로 나타난다는 것이다. 그것은 그의 신비주의 자연관이 그의 사상 속에 확고하게 자리잡아 가면서 죽음을 초월하여 이미 가야 할 천상세계의 소망을 그의 시적 사상 속에 뿌리 깊게 박아 놓았다는 것을 의미한다. 그렇기 때문에 『섬광의 부싯돌』의 후기 시는 이러한 새 세계의 도래라는 시적 사상을 다분히 담아놓고 있다. 「그들은 모두 빛의 세계로 갔습니다!」(They are All Gone into the World of Light!)에서는 천상세계와 지상세계를 대비하면서 자기의 현재적 삶이 지상세계에 머물고 있음을 보여준다.

> 그들은 모두 빛의 세계로 갔습니다!
> 나는 이곳에서 머뭇거리며 홀로 앉아 있습니다.
> 그들에 대한 뚜렷한 기억은 확연하게 빛나고,
> 내 슬픈 생각을 명백하게 해 줍니다.
> They are all gone into the world of light!
> And I alone sit ling'ring here.
> Their very memory is fair and bright,
> And my sad thoughts doth clear.

이 시에서 보면 천상으로 대변되는 빛의 세계에 살고 있는 먼저 세상을 떠난 그들과, 그들을 보내놓고 지상세계에서 방황하는 나의 존재를 대비시켜 줌으로써 저들이 거주하는 천상의 세계와 나의 삶이 있는 지상세계를 대조적으로 보여주고 있다.

「거주지」(Dwelling Place)에서도 신이 거처하는 곳이 확실하게 어디인지는 모르지만 신의 세계를 긍정적인 관점으로 평가하면서 그곳의 모습을 다음과 같이 그려 주고 있다.

> 나의 사랑하는 신이여! 나는 그때 무엇이 그대 안에
> 머물렀는지 모르고, 어디인지도, 어떻게 인지도 모릅니다;
> 그러나 나는 확신합니다 그대가 지금
> 좁고, 평범한 방으로 온다는 것을,
> My dear, dear God! I do not know
> What lodged Thee then, nor where, nor how;
> But I am sure, thou dost now come
> Oft to a narrow, homely room.

본은 확실히 신의 존재를 깊은 신앙의 눈으로 보고 있었다. 다만 그 존재의 현재적 위치가 어디인지를 분간할 수 없었을 따름이다. 그럼에도 불구하고 그는 신의 도래를 확신하고 있었고 그 도래는 우리 인간이 거주하는 지상세계임을 신앙의 힘으로 알고 있었다.

여기에서 한 가지 그의 종교적 전환에 대한 요인에 대해 생각해 볼 문제가 있다. 그것은 본의 종교적 전환을 종교적 체험으로 해석하느냐, 아니면 시적인 사상의 변화로 해석해야 하느냐 하는 것이다. 커모드(Kermode)는 "그의 종교적 전환은 종교적인 경험보다는 차라리 시적이라고 해야 한다."라고 하여 종교적 체험보다는 시적인 변화를 더욱 강조하고 있다. 그러나 종교시란 시인의 정신 깊은 곳에 종교적인 의식이 없거나 또는 삶 자체가 종교에 헌신하

는 삶이 아니라면 제대로 이루어질 수 없는 것이라 본다. 아니 어쩌면 종교적인 의식과 삶이 없이 종교시가 써졌다면 그것은 깊이가 없는 작품으로 인정될 수밖에 없을 것이다. 본의 종교시가 진실한 종교시로 인정받게 된 것도 바로 그러한 자신의 삶이 종교적인 면에 뿌리박고 있었기 때문이라고 볼 수 있다는 것이다. 페팃은 그의 시에 뿌리박고 있는 이러한 종교적인 삶이 그의 시 전편에 걸쳐 골고루 나타나고 있다고 보면서 다음과 같이 주장한다.

> 그의 시가 성스런 삶의 뿌리를 두고 있다는 사실은 그의 여러 시를 통해 입증된다. 그의 많은 시들은 마츠가 제의했듯이 성서적 텍스트를 반영하고, 당시의 정교한 명상의 형식에 기초하고 있다.

그러나 시적 영감 역시 간과할 수 없는 것이라 생각되기 때문에 종교적 체험과 시적 태도의 변화는 거의 같은 선상에서 다루어 주는 것이 바람직하다고 생각된다. 본에 있어서 종교적인 변화는 위에서 열거한 여러 영향과 죽음의 체험을 통해 스스로 단련한 명상과 기도의 의미로 해석할 수 있을 것이며, 또 한편으로 시적 체험은 그의 시의 스타일과 형이상시의 특징들의 변화, 그리고 시를 대하는 감각의 깊이가 한층 더 심오해진 것에서 찾아보아야 한다. 「세상」에서 보면 표시된 연인(the doting Lover), 사악한 정치인(the darksome States – man), 지독한 구두쇠(the fearful miser)와 같은 형이상파시의 특징적 기상의 스타일이 일상적 감각으로는 생각해 낼수 없는 시어로 표현되고 있으며, 그리고는 일상적인 언어와 이미지들이 독특한 의미를 갖는 시어로 변화한다는 것이다. 이러한 형이상파의 특징적 스타일이 그의 시 속에서 나타나고 있다는 것 자체가 그의 시적 체험의 발전을 보여주는 표본이 된다.

지금까지 본의 대표적인 종교시 『섬광의 부싯돌』에서 나타난 그
의 종교적인 전환과 그리고 그 영향에 대해 이를 연대적으로 살펴
보았다. 그의 종교적 전환에 있어 가장 중요한 요소가 되었던 것
은 물론 선배시인인 조지 허버트와 성서에 의한 영향이 가장 컸던
것이 사실이다. 그러나 여기에 더하여 그가 객관적 또는 주관적으
로 체험한 죽음의 인식은 더욱 큰 반향을 가지고 그의 삶과 시적
세계를 바꾸어 놓았다고 볼 수 있다. 이러한 관점에서 본다면 성
서와 허버트의 영향은 시인의 삶의 개조를 통한 시적 변화를 만들
어 주었고 동생의 죽음을 비롯한 여러 죽음의 체험과 그리고 자신
의 중병을 통한 죽음의 공포는 시인의 심리적인 변화를 유도해 주
어 또 다른 세계를 바라볼 수 있는 신앙적 안목을 만들어 주었다
고 볼 수 있다. 이런 관점으로 볼 때 『섬광의 부싯돌』 제1권에서
시작된 본의 시적 사상의 성장과 변화는 이러한 경험에 근거하여
『섬광의 부싯돌』 제2권에 오면서 그 과정이 완전하게 이루어졌음
을 알 수 있다. 캘훈(T. Calhoun)은 두 시집 사이에서 보이는 변화
의 단계적 과정을 다음과 같이 설명한다.

　　　　『섬광의 부싯돌』의 첫 번째 책은 명상적인 관찰에서부터 오는 형식으
　　　로 구성되어 있고, 자연과 화학에 관한 것들이 어떻게 변형되고 성장되
　　　는 것에 관한 실험 관찰의 상상들이 반영되어 있다. 이러한 과정들이 완
　　　성을 이루는 것이 『섬광의 부싯돌』 두 번째 책의 출발이라 볼 수 있다.

　　캘훈의 주장에 의하면 성장과 변형의 과정에서 보이는 경험적인
사상이 본의 1650년판 『섬광의 부싯돌』을 만들어 주었고 이 과정
은 1655년판 『섬광의 부싯돌』이 시작되면서 완성되었다는 것이다.
본의 자연신비주의시적 사상은 이와 같이 종교적 전환의 과정을

거쳐 오면서 자신의 죽음에 대한 직간접적인 체험과 더불어 다른 사상과의 접근을 통해 단계적으로 시인의 사상 속에 뿌리를 내리게 되었다.

더욱이 허친슨 박사는 종교시집을 발간했다는 그 자체만으로도 본을 이미 신앙적인 면에서 변화된 사람으로 보았으며 세속시에서와는 달리 종교적이고 신비적인 안목에서 시를 쓸 수 있게 되었던 변화야말로 그를 종교 시인으로 인정할 수 있게 하는 중요한 단서라고 생각하였다. 그리고 본의 시 속에서 그에게 시적으로 영향을 주었던 허버트만큼이나 순수한 종교시의 모습이 묘사되고 있다고 평가하고 있다.

  『섬광의 부싯돌』의 첫 시 「재생」에서부터 마지막까지의 시는 종교적이고 또한 신비스럽다. 허버트의 『성전』과는 다르게 새로운 방향을 제시하고 있다고 보아야 한다는 사실이다. 그리고 전에 세속시에서 썼던 여러 수법들이 시의 톤이나, 주제에 있어 아주 다르게 나타난다는 것이다.

그러나 이 사실들은 본이 1647년과 1650년 사이에 쓰인 시들이 명백하게 세속시집 『어스크의 백조』에 포함되어 있다는 것으로 비쳐보아 1650년 이전에 그의 자아의 변용과정이 완성되었다는 가정이 과연 수긍할 만한 것인가라는 의구심을 갖게 한다. 또 한편으로 1647년부터 1650년도에 이르기까지 세속시가 쓰였다는 사실은 출간자의 출간지연 사유가 포함된 '출판인이 독자에게'(Publisher to the Reader)의 내용까지도 그 신뢰도를 저하시키게 한다. 이러한 상호 불일치되는 이견 때문에 오늘날의 비평가들에게 1650년의 『섬광의 부싯돌』 제1권을 썼을 당시의 시인의 태도와 그 이전의 세속시에서 나타나는 근본적인 차이가 무엇인가라는 관점으로 시선을 돌리게 만드는 것이다. 그러나 작품 자체만의 분석이 그의 자아의 변용과정에 대한 실제적인 증거를 제시한다고 보지는 않는다는 측면에서 전기적인 사실 역시 작품의 외적인 모형으로 제시되어야 할 것으로 보는 것이다.

『섬광의 부싯돌』의 추가된 서문에는 본 자신의 신을 망각한 삶에 대한 모습들을 다시 한 번 상기시켜 주면서 기독교 독자들에게 현재의 자신이 현세의 보이는 것(seen object)을 추구하는 것이 아닌 보이지 않는(unseen object) 영원을 간구하고 있음을 강조해 주고 있다. 한편 1652년 4월 17일에 쓰인 『꽃의 고독』의 '독자들에게'에서는 시인 자신이 겪어야 했던 자신의 과거에 관한 세상적인 회한의 고통들이 나타난다. 이때 비로소 그는 신의 빛과의 논쟁적인 갈등이 생겨나고 아울러 자신의 그릇된 세속적인 망상으로 인하여 빚어지는 인간의 무지함을 일깨우게 된다. 더욱이 이러한 갈등 속에서 그가 찾아낼 수 있었던 것은 영적인 환상과 그리고 거기에서부터 전달되는 인간적인 평화의 모습 바로 그것이었다. 그렇기 때문에 시인은 자신의 독자들에게 하나의 채널을 통하여 이와 같은 평화를 찾으라고 권고하고 있는 것이다. 『꽃의 고독』에서 보면 1650년 이후 그의 종교적인 경험들이 몇 가지 요인으로 자아의 변용에 어떤 영향을 미치고 있는가 하는 것을 보여주고 있다. 이러한 증거들로 인하여 그의 종교적인 전환이 1650년 이전에 완성되었다고 보는 시각은 다소의 문제를 안고 있다고 볼 수 있을 것이다. 1650년판의 『섬광의 부싯돌』 제1권에서는 그의 근본적인 삶의 태도가 완전하게 바뀌었다고 보기는 다소 어려운 면이 없지 않다. 단지 이전의 세속시에서 시작되었던 발전적인 양상이 논리적인 장으로 지속되고 있다는 것이다. 전기적인 면으로 볼 때에도 이미 그에게 세속적인 삶에 대한 회한이 나타나고 있음을 생각해 본다면 이러한 발전적인 모습이 더욱 잘 드러난다고 볼 수 있을 것이다. 결국 그의 자아의 변용과정은 1640년 중반부터 시작하여 1654년까지도 지속적인 양상을 보이면서 진전되었다고 볼 수 있을 것이며, 1650년 이후에는 경험의 축적이 더욱 강하게 나타나고 있음을 보아 이 시기에 더욱 그 전환의 속도와 강도가 강하게 나타나고 있다고 평가할 수 있을 것이다.

4.2. 주제적 분석

전환에 대한 여러 각도의 논란 속에서도 그의 자아의 변용과정에 대한 상황은 몇 가지로 집약될 수 있다. 그리고 여기서 그의 자아의 변용과정의 과정을 찾아낼 수 있는 하나의 중요한 열쇠를 발견할 수 있게 된다. 이는 그의 전기적 배경을 기본으로 하면서 작품을 분석하고, 두 시집을 작품이 쓰인 연대로 나누어 살펴보면서 두 작품집에서 나타나는 종교적인 연계성과 전체적인 구조의 변화를 살펴보아야 한다는 것이다. 다만, 전기적 사실의 불명확성과 작품의 연대를 시인이 기록하지 않았기 때문에 작품의 쓰인 연도를 정확히 구분하는 것이 곤란하므로 작품의 배열순서와 함께 주제의 변화라는 측면에서 이를 분류하여 분석해야 할 것이라 생각한다.

『섬광의 부싯돌』 제1권의 서두를 장식하는 「재생」(Regeneration)의 시는 죄 속에 묻혀 있던 시인 자신이 죄의 세계에서 벗어나 새로운 세계를 찾아 나가는 순례의 과정을 성서적인 배경을 밑바탕으로 하여 그려 주는 시이다. 시인의 맨 처음 시도는 죄의 속박에 묶여 있는 상황에서부터 출발하려는 것이다. 자유에의 희망과 열망을 갖고 있는 인간이 죄라는 실체 속에 빠져 있는 상황이라면 그 열망은 더욱 강렬할 것이다. 본의 신앙에 의하면 그러한 죄로부터의 탈출의 열망은 인간 모두에게 존재하는 것이라 믿었다. 특히 자아의 변용을 시작하는 시인 자신의 경우는 더욱 그러하였으리라 생각된다. 그리하여 시인은 과감하게 죄로부터의 탈출을 감행한다.

1
어느 감방, 여전히 구속된 채, 어느 날 나는
몰래 바깥세상으로 나갔다.
무르익은 봄이었다. 앵초 꽃 널려 있는 길,
그늘이 걸려 있다;
그러나 마음속엔 안개 서리
그리고 거친 바람이
나의 어린 싹을 시들게 하고
구름 같은 죄는 내 마음을 가린다.

2
그렇게 부는 폭풍, 나의 봄이 단지 무대였음을
직감했고, 그리고 겉치레였음도.
나의 괴물스런, 바위로 거칠어진 산과
같은 물건과 그리고 눈(雪) 위의 걸음;
순례자의 눈(眼)이
휴식도 없이 우울한
하늘을 측량하고 그리고는 떨어진다.
그리고 슬픔의 비가 쏟아진다.

1
A Ward, and still in bonds, one day
I stole abroad,
It was high—spring, and all the way
Primrosed, and hung with shade;
Yet, was it frost within,
And surly winds

Blasted my infant buds, and sin
Like clouds eclipsed my mind.

2
Stormed thus, I straight perceived my spring
Mere stage, and show,
My walk a monstrous, mountained thing
Rough – cast with Rocks, and snow;
And as a Pilgrlgm's Eye
Far from relief,
Measures the melancholy sky
Then drops, and rains for grief,

　첫 행의 병동(Ward)은 그의 청춘과 그리고 그의 영적인 미성숙이라는 두 가지 의미를 내포하면서 억압의 상황임을 보여주고 있다. 시인 자신을 바로 세상 죄로 인한 병동 그 자체로 보았다는 것이다. 이 상황은 성서에 나오는 "죄지은 자는 곧바로 죄의 종이니"(요한복음 8:34)라는 말과 연관되고 있다. 다른 한편으로 '병동'은 신과 배치되는 세상적인 의미를 전달해 준다. 순례를 시작하면서 시인은 이 여정이 이제까지의 지상적인 삶을 벗어버리고 영적인 삶을 위한 신앙의 수련여행임을 묘사해 주고 있다. 여기서 자아의 변용을 신앙의 힘으로 이끌고 나가야겠다는 시인의 의도가 엿보이고 있다. 시인은 인간적인 삶의 두 가지 길인 죄 속의 삶과 영적인 삶을 그려 준다. 그리고 성서적인 배경을 통해서 인간이 쉽고 넓은 길을 택할 것인가, 아니면 좁고 어려운 길을 선택할 것인가를 보여주고 있다. 아직 묶여져 있다는 '여전히 구속되어 있다'의 의미는 그리스도의 구원의 의미를 아직도 인식하지 못하고 구속된(unfree) 상태이며, 그리고 구습을 따르면서 영혼이 죄 속에 잡혀 있다는 것을 의미한다. 그러나 한 가지 주목할 수 있는 것은 이렇게 죄에 의해 묶여 있다는 의미가 역설적인 의미에서 구원의 의미를 더욱 가치 있게 하는 것이며 이를 전제해 주는 것이 된다. 그렇기 때문에 여기서부터 탈출하고 싶은 인간의 희구는 어느 날 밖으로의 탈출을 꾀하고 봄과 같은 세상을 발견하게 된다. 이것이 세상적인 것에 묶여 있는 죄인으로서의 시인의 신앙적 순례의 시작이며 자아의 종교적 변용의 태동이 되는 것이다.

다음으로는 시적 갈등을 겪는 시기가 나타난다. 런던에서 귀향한 본은 그곳에서의 생활을 기록한 내용을 담아 첫 번째 세속시 『시편들』을 출간하였고 이어서 고향의 자연을 노래하며 삶 속에서 나타나는 죽음을 애도하는 두 번째 세속시 『어스크의 백조』를 썼다. 그러나 세속시를 쓰면서도 그의 내면에는 이미 자아의 변용과정에 대한 태동이 얼마 동안 진행되고 있었기 때문에 이로 인한 갈등으로 두 번째 세속시를 발간하지 않기로 결심하기에 이르렀을 것으로 추정할 수 있겠다. 1647년 12월 17일에 완성된 『어스크의 백조』는 '친구에 의해 출간되었다.'는 단서를 달고 친구 토마스 파월(Thomas Powell)에 의하여 출간되었다. 시집이 출간되면서 이 책에는 1647년에 쓰인 다소 모호한 출간의 서문과 함께 출간자의 변이 포함되어 있다. 작품집에 수록된 '출판인이 독자에게'에 보면 시인이 왜 작품집의 발간을 지연하였는가를 잘 알 수 있으며 아울러 시인의 동의도 없이 출판인이 임의로 출간할 수밖에 없었던 상황을 설명해 준다. 이것은 시인의 완강한 마음가짐이 그 주된 요인이라 생각해 볼 수 있을 것이고 출판인은 세속시 작품 출간에 대해 나름대로의 의미를 부여하려 했던 상호 의견 대립에 기인한다고 추정할 수 있을 것이다. 출판인에 의하면 본은 자신의 이전 작품 즉, 세속시에 대해 미천한 내용을 담고 있다고 보면서 "작가는 이것들은 오래전에 난해하다고 비난했었다."고 묘사한다. 세속시의 출간이 미루어지는 동안에 본 자신은 1650년에 종교시로만 쓰인 대표적인 그의 종교시『섬광의 부싯돌』제1권을 스스로 출간하게 된다. 그리고는 5년 후에는 다시 이 작품집에 종교시를 쓰게 된 동기와 악에 대항하여 신앙을 견지하지 못했던 자신의 잘못을 뉘우치는 자신의 신앙에 관한 견해를 담고 있는 서문을 첨가하여 작품집을 보완 재출간하였다. 이러한 사실은 그에게 있어서 1647년과 1650년 사이에 이전의 세속시를 포기하고 자신의 시적 재질을 영적인 주제로 돌이켜 보려는 자아의 변용과정의 계기가 있었음을 직간접적으로 증명해 줄 수 있는 하나의 단서가 되는 것이라 볼 수 있을 것이다. 한 가지 주목할 것은 이러한 출간 지연이라는 완강함이 있었음에도 『어스크의 백조』가 완성된 1647년 이후에도 시인이 계속 세속시를 쓰고 있었다는 점이다. 이후의 시들은 주종이 비록 죽음에 대한 엘레지의 노래가 대부분이지만 아직 종교시적인 분위기가 잘 나타나지 못한다는 측면에서 세속시로 분류하고 있는 것이다. 그러나 종교시의 이미지 속에서 나타나는 죽음의 주제를 생각해 본다면 이 갈등기에 나타나는 세속시의 내용들은 이미지상으로 볼 때 세속시와 종교시의 중간자적인 의미로 해석해 볼 수도 있음을 이해해야 할 것이다. 이렇게 이해한다면 그의 갈등기 속에서 나타나는 시의 의미를 어느 정도는 이해할 수 있으리라 생각된다.

동생의 죽음으로 인하여 종교적 변화가 급격하게 발전되었고 여기에 더하여 아내의 죽음과 1653년부터 1654년까지의 자신의 오랜 중병은 죽음의 인식에서 경험으로 바뀌면서 죽음에 대한 공포를 더욱 심화시켜 준다. 그러나 이러한 공포가 깊어가게 되자 그의 신앙은 이를 극복하는 하나의 돌파구를 찾게 되는데 그것이 바로 죽음을 천상세계로 지향하는 하나의 길이라고 생각하게 되는 그의 신비주의 자연관과 천국관으로의 발전이다. 그렇기 때문에 이 시기를 그의 자아의 변용과정이 성숙기에 이르는 단계라고 정의해 볼 수 있겠다. 본은 죽음의 공포를 극복하고 신의 세계로 나아가게 하는 방법으로 자연을 통한 예비적 묘사법을 사용하고 있다. 그는 자연을 통해 인간이 살아가야 할 삶의 길을 예비하도록 교습하고 안내하려 하였다. 그의 교습은 두 가지 측면으로 받아들일 수 있는데 신의 창조물로서의 인간의 목적이 영혼의 쉼 없는 활동을 통해 그들의 신성했던 본래의 모습으로 돌아간다는 것과 피조물로서의 신을 찬양하는 것으로 볼 수 있다. 자연에 대한 본의 태도에서 생각해 볼 수 있는 것은 그의 시 속에서 나타나는 인간의 자연으로부터의 배움이라고 하는 것이다. 이러한 자연을 통한 배움이라는 겸허한 자세가 바로 그의 자연관의 기본이며 그의 종교적 신앙의 근간이 되고 있다고 볼 수 있다. 그는 자연 속의 모든 생물들을 신과 연관 지어 생각해 볼 때에 인간보다도 신에게 더욱 가까운 존재라고 보았으며 반면에 인간이란 신과 분리되어 살아가면서 망각의 삶을 살아가는 존재로 보았던 것이다. 그래서 그는 자연을 인간의 선생으로 보고 있다. 자연 속의 모든 생물은 인간이 생각하지 못하는 천상세계를 바라보고 그곳으로의 지향성을 늘 간직하고 있음을 보여주고 있다. 시인은 자연을 보면서 인간이 만들어 내지 못하는 자연의 경이로운 현상을 찬양하면서 그것들만이 가질 수 있는 자연의 힘이 곧 하늘의 세계를 바라볼 수 있는 힘으로 보았다. 이러한 이유를 들어 시인은 인간들이 자연을 통해서 습득해야 할 지혜란 바로 모든 자연 속의 생물들이 지향하는 천상세계의 지향성이라고 정의해 주고 있다.

본의 중병이 자아 변용과 시적인 전환의 가장 큰 요인이었다고 하는 것에 대한 이견은 없는 것 같다. 많은 비평가들이 그의 중병에 대한 사실들을 전기적인 배경과 함께 작품의 분석을 통해 지속적으로 연구하고 있는 실정이다. 그렇기 때문에 요인이 되었다는 것에는 한목소리이지만 이에 대한 견해는 여러 가지 형태로 나타나고 있다. 이 학설이 처음 제기된 것은 1847년에 라이트 목사에 의해서였다. 그는 "시인이 1647년 겨울에 그 병명은 확실히 알 수는 없지만 중하면서도 오래 끄는 병에 걸린 것이 사실이다. 이때 그는 이 병이 자신을 죽음의 가장자리로 이끄는 자연의 힘이었으며 그리고 오랫동안 고독과 그리고 고통 속으로 이끌어 가고 있었다."라고 말해 준다. 라이트 목사는 1655년의 『섬광의 부싯돌』 제2권에서 1654년 9월 30일자로 명기된 서문을 통해 작가 자신이 죽음에 직면해 있다고 서술한 자료를 예시로 들고 있다.

제임스 시몬즈도 역시 본의 시적 변환이 부분적일지는 모르지만 중병에 의한 것이란 것에 동의하면서 그 시기를 1650년의 이전이라는 라이트 목사의 주장에 동의한다. 확실히 그의 이 중대한 병은 1650년 『섬광의 부싯돌』 제1권이 발간된 이래 계속 그의 시와 연관되고 있음을 알 수 있다. 그래서 그는 1655년판에는 이러한 내용들을 계속적으로 첨가시켜 나갔다. 또한 1654년 9월 30일이라 명기된 『섬광의 부싯돌』 합본서문에서도 본은 이 작품집이 운명적인 병중에서 회복되는 시기에 쓰였음을 명백하게 논증하고 있다. 그는 이에 대해서 "정말로 나는 죽음에 가까이 와 있으며, 죽음으로부터 그리 멀리 떨어져 있지 않다."고 술회하고 있다.

반면에 1960년 이후 근년에 들어오면서 일련의 비평가들은 중병의 시기를 1653년을 전후한 시기로 보고 있다. 페팃은 본 중병의 기간이 1653년을 전후한 시기임을 긍정하면서 다만 그의 병이 일시적인 것이 아니라 오래전부터 은밀하게 진행되어 왔었다고 다음과 같이 진술해 주고 있다.

> 본이 중병으로부터 고통받았다는 일련의 증거들로 보아 아마도『섬광의 부싯돌』의 두 파트를 집필한 사이의 기간인 1653년경으로 추측할 수 있다. 또 다른 한편 그 병의 시작과 내란 참전 동안의 상실된 경험들은 『섬광의 부싯돌』의 처음 시를 시작했을 때부터 일찍이 그를 죽음이라는 상태를 만들어 갔다.

그러면서 그는 1652년에 쓴 작품을 분석하면서 본의 정신적인 상태가 육체적인 상태보다 더욱 좋지 않음을 보여주고 있다고 주장한다. 다른 비평가들보다 조금 이른 시기를 제의하려는 그의 시도 즉, 종교시의 영감과 병과의 관련성을 갖게 하려는 그의 시도는 본이 정신적인 문제로 고통받고 있다는 가능성을 제시했다는 측면에서 또 다른 시적 전환의 가능성을 제기하기도 한다.

마릴라는 다소 다른 주장을 펼치고 있는데, 그에 따르면 1652년 이전의 작품 표현에는 전혀 병적인 건강의 이야기가 나타나지 않고 있다는 것이며 단지『꽃의 고독』의 내용과『섬광의 부싯돌』제2권의 서문에서 1653년의 점증되는 중병과 그리고 이 시기에 그의 시적인 사상에 얼마나 영향을 주고 있는가를 명백히 알려주고 있다는 것이다. 허친슨도 본의 중병에 대해 동의하면서 그 시점을 1653년으로 보고 있다. 그는 본의 지병에 관한 확실한 자료들은『섬광의 부싯돌』의 1편과 2편이 출간된 그 사이의 기간에 속해 있다고 보아야 한다고 주장한다. 1651년 10월 1일이라고 못 박혀 있는 헌납의 일자와 그리고 1652년에 날짜를 확실하게 알 수 없는 명상수필집 『올리브 산』의 서문에는 그의 병에 관한 확실한 언급이 없다는 것이다. 반면에 1653년이라는 날짜가 명시되어 있는 『꽃의 고독』의 산문에서는 이것이 나타나고 있다는 것이다. 그리고 1654년 9월 30일이라 명기된 『섬광의 부싯돌』 제2권의 서문에서는 더욱 확실성이 있게 된다. 이것은 시인이 의심할 여지없이 1653년경에 죽음에 아주 가깝게 다가가고 있음을 보여주고 있다는 것이다. 그러나 『섬광의 부싯돌』 제1권을 쓰기 이전에는 그 어디에서도 이와 유사한 병적인 문제에 대한 확실한 증거가 보이지 않고 있다는 것이다. 또한 『꽃의 고독』의 제목이 있는 페이지에는 '그의 병과 은퇴에서 나타나는 모음집'이라고 책의 출간에 따른 변이 설명되고 있어 그의 중병을 증명하고 있다.

제2장

세속시의 종교성

1 세속시의 개관

17세기 형이상파 시인 중 한 사람인 헨리 본은 일반적으로 종교 시인으로만 알려져 있는 것이 사실이다. 그러나 본은 동시대의 형이상파 시인인 존 단(John Donne)이나 앤드류 마블(Andrew Marvel) 처럼 초기에는 연애시로 시작하였지만 후일 종교적인 변용 과정을 거친 이후에 확고한 종교 시인으로 자리잡을 수 있었다.

이미 전술한 바와 같이 그는 자신이 웨일즈출신으로서 자신의 고향의 산천과 계곡 그리고 각양각색의 자연을 아주 가깝게 사랑하고 있음을 표현하기 위해서 자신의 고향에 오래전부터 살고 있었던 실루리안(Silurian)들의 자랑스러운 후예로 생각하고 스스로를 실루리스트(Silurist)라고 불렀다. 이러한 고향의 자연에 대한 그리움과 사랑이 이후 그의 세속시를 포함한 자연신비주의 작품에 있어 중요한 제재로 나타나고 있으며, 또한 자연에 대한 폭넓은 애정이 신과의 교감으로 이어져 그 특유의 자연신비주의사상의 기반이 된 것이라 볼 수 있다.

옥스퍼드(Oxford)에서 수학하면서 그는 많은 라틴서적을 독파하였고 이때에 벌써 라틴어에 능통하여 후일 번역작업에 이를 이용할 수 있었다. 학업을 완전히 마치지 못하고 런던으로 이주하였으며 이곳에서 법학을 공부하였다. 그러나 역시 법학에도 큰 흥미를 느끼지 못하여 다시 자신의 학업을 의학으로 바꾸어 의술을 배우게 되었다. 그는 이 시기에 쓰인 기록들을 1646년에 발간된 그의 최초의 시집 세속시집인 『시편들』(Poems)에 수록하였다. 이 작품집에는 자연에 대한 그의 감각이 그리 잘 나타나고 있지는 않지만 그의 자연신비주의시에서 보여주는 분위기가 여러 측면에서 나타나고 있다. 거기에는 그의 연애시를 대표하는 아모렛(Amoret)에 대한 사랑의 노래가 담겨 있고 당시를 풍미하던 연애시의 특성이 자연과 어떻게 융화하는가를 보여주는 사랑과 자연의 연결 고리가 잘 표현되고 있다. 그리고 한편으로는 이후 그의 자연신비주의시에서 보여줄 자연과 종교의 연결이라는 패턴을 통해서 자연신비주의 사상이 나타나는 다른 세계에 대한 모습들이 암시적으로 표현되고 있다.

맏아들이었기 때문에 가문에 대한 책임감으로 인하여 21세가 되던 해인 1642년 고향으로 돌아왔고 Lloyd 판사의 비서로 일하게 되었는데, 고향에 돌아온 이 시기에 런던의 생활 속에서 써놓은 첫 세속시집 『시편들』을 1646년에 출간하였고 이어서 고향의 서정을 표현해 주는 시를 쓰기 시작하여 『어스크의 백조』(Olor Iscanus, Swan of Usk)를 1647년 12월에 완성하였다. 두 초기 세속시집은 사랑과 자연의 이미지를 함축하고 있다는 데에서 그 의미를 찾아볼 수 있을 것이다. 『시편들』이 아모렛을 향한 연애시편이었다면 『어스크의 백조』는 그의 고향의 자연의 풍광을 배경으로 하여 일면의 사랑을 그려 주는 세속적인 자연시라 볼 수 있다. 그러나 이 작품집은 종교적인 갈등으로 인한 작가 자신의 심경의 변화로 출간이 지연되었고, 이후 친구의 권유와 도움으로 1651년에서야 뒤늦게 출간되었다. 그의 마지막 시집에는 1678년에 발간된 『탈리아의 소생』이 있다. 이 작품집에는 종교시와 세속시가 함께 수록되어 있는데 이로 미루어 볼 때 여기에 수록된 시들은 이미 이전에 쓰인 것으로서 미발표된 것을 하나의 작품집으로 묶어서 출간한 것으로 생각해 볼 수 있을 것이다. 이 작품집에 나오는 연애시는 피다(Fida)와 에테시아(Etesia)에 대한 사랑의 구애로 나타나고 있는데 피다의 연애시는 양적인 면이나 내용상으로 그리 주목할 만한 것은 되지 못하기 때문에 비평적 관심도 매우 드물게 나타나고 있다. 그러나 에테시아 연애시는 그의 초기 세속시 『시편들』에 등장하는 여인 아모렛과 좋은 대조를 이루고 있기 때문에 연애시 분석에 있어서 두 인물에 대한 분석이 주종을 이루고 있는 것이다.

그의 초기 세속시는 다른 시인들의 시풍을 여러 가지 형태로 모방하고 있음을 알 수 있는데 사실 당시 젊은 시인들에게 있어서 이러한 모방의 형태는 비판의 대상이 아니었고 오히려 관습적인 것이었다. 그의 초기 세속시는 소네트(Sonnet) 형식에서 보여주던 여성에 대한 페트라르칸 스타일(Petrarchan style)의 태도를 보이면서 당시의 세속시의 대표적 시인이었던 벤 존슨(Ben Jonson)과 랜돌프(Randolph) 그리고 존 단(John Donne)과 해빙턴(Habington)의 영향과 모방을 통해 쓰인 것으로 보인다. 특별히 그의 초기 세속시인 『시편들』은 해빙턴의 연애시 카스타라(*Castara*)로부터 상당한 영향을 받은 것으로 생각된다. 초기시의 아모렛에 대한 구애와 그리고 결혼에 이르는 단계적 묘사는 해빙턴의 영향이 지대했다고 볼 수 있다는 것이다. 조안 베넷(Joan Bennett)은 그의 세속시에서 나타나고 있는 이들 시인들의 영향에 대해 다음과 같이 설명하고 있다.

> 본의 두 세속시 모음집인, 1646년의 『시편들』과 1651년의 『어스크의 백조』는 비록 그가 엘리자베스시대의 신화적인 이름을 사용하고 그리고 그들의 여인에 대한 페트라르칸 스타일의 태도에 대해 끌림을 받았다 하더라도 단과 해빙턴에게 명백한 빚을 지고 있음이 보인다.

그러나 본은 영향과 모방에만 의존한 채 시를 쓴 것은 아니었다. 그는 선배 시인들의 영향과 모방을 통해 새로운 자신의 독특한 수법을 만들어 나갔으며 거기에 자기의 순수한 의식을 삽입해 줌으로써 세속시는 물론 종교시 역시 자신의 시로 승화시켰다. 이러한 영향과 모방을 뛰어넘어 자신의 독창적인 소리를 창조해 내었다는 것에서 본의 시적인 자질과 태도의 독창적인 면모를 읽을 수 있다. 후일 종교시로 전환한 이후에도 본은 성서와 허버트(George Herbert)의 영향하에서 모방은 지속되고 있지만 자신만이 창조할 수 있는 독특한 종교시를 이루었다고 평가할 수 있다. 이에 대해 조안 베넷은 다음과 같이 강조한다.

> 본은 허버트의 주제를 가공하고, 그의 구절을 차용하고 그의 운율적인 효과를 모방하고, 그의 제목도 반복하기는 했으나 지금의 그의 시는 바로 본 자신의 것이라 할 수 있다. 그가 허버트로부터 무엇을 차용했든지 간에 그는 그의 시적 이해 방법이 달랐기 때문에 이를 변형시켰다. 다른 영향과 가르침을 포함하여 허버트의 가르침은 본이 종교 시인으로 전환하는 작용을 하였다고 본다. 그럼에도 그의 종교적 경험은 단이나 허버트와는 다르다는 사실이며 이는 본이 다른 이미저리의 창조와 다른 리듬을 간직하고 있었기 때문이다.

이와 같이 본은 당시대의 시인들을 여러 면에서 모방하고 있지만 나름대로의 독창적인 이미지와 상징적인 체계를 만들어 냄으로써 형이상파 시인 중에서도 자연신비주의 시인이라는 확고한 자신의 위치를 만들어 줄 수 있었던 것이다. 세속시에서도 모방을 통한 새로운 인물의 창조 등, 나름대로의 세속시를 만들어 내었고 결국 이러한 세속시의 시풍은 후일 자연신비주의시와의 연계적인 면으로도 나타나고 있음을 알 수 있다.

헨리 본의 세속시는 크게 두 가지로 구분해서 생각해 볼 수 있다. 하나는 여인에 대한 사랑을 노래하는 시이고 그리고 또 다른 하나는 자신의 고향의 자연과 인간의 죽음이라는 운명론적인 시가 그것이다. 사실 그의 세속시는 다른 형이상파 시인들의 세속 시와 비교할 때 양적인 면이나 질적인 면에서 다소 떨어지는 면도 없지 않다. 그렇기 때문에 일반적으로 그의 시를 논할 때는 자연신비주의시만을 논하곤 한다. 그러나 단의 경우와 마찬가지로 그의 세속시에서는 종교시를 준비하는 하나의 예비적인 단계가 보인다는 것이다. 본의 세속시의 근본적인 목적은 사랑과 자연의 합일을 기도한다고 보는 것이다. 그리고 이것은 후일 종교시에서 보여주는 종교와 자연의 결합을 예비하는 전조적인 의미로 볼 수 있다는 것이다. 조지 윌리엄슨(George Williamson)은 이러한 본의 시적 태도에 대하여 "사람들은 본이 자연과 종교의 연합을 이루는 시를 쓰기 이전에 이미 자연과 사랑을 연결했었음을 발견했다."고 설명해 주고 있다.

그의 세속시 중에서 시인의 사랑과 사랑의 감정이 잘 나타나고 있는 시는 아모렛에 대한 연애시인 1646년의 『시편들』에 6편의 작품이 있고, 에테시아에 대한 사랑이 표현되는 1678년의 『탈리아의 소생』에 7편의 작품이 있다. 아모렛 연애시는 그의 사랑에 관한 시적 표현이 잘 드러나는 시들로서 이 시편들이 그를 연애시인으로 성공시켜 주고 있다고 비평가들은 평가하고 있다. 시몬즈는 이에 대해서 "아모렛 시편들은 본의 연애시를 성취하는 대표적인 시편들"이라고 설명한다. 『시편들』에 등장하는 아모렛에 대한 사랑의 표현들은 바로 자신의 구애와 그리고 결혼에 이르는 것을 스스로 자축하려는 인상이 짙게 풍기고 있음을 볼 수 있다. 그의 대표적 연애시인 「별밤에 걷고 있는 아모렛에게」(To Amoret, Walking in the stary evening)에서는 이러한 그의 사랑의 감정이 잘 나타나고 있다.

그러나 아모렛이여, 그것이 내 운명이라오,
만약 그의 얼굴이 별이어서
멀리서부터 빛을 내어도,
나는 그대와, 나 사이에서, 이미 정해진
운명의 공명에 의해
그 상태에서 설복된다.

확실히 두 작당된 마음들이
사건도 없고 보이는 것도 없이
그렇게 연합했구나
그 어떤 거리도 제한하지 않고는
출발하거나, 쇠락한다
다른 이를 위한 그 한 사람은 고의적이었다.
But, *Amoret*, such is my fate,
That if thy face a star
Had shine from far,
I am persuaded in that state
'Twixt thee, and me,
Of some predestined sympathy.

For sure such two conspiring minds,
Which no accident, or sight,
Did thus unite;
Whom no distance can confine,
Start, or decline,
One, for another, were designed.

아모렛에 대한 사랑의 감정을 노래하고 있는 이 시는 두 사람의 연정에 대한 감정이 아주 깊게 드리워져 있음을 보여주는 그의 연

애 시 중에서도 가장 대표적인 시이다. 사랑을 요구하는 시인의
감정이 별빛 아래에서 바라보는 연인의 모습 속에 잘 반영되고 있
음을 알 수 있다. 구애하고 있는 시인의 심정은 이 세상의 그 어
느 것도 우리의 사랑을 제한할 수도 그리고 막을 수도 없으며 이
미 우리의 연합은 예견된 것이라 말해 주고 있다.

　이와 대비하여 에테시아에 대한 시인의 감정 또한 비슷한 어조
로 나타나고 있음을 볼 수 있다. 「보름밤에 여닫이창으로부터 바
라보는 에테시아」(To Etesia Looking from her Casement at the Full
Moon)에서 여인의 아름다움을 극치의 언어로 칭송하고 있음을 볼
수 있다. 이 시는 에테시아를 향한 시인의 사랑에 대한 감정의 농
도가 얼마나 강렬한가를 보여주는 대표적인 연애시이다. 달빛에 비
추인 여인의 아름다움을 이렇게 정교하게 표현했다는 것은 본의
세속시도 상당한 시적 의미가 있음을 드러내는 좋은 예라고 볼 수
있다. 아마도 이러한 정교한 연인에 대한 미적인 표현은 페트라르
크풍의 영향에 의한 것이라 볼 수 있다.

　　　아름다운 여왕과 같은 그대를 보라, 나이로 인해 늙어지지 않는?
　　　그녀의 옷자락은 *담청색*, *황금*의 불꽃으로 장식했다.
　　　See you that beauteous Queen, which no age tames?
　　　Her train is *azure*, set with *golden* flames.

　한편 본의 세속시를 파악해 보는 의의는 그의 시를 전체적인 면
에서 조감해 볼 때 그의 시적 연계성을 비교하고 분석하는 데 상
당한 도움이 되리라 생각된다. 일부의 비평가들은 그의 세속시에
대해 작품의 양적인 면이나 그 심도에 있어 아직 페트라르크풍에
서 벗어나지 못했고 그리고 형이상파 시적인 요소가 다소 결핍되

어 있다는 이유로 그리 큰 가치를 부여하려고 하지 않는 경향이
있다. 그러나 자연신비주의시를 쓸 수 있었던 것이 이미 그가 세
속시에서 보여주었던 시적 재능이 계속 발전되고 향상된 결과라고
생각해 본다면 그의 세속시 역시 여러 가지 측면에서 그 가치를
인정할 수 있게 된다. 따라서 여타의 비평가들은 그가 세속시에서
보여주었던 시적 재능과 종교시와의 연관성을 열거하면서 세속시
의 중요성을 제고시키기도 한다. 마릴라 교수는 이와 관련하여 "시
인의 세속시를 쓰는 방법은 종교시 『섬광의 부싯돌』의 그것과 유
사하다."라고 설명한다. 그러므로 그의 세속시에서 나타나는 사랑
의 모형을 파악하고 그리고 세속시에서 종교시로 넘어가는 과정
속에서 보이는 종교시적인 요소들을 점검해 봄으로써 그의 시의
전반적인 시적 태도를 살펴보고 아울러 시 세계의 전반적 흐름을
대략적으로 파악하여 세속시에서 나타나는 종교시적 요소를 분석
해 보는 것은 상당한 의미가 있는 것이라 생각된다.

2 세속시의 여인과 사랑

아모렛 시편들과 에테시아의 시편에서 나타나는 여인들은 모두
시인의 마음을 사로잡을 만큼의 아름다움을 소유한 여자로 나타난
다. 시인은 두 여인의 아름다움에 대해 극찬의 찬양으로 표현하고
있음을 볼 수 있다. 「에테시아에게, 첫 인상」(To Etesia, the First
Sight)은 시인이 에테시아를 처음 만나서 그녀의 아름다움에 놀라

는 장면이 연출되고 있다. 그러면서 이전에 자신이 만났던 여자들은 아름다움에 있어 에테시아와 견줄 수 없다는 것을 그려 주고 있다.

> 그 얼굴에 의해서 눈멀게 되지는 않을 것이다.
> 무엇을 보았단 말인가, 내가 그대를 보기 전까지
> And not be blinded by a face;
> For what I saw, till I saw thee,

위의 행에서 볼 수 있듯이 시인은 에테시아를 처음 만나고 그녀의 아름다움에 흠뻑 심취해 있음을 알 수 있다. 그리고 시인은 자신이 이전까지 보았던 여인들의 아름다움과 그녀의 아름다움을 비교하면서 이전에 보았던 여인들의 아름다움은 그녀에 비해 아무것도 아니었음을 그려 주고 있다.

「보름밤에 여닫이창으로부터 바라보는 에테시아」(To Etesia Looking from her Casement at the Full Moon)에서는 그녀를 여왕에 비유하면서 극찬하고 있다. 그리고 세월에 의해서도 변하지 않는 그녀의 모습을 찬양하고 있다.

> 아름다운 여왕과 같은 그대를 보라, 나이로 인해 늙어지지 않는?
> 그녀의 옷자락은 담청색, 황금의 불꽃으로 장식했다.
> 나의 밝은 여인, 동쪽으로 고정된 그대의 눈동자
> 그녀가 일어나는 구름의 침대를 나는 바라본다.
> See you the beauteous *Queen*, which no age tames?
> Her train is *azure*, set with *golden* flames.
> My bright *fair*, fix on the *east* your eyes,
> And view that bed of clouds, whence she doth rise.

여기서 시인은 여인의 아름다움을 여성으로서는 가장 높은 지위

라고 할 수 있는 여왕으로 비유하고 그리고는 시인 특유의 색의
상징성을 도입시키면서 이러한 여왕의 이미지를 상승시켜 주고 있
다. 담청색 옷과 황금빛 불꽃 장식은 이러한 신분에 걸맞은 표현
이라 볼 수 있다. 또한 밝은 여인과 동쪽으로 향하는 눈동자는 떠
오르는 태양을 향하는 상징적 의미를 전달하면서 여인의 지고한
아름다움을 그려 주고 있는 것이다.

아모렛 시에서는 여인의 아름다움에 대한 표현들이 다소 절제되
어 나타난다. 에테시아 시편에서 보이던 직접적이고 과장된 표현들
이 절제된 분위기로 나타난다는 것이다. 그러나 그 아름다움의 찬
양에는 변함이 없다. 아모렛 시의 대표적인 시라 할 수 있는 「별밤
을 걷고 있는 아모렛에게」(To Amoret, Walking in a Starry Evening)
에서는 별빛에 반사된 여인의 아름다움을 그려 준다.

영광스런 눈의 아모렛이
빛의 첫 번째 탄생에서,
그리고 밤의 죽음에서
하늘 높이 흩뿌려져 형태와 모습을
받아내어서는 네가 염탐하는
오랜 열정을 갖고 있었다면;
If Amoret, that glorious eye,
In the first birth of light,
And death of night,
Had with those elder fires you spy
Scattered so high
Received form, and sight;

이 시에서 보면 시인의 여성에 대한 아름다움의 표현이 에테시
아 시편과 비교할 때 다소 절제되었음을 보게 된다. 이미지가 더
욱 형상화되고 있다는 것이다. 시인은 아모렛의 눈을 영광스러운

눈이라는 모형으로 묘사하고 있다. 이것은 사랑을 요구하는 시인의
모습이 여인의 눈을 통해서 반영되고 있음을 알게 해 준다. 그리
고 이 시에서 시인은 이 세상의 어느 것도 우리의 사랑을 제한할
수 없고 막을 수도 없다고 강변한다. 따라서 우리의 연합은 이미
예견된 사실이라고까지 이야기하고 있다. 시의 결론부에 도달하면
이러한 시인의 심정이 구체화되고 있다.

> 확실히 두 공모하는 마음이
> 어떤 사고도 없이 또는 광경도 없이
> 서로 연합했었다;
> 그 어떤 간격도 제한할 수 없다.
> 시작과, 쇠퇴에,
> 하나는 또 다른 하나를 위해 만들어졌다.
> For sure, such two conspiring minds,
> Which no accident, or sight,
> Did thus unite;
> Whom no distance can confine,
> Start, or decline,
> One, for another, were designed.

이것은 서로의 마음이 하나로 공모하여 새로운 연합을 이룬다는
것을 보여준다. 본의 아모렛 연애시가 보여주는 중심적 이미지인
것이다. 즉, 사랑은 상호 간의 연합으로 완결된다는 것이다. 한편
그의 아모렛 시에서 나타나는 이미지는 후일 종교시에서 나타나는
빛과 어둠의 이미지의 모형이 형성되고 있음을 알 수 있다. 다만
그가 사용한 빛과 어둠은 종교시에서 보이는 자연신비주의적인 의
미를 내포하지는 않는다. 별을 통해 비쳐지는 빛은 두 매개체를
하나의 연인으로 묶어 놓는 역할을 보여주는 이미지로 나타나고
있다. 따라서 이러한 자연의 이미지는 사랑하는 두 연인 사이를

더욱 가깝게 만들고 있고 그리고 사랑의 극대화를 그려 주고 있다
고 볼 수 있을 것이다.

「아모렛에게, 한숨」(To Amoret, the Sigh)에서도 여인의 신체를
찬양하고 있음을 보게 된다.

> 그러나 죽기 몇 분 전에
> 의도했던 한두 명은
> 그녀의 하얀 젖가슴에 대해 칭찬했었다.
> But one or two that I intend
> Some few minutes ere I die,
> To her white bosom to commend

여기서도 신체적인 아름다움의 찬양이 나오고 있다. 그러나 그
표현의 방법이 다소 변하고 있음을 느끼게 되는데 자신의 주관적
이며 직접적인 표현법에서 제삼자를 등장시켜 간접화법으로 이를
객관화시켜 주고 있다는 점이다. 그러나 여인에 대한 아름다움을
찬양하는 데는 같은 양상이 보이고 있다. 이러한 연유로 시몬즈
교수는 본의 연애시에 나타나는 이상적인 사랑을 다음과 같이 표
현한다.

> 본에 의하면 이상적인 사랑이란 신성한 법에 따라 영혼이 서로 조화
> 를 이루는 두 사람 사이의 상호적인 사랑이어야 한다는 것이다. 그러하
> 기에 그들의 열정적인 연합은 순수하고 자연적이며 행복하여야 한다는
> 것이며, 그것은 장미들 간의 결합에 의해서 상징화된다. 그리고 그것은
> 자연의 스스로의 영속성과 자연의 아름다움과 밀접하게 연합된다.

그는 본의 연애시가 그려 주는 이상적인 사랑은 성스러움으로
조화를 이룬 영혼을 간직하고 있는 두 사람 사이에서 나타나는 상
호적인 사랑의 모습을 강조하고 있다고 보았던 것이다. 그리고 거

기에는 순결과 행복과 그리고 자연스러움이 포함되어 있어야만 한다는 것이다.

 일반적인 상식선에서의 점검으로 두 연애시의 대조에 대한 내용상의 심오함은 그 외의 다른 시 속에서도 찾아볼 수 있다. 「에테시아에게, 첫인상」(To Etesia, the first sight)에서는 여성의 아름다움을 과장법을 사용하면서까지 표현해 주고 있으며, 그녀의 미모에 의해 눈이 멀어버린 열병에 걸린 사랑의 모습으로 표현되고 있다.

> 맑은 밤에 미소 짓는 별이
> 네게는 처음 탄생을 내게는 이 모습을 주었으니
> 예리하지만 이 같은 생김새로
> 나를 신하로 만들었다. 그대는 여왕인가?
> 반짝이는 행성을 그대 눈 속에 간직하고
> 아래쪽을 비추게 하나니;
> When smiling star in that fair night,
> Which gave you birth gave me this sight,
> and with a kind aspect though keen
> Made me the subject: you the queen?
> That sparking planet is got now
> Into your eyes, and shines below;

 「품성, 에테시아에게」(The character, To Etesia)에서는 여성의 육체적인 아름다움에 기초하여 자연의 영광에 대한 신비스러움을 구체화시켜 줌으로써 그녀를 찬양하고 있다. 이것은 단순한 아름다움에 대한 찬양이 아니요 열정 속에 사로잡힌 사랑의 포로와도 같은 의미를 독자들에게 전달해 주는 것이다.

> 내게 처녀의 아름다운 핏방울을 가져오라,
> 순수하고, 아주 진한 진홍색의 진흙이 묻지 않은:

살아 있는 달콤한 홍조 빛 안에 속해 있는
무딘 노래로는 절대로 줄 수 없는.
지금 손이 타지 않은 반점 없는 흰색,
가장 까만 알들을 종이 위에 쓰기 위해서
에테시아 그대 자신의 지출에서
그 순결의 의복을 내게 주시오.
Give me a maiden – beauty's *blood*,
A pure, rich *crimson*, without mud:
In whose sweet *blushes* that may live,
Which a dull verse can never give.
Now for an untouched, spotless *white*,
For blackest things on paper write;
Etesia at thine own expense
Give me the *robes* of innocence.

　여기에서는 선정적인 이미지가 등장하면서 시인의 여인에 대한
사랑의 모습이 단편적인 순수의 모습만은 아님을 보여주고 있다.
주라(Give)라는 명령을 단순한 사랑의 갈구라고 하기보다는 육체적
인 의미가 내포되고 있다는 것이다. 시의 전체를 지배하는 붉은색
의 이미지는 선정적인 의미를 더욱 가중시키는 것이고 하얀색의
상징은 여성의 순결을 보여주면서 순수의 의미와 동격의 의미로
나타난다. 이것은 에테시아의 순결을 찬양하면서도 시인이 자신의
사랑의 힘으로 여성의 순수를 받아들일 준비가 되었다는 선정적인
메시지를 여성에게 알리는 것이라 볼 수 있겠다.
　「그로부터 떠나간 에테시아에게, 그리고 돌아보며」(To Etesia parted
from him, and looking back)에서는 사랑에 굶주린 채 여성의 아름
다움에 의해 삶이 파괴되어 가는 위협적인 시인의 고통이 집중적
으로 조명되고 있다.

미묘한 사랑이여! 그대의 평화는 전쟁이니;
그게 상처입고 흉터도 없이 살해된다.
O subtle love! thy peace is war;
It wounds and kills without a scar:

사실상 이러한 본의 연애시에서 나타나는 전통적인 요소들은 페
트라르크풍의 연애시에서 나타나고 있었던 것들의 답습이라 생각
해 볼 수 있는데 바로 이러한 사랑의 태도와 모형은 「아모렛에게,
한숨」의 첫 두 연에서도 찾아볼 수 있다.

그대 따스한 날개에서의 재빠른 한숨,
이 소식을 받아서, 떠나가서는,
아모렛에게 말해 주오, 그 미소 띤 그리고 노래하는
그대의 가벼운 운행이 가져오는 그 무엇에서
그대는 내 마음으로부터 최근에 왔었다.

내 사랑의 연적에게 말하라, 내가
보낼 수 있는 첩자들이 더 없다는 걸
그러나 죽기 전 수분 전에
의도했던 한두 명 정도는
그녀의 하얀 젖가슴에 대해 칭찬을 했었노라
Nimble Sigh on thy warm wings,
Take this message, and depart,
Tell *Amoret*, that smiles, and sings,
At what thy airy voyage brings,
That thou cam'st lately from my heart.

Tell my lovely foe, that I
Have no more such spies to send,
But one or two that I intend
Some few minutes ere I die,
To her white bosom to commend.

이런 면에서 볼 때 본의 초기 연애 시는 아직도 전통적인 사랑의 모습이 이전의 시풍과 크게 다르지 않았음을 알 수 있다. 그러나 단(Donne)과 커루(Carew), 써클링(Suckling) 또는 페트라르크풍의 전통적인 모습에 관계가 있는 것처럼 보이는 「별밤을 걷는 아모렛에게」의 마지막 연과 아모렛 연애시의 나머지 시 속에서는 더욱 간단하며 더욱 독립적이며, 그리고 더욱 철학적이면서 형이상학적인 태도가 나타나고 있다.

> 확실히 두 공모하는 마음이
> 어떤 사고도 없이 또는 광경도 없이
> 서로 연합했었다;
> 그 어떤 간격도 제한할 수 없다.
> For sure such two conspiring minds,
> Which no accident, or sight,
> Did thus unite;
> Whom no distance can confine,

먼저 이 시에서는 연합하는 두 연인의 모습이 육체적인 것에서부터 영적인 의미로 승화되고 있음을 느낄 수 있다. 육체적으로는 떨어져 있는 감각을 느낄 수 있지만 그러나 시인은 이것을 걱정하지 않고 영적인 만남을 통해서는 그 어떤 지상적인 거리도 아무런 제약이 되지 않고 있음을 보여준다는 것이다.

「아모렛에게 보내는 노래」(A song to Amoret)는 연인에 대한 시인의 신성한 애정이 단순하거나 단편적이 아니라 영속적인 면으로 나타나고 있다.

> 왜냐면, 나는 한 시간 정도 사랑할 것이 아니고
> 또는 하루 정도를 욕망지도 않고

단지, 저 먼 곳에서부터 온 나의 영혼과 함께
여기의 꺼지지 않는 성스러운 불로서.

For I not an hour did love,
Or for a day desire,
But with my soul had from above,
This endless holy fire.

　한편 시인은 여인의 아름다움을 외모적인 아름다움으로만 표현
하고 있는 것이 아니라 그녀의 순수함과 순결함을 찬양함으로써
그 아름다움의 효과를 상승시키고 있음을 볼 수 있다. 「품성, 에테
시아에게」에서는 어린아이와 같은 순수함과 순결함을 묘사하면서
여인의 미를 찬양하고 있다.

내게 처녀의 아름다운 핏방울을 가져오라,
순수하고, 아주 진한 진홍색의 진흙이 묻지 않은:
살아 있는 달콤한 홍조 빛 안에 속해 있는
무딘 노래로는 절대로 줄 수 없는.
지금 손이 타지 않은 반점 없는 흰색,
가장 까만 알들을 종이 위에 쓰기 위해서
에테시아 그대 자신의 지출에서
그 순결의 의복을 내게 주시오.

Give me a maiden — beauty's *blood*,
A pure, rich *crimson*, without mud: ·
In whose sweet *blushes* that may live,
Which a dull verse can never give.
Now for an untouched, spotless *white*,
For blackest things on paper write;
Etesia at thine own expense
Give me the *robes* of innocence.

　위의 행에서 느낄 수 있는 것은 여인의 순결을 찬양하면서도 욕
망에 사로잡혀 육체적인 사랑을 요구하는 시인의 마음을 읽을 수

있다. 더욱이 붉은색과 하얀색의 대비는 시인이 사랑하는 여인에 대해 자신의 정열을 표현하면서 아울러 순결을 요구하는 역설적인 모형이 나타난다. 어쩌면 이것은 이율배반적인 시인의 마음을 표현하고 있는 것인지도 모른다. 여인의 순결을 자신이 차지하고 싶어한다는 것이다. 이러한 표현은 에테시아의 시가 아모렛 시보다 더욱 강렬한 시적 표현이라는 것을 인식하게 해 주는 부분이다.

반면에 「울고 있는 아모렛에게」(To Amoret, weeping)에서는 두 사람의 사랑의 모습을 지상적인 것을 초월하여 차원 높은 사랑으로 승화시키려는 시인의 의도를 볼 수 있다. 그러면서 시인은 지상적인 육체적 사랑에 대해서 이를 감각적이 아닌 영적인 의미로 초월해야 함을 강조하고 있음을 볼 수 있다.

> 무엇보다도, 그 섭리에 감사하라,
> 용감한 영혼과 감각으로 나를 무장시켰으니
> 모든 불행을 떨쳐버리고; 내 안에 천상의 것을
> 넘치도록 호흡하라, 나는 이런 저급한 접촉은
> 경멸하노니;
> But above all, thanks to that providence,
> That armed me with a gallant soul, and sense
> 'Gainst all misfortunes; that hath breathed so much
> Of Heaven into me, that I scorn the touch
> Of these low things;

여기서 두 연인의 사랑이 육체적인 것을 초월했음을 볼 수 있다. 그들은 지상의 것이 아닌 숭고한 사랑을 성취할 것을 고백하고 있다. 그리고 그러한 육체적 접촉이 조금은 저급한 것이라고 치부하고 있음도 볼 수 있다. 이러한 본의 시적 태도는 사실상 에테시아 시편에서는 볼 수 없었던 태도이다. 에테시아 시편에서는 육체적인 사랑을 기대하면서 그러한 사랑을 지향하는 모습이 그려지고 있다는 것이다. 사실 이러한 차이점이 아모렛과 에테시아의 두 연인을 대상으로 하는 연애시의 궁극적인 차이라고 볼 수 있다. 그렇기 때문에 제임스 시몬즈 교수는 아모렛 연애시와 에테시아 연애시에서 나타나는 시적 차이점을 다음과 같이 설명해 주고 있다.

> 에테시아의 시편들은 플라토닉 이상주의의 중세적인 융합의 모형으로부터 전해 내려와 성인들 간에 이루어지는 에로틱한 분위기의 로맨스를 보여주고 있는 반면에 아모렛의 시편들은 신교도적인 양상을 보여주고 있으면서 결혼으로 연합을 이루는 중세적 전통의 사회적 윤리적 그리고 사회적인 딜레마로부터 일탈하려는 중간계급의 노력이 담겨 있다.

여기서 시몬즈 교수는 에테시아에 대한 시인의 감정이 좀 더 강렬하게 작용하고 있으며, 아모렛에 대해서는 예견된 사랑의 행로를 따라 전통적인 애정의 모습이 보이고 있다고 설명해 줌으로써 두 연애시가 내용상에 있어 서로 다른 양상을 띠고 있다고 강조하고 있음을 알게 해 준다.

3 여인의 정체

본의 연애시에는 사랑의 대상이 그 이름이 거명된 채 등장하고 있다. 아마도 이러한 연인의 이름이 드러나는 것은 다른 연애시편에서는 잘 나타나지 않는 독특한 면모를 보여주는 형식이다. 동시대 연애시의 대가라고 할 수 있는 존 단의 연애시에도 연인의 이름은 등장하지 않고 있으며 마블의 시에서도 마찬가지다. 이러한 이름의 거명은 근세기에 와서도 시 속에서 보이지 않는 것이 일반적이다. 이렇게 여인의 이름이 나타나지 않고 있기 때문에 비평가들에 의해서 그 대상이 누군가라는 논란이 종종 거론되곤 한다. 본의 연애시에서 나타나는 사랑의 대상이 되는 여인 역시 비록 이름은 거명되었지만 이것이 실제적인 이름이 아니라 상징적인 의미를 갖고 있기에 그 대상의 진실 여부는 역시 비평가들의 몫으로 남아 있게 된다.

헨리 본의 연애시에서 거명되는 이름은 세 명으로 압축된다. 이들 연애시는 아모렛(Amoret)과 에테시아(Etesia) 그리고 피다(Fida)에게 이야기하는 형식으로 구성되어 있다. 그리고 그 대상들은 서로 다른 독특한 귀결을 보여주는 것으로 나눠진다. 피다의 시는 2편으로만 구성되어 있어 전체적인 그의 연애시의 모형에서 그 의미가 다소 약화되어 나타난다. 아모렛과 에테시아의 시편들이 연애시의 주종을 이루고 있다는 것이다. 각각의 구애하는 단편적인 이야기들은 그 두 대상을 처음 보는 것에서부터 시작하여 전통적인 사랑의 모습을 그려 주고 있다. 그러나 그 사랑이 발전되어 가는 과정에서 그것들이 지향하는 사랑의 모형은 서로 다르게 나타나고 있음을 알 수 있다. 그 귀결은 르네상스식의 사랑을 보여주는 서정적인 면모를 갖추면서 그것들이 묘사하는 주제적인 현상 속에서 두 개의 서로 다른 형태를 반영하고 있다는 것이다. 고전적 연애시를 쓴 스펜서나 페트라르크와 마찬가지로 본의 에테시아 시편들은 사랑이 가지고 있는 객체적인 소유를 부정하면서 이상적인 열정의 고뇌를 그려 주고 있다.

제임스 시몬즈는 이 두 사랑의 대상에 대한 본의 시적인 묘사에 대해 설명하기를 "성인들 간에 이루어지는 에로틱한 분위기의 로맨스를 보여줌과 동시에 종교적인 양상을 보여주면서 스펜서의 「아모레티와 에피탈라미온」(Amoretti and Ephitalamion)에서 나타나는 사랑의 모형을 답습하는 형식으로 나타난다고 보았으며 또한 사랑이 결혼에 의해서 완성되고, 어려움을 견뎌내며 그리고 상호 간 합일에 의해 그려질 수 있는 성숙한 사랑을 그려 주는 시로 나타나고 있다."고 보았다.

아모렛 시편들과 에테시아 시편들의 시작 연대를 규정짓는 것은 그의 전기적인 사실이 잘 알려져 있지 못하기 때문에 다소 무리가 뒤따른다. 아모렛 시편은 1646년에 발간된 그의 초기 시집 『시편들』에 실려 있으며 에테시아 시편들은 1678년에 발간된 그의 마지막 작품집 『탈리아의 소생』에 실려 있다. 그러나 『탈리아의 소생』은 생애의 말년이라 할 수 있는 1678년 이전에 쓰인 것이 아닌 것은 확실히 증명되고 있다. 이 시집에는 연애시와 종교시가 혼재되어 수록되어 있는데 시집 속에 있는 연애시편들은 1646년에서부터 종교시로 변화된 1650년 사이에 쓰였을 것으로 추정되고 있으며 종교 시편들은 1650년 이후에 쓰인 시편들 중에서 그의 대표적인 종교시집 『섬광의 부싯돌』에 수록되지 않은 시편들을 한데 묶어 편집 형식으로 발간되었기에 작품이 쓰인 연대를 확실하게 추정하는 데 다소의 어려움이 있게 된다. 그러나 이들 아모렛과 에테시아를 대상으로 하는 두 시편들은 그 쓰인 형식이나 내용의 분석을 통해서 쓰인 연대의 선후를 추정해 볼 수 있다.

이제까지 대부분의 비평가들은 세속시의 두 작품 속에 나타나는 서로 다른 이름의 인물이 한 사람이라고 확신하고 있다. 이러한 관점에서 볼 때에는 두 인물을 묘사하는 내용이 그의 첫 번째 부인인 캐서린 와이즈(Catherine Wise)일 가능성이 높다. 그러나 두 인물을 하나라고 단정 짓는 데 필요한 적절한 증거들이 확실한 결론을 얻어내는 데는 충분한 증거로 제시되지 못하는 단점이 있다. 본의 전기서를 쓴 허친슨 박사는 아모렛을 표현하는 시와 에테시아를 나타내는 시가 그 어조에 있어서 서로 같은 모형으로 나타나고 있고, 그 분위기나 배경까지도 같은 모습으로 등장하고 있다고 주장하고 있다. 그리고 표현법에 있어서도 같은 형태로 전개되고 있음을 볼 수 있다. 그러나 이에 대한 증거자료가 다소는 불투명한 것이 사실이다. 어조의 통일성을 증명하는 데 있어서 다소의 부족함이 없지 않으며, 단적인 하나의 예로만 제시해 주고 있다는 것이다. 에테시아의 정체성에 대한 질의는 본의 삶과 그녀를 지칭하는 시의 저작 시기 모두에 있어 매우 중요한 연계성을 갖고 있다. 어떠한 구체성에 있어서 시를 검증하는 하나의 보장이 될 수 있다는 것이다. 그리고 이것은 추론을 위한 폭넓고 견고한 기초를 만들 수 있음을 시도하기도 한다.

이에 대해 제임스 시몬즈 교수는 두 인물에 대한 시인의 어조가 그 강도에 있어 다르게 평가할 수 있음을 지적하고 있다. 그는 본의 연애시의 대부분이 두 개의 독특한 연계성을 이루면서 아모렛과 에테시아에게 자신의 사랑을 이야기하는 형식으로 나눌 수 있다고 보았다. 구애에 대한 각각의 짧막한 이야기들은 처음에는 전통적인 사실의 모습으로 비쳐지고 있지만 그러나 두 시의 결론에 이르러서는 서로 다른 해결을 향해 발전되고 있음을 볼 수 있다는 것이다. 그리하여 시몬즈 교수는 그의 연애시가 서로 다른 영향하에서 다른 감각을 갖고 쓰였을 것이라고 주장한다.

스펜서의 「목동들의 달력」이나 페트라르크와 시드니의 「시편들」과 같
이 에테시아의 시편들은 이상적인 열정의 아픔을 그려 주고 있다. 반면
에 아모렛의 시편들은 스펜서의 「아모렛티」와 같이 결혼에 의해 완성되
고 상징화될 수 있는 성숙되고 만족스러운 성장을 그려 주고 있다.

어찌 보면 두 인물을 대상으로 하는 연애시가 과정론적인 의미
에서 볼 때는 배경적인 면에서나 그 강렬함에 있어 유사함을 보일
지는 모르나 결과론적으로 볼 때는 전혀 다른 의미를 독자에게 전
달해 줄 수 있다는 것이다. 에테시아를 향하는 연애시가 같은 감
정이지만 그 사랑을 이룰 수 없다는 안타까운 고뇌의 의미로 설명
될 수 있는 반면에 아모렛에 대한 사랑의 열정은 이미 이루어진
사랑에 대한 더욱 성숙하고 상호 보완적이며 나아가서는 결혼에
이르게 될 수 있다는 전제를 내세운 연애시라는 것이다.

작가가 두 사람의 이름을 달리 쓰게 된 이유는 논리적인 추론에
있어서 그 다른 두 인물 사이에서 나타나는 독특성을 독자로 하여
금 간파할 수 있도록 하는 여유를 제공한다는 작가적 의도가 개재
되어 있기 때문일 것이다. 기본적으로 대상이 되고 있는 두 여인
의 독특성은 두 책이 긴 기간의 공백을 두고 달리 출간되었기 때
문에 그 의문점이 더욱 부풀려지는 느낌을 받게 된다. 여기에 덧붙
여 아모렛을 향한 연애시를 읽을 때 시인이 캐서린 와이즈(Catherine
Wise)에게 사랑의 메시지를 전달한 것이라고 독자들이 느낄 수 있
을 것인가 하는 것이다. 독자들은 이를 논리적인 측면으로 이해할
수가 있게 되는데, 본이 그의 연애시에서 아모렛이라는 이름을 사
용했을 뿐만 아니라 1646년에 그것을 출간하였다는 사실에서 이에
대한 추론이 긍정적으로 이해될 수 있을 것이라 본다.

반면에 에테시아에 대한 연애시를 생각해 볼 때 이 연애시도 아

모렛 연애시와 마찬가지로 아내인 캐서린에게 보내진 시인의 노래가 확실한가 하는 점이다. 아마도 이 시들은 그 이전에 쓰였으리라 생각된다. 일련의 비평가들은 에테시아 연애시는 1946년에 『시편들』이 발간된 이전에 쓰였을 것으로 추정할 수 있다고 보고 있다는 것이다. 왜냐하면 시인은 이후의 시 속에 나오는 인물의 이름으로 하여금 독자들이 혼란을 느끼지 않을까 걱정하여 시 속에 나오는 인물의 이름을 다르게 사용했다는 것이고, 이로써 인물의 이름으로 인한 혼동을 방지할 수 있었다는 것이다. 두 이름을 사용한 또 다른 이유에 있어 본은 함축적인 의미를 표현하는 데 필요한 요소들을 적절히 시 속에 포함시켜 놓으면서 시적인 불완전을 피하기 위하여 인물의 이름을 바꾸어 놓았다는 것이다. 그것도 아니라면 에테시아라는 이름이 등장하는 시들은 1646년판 『시편들』에서는 의도적으로 빼놓은 것인지도 모른다는 가정을 할 수 있을 것이다. 그러나 여기에도 한 가지의 의문점은 남는다. 에테시아시가 세속시로 남아 있었다면 1651년의 또 다른 세속시집인 『어스크의 백조』를 출간할 때 왜 이 시들이 여기에 삽입되지 않았는가 하는 것이다. 여기서 또 다른 가정을 해 볼 수 있다. 그것은 두 사랑의 대상 인물이 완전히 다른 인물이라는 것이다. 1646년판에 나타나는 아모렛을 캐서린이라 본다면 에테시아는 이름이 알려지지 않은 제삼의 인물이라고 추정할 수 있다는 것이다. 그렇기 때문에 시인이 제삼의 사랑의 대상을 부인에게 밝히지 않으려고 본이 의도적으로 1646년의 『시편들』과 1651년의 『어스크의 백조』에 에테시아 연애시를 수록하지 않았다는 것이고 1653년경으로 추정되는 캐서린의 사후까지 보관하고 있다가 1678년의 『탈리아의 소생』에서 이전에 써 놓은 작품에 대한 모음집으로 출간하면서 이를 삽입했다는 것이다. 이러한 사실로 비추어 볼 때 에테시아 연애시는 시인이 부인인 캐서린을 만나기 이전에 사랑했던 연인이 아니었을까 추정되기도 한다. 그렇기 때문에 이러한 가정하에서는 에테시아 연애시가 아모렛 연애시보다도 훨씬 이전에 쓰인 것이라고 생각해 볼 수 있을 것이다.

4 세속시의 기법과 이미지

본의 세속시는 종교시와는 조금 다른 양상이 보이는데 그것은 기법의 차이에서 찾아볼 수 있다. 제일 먼저 생각해 볼 수 있는 것이 바로 어조에 관한 문제이다. 이미 전술한 바와 같이 두 시의 어조는 같은 맥락으로 보이고 있다는 것이다. 여기에서의 어조는 예리한 대조를 보이는 어조이다. 이 대조는 본에 있어서 사랑의 대상에 대한 또 다른 감정적인 반응을 함축해서 보여주는 것으로서 각 편들이 서로 다른 대상을 향해 사랑의 모습을 그려 주는 것임을 증명하는 확실한 증거를 더욱 확인시켜 주는 것이 되고 있다. 이 대조의 정수를 보여주는 대조적인 두 시를 소개하면 「에테시아의 부재」(Etesia Absent)와 「아모렛에게, 그와 다른 연인과의 차이, 그리고 진실한 사랑이란」(To Amoret of the Difference 'Twixt Him, and Other Lovers, and what True Love is)을 대비해 볼 수 있을 것이다. 두 시의 어조를 대비해 보면 에테시아 연애시가 후자의 아모렛 연애시보다도 열렬하다는 것을 느낄 수 있을 것이다. 그리고 에테시아 연애시에서는 그녀의 떠나간 빈자리를 보면서 그것이 시인에게 하나의 고문과 같음을 보여주고 있음도 알 수 있다. 시인은 그녀의 빈 공간을 하나의 슬픈 죽음으로 비유해 주고 있는 것이다. 그리고 다른 한편으로는 살아 있는 죽음으로까지 이를 표현하고 있다는 것이다. 이로써 짐작건대 에테시아에 대해서는 담대하면서도 강한 열정을 느낄 수 있다는 것이다.

반면에 아모렛 연애시에서는 시인 자신을 좀 더 과묵하고 철학적인 의미를 지닌 연인으로 표현해 주고 있다. 그리고 상대 연인이 지금 이 순간에 자신의 가시권 안에 있거나 없거나를 막론하고 시인의 마음에는 어떠한 동요도 없는 듯하다. 왜냐하면 그의 사랑은 눈이나 얼굴만을 생각하게 하는 불경한 욕망 속에 사로잡혀 있지 않았기 때문이다. 그리고 이것은 시인이 이미 사랑의 대상에 의해 확실한 약속과 같은 것을 얻어내었다는 의미를 전달해 주는 것이라 볼 수 있다는 것이다. 그의 아모렛을 향한 사랑은 더욱 균형 잡힌 것이며, 더욱 확증적이고 그리고 관심을 초월한 상태에 있었던 것 같다. 그리고 에테시아에 대한 열정보다는 다소 우정적이고 그리고 상호적인 관심에 의존하고 있었던 것 같다고 볼 수 있을 것이다. 또 다른 측면에서 이를 생각해 본다면 육체적인 의미 이상은 아니라는 것이다. 아모렛에 대한 사랑의 표현이 성숙한 면으로 나타난다고 볼 때에 에테시아에 대한 그것은 단순한 열정에 사로잡힌 청년기적인 사랑과도 같다고 볼 수 있다. 이런 면에서 볼 때에도 에테시아 연애시는 아모렛 작품과 비교해 볼 때 그 이전에 쓰인 것이라고 생각해 볼 수 있을 것이다. 이미 에테시아에 대한 사랑의 열병을 앓았던 시인은 아모렛을 사랑할 때에는 그와 같은 열정이 다소 약화되었다는 것이고 나아가서는 확실한 대상이라는 현실감이 시인의 감정 속에 자리잡고 있었음을 볼 수 있게 된다는 것이다.

본의 시에 나타나는 대조법은 연인에 대한 또 다른 감정적 반응을 함축해서 보여주는데 각 편들이 서로 다른 대상을 향한 시인의 감정을 증명해 주고 있다. 이 대조의 정수를 보여주는 시편들은 「에테시아의 부재」(Etesia Absent)와 「아모렛에게 보내는 노래」(A song to Amoret)가 바로 그것이다. 이 두 편의 시는 시인의 사랑에 대한 강약을 잘 느낄 수 있게 하는 작품이다.

> 사랑, 세상의 삶이여! 어떤 슬픈 죽음으로
> 그대의 부재는 나의 호흡을 잃게 만든다.
> 한때, 죽음은 확대된 삶일 뿐이다
> Love, the world's life! what the sad death
> Thy absence is to lose our breath
> At once and die, is but live
>
> 나는 한 시간 정도 사랑할 것이 아니고
> 또는 하루 정도를 욕망하지도 않을 것이오
> 단지, 저 먼 곳에서부터 온 나의 영혼과 함께
> 여기 꺼지지 않는 성스런 불로
> For I not for an hour did love,
> Or for a day desire,
> But with my soul had from above,
> This endless holy fire.

두 시의 어조를 볼 때 에테시아 연애시는 후자의 아모렛 연애시보다 육체적인 감정에 있어 더욱 직접적인 느낌을 받게 한다. 역시 두 시에서도 볼 수 있듯이 아모렛에 대한 사랑의 감정이 성숙한 면으로 나타나는 반면 에테시아에 대한 감정은 열정에 의한 불

같은 사랑을 보여준다. 이렇게 유추해 본다면 두 시편들의 제작 연대를 짐작건대 에테시아 연애시가 아모렛 시편보다 이전에 쓰인 것이라는 확증이 다시 한 번 확인되는 셈이다. 에테시아에 대해 사랑의 열병을 앓았던 시인이 이미 결혼에 다다른 것이라 생각한 아모렛을 사랑할 때에는 열정이 다소 약화되었고 육적인 면보다는 영적인 순수함을 강조하고 있음을 알 수 있다.

에테시아 시편과 아모렛 시편들은 여성에 대한 속성을 그리 많이 고려하고 있지 않는 반면에 사랑하는 사람에 대한 여인의 영향력과 시인의 여인에 대한 관계가 잘 그려져 있다. 본은 여인의 이미지를 천체의 이미지로 표현하면서 별과 해의 이미지로서 여인의 모습을 표현하고 그 이미지를 통해 자신의 사랑의 모형을 그려 주고 있음을 알 수 있다. 그리고 떠남의 이미지는 그의 사랑이 감정이 연인의 떠남을 슬퍼하고 그의 떠나 가버린 빈 공간에 대한 아픔과 슬픔을 그려 주는 이미지로서 작용하고 있음을 알 수 있다.

에테시아 시편과 아모렛의 시편에서 나타나는 여인들은 일반적으로 태양과 별의 이미지로 표현되고 있음을 알 수 있다. 그리고 여자와 사랑의 대상 사이에서 나타나는 관계는 행성의 영향에 의해서 그 의미가 규정되고 있다는 것이다. 이러한 귀결에 대해서 가장 중심이 되는 주제는 사랑의 관계가 그들의 의지에 의해 자유롭게 이행된다는 것이다. 연애시에서 나타나는 별은 사랑의 점성술의 형식으로 나타난다. 에테시아 시편에서는 전통적인 기독교적 플라토닉 이상주의로 표현되는 점성술적인 용어로써 사랑하는 사람들의 관계를 묘사해 준다. 별은 시간이 흘러가도 그 모양이 변하지 않는다. 이것은 시간의 흐름에 따라 변하는 달과는 다른 양상을 보이는 것이다. 따라서 시인은 상호 간의 사랑을 별과 같이 변하지 말아야 한다는 연인들의 관계를 시 속에 그려 주고 있는 것이다. 「에테시아에게, 첫인상」(To Etesia, the First Sight)에서 이러한 관계가 잘 나타나고 있다.

> 맑은 밤에 미소 짓는 별이
> 네게는 처음 탄생을 내게는 이 모습을 주었으니
> 예리하지만 이 같은 생김새로
> 나를 신하로 만들었다. 그대는 여왕인가?
> 반짝이는 행성을 그대 눈 속에 간직하고
> 아래쪽을 비추게 하나니;
> When smiling star in that fair night,
> Which gave you birth gave me this sight,
> and with a kind aspect though keen
> Made me the subject: you the queen?
> That sparking planet is got now
> Into your eyes, and shines below;

이 시에서는 별의 이미지를 여왕의 이미지로 승화시키려 시도한다. 따라서 여인을 별의 이미지를 동원하여 여왕으로 승격시켰기 때문에 스스로 자신은 신하가 되고 말았음을 알 수 있다. 이로써 여인과 자신이 주종의 관계로 맺어졌음을 보여준다. 그리고 시인은 계속해서 비록 별은 먼 곳에 떨어져 있지만 지상을 통해 지속적인 빛을 발하고 있음을 보여주면서 두 연인의 관계에 있어서도 비록 거리감이 있다 할지라도 사랑은 영속적이라는 것을 함축적으로 보여주고 있는 것이다.

또 다른 시 「품성, 에테시아에게」의 첫 행에 나오는 아침의 별은 태양의 의미를 전달하고 있다. 이것은 신의 아들도 역시 신이라고 하는 것과 같은 의미를 지닌다. 이것은 본이 그의 후기 종교 시에서 사용하던 신의 세계와 구원의 연관성을 보여주기도 한다.

사랑하는 여인은 우주의 길잡이가 되었고 세계의 축도이며 어두운 세상의 빛의 근본이 되고 행복의 원천이 된다는 것이다. 창조의 에너지의 처음과 끝을 동시에 보여주기 위해서 아침의 별이라는 상징적인 시어를 사용했다는 것이다. 기독교적인 입장에서의 신의 개념과 신플라톤사상에서 말하는 창조의 발산물에 있어서 모든 신의 창조물들은 신의 영광에 참여할 수 있다는 것을 보여준다.

> 그대의 존재는 어둔 세상의 아침의 별
> 잠깐 보였다가 저 멀리서 나타난다;
> 천문학자와도 같이 우리는 그대 얼굴의 영광을 보았다.
> Thou art the dark world's morning – star,
> Seen only, and seen but from far;
> Where like astronomers we gaze

그러나 아침의 별은 태양보다도 더 고귀한 영향을 가능케 한다. 이 시에 나타나는 과장법은 첫 행의 '가서 불사조를 잡아오라'(Go catch the phoenix)는 시인의 명령을 통해 느낄 수 있다. 이것은 단의 시 「가서, 떨어지는 별을 잡아오라」(Go, and catch a falling star)를 연상시켜 주면서 형이상파 시의 영향을 알 수 있게 하는 부분이다. 그러면서 시인 특유의 형이상학적 기상(conceit)이 잘 나타나고 있다. 계속해서 연인은 자연적이며 인간적이고 그리고 천상적인 조화가 나타나고 있는 작은 숲에서 하나로 연합하게 된다. 자연과 결혼 생활의 사이클은 탐색적인 태양과 별에 의해서 인도되고 신성한 사이클로 가득 차도록 변화하는 것이다.

본의 연애시에서 나타나는 또 다른 이미지는 떠남의 이미지이다. 사랑하는 연인이 자신을 떠나가는 상황을 묘사하고 있다는 것이다. 이것은 단순히 시인과의 관계가 단순히 멀어진다는 의미도 있지만 그러나 영원히 세상을 떠나는 죽음이 그 안에 포함된다. 에테시아 연애시는 시기적으로 볼 때 아모렛 시편들보다 앞서서 쓰였을 것으로 추정되고 있기 때문에 시인의 에테시아에 대한 사랑은 그의 연애시가 궁극적으로 요망하는 결혼에 의한 사랑의 완성이 결국은 이루어지지 않았음을 알게 한다. 따라서 에테시아 시편의 초기 시편들은 열렬한 사랑의 모형들이 오히려 더욱 적나라한 모습으로 나타나고 있지만 마지막 몇 편의 시편들은 그녀와의 이별을 아쉬워하는 모형으로 나타나고 있다. 「바다의 뒤편으로 사라진 에테시아에게」(To Etesia, going beyond sea)에서는 여인의 떠나감을 안타까워하고 있음을 볼 수 있다.

> 가라, 만일 당신이 가야 한다면! 그러나 머물러주오, 그리고
> 알아야 하느니 가기 전에 나의 맹세를 생각해야 할 것이오
> 모든 것에 있어서, 천국과 당신을 제외하고,
> 나의 마음의 전부를 다해 나는 작별을 고하오!
> 지금 나는, 내가 제일 먼저 나의 가장 아름다운
> 적을 만났던 그 행복한 그늘로 갈 것이오.
> 나는 우리가 걷고 그대와 내가 함께 앉아 있었던
> 각각의 고요한 길을 찾을 것인데
> 나는 그곳에 다시 앉을 것이오, 쉬지 않고
> Go, if you must! but stay — and know
> And mind before you go, my vow.
> To every thing, but Heaven and you,
> With all my heart, I bid adieu!
> Now to those happy shades I'll go
> Where first I saw my beauteous foe.
> I'll seek each silent path, where we
> Did walk, and where you sat with me
> I'll sit again, and never rest

이 시에서 시인은 여인의 떠나감을 기정사실화하면서도 가능하다면 여인이 자신 곁에 머물러 주기를 갈망하고 있다. 그러면서 한편으로는 여인이 없는 상황 속에서도 연인을 그리면서 이전의 둘 사이에 있었던 추억의 장소를 다시 한 번 찾아가 볼 것을 천명하고 있다. 이것은 시인이 여인과 헤어지게 되는 떠남에 대해 아쉬움을 갖고 있으며 한편으로는 여인이 떠나가는 상황에서 벗어나고 싶은 심정을 토로하고 있음을 알 수 있다. 계속해서 시인은 여인의 떠나감을 슬퍼하면서 두 연인 사이의 즐거웠던 추억을 그리고 있다.

떠남을 알리는 에테시아 시편의 또 다른 모형은 「에테시아의 부재」(Etesia Absent)에도 잘 나타나고 있다. 이 시에서는 떠남이 좀 더 구체화되어 죽음의 모형으로 나타나고 있다. 여인의 떠남이 죽음으로 귀결되고 있다는 것이다. 그리고 그 떠남의 죽음이 시인의 죽음을 초래할 정도의 슬픔으로 다가오고 있음을 느낄 수 있다.

> 사랑, 이 세상의 삶이여! 어떤 슬픈 죽음으로
> 그대의 부재는 나의 호흡을 잃게 한다.
> Love, the world's life! what the sad death
> Thy absence is to lose our breath

에테시아의 부재에는 철학적이며 종교적이고 그리고 과학적인 개념들이 연속적으로 사용하고 있음이 보이고 있다. 이 시의 첫 부분에서는 여인을 떠나보내는 헛된 삶에 대한 압축된 모형이 제시되고 있다. 이 시에서 본이 그려내려는 기본적인 제안은 신성한 사랑이란 우주 안에서 주관적으로 일어날 수 있다는 것이고 또한 이러한 신성한 사랑은 우주적인 질서와 조화 속에서 일어나게 된다는 르네상스적인 개념에 기인한다는 것이다. 여성의 부재를 통해서 일어나는 인간 사랑의 후퇴는 우주적인 논리의 질서와 조화를 멀어지게 만든다는 것이다. 따라서 정신적인 죽음은 육체의 죽음보다도 그 괴로움이 한층 더하다는 것을 보여준다.

영혼과 육체가 그 상태에서
우리 안에서 나눠지는 것처럼 보이는
살려고 이야기하는 것이 아니고
다시 합해질 때까지 날들은 가득 차고
느린 걸음의 계절이 되었을 때
그래 헛되게 시간과 문들을 통해서(시간의 긴 여정)
나는 그대를 찾고 그대의 모습으로부터
마치 내 영혼처럼 삶과 빛을 위해
그대 눈이 나로 인해서 빛날 때까지
나의 눈은 빠르게 닫쳐져 보이지 않게 된다.
As soul and body in that state
Which unto us seems separate,
Cannot be said to live, until
Reunion; which days fulfil
And slow – paced seasons: so in vain
Through hours and minutes(Time's long train)
I look for thee, and from thy sight,
As from my soul, for life and light.
For till thine eyes shine so on me,
Mine are fast – closed and will not see.

여기서는 초기 시에서 보이던 여인이 더 이상 멀리 떨어져 있거나 혹은 급변하는 모습을 보이거나 건드릴 수 없는 전형적인 모습은 보이지 않는다. 여인은 더 이상 시인의 열정에 대해 응답하지 못하는 상황에 처해 있다는 것이다. 죽음의 상황이 그려져 있음을 알게 해 주는 대목이다. 그녀는 도달하기 어려운 곳에 있고 그로 인해 시인은 고통 속에 남아 있다. 이 시는 바로 이러한 상황의 방법들을 극적인 모습으로 구성하고 있다. 그렇기 때문에 이를 통해서 그녀의 사랑에 의해서 만들어졌던 달콤한 만나는 그만 쓰디쓴 담즙과 같은 형태로 변해버리고 말았다는 것이다.

5 세속시의 자연

본의 연애시에서 보여주는 사랑에 대한 주요한 관점은 연인끼리의 두 마음이 하나로 연합하는 성스러운 조화를 통해 사랑과 자연을 통합시켜 보려는 노력이라 할 수 있다. 세속시에서 시도해 주었던 사랑과 자연의 통합은 후일 그가 종교 시인으로 전환한 이후에 그의 종교시에서 보여주고 있는 종교와 자연의 통합 노력과 맥을 같이하고 있는 것이다. 사랑과 자연의 통합을 가장 잘 드러내어 주는 작품은 『시편들』의 마지막을 장식하는 「수도원의 작은 숲을 따라, 그의 통상적인 은퇴」(Upon the Priory Grove, His Usual Retirement)이다. 이 시의 중심을 이루는 두 개의 단어, 사랑(Love)과 작은 숲(Grove)은 두 사람의 행복과 미래를 맞추어 주는 중요한 단어가 되고 있다. 당시의 세속시에서 가장 기본적으로 등장하는 전통적인 배경으로는 숲이나 또는 작은 숲을 들 수 있을 것이다. 에테시아와 아모렛을 만나는 본의 첫 만남도 바로 이 작은 숲에서 이루어지고 있다.

신성한 땅거미를 찬양한다! 나뭇잎 둘린·집!
내 모든 서원의 정숙한 보배,
그리고 자원! 부드러운 가슴이 내 사랑의
공평한 걸음에 눕혀져 처음 난 저버렸다.
Hail sacred shades! cool, leafy house!
Chaste treasure of all my vows,
And wealth! on whose soft bosom laid
My love's fair steps I first betrayed.

이 시에서 본은 자연 속에서 나타나는 모든 현상을 동원하여 사
랑의 모습과 일치시키려 하고 있음을 알 수 있다. 사실 여기에 등
장하는 작은 숲은 시인과 연인과의 만남이 주선되는 장소이고 그
리고 본의 삶과도 밀접한 관계를 갖게 하는 곳이다. 시몬즈 교수
는 이 시와 그리고 작은 숲에 대한 시인과의 관계를 다음과 같이
묘사해 주고 있다.

이 시는 본의 생애에서 그려지는 특별한 환경과 초기 시집과의 연관
을 맺게 해 주는 확실한 포인트를 제공해 준다. 연인이 서로 만나는 장
소인 작은 숲은 허친슨에 주장에 의하면 본의 집에서 가까이 위치해 있
는 브레콘의 수도원일 것이라는 사실이다. 수도원과 아내인 캐서린 와이
스의 가족 간에 모종의 커넥션이 있을 것이라 여겨지기도 한다.

또한 시간의 흐름에 따라 사랑의 색갈이 회색빛이 된다 해도 계
속 우리는 작은 숲 속에 있을 것이고 그리고 그 안에서 계속적인
사랑을 보여줄 것이라는 마지막 행에 도달하면 이 시가 시도한 자
연에 의한 사랑의 완전한 성취를 보여준다.

그래 거기 다시, 그대는 우리가 처음 순수함과
처음 사랑으로 움직이고 있음을 보게 되리라.
그리고 그대 그늘 아래, 지금처럼, 계속해서,

우리는 키스와 미소를 나누고 다시 함께 걸을 것이다.
So there again, thou'lt see us move
In our first innocence, and love:
And in thy shades, as now, so then,
We'll kiss, and smile, and walk again.

즉, 사랑의 열정으로 넘쳐 있던 천진스러운 처음 열정의 상태로 돌아와 자연의 그늘 속에서 사랑을 나누는 행복한 순간을 되찾는 것을 보여주고 있다. 그리고 두 연인은 인간과 자연과 그리고 천상지향의 과정이 존재하는 작은 숲 속에서 하나로 연합하게 된다. 캘훈은 이 장면에서 나타나는 사랑과 자연의 연합되는 과정을 다음과 같이 묘사해 준다.

> 두 연인은 결국 자연과 인간과 그리고 조화로움 속에서 천상적인 과정이 수행되는 작은 숲에서 연합한다. 자연의 사이클과 결혼 생활은 연애하는 해와 달에 의해 인도되고 신성한 사이클을 가득 채우는 일을 수행한다. 마지막 날에는 작은 숲은 이식되고, 그리고 연인들은 에덴과 같은 곳으로 이동된다.

한편, 이 시에서 본은 자연 속에서 나타나는 모든 현상을 동원하여 사랑의 모습과 일치시키려 하고 있음을 알 수 있다. 사실 여기에 등장하는 작은 숲은 시인과 연인과의 만남이 주선되는 장소이고 그리고 본의 삶과도 밀접한 관계를 갖게 하는 곳이다.

또 다른 연애시 「별밤을 걷고 있는 아모렛에게」(To Amoret, Walking in a Starry Evening)에서는 사랑하는 두 연인 사이에 자연의 이미지를 첨가해 줌으로써 사랑의 노래를 극대화시키고 있다.

만일 아모렛이, 영광스런 눈과,
첫 번째로 태어난 빛에서,
그리고 죽음의 밤에서,
하늘 높이 흩뿌려졌고
모형과, 모습을 받아내었던;
네가 염탐하는 그 오래된 시련을 가졌다면

우리는 그 거대한 반지 안에서 의심하게 될 것만 같다
이 황금빛 나는 영광의 중간부에서
그리고 열렬한 이야기 안에서;
태양이 왕을 지배했었건
한 날을 안내했었건
또는 너의 반짝이는 눈이 흔들리건 간에;

If Amoret, that glorious eye,
In the first birth of light,
And death of night,
Had with those elder fires you spy
Scattered so high
Received form, and sight;

We might suspect in the vast Ring,
Admist these golden glories,
And fiery stories;
Whether the Sun had been the King,
And guide of day,
Or your brighter eye should sway.

특별히 시인은 가시적이고 일반적인 자연만을 표현하려고 한 것
이 아니라 그의 자연신비주의시에서 가장 폭넓게 사용하고 있는
빛과 어둠의 자연신비주의적 이미지를 등장시키고 있음을 볼 수
있다. 물론 여기에서 그가 사용한 이미지는 의도적으로 자연신비주
의적 의미를 표현하려 했던 것은 아니었다. 단지 후일 자연신비주
의시를 쓸 때 그의 초기 연애시에서 사용했던 종교적 단상들이 자

연신비적인 의미를 포함하면서 종교적 요소가 되고 있다는 것이다.

또 하나의 그의 세속시의 대표적 작품집인 『어스크의 백조』는 본 자신의 원작 17편을 포함하여 「오비드」(Ovid)를 비롯한 몇몇 작품을 번역한 작품 47편으로 구성되어 있는데, 이 중에서도 17편의 자신의 본래 작품들은 모두 의도적인 특별한 의미를 갖는 작품들로서 서간체와 엘레지 그리고 격려문등을 담고 있다. 이 시집은 세속시의 한 부분을 장식하면서 특히 사랑과 자연의 관계를 강조해 주고 있다.

토마스 캘훈은 『어스크의 백조』에 대해서 이것이 그의 자연신비주의 종교시를 준비하는 연습과도 같은 의미를 지닌다고 보면서 "『어스크의 백조』의 구성은 종교적이며 의학적인 수필을 작성하고 해석해 주는 데 중요한 훈련이 되었다."라고 평가하고 있다. 이렇게 본다면 『어스크의 백조』는 자연의 현상과 그 실재적 모습의 표현을 통해서 자연신비주의에 접근해 보려는 노력이 시도되고 있다고 보아도 좋을 것이다.

『어스크의 백조』 중에서 사랑과 자연이 적절히 융합되면서 그 연합의 모형들이 잘 표현되고 있는 몇 편의 시를 살펴보고자 한다. 「가장 잘, 그리고 최고의 완성된 짝」(To the best, and Most Accomplish'd Couple)에서는 사랑의 종말이 신비적인 측면과 시인 자신의 경험을 통해서 자연의 아름다움과 연장선상으로 그려지고 있다.

> *시간*들이 모두 당신의 기쁨이 되는 것처럼
> 신선하고, *영원*만큼이나 건강한!
> 꽃들이 처음 호흡하는 것처럼 달콤하고, 장미의
> *보이지 않는 펼쳐짐* 같은 끝맺음이,
> 그가 장막의 머리를 펼쳤을 때와

그리고 그의 가슴을 태양의 침상으로 만들었을 때.
Fresh as the *houres* may all your pleasures be,
And healthfull as *Eternitie*!
Sweet as the flowers first breath, and Close
As th'*unseen spreadings* of the Rose,
When he unfolds his Curtain's head,
And makes his bosom the *Suns* bed.

    그리고 두 연인의 육체적인 연합이라는 주제가 태양과 장미꽃의 연합이라는 형이상학적인 모형을 통해서 아주 이상적인 형태로 그려지고 있음을 알 수 있다. 바로 이렇게 『어스크의 백조』에 나타나는 사랑의 표현들은 그 배경과 분위기가 자연과 관련을 맺는 것으로 이어진다. 이것은 『시편들』의 연애시편들이 작은 숲을 배경으로 하는 것과 유사성을 지닌다고 볼 수 있는 것이다.

    『어스크의 백조』의 서두에 나오는 대표적 시 「이스카 강으로」(To the River Isca)에서도 본은 고향의 자연적인 모습을 시적 배경으로 삼고 있다. 대부분의 본의 시에서 나타나는 자연의 모습은 그의 고향 뉴턴의 자연을 배경으로 하고 있다. 시집의 제목 『올로 이스카누스』는 어스크의 백조(Swan of Usk)를 일컫는 라틴어 표기로서 제목에서부터 알 수 있듯이 고향의 강 어스크에 나타나는 백조의 모습을 제목으로 설정하고 있는 것이다. 이것은 바로 자연의 모습 그 자체를 그려 주고자 하는 작가적 의도의 한 예가 된다. 본은 누구보다도 자기의 고향을 좋아했고 그리고 고향의 자연을 사랑했다. 고향 웨일즈 지방의 후예임을 자랑스럽게 여겼고 자신을 실루리스트라고 명명할 정도로 고향에 대한 애정과 고향의 자연에 대한 깊은 열정에 항상 사로잡혀 있었다. 바로 이러한 자연의 배경이 그의 초기시인 세속시에서 먼저 등장하고 있는 것이다. 이 작품집에서 자연에 대해 본이 전달하고자 하는 중심적 내용은 자연을 형성하는 가장 이상적인 질서란 무엇인가 하는 것이다. 「이스카의 강으로」에서 보면 강기슭의 계곡들은 모든 무질서를 회복시키는 모습으로 등장한다. 또한 이것은 시간과, 변화와 죽음으로부터의 회복을 의미하고 있는 것이다. 한 가지 예를 들어 강 그 자체는 사랑의 풍요함과 자연의 모든 아름다움을 함축적으로 보여주고 있으며 아울러 추하고 거추장스러우면서 폭력적인 모든 것들을 씻어버리는 의미로 나타나고 있는 것이다.

> 그러나 *자유와 안전과, 기쁨과 희열*이
> 한 번 사랑의 *키스* 안에서 *연합한다.*
> 그대 *주변*은 고요하고, 그대의 테두리는 *품격* 있고
> *대지*는 모든 *무질서로부터 회복된다.*
> But *freedom, safety, joy and bliss*
> *United* in one loving *kiss*
> *Surround* thee quite, and *style* thy borders
> *The land redeemed from all disorder!*

이것은 사랑으로 인하여 인간들이 가져야 할 자유와 기쁨의 요소들이 자연 속에서 어떻게 연합되고 그리고 그로 인하여 모든 무질서한 것들로부터 인간이 살고 있는 자연의 세계가 어떻게 회복되고 있는가를 보여주고 있는 것이다. 그리고 고향의 어스크 강 그 자체는 비옥하고, 사랑으로 인해 변모해 버린 힘과 그리고 자연의 순환하는 형상을 상징하고 있음을 볼 수 있다. 그렇기 때문에 여기서 시인이 주장하는 인간이 나누는 사랑의 모형은 순수하며 그리고 장미와 같이 자연과 융합하는 그러한 모습인 것이다.

「폰터팩트에서 살해된, 알, 홀씨의 죽음에 관한 애가」(An Elegy

on the Death of Mr R. Hall, Slain at Pontefract)는 친구의 죽음을 애도하는 엘레지이다. 『어스크의 백조』에는 이와 유사한 죽음에 대한 엘레지가 다수 기록되어 있는데 본은 자연과 죽음의 관계를 상당히 자연스럽게 연결시켜 주고 있음을 알 수 있다. 특히 이 시에서는 어둠 속에서 보이는 빛의 역설적인 모습을 통해 자연에 대한 시인의 통찰력이 확연하게 드러나고 있음을 알 수 있다.

여기에서의 빛의 역설은 그의 자연신비주의시에서 보여주고 있는 빛과 어둠의 이미지가 나타내는 죽음을 거친 후 성스러운 빛(Divine light)에 도달하는 과정을 묘사해 준다. 이것은 이후 자연신비주의시를 쓸 때 천상세계를 희구하는 지향성의 예시적 모형으로 나타나고 있는 것이다.

「알 더블류의 죽음에 대한 애가」(An Elegy on the Death of R. W) 역시 친구의 죽음을 애도하는 시로서 여기에서도 그의 시 속에서 자연의 이미지를 가장 잘 나타내고 있는 빛의 이미지를 사용하고 있다. 한밤중의 태양이라는 이미지는 본의 자연신비주의시에서 가장 핵심적인 이미지로 나타나는 빛과 어둠의 이미지가 궁극적으로 보여주는 죽음의 역설적인 의미를 극명하게 드러내고 있음을 알 수 있다.

> 어떤 눈먼 눈금판처럼, 그날이 다 저물었을 때
> 한밤중에 우리에게 이야기할 수 있다. 거기 태양이 있다고,
> As some blind dial, when the day is done,
> Can tell us at mid-night, *There was a sun.*

본의 세속시를 분석하고 그 속에서 연애시의 기본적인 내용과 사상 그리고 어조를 알아본 것은 그의 초기 사상과 이미지의 기본

을 알 수 있게 하는 매우 중요한 의미가 내포되어 있기 때문이다. 이는 형이상파 시의 기수인 단의 종교시가 세속시에서 나타났던 초기 사상과 이미지와 깊은 연관성을 보여준 것과 같으며 또한 이러한 연관성은 단의 종교시의 분석에서 매우 유용하게 쓰였던 것과도 같은 맥락으로 볼 수 있다. 위에서 설명한 바와 같이 본의 세속시에 나타나는 사랑의 모습과 자연의 배경들은 후일 그가 자연신비주의시를 쓸 때에도 역시 같은 모습으로 나타나고 있음을 알 수 있었다. 페텟(Pettet)은 그의 세속시와 종교시와의 연관성을 긍정하면서 거기에는 스타일의 연계성이라든가 형이상적인 요소들 그리고 시의 평형 등이 깊은 관련을 가지고 발전되고 있다고 보면서 다음과 같이 강조해 준다.

『섬광의 부싯돌』의 가사들은 구조나, 형식의 발전에 있어 예전의 세속시와 닮은 점이 많다. 그리고 거기에는 중요한 문체의 계속성이 있다는 것인데 특히, 도입부의 극적인 유형을 나타내는 형이상학적인 것과 과학적인 유추에 의한 논쟁의 후원, 평형과 상반됨의 사용, 일반적인 것을 절정으로 치닫게 하는 것들이 그것이다. 더 나아가 세속시편들은 자연의 이미지를 사용한다는 것에서 종교적인 것과 연관을 맺는다는 것이다.

그에 의하면 본의 종교시에는 초기 세속시에서 나타난 자연으로부터 얻어낸 종교적인 요소나 이미지들이 동일하게 사용되고 있음을 보게 된다는 것이다. 그렇기 때문에 이러한 세속시에서 나타나는 종교적인 요소의 연관성을 통해서 그의 세속시가 추구했던 사랑과 자연의 관계는 종교시 안에서는 자연과 종교의 관계로 발전되고 있으며, 아울러 세속시에서 보이는 종교시적인 요소들은 후일 그의 종교시에서 나타나는 자연신비주의의 기본적인 구조를 제공해 주었다고 볼 수 있겠다.

결론적으로 그의 세속시는 두 연인에 대한 사랑의 메시지가 자신의 고향 산천의 자연 배경과 적절한 연관성을 맺으면서 나름대로의 연애시를 만들어 내었다고 볼 수 있겠다. 더욱이 본은 모방이라는 과정을 거치면서 거기에 머무르지 않고 자기의 시적 능력을 스스로 창조해 내었다는 것이다. 사랑의 시 속에 두 인물의 이름을 사용하였다는 것은 사실 비평적인 논란이 되고는 있지만 나름대로의 시적인 기교로 받아들여질 수 있다는 것이고, 당시의 연애시가 페트라르크풍의 범주에서 아직 벗어나지 못하고 있을 때 형이상학적인 요소를 적절히 가미하면서 연애시를 썼다는 것은 형이상파 시인으로서의 기질을 엿볼 수 있게 하는 증거가 되고 있다. 특히 이 세속시의 사랑의 표현과 자연의 풍광을 그려 주는 배경의 내용들이 적절하게 연합하면서 독특한 이미지를 만들어 주고 있다는 것은 이후 그가 자연신비주의를 완성할 수 있었던 좋은 경험이 되었다는 사실이다. 이로써 그는 세속시 안에서 사랑과 자연을 연합시켰고 나아가서 자연신비주의시 속에서는 자연과 종교를 결합해 놓고 있는 것이다.

제3장

죽음과 재생

1 인간과 죄

본의 종교시집 『섬광의 부싯돌』 제1권(1650)과 제2권(1655)에 걸쳐 나타나는 광의의 주제를 한마디로 표현한다면 인간은 죄에 빠져 살아가고 있기 때문에 죽음에 이르게 되고, 이 죽음의 인식과 함께 죄를 회개하게 되면 그리스도의 죽음이라는 구속의 사건을 통해 구원을 얻게 되어 지상의 세계를 벗어나 천상의 세계로 복귀한다는 것이다. 그래서 캘훈(T.Calhoun)은 본의 시를 한마디로 설명하면서 죽음을 통해 삶을 얻는다는 "죽음으로, 나는 새로운 삶을 얻는다."(By dying, I gain a new life)라는 말로 이를 정의하고 있다. 그러면 시인은 인간의 죄의 인식과 죽음의 의식 그리고 죽음으로부터 벗어나 구원에 이르는 과정을 어떻게 묘사하고 있는 것일까? 형이상 종교시인들의 대부분은 이를 교리적인 측면에서 다루고 있으나 본은 이를 신이 내재하는 자연 속에서 찾아내고 있다. 그렇기 때문에 자연에 대한 관찰력은 그 어느 자연시인보다도 예리한 면을 지니고 있는 것이 사실이며, 더욱이 그는 자연의 외형적인 면보다는 자연의 내재적인 의미를 파악하고 자연의 내면을 통해 신의 내재를 찾아낸다는 것이다. 이러한 이유로 인하여 대부분의 비평가들은 그의 시를 자연신비주의적인 입장에서 평가하고 있다. 조안 베넷(Joan Bennett)은 그의 자연에 대한 관찰력을 다음과 같이 설명해 주고 있다.

> 본은 자연주의 스타일의 새로운 경지를 차용하였다. 그는 당시 단의
> 다른 추종자들과는 다르게 자신만의 관찰력을 가지고 세상과 하늘과 새

들과 강과 그리고 꽃과 같은 자연을 신비롭고 예리한 감각으로 다루고 있다.

본의 종교시에 나타나는 발전의 특징은 성서와 자연 그리고 자기 자신의 종교적인 삶에서부터 출발한다. 그는 자신의 신앙에 대해 신과 함께 지상에서 일하는 것이라고 설명한다. 그리고 지상에서의 신과의 동행을 가시적인 자연의 모습 속에서 발견하였다는 것이다. 이것은 그의 시를 이해하고 설명하는 데 중요한 의의를 지닌다. 사실상 본의 시에는 시적 기교나 기법의 사용이 그리 두드러지지 않는다. 흔히들 형이상파시에서 많이 등장하는 기발한 착상의 모형도 잘 나타나지 않는 것이 그의 특색이며, 같은 신비주의 시인이면서도 낭만주의시대의 윌리엄 블레이크처럼 난해한 상징도 많이 사용하지 않고 있다. 그렇다고 본의 시적 수법이 평범 일변도라는 것은 아니다. 「재생」의 시를 통해서 그의 시적 기법을 알아보는 것은 이런 의미에서 상당히 그 의의가 깊다고 볼 수 있겠다. 그의 시 속에서 자연의 내재적인 의미를 발견하는 데는 먼저 그의 이미지의 수법을 이해함이 우선된다. 그리고 다른 시와는 달리 이 시에는 그의 대조적 수법이 나타나고 있으며, 아울러 신앙의 상징물이 발견되고 있다. 전술하였거니와 본의 첫 시인 「재생」이 여러 각도에서 평가되고 있는 것도 바로 이러한 시적 기법의 다양한 해석에서 비롯된다고 볼 수 있겠다.

본의 종교시 「재생」은 19세기 이후 형이상파시가 대중적인 관심을 얻기 시작하면서부터 시인 자신에 대한 평가와 더불어 비평가나 독자들에게 많은 관심을 보여 왔다. 그럼에도 불구하고 아직까지도 이 시를 정치 사회적 성향을 띠고 있는 종교성 정치적 시로 볼 것인가 아니면 순수한 종교시로만 이해할 것인가라는 외견상의 불명료성으로 인하여 이 시는 그의 시 중에서도 상당히 난해한 시 중에 하나라는 평가를 받고 있다. 그러나 「재생」이 그의 종교시를 설명하는 데 있어 세속시와 종교시의 획을 긋는다는 의미를 부여한다면 이 시기가 중요한 문학적 의의와 과정을 갖고 있다고 볼 수 있을 것이다. 「재생」은 천상적인 것과 대비되는 죄에 빠진 한 인간으로서 시인의 신앙적 순례 과정을 추적해 가고 있는 시이다. 어찌 보면 자신의 개인적인 재생에 대한 질문과 그 흔적을 추적한다는 것은 사적인 의미를 지니고 있다고 볼 수 있을 것이다. 그러나 시인은 대중의 암시를 반향하면서 이를 재정리해 주고 있다. 본의 몇몇 시들은 그 시의 심오함 때문에 이에 대한 비평이 여러 갈래로 나타나고 있음을 알 수 있다. 후기의 대표적 시 「밤」(The Night)을 비롯하여 「재생」의 시 역시 여러 방향으로 평가되는 작품 중 하나이다. 이것은 이 시의 심오성과 난해함이 그 어느 작품보다도 강하다는 것을 의미하는 것이며, 또 다른 측면에서 보자면 그의 종교시의 서두를 장식하고 있기 때문에 종교시의 전체적인 사상적 배경과 시적 흐름을 파악하는 데 적절한 분석 자료가 될 수 있다는 것이다. 일부의 비평가들 중에는 이 작품 속에 나타나는 신앙 탐색 과정으로서의 순례의 알레고리가 칼빈주의의 예정설과 어거스틴의 명상법에 입각한 기독교 사상의 한 부분으로 보는 경향이 있다. 그렇기 때문에 비평가들은 순례의 알레고리라는 키를 찾으면서 시인의 주제를 찾으려 하였고 아울러 종교적인 사상이나 경험의 예술적인 변환보다는 독특한 기독교적인 전통 속에서 그의 종합적인 체계의 근원을 알아내려 하였다. 결국 이 내용의 모형들은 자연이라는 과정을 분석해 가면서 점점 좁혀지기 시작하였고 시인의 모티브나 이미지의 형상들을 보편화시킴에 따라 그 내용의 이해가 점차로 가깝게 다가올 수 있게 되었다. 그의 전 작품을 통해 나타나는 시적 주제 속에는 그가 주장하려는 재생 또는 거듭남의 의미가 아주 정교하게 그려져 있음을 알 수 있다. 브루스 킹(Bruce King)이 본의 시의 핵심을 '영혼의 천상지향'이라 평가한 것은 바로 재생과 거듭남의 최종 행로와 신의 세계의 연관성을 설명하는 좋은 예가 되고 있다. 이 시는 또한 기독교인의 거듭남의 주제가 그 어떤 현대적인 비평에서 보여준 것들보다도 아주 친숙한 모형으로, 그리고 폭넓은 면으로 전개되고 있음도 알 수 있다. 현대적인 의미에서 볼 때 재생을 기독교적으로 이해하려는 노력이야말로 이 시를 읽을 수 있게 하는 가장 적절한 신학적 정황을 제공해 주는 것이다.

종교시집 『섬광의 부싯돌』을 시작하는 「재생」에서 본은 시인 자신의 신앙적인 순례의 과정을 그리고 있다. 이 순례의 과정으로 종교 시집의 서두를 장식하였다는 것은 그의 종교시의 전 과정을 거쳐 상당히 큰 의의를 지니고 있다고 볼 수 있겠다. 종교시를 쓰기 이전에 그는 세속시를 썼으며, 전쟁에서의 죽음, 사랑하는 동생과 아내의 죽음 그리고 자신의 오랜 지병 등의 종교적인 전환의 요인을 통해서 종교시를 쓰게 되었다. 종교적 전환을 시작하면서 신앙의 순례 여정을 묘사하는 종교시로 시집을 열고 있다는 것은 이 시의 비중이 그의 전 시를 연구하는 데 얼마나 중요한 것인가를 짐작할 수 있게 해 준다. 클레멘츠(A. Clementz)는 본의 시에서 나타나는 재생의 의미를 '재생의 역설이 본의 시의 가장 핵심적인 주제'라고 하면서 재생이야말로 그의 시에 있어서 가장 중심이 되고 있음을 강조하고 있다. 그러나 초기 작품 중 하나인 「재생」은 독자들을 당황하게 만든다. 그것은 이전의 세속시에서 종교시로 넘어가는 과정의 기간이 명확하게 구분되지 못하였기에 그의 종교적 전환이 과연 완전하게 이루어졌는가라는 의구심에서 비롯된다. 이런 이유로 인하여 이 시에 대한 명료한 해설을 내리는 데는 아직도 역부족인 것이 사실이다. 또한 이제까지 이 시에 대한 다양한 해석의 중심이 순례의 과정을 하나의 흐름으로 보고 있는 것에서도 기인한다.

2 삶과 죽음

2.1. 육체의 순례

영혼과 육신의 재생이라는 개념은 성서의 신구약을 망라하여 아주 중요한 내용이며, 기독교적인 교리의 가장 기본이 되는 것이었다. 신학에 있어서 '재생'이나 '전환'이라는 의미는 신령한 새 삶을 다시 시작한다는 것을 표현하기 위해 자주 사용되곤 했었다. 구약에서 재생의 의미를 담고 있는 전환 또는 회개라는 의미의 단어는 이스라엘 백성이 신으로부터 버림받은 이후에 다시금 신에게로 돌아가는 상황 속에서 일어나는 국가적인 현상으로 설명되고 있다. 질투의 신인 야훼 신은 이스라엘 백성들이 불순종을 보일 때 그러한 불신앙의 백성으로부터 멀어져 가는 모습을 보여주곤 하였고, 이에 대한 이스라엘 백성들의 반응은 회개와 전환의 반복적인 모습으로 나타나곤 하였다. 그러나 신약에 오면서 재생의 의미는 영적인 거듭남의 모습으로 변했으며 이것은 그리스도의 구속을 통해서 근본적으로 변화해 버렸다. 그렇기 때문에 오늘날에 와서는 재생의 의미가 거듭남, 갱신 또는 새롭게 됨이란 단어로 바뀌면서 그 진정한 의미는 죄인들의 변화라는 것으로 설명되고 있다. 구약에서 나타났던 신과의 직접적인 대화와 단절 그리고 회복이라는 의미에서 시작되었던 재생의 의미는 신약의 시대에 접어들면서 인간 개개인의 개별적인 영혼의 존재가 물과 그리고 성령의 세례를 통해서 '재생하다' 즉, '다시 태어나다'의 의미로 고착되었던 것이다. 그러나 여기에서의 재생의 의미인 다시 태어남이나 거듭남의 의미에는 회개와 전환을 통한 새로운 신앙의 계약이 전제된다는 것이고, 이것은 완전한 의미의 변화일 뿐만 아니라 새로운 연합의 내용을 포함한다고 볼 수 있겠다. 한편 르네상스시대의 작가들은 '재생'의 의미를 세례, 회개 또는 신앙으로 이해하였다. 종교개혁자 루터는 신앙이라는 그 자체만으로도 개개인의 재생을 완수시키는 데는 충분한 것이라고 설명하고 있으며 그 결과는 회개로 나타난다고 보았다. 칼빈(J. Calvin) 역시 재생에 있어서는 회개의 중요성을 역설하면서 이것은 신앙의 결과라고 주장하였다.

인간은 모두 자기 자신의 재생을 스스로 확인하고 만들어 가고 있는 것이라 볼 수 있다. 여기서 중요한 것은 다시 태어남의 의미를 내포하고 있는 재생의 의미가 신의 자비와 은혜를 통해 이룩되는 구원에서부터 비롯된다는 사실이다. 어쩌면 이것은 칼빈주의의 예정설에 부합되는 이론인 것 같지만, 이것은 기독교가 표방하는 보편성에 입각한 기독교의 특이성 중 하나이다. 그럼에도 대부분의 작가들은 재생을 신의 자비와 연결되는 세례의 결과로서의 은혜와 일치시키지 못하고 있다. 그들은 단지 그 은혜의 선물에 대한 보답으로서 인간의 책임과 의무만을 찾아내려 하였다. 신의 부르심에 대해서 죄인인 우리 인간들은 의식적으로 이에 답변해야만 할 것이다. 만약에 그 죄인들이 아무런 답변도 없이 재생을 이루지 못하였다면, 세례의 은혜는 결실을 얻지 못한 채로 남아 있게 될 것이기 때문이다. 예정설에 의하면 이미 새롭게 거듭난 인간은 인간적인 면모가 현저하게 감소해서 나타나게 된다. 인간적이기보다는 신적이며, 천상적인 의미를 더욱 강하게 보인다는 것이다. 개신교의 작가들은 재생이란, 인간적인 측면에서 본다면 회개의 진실성과 신앙의 사실성에 있어서 구별되는 것이라고 정의해 주고 있다. 전환이란 능동과 피동의 모두를 갖고 있는데 구체적으로 보자면 신이 죄인을 변화시켜 준다는 피동적인 의미가 있는 반면에 죄인 자신도 자기를 변화시켜야 한다는 능동적인 의미도 내포하고 있다는 것이다.

재생의 패턴에 있어서 인간의 거듭남의 의식은 종교적으로 볼 때 자신이 생각할 수 있는 성화의 요인들로 인하여 다양해질 수 있으며, 이것은 반드시 물과 성령의 세례를 통해서 받은 은혜의 결과만은 아니다. 이러한 상황하에서 일부의 작가들은 전환과는 구별되는 측면으로 재생의 감각을 제한시키기도 한다. 또 다른 작가들은 재생의 정의에 대해서 영적인 삶을 처음으로 마음에 박히게 하는 것임과 신에게로 돌아선다는 의미, 그리고 구원으로서의 그리스도를 맞이한다는 것임을 제안한다. 16세기와 17세기에 걸쳐 나타나는 재생이라는 단어는 영국 국교의 전통으로서 본의 시들과 친숙한 면모로 나타나고 있다. 이것은 또한 그의 종교시집 『섬광의 부싯돌』을 죄인의 신앙적인 전환과 재생의 긴 과정을 기록한 것으로 생각할 수 있도록 만들어 주며, 아울러 시인의 새로운 영적인 삶을 알려주는 첫 순간임을 보여주고 있다. 이것은 본의 시를 평가하는 데 아주 중요한 요소를 독자들에게 제공하는 것으로서, 본의 시에서는 다른 시인들이 정의하고 있는 재생을 어떻게 보고 있는가 하는 문제가 전혀 모방되지 않았음을 보여주는 것이다.

사실 본은 허버트의 시를 통해 많은 영향을 받은 시인이며 그의 시를 많이 모방하고 있다. 이 시 역시 허버트의 시 「순례」(The pilgrimage)에서 많은 영향을 받았을 것이라는 인상을 독자들에게 주고 있는 것이 사실이나, 시의 구조나 전체적인 의미를 정밀하게 분석해 본다면 전혀 다른 의미를 보여주고 있음을 알게 된다. 사실상 본이 시를 쓰기 시작한 초기에는 허버트의 영향이 상당히 지대했다고 볼 수 있지만 그의 종교적 전환이 발전기로 넘어가는 시점인 1640년 후반부에서부터 1650년 전반기에 이르러서는 그의 영향에서 탈피하여 거의 독창적인 면모로 변해 가고 있었던 것이 사실이다. 그리어슨(H. Grierson)은 본의 시가 비록 모방에서 출발하였다고는 하나 이것을 뛰어넘어 다른 면을 보여주고 있는데 그는 두 시인의 차이점에 대해 19세기 낭만파의 기수들인 워즈워드와 콜리지의 차이점을 예로 들면서 이를 설명하고 있다.

　　허버트와 본의 차이점은 워즈워드와 콜리지의 차이점을 예로 들면서 설명할 수 있는데, 공상과 상상의 차이점이라든가, 감각과 유추의 즐거운 발견의 차이점 그리고 다양한 경험에서 오는 감정적 정체성의 상상적 판단과 일상적인 법의 과학적 발견을 시인의 대응물로 하는 것이 바로 그것이다. 허버트가 그려 주는 좋은 날, 신선하고, 고요하고, 밝다는 의미는 부드러운 공상의 유쾌한 놀이이며, 본의 걸작의 시편들은 심오한 직관들을 보여준다.

그러나 몇 가지 간과할 수 없는 사항은 그의 시 속에는 개인적인 영적 체험들이 비유적인 면에서 강하게 나타나고 있으며, 당시의 르네상스식 재생의 일반적인 요소들이 다분히 포함되어 있다는 사실이다. 다만 본의 독창성이 얼마나 이러한 체험과 요소를 자신의 시 속에 적절하게 용해해 놓았는가 하는 것이 중요한 과제로 대두될 수 있을 것이다.

2.2. 순례의 시발점

종교시의 시작을 고하는 「재생」의 시 속에는 죄 속에 묻혀 있던 시인 자신이 죄의 세계에서 벗어나 새로운 세계를 찾아 나가는 순례의 과정을 성서적인 배경을 그 밑바탕으로 하여 그려 주고 있다. 첫 번째 과정은 시인이 죄의 속박에 묶여 있는 상황에서부터 출발한다. 인간은 누구나 자유에의 희망과 열망을 갖고 있다. 더욱이 죄라는 실체 속에 빠져 있는 상황이라면 그 열망은 더욱 강렬하다고 볼 수 있다. 본의 신앙에 의하면 그러한 죄로부터의 탈출의 열망은 인간 모두에게 존재하는 것이라 믿었다. 특히 종교적 전환을 시작하는 시인 자신의 경우는 더욱 그러하였으리라 생각된다. 그리하여 시인의 과감한 죄로부터의 탈출이 감행되고 순례의 여정이 시작되는 것이다.

첫 행에 등장하는 병동(Ward)은 그의 청춘과 그리고 그의 영적인 미성숙이라는 두 가지 의미를 내포하면서 억압의 상황임을 보여주고 있다. 그 자신을 바로 세상 죄로 인한 병동 그 자체로 보았다는 것이다. 이 상황은 성서에 나오는 "죄지은 자는 곧바로 죄의 종이니"라는 말과 연관되고 있다. 다른 한편으로 병동은 신과 배치되는 이 세상의 의미를 전달해 준다. 순례를 시작하면서 시인은 이 여정이 이제까지의 지상적인 삶을 벗어버리고 영적인 삶을 위한 신앙의 수련여행임을 묘사해 주고 있다. 여기서는 인간적인 삶의 두 가지 길인 죄 속의 삶과 영적인 삶이 보인다. 그리고 성서적인 배경을 통해서 인간이 쉽고 넓은 길을 택할 것인가, 아니면 좁고 어려운 길을 선택할 것인가를 보여주고 있다. 이런 관점에서 병동이라는 의미는 성스러운 보호 아래 놓여 있는 죄인의 상황과 그리고 젊음을 잘못된 면으로 보낸다는 의미를 포함한다. 아직 묶여져 있다는 유치된 채로(Still in bonds)의 의미는 그리스도의 구원의 의미를 아직도 인식하지 못하고 구속된 상태임을 보여주고 있으며, 그리고 구습을 따르고 있음과 죄 속에 영혼이 잡혀 있다는 것을 의미한다. 그러나 한 가지 주목할 수 있는 것은 이렇게 죄에 의해 묶여 있다는 의미는 역설적인 의미에서 구원의 의미를 더욱 가치 있게 하는 것이며 이를 전제하고 있다는 말과 같다. 그리고 계속 죄 속에 묻혀 있음도 아울러 알려준다. 그렇기 때문에 여기서부터 탈출하고 싶은 인간의 희구는 어느 날 밖으로의 탈출을 꾀하고 봄과 같은 세상을 발견하게 된다. 이것이 죄인의 몸인 시인의 순례의 시작인 것이다.

그가 처음 만난 것은 드높은 봄과 길가에 피어있는 앵초꽃 무리였다. 앵초꽃 핀 길의 배경은 영국교회가 의회파에 의해서 억눌림을 받고 의회파가 극성을 부리고 있는 웨일즈의 봄의 모습을 그려주는 것이다. 앵초꽃은 본의 고향에 많이 볼 수 있는 이른 봄에 피는 꽃으로서 슬픔과 그리고 세상적인 죽음을 의미하는 꽃이다. 그렇기 때문에 무르익는 봄과 그리고 안개 서리 속에서 존재하게 되는 것이다. 이것이 그의 내면에 있어서는 진실한 봄의 모습은 아니었다. 갑자기 왜 화자는 그의 봄이 단지 무대이며, 가식적인 행동이고, 그리고 괴물처럼 보이는 산 같은 곳을 거닐며, 거친 바위와 눈 위를 걷고 있는가를 인식하였을까? 그것은 시인의 외면으로 들어오는 가시적인 자연이 즐거움을 주는지는 모르나, 내면세계에서는 고통과 우울함이 수반되기 때문이다. 그러하기에 재생은 봄 또는 거듭남을 향해 나아가는 과정으로서 묘사되면서 시인의 외적, 내적 모형, 그리고 현실과 실제의 대비로써 나타난다. 그래서 화자는 이 봄의 모형을 구름 같은 나의 죄를 새롭게 할 무대이며, 겉치레라고 강조한다. '폭풍이 치고 있는' 상황 속에서 그는 그의 봄이 단지 눈앞에 전개되는 현실 속에 있는 것임을 보게 된다. 그리고 시인은 실제에 있어서는 '어렵고 서리 내리는', '괴물스러운 산 같은 물체' 위를 걷고 있다. 순례자는 괴물 같고 산과 같은 물체 위로 올라간다. 죄인의 내면적인 폭풍은 그늘진 앵초꽃 피어 있는 길과 병치를 이루고 있다. 즐겁지만 위험하며 무르익은 봄의 모습이 나타난다. 왜 자신이 그렇게 멀리 떨어져서 병동 안에 갇힌 존재가 되었으며 더불어 이러한 슬픈 순례의 길에 동참하면서, 그의 눈으로 우울한 하늘을 측량하고 그리고 빗물처럼 떨어진 것인가를 되묻는다. 이러한 내면적 갈등을 겪고 있는 순례자에게 모든 외부적 대상들은 허상과도 같이 나타난다.

이어서 시인의 순례는 울면서, 하늘을 향해 한숨짓고 그리고 계단과 폭포를 향해 전진한다. 슬픔에 잠겨 계단과 폭포 사이에서 천상을 향해 오르려고 무진 애를 쓰고 있는 순례자의 모습을 볼 수 있다. 이것은 위를 향해 달려가다가 이윽고 정상에 도달하는 순례의 여정이 계속되고 있음을 보여주는 것이다. 마침내 정상에 올라서게 되고 이곳에서 시인의 순례는 한 쌍의 천칭을 발견하고 머무른다. 시인은 그의 죄 속의 삶에 대한 새로운 경고를 천칭이라는 상징체계를 인용함으로써 절정을 이루게 한다. 그리고 그 천칭에 최근의 고통과 함께 연기와 쾌락을 함께 저울질하고 죄인의 최근의 고통은 화자의 삶 전체를 통해 나타나는 '무거운 결실'과 비교되면서 보잘것없는 것으로 묘사된다. 즉, 순례자는 최근의 고통이 더욱 가볍다는 것을 알게 되었고, 쾌락의 무게가 인간의 죄를 가중시키고 있었음을 깨닫게 된다는 것이다. 그렇기 때문에 앞으로의 어려운 여행 속에 직면하게 될 고통은 충분히 참아낼 수 있는 상황임을 부각시키고 있다. 이러한 열망으로 그는 고통이 의미 있는 질의가 될 수 있음을 보여준다. 그러나 아직 완전한 이해에는 도달하지 못한다. 천칭이라는 메타포는 또 다른 상황이 전개될 수 있음을 예견해 준다. 연기와 쾌락은 일곱 번째 연에서 등장하는 물통에 담긴 돌의 모양인 일그러지고 단조로운 형상과 병치되면서 세상적인 삶의 모습을 보여주고 있다. 여기서의 고통은 오히려 더욱 가볍게 느껴진다. 왜냐하면 밝은 돌과 마찬가지로 천국을 향해 올라갈 수 있는 조건을 제시해 줄 수 있기 때문이다. 그렇기에 순례는 영혼의 공허한 상태를 성령에 의한 새로운 삶의 약속으로 확인시켜 주고 있음을 알 수 있다.

1
어느 감방, 여전히 구속된 채, 어느 날 나는
몰래 바깥세상으로 나갔다.
무르익은 봄이었다. 앵초꽃 널려 있는 길,
그늘이 걸려 있다;
그러나 마음속엔 안개 서리
그리고 거친 바람이

나의 어린 싹을 시들게 하고
구름 같은 죄는 내 마음을 가린다.

2
그렇게 부는 폭풍, 나의 봄이 단지 무대였음을
직감했고, 그리고 겉치레였음도,
나의 괴물스런, 바위로 거칠어진 산과
같은 물건과 그리고 눈(雪) 위의 걸음;
순례자의 눈(眼)이
휴식도 없이 우울한,
하늘을 측량하고 그리고는 떨어진다.
그리고 슬픔의 비가 쏟아진다.

3
나는 여전히 위를 향해 한숨지었고; 마침내
계단과, 그리고 폭포 사이를 지나,
정상에 도달했다. 내가 발견한
한 쌍의 천칭이 놓여 있던 곳인,
나는 그것을 들어 올렸고
한쪽에는 최근의 고통을,
다른 편에는 연기를 놓고는, 쾌락을 달아보았다.
그러나 더 무거운 단위로 입증되었다;

1
A Ward, and still in bonds, one day
I stole abroad,
It was high – spring, and all the way
Primrosed, and hung with shade;
Yet, was it frost within,
And surly winds
Blasted my infant buds, and sin
Like clouds eclipsed my mind.

2
Stormed thus, I straight perceived my spring
Mere stage, and show,
My walk a monstrous, mountained thing

Rough – cast with Rocks, and snow;
And as a Pilgrlgm's Eye
Far from relief,
Measures the melancholy sky
Then drops, and rains for grief,

3
So sighed I upwards still; at last
'Twixt steps, and falls
I reached the pinnacle, where placed
I found a pair of scales,
I took them up and laid
In the one late pains,
The other smoke, and pleasures weighed
But proved the heavier grains;

2.3. 순종의 의미

쾌락과 고통, 그리고 연기의 저울질로 인하여 순례에는 이탈자
가 생겨난다. 여기서 순례자는 한 명령을 받게 된다. '멀리 떠나라'
의 외침이었다. 순례자는 이러한 명령을 내린 목소리에 즉각적으로
순종한다. 그리고 '야곱의 침대라 불리는 멋지고 신선한 들판'이
있는 동쪽 끝으로 인도된다. 이 외침은 시 속에서 최소한 두 가지
기능을 보여주고 있다고 볼 수 있다. 먼저, 그것은 신이 이 변화된
마음을 보여주고 확증시켜 주는 직접적인 표시로서의 보상적인 의
미가 있으며, 아울러 화자의 순례를 감독한다는 의미를 지니고 있
다. 두 번째는 그것이 비록 순례자가 그의 앞에 놓인 것들이 무엇
인지 알지는 못할지라도 진실한 신앙 안에서의 순례 행위를 요구
하는 하나의 시험이라는 것이다. 그 목소리들은 신의 의지의 완전

하고 즉각적인 수용을 확실하게 해 주는 것이다. 이렇게 두 가지의 목적을 지니고 있는 외침은 펀(pun)의 기능을 갖고 있다. 그 하나는 '멀리 떠나라'의 어웨이(Away)가 죄인인 시인에게 그의 순례 여행을 계속하라는 떠나라(away)를 요구하는 것과 또 다른 하나는 자신을 발견할 수 있는 하나의 방법이나 길을 제공해 준다는 의미로서 한 길이라는 에이 웨이(A-way)의 약속이라는 두 가지의 사실을 반증하고 있다는 것이다. 여기서 떠나라는 명령 역시 성서의 인유로 볼 수 있다. 가나안을 향해 과감히 고향을 떠나라는 야훼의 명령과 그리고 무조건적으로 순종하는 창세기에 나오는 아브라함의 성서적 배경을 읽을 수 있다는 것이다.

> 야훼께서 아브람에게 이르시되, 너는 너의 고향과 친척과 아버지의 집을 떠나 내게 네게 보여줄 땅으로 가라. 내가 너로 하여 큰 민족을 이루고 네게 복을 주어 네 이름을 창대하게 하리니 너는 복이 될지라⋯⋯ 이에 아브람이 야훼의 말씀을 따라갔고.

다음 행에서의 '복종하였고 인도되었다'의 짧은 행은 재생 안에서 신과의 연합이라는 상징적인 면모로 보이고 있으며, 다음 과정으로 연결되면서 호된 시련의 무대로 연결되고 있다.

순례자가 다다른 세 번째 여정의 과정은 성스러운 땅이며, 신과 대화하며, 신과 만날 수 있는 선지자의 땅이었다. 이 과정은 이미 순례자가 신앙의 성숙에 근접해 있음을 예시해 준다. 시인은 여기서 성서의 인유를 통해 이 신성한 땅을 야곱의 침상으로 상징화시키면서 야곱과 신과의 만남을 연상하게 한다. 야곱의 경험에 대한 성서의 인유는 재생 안에서 인간과 신 사이의 합일과 특별히 신앙의 행위에 의한 그의 의무를 지속적으로 행하게 하는 회개하는 인간의 요구를 논증해 준다. 이제 시인은 야곱이 신을 만나 영접했던 베델(Bethel) 앞 들판에 와 있는 자신을 발견하게 된다. 이 순례의 의미가 점진적으로 넓어지고 있는 것이다. 야곱의 경험을 여기에 인유한 것은 신이 자신의 섭리를 인간에게 알리려 하고 또 한편으로는 죄인들의 믿음을 돌려놓기 위한 신의 인간 삶의 중재를 보여주는 르네상스식 해석법이다. 야곱은 이곳 베델에서 천상의 신의 모습을 보았고 천상과 지상을 연결하는 사다리에 천사들이 오르내리는 꿈을 꾸었었다. 이 환상에서 신은 인간에게 약속했던 새로운 삶을 보여주었고 새로운 계약을 하게 된다. 바로 같은 장소에 시인의 순례 여정이 인도된 것인데 이는 시인의 영적인 상황이 비록 확실하게 인식하지는 않았을지라도 야곱과 유사하였다는 것을 보여준다. 야곱과 시인 사이의 병치는 오래 그리고 깊게 지속된다. 둘 모두는 죄인으로 이 지상을 헤매고 있었으며 신에게 구속의 약속을 요구하였다. 그리하여 이제 그 순례는 신의 보호 아래 놓이게 되었고 시인이 어디로 인도되든지 간에 진정한 순례자는 신의 친구가 된 것이다. 야곱이 쉬게 된 것과 마찬가지로 시인도 쉼을 얻게 된다. 야곱의 인내와 마찬가지로 시인의 순례도 계속적으로 인내의 연속이 나타난다. 야곱의 침상의 성서적인 배경에서 보여주는 사다리의 의미는 신과 인간을 연결시켜 주는 그리스도의 상징적인 모습으로 나타나면서 신이 순례자들을 그의 집인 베델로 인도하고 있음을 시사해 주고 있다. 야훼 신의 말처럼 신의 집(House of God)은 어디에나 있기 때문에 그는 '무례한 발들이 밟은 적 없는, 미개간지'라는 신성한 장소를 발견하려는 시도를 시에서 보여주게 되는 것이다. 그것이 바로 야곱이 신을 만난 베델이었고 이곳을 통해서 신의 세계로 입성하게 되는 것이다. 이제

야곱의 평원은 교회의 현관을 의미하고 있으며 교회의 본당은 바로 당당하게 솟아오른 작은 숲으로 나타난다. 거기엔 가지가 사방으로 드리워져 있다. 그리고 재생이라는 의미 속에서 이러한 그리스도교의 중심적인 독특성은 시의 다음 장면에서 나타난다.

> 4
> 그것을 갖고서, 어떤 이들이 *떠나라고* 소리쳤다;
> 곧바로 나는 순종했고, 가득 찬
> 동쪽으로 인도되었다. 아름답고 신선한 들판은
> 알아낼 수 있으리라, 어떤 이가
> 그곳을 *야곱의 침대*라 부르는 곳을;
> 무례한 발들이 밟은 적 없는, 미개간지
> 그곳은(그가 거길 밟은 이래) 단지 선지자와 신의
> 친구만이 갈 수 있는 곳.
> 4
> With that, some cried, *Away*; straight I
> Obeyed, and led
> Full East, a fair, fresh field could spy
> Some called it, *Jacobs Bed*;
> A Virgin – soil, which no
> Rude feet ere trod,
> Where(since he stepped there,) only go
> Prophets, and friends of God.

　시인의 순례는 나무로 둘러싸인 작은 숲을 발견하게 된다. 이때의 작은 숲은 영국교회의 구조물을 암시해 주는 것이다. 이러한 자연적인 사원을 통해서 그는 진실한 영혼의 봄을 누릴 수 있게 되는 것이다. 네 번째 여정의 이 과정은 '재생'의 절정을 이루는 신의 정원에 입성함을 말해 주고 있다. 이것을 그는 작은 숲의 모습으로 표현하고 있다. 숲으로 들어간 순례자는 이곳에서 새 봄의 모습을 본다. 이 모습은 죄로부터 탈출하여 보았던 최초의 지상적인 봄과는 대조적인 모습으로 나타난다. 그리고 시인은 이곳에서의 봄을 최상의 자연의 모습으로 표현하고 있다.

성서적인 의미에서 본다면 숲의 의미는 그리스도와 그의 교회라는 상관관계로 이해해야 옳을 것이다. 이제 순례는 시인이 경험하게 될 새로운 봄의 세계가 전개되는 작은 숲으로 나아간다. 더 이상 죄를 상징하는 안개나 서리에 의해서 가려짐이 없다는 것이고, 앵초꽃 대신에 그는 여기서 풍요로운 태양이 생기 넘치는 금위에 빛을 비추고 있음을 보게 된다. 이것은 인간 삶의 영생을 나타내는 불로장생의 약을 의미한다. 풍요로운 태양과 수많은 조각으로 하늘에 펼쳐 있는 구름과 대기의 향기 그리고 초목들은 이 작은 숲이 신으로부터 얻어낸 영광스런 장소임을 알려준다. 봄에 있어 자연은 천상의 세계이며, 최소한 천상을 예시하거나 아니면 천상과 상호 관련을 맺는 대상으로 등장하는 것이 특징이다. 여기서 나타나는 파란 창공과 무늬 구름 그리고 대기의 향기와 초목들은 천상의 모습을 표현하는 데 부족할 것이 없다. 그리고 계속해서 시의 처음에서 보여준 것과 같은 가시적인 것과 비가시적인 것이 대치되면서 나타난다. 한편 시인은 감각의 이미지를 대입시키면서 눈과 귀의 이미지를 천상의 모습에 병치시킨다.

5
여기서, 나는 휴식했다; 그러나 완전한 정착은 아니었다.
작은 숲이 위엄 있게
솟아 있었고, 그것의 가지들은 사방으로 뻗어
뒤엉켜 있었다; 나는 들어갔다.
그리고 한순간 그 안에서
(그것을 보고 놀랐다.)

모든 것이 변해 있음을 발견했다. 그리고 새봄이 나의
모든 감각을 반갑게 맞아 주었다;

6
풍요로운 태양이 수많은 조각으로 생기 있는
금을 비춘다.
그렇게 파란 창공의 하늘은 펼쳐졌고
눈빛 구름은 무늬를 짓는다.
대기는 향기를 뿌리고
모든 권목은
화관을 쓴다; 이렇게 내 눈에 공급했지만
모든 귀는 고요하게 누워 있다.

7
단지 조그만 샘이 귀(耳)를 위하여
몇 가지 소리를 제공했다.
그리고 무언의 그늘 위에서 언어가 그녀의
눈물의 음악을 소비했다;
나는 그곳으로 다가갔고, 물통이
여러 가지 돌로 가득 찼음을
알았다. 어떤 것은 빛나고, 둥글고, 다른 것은
일그러진 모양에 단조로웠다.

8
빛같이 빠른 첫 번째 (기도 표시)것은
홍수를 통해 춤추었지만,
그러나 마지막 것은 밤보다도 무거웠다
중심을 지탱하며 박힌 채로;
나는 무척이나 의아스러웠다.
그러나 생각으로 인해 마침내
지쳐버렸다. 아직 열망하는 나의 쉼 없는
눈은 별난 대상을 제공하였다.
5
Here, I reposed; but scarce well set,
A grove descried
Of stately height, whose branches met

And mixed on every side;
I entered, and once in
(Amazed to see't,)
Found all was changed, and a new spring
Did all my senses greet;

6

The unthrift Sun shot vital gold
A thousand pieces,
And heaven its azure did unfold
Chequered with snowy fleeces,
The air was all in spice
And every bush
A garland wore; Thus fed my Eyes
But all the ear lay hush.

7

Only a little Fountain lent
Some use for ears,
And on the dumb shades language spent
The Music of her tears;
I drew her near, and found
The cistern full
Of divers stones, some bright, and round
Others ill — shaped, and dull.

8

The first(pray mark) as quick as light
Danced through the flood,
But, the last more heavy than the night
Nailed to the Centre stood;
I wondered much, but tired
At last with thought,
My restless eye that still desired
As strange an object brought;

2.4. 재생과 천국회귀

재생의 극치에서는 자연의 모습을 통한 구원의 모형이 제시된다. 입구의 근처에 침례를 행하는 샘이 있고, 이것은 순례자를 맞이하는 내부 구조물의 첫 번째 요소가 되고 있다. 이 장소에서는 시인 자신인 순례자의 수세가 이루어짐을 알려준다. 여기서의 세례는 신약시대의 재생의 의미를 재확인해 주는 것이라 볼 수 있다. 물로 인한 세례는 그리스도의 은혜의 한 방법으로서 구속의 의미와 함께 인간의 거듭남이나 다시 태어남의 의미를 전달하고 있기 때문이다. 이런 의미에서 거듭남의 상징인 물세례를 보여주는 샘의 의미는 이 시의 중심을 이루는 핵심적 요소를 제공하고 있으며, 이것이 마지막 순례의 과정에서 일어나는 몰아치는 바람의 성령 세례와 짝을 이루어 구원 탐색의 첫 단계의 완성을 이루는 것이라 볼 수 있는 것이다. 이 연의 알레고리는 인간에게 어떻게 그리스도의 구원이 재생을 가능하게 하는가를 이해할 수 있도록 도와주는 것이고, 이러한 일련의 과정을 통해서 순례가 진행되는 상황을 보여주고 있다. 한편 순례자는 샘 속에 있는 맑고 깨끗한 돌들과 그리고 못생기고 단조로운 두 종류의 대조되는 돌들을 만나게 된다. 물통 안에 있는 형형색색의 돌을 통해서 시인은 은혜의 신비라는 가르침을 깨닫게 되는데, 빛나고, 둥근 돌들은 신에 의해서 선택된 영혼의 의미를 지니면서 또한 평안함의 메시지를 준다. 일그러지고 단조로운 돌들은 버림받은 자들의 의미를 갖고 있다. 또한 이 두 종류의 돌은 아직도 죄 속에 갇힌 대상과 그리고 구속의 의미를 깨닫고 천상적인 이미지를 갖춘 대상으로 비쳐진다. 그렇다고 샘 속의 돌의 의미가 단적으로 예정론적인 의미를 지닌 것은 아니라고 본다. 일그러지고 단조로운 돌들이 신의 부르심에 응답하지 않는 상황 속에서 둥글고 빛나는 살아 있는 돌은 신앙과 회개를 통해 단지 신의 부르심에 대답함으로써 그것들의 영과 혼을 다시 부활시키는 것이라 볼 수 있다는 것이다. 여기서 발견한 이 믿음의 가르침은 천칭에서 보여주었던 저울질의 비유를 다시 한 번 상기시킨다. 일그러지고 단조로운 돌이란 또한 그리스도의 십자가의 의미를 정확히 인식하지 못하고 지구의 중심인 지옥으로 들어가게 될 인간을 의미하지만 그러나 다른 한편으로 이 돌이란 의미는 일반적인 의미에서도 독자들에게 인간의 돌 같은 마음의 의미를 일깨워 줄 수 있는 것이라 볼 수 있으며, 연금술적인 의미로 이해할 때 이 돌들은 결국 이 순례의 결말이 재생으로 끝날 수 있다는 것을 예시하기도 한다.

한 가지 이번 순례의 과정에서 생각해 볼 수 있는 것은 듣는 감각을 통해서 재생의 의미를 부각시키는 것이다. 배경으로 등장하는 샘은 구속의 의미와 은혜의 자리에 들게 만드는 것이며, 신의 세계로 입성할 수 있게 해 주는 물세례를 의미하고 있는데, 그것을 순례자는 눈이 아니요 귀로써 지각하고 있다는 것이다. 정원의 물소리를 들을 수 있다는 것은 재생을 준비하는 물에 대한 요구사항이다. 그리고 그것은 두 종류의 돌의 의미로 나누어져서 나타난다. 계속해서 순례자는 물에 대해 긍정적이면서 또한 부정적인 반응으로 그 돌들을 돌려놓는다. 그리고 이 돌들을 통해 가르침을 받게 된다. 소리를 통해 물의 이미지를 표현하는 화자의 감각은 이미지 묘사의 극치를 이루고 있다.

순례자는 다음으로 꽃 핀 언덕으로 인도된다. 여기서 깨어 있는 꽃과 잠들어 있는 꽃의 차이는 앞의 연에서 등장한 돌들의 의미와 같은 메시지를 전달하고 있다. 어떤 꽃은 잠들어 있고 어떤 꽃은 눈을 크게 뜨고 빛을 받아들이고 있다. 여기서 잠자는 꽃은 그리스도가 겟세마네 동산에서 기도하는 도중에 잠들어 있는 제자들의 모습을 연상시켜 준다. 두 종류의 꽃이 주는 의미는 앞서 제시한 어떤 죄인들은 재생의 은혜에 응답하고 어떤 이들은 현실 속에 안주한다는 의미와 동일한 내용을 포함하는 메타포이다. 구원은 깨어 있음으로 이루어지는 것이고, 그리고 신에 의해서 따뜻함을 얻게 되지만, 잠든 자는 구원을 얻지 못하게 된다는 것이다. 이제 신의 세계 입성에 필요한 최종적인 의식이 시작된다. 그것은 세차게 몰아오는 바람에 의해서 이루어진다. 드디어 결정적인 성령의 세례가 거행되는데 밀려오는 바람으로 인하여 순간 순례자는 자신의 위치를 잃어버린다. 변화된 자신의 모습이 자신의 주변까지도 함께 변화시키고 있음을 느끼게 되는 것이다.

9
그곳은 꽃핀 언덕이었다. 몇몇이 벌써 잠들었고
(비록 한낮이었지만),
또 다른 꽃들은 크게 뜬 눈으로 광선을
흡수하고 있음을 내가 알아차렸던 곳,
여기서 오랫동안 명상하면서, 나는
여전히 강해진 채 밀려오는
바람소리를 들었으나, 그곳에서 그것은 흔들렸다.
나는 어디인지 알 수 없었다;

10
나는 내 주위를 돌아보았고, 그리고
각 그늘에 눈길을 급송하였다.
어떤 잎이 가장 작은 미동을 만들거나
대답하는지를 보기 위해서,
그런데 듣고 있는 동안에

나는 내 마음이 편안해짐을 알 수 있었다
지식으로 해서, 어디에 있었는지, 어디에 없었는지도.
그것은 속삭였다. *내가 즐거워하는 곳에서.*

그때 나는 말했다. *주여 내게 하나의 숨을*
그리고 내가 죽기 전에 죽게 하소서.

아가서 5:17
북(北)이여 일어나라, 남풍이여 불어라, 그리고 내 정원에
불어오라. 거리에 향기가 넘쳐나도록.
9
It was a bank of flowers, where I descried
(Though 'twas mid – day)
Some fast asleep, others broad – eyed
And taking in the ray,
Here musing long, I heard
A rushing wind
Which still increased, but whence it stirred,
No where I could not find;

10
I turned me round, and to each shade
Dispatched an eye,
To see, if any leaf had made
Least motion, or Reply,
But while I listening sought
My mind to ease
By knowing, where 'twas, or where not,
It whispered, *Where I please.*
Lord, then said I, *On me one breath,*
And let me die before my death!

Song of Solomon iv 16
Arise O North, and come thou South – wind, and blow upon my
garden, that the spices thereof may flow out.

이제 밀려오는 바람이 어떻게 재생의 바람으로 시 속에 유입되고 있는가를 보여주면서 본이 자연 속에서 구원과 신의 은혜의 관계를 어떤 반응을 통해 찾고 있는가를 보여준다. 마지막 말미의 성서 인유에서 시인은 요한의 성서에서 나타난 말씀의 병치를 기억해 내고 있다. 신의 은총에 의해서 인간은 세상에서는 죽었고 성령으로 다시 태어나게 된다는 것이다. 이미 우리가 보았듯이, 바람과 그리고 솔로몬의 애가에서의 정원은 재생의 비유를 발전시키도록 물과 바람으로 인하여 하나로 합일을 이룬다. 그리고 가시와 불가시의 상호 대항하는 시적 통합은 갈등의 양상으로서 결말을 유도해 주고 있다. 이것은 의회파라는 도적에 의해 전통적인 신의 집이 부서졌을 때 시인은 자연 속에서 신의 성전을 발견하고 이를 복원하려는 의도를 준비하지 않으면 안 되었다는 말과 일맥상통하는 것이다. 이제 그는 이 성전 안에서 눈을 크게 떠야 했으며, 신의 나타남을 받아들여야 했다. 자연적인 성전 안에서 순례는 지상적인 생각으로서의 비유적인 죽음을 통해 재생되고 그리고 영적인 거듭남으로 연결된다. 닫힌 정원에서의 오랫동안의 명상을 통해 그는 밀려오는 바람의 흔들림을 느끼고 그 소리를 들었다. 이것은 이 시의 끝이 기독교인의 금욕과 고행, 죄로 인한 죽음, 그리고 거듭남으로 인도하는 성령의 설명할 수 없는 본질을 완전하게 받아들인다는 사상으로 구성되어 있음을 알려주는 것이다. 그러나 이것이 결코 신비에 사로잡히거나 또는 예정설에 얽매이는 것은 아니다. 결국 순례의 종착역에서 듣는 '내가 즐거워하는 곳'이라는 속삭임의 메시지는 순례의 첫 단계의 완성을 보여주는 것이다. 여기서의 속삭임은 성령의 신비스러운 역할이 순례자인 시인의 영혼 속에 어떻게 존재하고 있는가를 보여주는 것이다. 79행에서 80행까지는 요한복음 3장8절의 성서적인 배경이 나타난다.

바람이 임의로 불매 네가 그 소리는 들어도 어디서 와서 어디로 가는
지 알지 못하나니 성령으로 난 사람도 다 그러하니라.

이 성서의 인용으로 재생을 향하는 두 가지 형태의 상황이 나타
나는데 첫 번째는 신은 그 어떤 것에 의해서도 제한받지 않는다는
것이며 심지어 교회를 닫아버린다 할지라도 제한받지 않는다는 신
의 포고가 그것이다. 인간이 아무리 신을 부정한다고 해도 순례자
들은 작은 숲의 건축물 안에서 신의 존재를 찾을 수 있다는 것이
다. 두 번째는 바람의 존재에 대한 의미인데 바람은 개개의 영혼
에게 있어서 구원을 제공해 준다는 것이고 그리고 물과 성령으로
거듭날 수 있도록 초청하는 것이다. 화자가 시의 끝에서 결론적으
로 간구하는 말, "주여 내게 하나의 숨을 / 죽음 전에 죽게 하소서"
는, 이러한 거듭남 또는 재생에 대한 초청의 의미를 포함하고 있
다. 세상에서의 죽음은 바로 영적으로는 다시 태어남을 보여주는
것이다. 그렇기 때문에 순례의 종착지에는 재생의 의미가 게재될
수 있고 그리고 그리스도의 육체 안으로 접목되게 되는 것이다.
순례가 절정을 이루고 시인은 재생의 문턱에 서 있게 되었지만 그
러나 아직 그의 순례는 끝나지 않았다. 여기서의 재생과 구원은
단순한 탐색의 의미만을 갖고 있다는 것이다. 이 순례는 그의 종
교시 전편을 통해 계속 지속되고 있는 것이다.

3 재생에 나타난 이미지

앞에서는 「재생」의 전체적인 문맥을 살펴보면서 순례의 의미와 그 안에 내재된 구원 탐색의 과정을 살펴보았다. 그렇다면 그의 구원 탐색과 재생의 관계 속에서 나타나는 참된 의미가 무엇인가를 알아볼 필요가 있을 것이다. 이를 위하여 그의 「재생」속에 자리잡고 있는 이미지의 의미를 살펴보고, 그리고 기법적인 측면에서 나타나는 대조와 병치의 모형, 그리고 상징적인 요소를 통한 종교시의 출발이 세속시와는 어떻게 연결되고 있는가를 조명해 봄으로써 진정한 순례의 의미를 알아보고자 한다.

3.1. 물과 바람

본의 시 전체를 통해 살펴보면 빛과 어둠의 이미지가 핵심적인 요소로 등장함을 알 수 있다. 그리고 이 두 이미지에는 어둠으로 묘사되는 지상세계를 거치지 않고는 다시금 빛의 세계 즉, 신의 세계로 복귀할 수 없다는 역설적인 의미가 담겨 있다. 이로 인하여 신의 세계로의 복귀를 위해서는 지상세계에서의 삶 역시 매우 중요한 요소로 등장하게 되는 것이다. 이는 죄라는 현실로 대변되고 있으며 이러한 죄의 인식과 회개 그리고 그 회개를 통한 구속의 과정이 없이는 천상의 세계로의 회귀는 불가능하다는 것인데 이것은 본의 종말회귀사상으로 진행되게 된다. 이 사상에 따르면 인간은 죄로 인해 죽을 수밖에 없지만 그리스도의 구속의 과정을 통해서는 죄에서 벗어나 다시금 깨끗한 인간으로 재생되고 그리고 천상으로 돌아갈 수 있는 상태로 변화할 수 있음을 보여준다. 여기서 등장하는 이미지가 바로 물과 바람의 이미지이다. 클레멘츠는 물의 이미지에 대해서 "본의 시에서의 이슬의 상징은 항상 치유하고 구원하는 힘을 가진 것이라 해석되고 있다. 여기서 이슬은 신의 은총과 그리스도의 피를 상징하고 있다."고 설명해 준다. 이 시에 등장하는 이미지 중에서 물의 이미지는 재생의 길을 예비하는 가장 중요한 요소로 나타나고 있다. 물은 종교적으로 볼 때 수세의 의미를 가지고 있으며, 바람은 성령에 의한 성령세례의 의미를 지니는 것이다. 본래 그의 시 전체를 통해 나타나는 물의 이미지는 물(water), 눈물(tear), 피(blood) 등으로 나타나고 있는데 「재생」에서의 물의 이미지는 죄를 씻어주는 물세례의 의미를 갖고 있는 샘과 죄의 회개를 뜻하는 눈물로 나타난다.

「소나기」(The Shower)에서는 지상적인 삶과 천상세계의 삶을 대비시켜 주면서 소나기의 이미지를 통해 죄로 덮힌 지상세계의 더러움과 안일함을 씻어 버려야 한다고 강조한다.

> 아! 그것은 내게도 그러했다; 게으른 호흡으로 가끔씩
> 나는 하늘을 압박하곤 했다. 그러나 헛되게도 이것은
> 관통하지 못했다. 사랑만이 빠른 접근으로
> 그 길을 연다.
> Ah! it is so with me; oft have I pressed
> Heaven with a lazy breath, but fruitless this
> Pierced not; Love only can with quick access
> Unlock the way,

이 시에서는 지상적인 것에 의해서 나태해진 인간들이 자신을 돌아보면서 신의 세계로 나아가는 방법을 발견하려는 희망을 보인

다. 그리고 한편으로는 그 세계를 어렴풋이나마 소망하고 있음을 시인의 탄식을 통해서 짐작할 수 있다. 그리고 마지막에서는 물로 인해 씻음을 받으므로 신의 은총에 의한 인간 구원이 이루어질 수 있음을 암시적으로 표현해 주고 있다.

(그런 소나기가 지난 후에)
나의 신은 비온 후에 찬란한 햇빛을 주리라.
(Some such showers past,)
My God would give a sunshine after rain.

즉, 소나기가 거치고 나면 더욱 밝은 햇살이 지상을 비출 수 있듯이 사랑의 신은 소나기가 그친 후에 밝은 태양빛을 내려준다는 것이다. 이러한 물의 이미지는 죄를 인식하고 있었던 시인의 순례 속에서 죄를 씻어내는 종교적인 의식의 상징으로 볼 수 있다. 죄를 인식한 시인이 죄의 감옥인 병동을 빠져나와 새로운 세계를 찾아보려는 순례를 시작하고 정상의 정복과 함께 하늘의 문과 연결할 수 있는 야곱의 사다리를 거쳐 신의 집인 작은 숲 정원에 다다르는데 여기서 바로 죄를 씻어내는 수세를 갖게 되는 것이다. 그러나 시인은 수세만으로는 신의 집에 완전히 다다르지 못함을 바람의 이미지를 통해 설명하고 있다. 물의 이미지를 살피면서 샘 속에서 발견된 돌의 의미가 혼재된 모습으로 나타나고 있음을 알 수 있다. 물통에 담겨 있는 돌은 바로 인간의 불완전한 상태를 보여준다. 수세를 받기는 받았어도 모두 천상으로 나아갈 수 있는 것이 아니요 그들 중에는 일그러지고 단조로운 모양의 상태를 유지하는 부류도 있을 뿐 아니라 진정한 빛을 담은 돌도 있음을 알 수 있다.

물통이 여러 가지 돌로 가득 찼음을
알았다. 어떤 것은 빛나고, 둥글고, 다른 것은
일그러진 모양에 단조로웠다.
The cistern full
Of divers stones, some bright, and round
Others ill－shaped, and dull.

여기서 두 가지 부류의 돌은 천상으로 갈 수 있는 상태와 지상
에 계속 머물러야 하는 상태를 대조적인 모습으로 보여주고 있다.
어쩌면 이것은 인간의 존재가 바로 이러한 것임을 표현하려는 시
인의 의도인지도 모른다. 그렇기 때문에 시인의 순례는 몰아치는
바람을 맞이하게 된다. 이것은 물로 인한 씻음으로는 아직 완전한
재생의 준비가 완료될 수 없음을 의미하고 있다. 여기에 성령의
세례가 첨가되어야 한다는 것이다. 바람이 시인에게 전달해 주는
것은 바로 이러한 성령의 세례를 의미하고 있다. 성령의 세례를
받은 시인은 지상세계의 모든 것을 잊어버린다. 아마도 자신의 존
재 자체도 잊어버리고 있는지 모른다. 그것은 바로 새로운 태어남
을 위한 준비가 되는 것이며, 아울러 새로운 세계로의 진입을 위
한 가장 필요한 준비가 되는 것인지도 모른다. 그리고 주위를 둘
러본 순례자는 자신이 신의 집에 있음을 확신하면서 신에게 죽음
전에 죽음이라는 재생의 역설을 간구한다.

3.2. 꽃

물과 바람의 이미지 외에 그의 작품 속에 등장하는 이미지에는
꽃이 있다. 그의 종교시 전체를 통해서 나타나는 꽃의 의미는 천

상적인 것보다는 지상적인 의미를 강하게 풍긴다. 본의 종교시 중에서도 신플라톤사상을 가장 잘 표현해 주는 「후퇴」(The Retreat)에서의 꽃의 이미지를 보면, 시인의 눈에 비친 꽃의 이미지는 천상에 있는 존재가 아니라 지상적인 의미를 담고 있다.

> 어느 *황금빛 구름*이나 꽃에
> 내 응시하는 영혼이 한 시간이나 머물러
> When on some *gilded Cloud, or flower*,
> My gazing soul would dwell an hour,

그러나 꽃의 모습 속에는 시인의 혼이 잠시 깃들어 있는 지상세계의 모습을 보여주고 있음을 알 수 있다. 그리고 한 걸음 더 나아간다면 꽃이 단순히 지상세계의 어둠만을 보이려는 것이 아니요 태양빛에 의해서 그 존재가 파악된다는 점에서 볼 때 시인은 여기에다 인간이 지향해야 할 천상세계의 지상적 재현이라는 모형을 암시적으로 표현하고 있는 것이다.

「인간」(Man)에서 보면, 비록 꽃이 지상적인 의미를 보이고 있다 할지라도 꽃을 통해서 신의 능력이 어떻게 나타나는가를 잘 설명해 준다. "꽃들은 옷 없이 살지만, 솔로몬도 이처럼 화려한 옷을 입지 못했었다."에서 우리가 느낄 수 있는 것은 인간의 힘이 아무리 강하고, 인간의 지혜가 아무리 높다 할지라도, 그리고 인간이 누릴 수 있는 명예와 영광이 아무리 크다 할지라도 신의 능력과 그 섭리 안에서는 보잘것없다는 것을 보여주고 있다.

이러한 시인의 꽃에 대한 의미는 초기의 종교시 「재생」에서도 같은 의미로 나타나고 있다. 그가 이 시 속에서 바라본 꽃의 이미지는 역시 지상적인 의미와 함께 천상을 지향하는 의미로 나타나

고 있다. 처음 봄의 길에서 만난 앵초꽃은 지상적인 의미를 강하게
보여주고 있으며, 작은 숲에서 그가 발견한 꽃은 현실 속에 살아가
는 인간의 모습을 그려 주고 있다. 신의 세계를 준비하는 인간과
그리고 현실 속에 안주하며 살아가는 인간들의 대조적인 모습을
시인은 꽃의 이미지를 사용하여 묘사하고 있는 것이다. 그러나 위
에 예시한 본의 다른 시에서 보여준 것과 같이 꽃은 역시 천상을
준비하는 역설적인 의미도 함께 내포하고 있음을 알 수 있다. 즉,
두 종류의 돌과 같은 상황이 계속해서 꽃의 이미지로 연결되면서
인간 삶의 대조적 모습을 다시 한 번 강조해 주고 있는 것이다.

> 그곳은 꽃핀 언덕이었다. 몇몇이 벌써 잠들었고
> (비록 한낮이었지만),
> 또 다른 꽃들은 크게 뜬 눈으로 광선을
> 흡수하고 있음을 내가 알아차렸던 곳,
> It was a bank of flowers, where I descried
> (Though 'twas mid – day,)
> Some fast asleep, others broad – eyed
> And taking in the ray,

　여기서의 두 종류의 꽃은 성서적 배경을 지니고 있다. 등불의
기름을 준비하는 열 처녀의 비유가 바로 그것이다. 잠든 꽃과 눈
을 뜨고 빛을 바라보는 두 종류의 대조적인 상황을 보면서 신의
세계를 갈망하는 인간 군상과 그와 반대되는 지상세계에 그냥 묻
혀 살면서 또 다른 세계를 모르고 지내는 인간의 모습을 조명할
수 있는 것이다. 이것은 인간이란 역시 불완전한 생물체라는 것을
입증해 주는 것이다.

3.3. 감각

「재생」에서는 그의 다른 종교시에서 좀처럼 나타나지 않는 이미지가 독특하게 자리잡고 있음을 알 수 있는데 그것은 감각의 이미지이다. 시인 자신인 순례자는 죄의 인식과 더불어 순례의 과정을 통해서 하나씩 하나씩 천상에 근접하고 있음을 볼 수 있다. 여기서 시인은 순례자가 천상을 느낄 수 있게 하는 방법을 자연을 통해 알 수 있도록 하는데 그 느낌을 감각을 통해서 지각하도록 한다는 것이다. 시인은 먼저 여기에 눈의 감각인 시각의 이미지를 동원하고 있다. 여기서의 시각은 물론 자연 그 자체를 보고 느낀다는 의미를 주게 된다. 처음 순례자는 자신이 죄 속에 빠져 있었음을 눈을 통해 인식한다.

> 순례자의 눈이
> 휴식도 없이 우울한,
> 하늘을 측량하고 그리고는 떨어진다.
> 그리고 슬픔의 비가 쏟아진다.
> And as a Pilgrim's Eye
> Far from relief,
> Measures the melancholy sky
> Then drops, and rains for grief,

그리고 작은 숲으로 들어와서는 이전에 자신이 죄에 사로잡혀 있을 때 보았던 현실의 모습이 변화되었음을 바라볼 수 있었고 그리고 변화된 새로운 봄을 만나게 되는데 이곳의 새 봄은 자신의 모든 감각을 반갑게 맞이하는 대상이 되고 있다. 계속해서 순례자는 작은 숲의 정원에서 천상의 모습을 볼 수 있었고 그리고 시각적인 기뽐과 즐거움에 빠지게 된다. 두 가지 종류의 돌과 그리고 꽃의 모형을 발견하고 이를 통해 천상지향의 모형을 인식하는 것도 역시 그의 시각적인 행위에서 비롯된다. 순례자는 눈을 통해 끝없이 자신의 길을 찾아가고 있으며 결국은 이를 성취하게 되는 것이다.

> 아직 열망하는 나의 쉼 없는
> 눈은 별난 대상을 제공하였다.
> My restless eye that still desired
> As strange an object brought;

귀로 인한 청각의 이미지는 시각적 이미지보다는 내면적인 성향이 다소 깊게 나타나고 있음을 알 수 있다. 정상에서 발견한 천칭에 순례자는 자신의 죄의 무게를 저울질하였고, 죄를 인식한 순례자에게 신의 메시지가 선포될 때 신의 세계로의 인도가 계시되었다. 그리고 이에 순종하는 순례자의 모습을 통해 신의 세계로 향할 수 있는 예비적 단계에 이르게 됨을 볼 수 있다.

> 그것을 갖고서, 어떤 이들이 *떠나라*고 소리쳤다;
> 곧바로 나는 순종했고, 가득 찬
> 동쪽으로 인도되었다. 아름답고 신선한 들판은
> 알아낼 수 있으리라, 어떤 이가
> 그곳을 *야곱의 침대*라 부르는 곳을;
> With that, some cried, *Away*; straight I
> Obeyed, and led
> Full East, a fair, fresh field could spy
> Some called it, *Jacobs Bed*;

그리고 감각의 두 이미지는 교묘하게 교차되면서 재생의 단계적 발전의 모형을 제시한다. 이 시에서 재생의 문맥을 연결시키는 장면은 순례자가 변화된 정원의 입구에 다다랐을 때 행해지고 있다. 여기서는 눈과 귀의 감각 즉, 시각과 청각의 병치를 통해 순례자가 천상의 세계를 지각해 가는 과정의 발전적인 모습을 보여주고 있다.

이렇게 내 눈에 공급했지만
모든 귀는 고요하게 누워 있다.

단지 조그만 샘이 귀(耳)를 위하여
몇 가지 소리를 제공했다.
그리고 무언의 그늘 위에서 언어가 그녀의
눈물의 음악을 소비했다;
Thus fed my Eyes
But all the ear lay hush.

Only a little Fountain lent
Some use for ears,
And on the dumb shades language spent
The Music of her tears;

천상의 모습을 지각한 눈의 시각은 그 안에서 나타나는 각양각색의 아름다움과 자연현상의 신비로움에 빠져 기쁨과 환희를 맛보고 있었다. 그러나 시인은 시각의 만족으로 순례자의 변화된 새봄을 완결시키려 하지 않는다. 시인은 순례자의 기쁨을 배증시키기 위하여 여기에 귀를 이용한 청각의 즐거움을 더해 주고 있는 것이다. 그것도 눈으로 바라본 자연은 신의 섭리에 인지에 불과하였지만, 귀로 인한 청각으로는 구원을 예비하는 수세의 샘을 지각하고 있는 것이다. 이것은 그의 자연관이 외형적이 아니요, 내재적인 의미가 더욱 강하다는 것을 의미하고 있다. 가시적(sight)인 것보다는 청각(sound)을 통해 영혼으로 느끼게 한다는 것이다. 계속해서 순례자는 빛을 흡수하는 꽃의 눈을 묘사하여 인간의 구원의 모형을 예시하고 영적 세례를 의미하는 바람의 소리를 듣게 함으로써 인간 구원의 첫 단계의 완성을 보여준다.

> 또 다른 꽃들은 크게 뜬 눈으로 광선을
> 흡수하고 있음을 내가 알아차렸던 곳,
> 여기서 오랫동안 명상하면서, 나는
> 여전히 강해진 채 밀려오는
> 바람소리를 들었으나,
> others broad – eyed
> And taking in the ray,
> Here musing long, I heard
> A rushing wind

순례의 마지막에 이르러, 천상의 세계를 지각하는 것도 역시 시인의 감각이었다. 눈을 통해 자신의 현재적 위치를 확인하고 그리고 다시 주변에서 들려오는 소리의 집합을 통해서 순례자는 영혼의 안정과 그리고 그곳이 자신이 진정한 기쁨을 누릴 수 있는 '내가 기뻐하는 곳'이라는 장소임을 인식하게 되는 것이다.

4 재생의 시적 기법

4.1. 대조와 병치

이 시는 여타의 그의 종교시와는 달리 대조적 모형과 병치적 모형을 강조적으로 묘사해 줌으로써 순례의 알레고리를 더욱 강화시키고 있는 것이 특징이다. 여기서 소개하고자 하는 그의 기법은 대조와 그리고 병치의 상태 그리고 그 모형이 암시하는 상징의 의미에 대한 것이다. 시의 전체적 맥락으로 본다면 순례자가 벗어나고자 하는 죄로 물든 지상세계와 순례를 통해 다다르는 신의 집이라는 커다란 대조적인 배경이 등장하고 있다. 이것은 인간이 살아가는 오늘의 현실과 신앙을 통해 성취해야 할 신의 세계를 예시적인 모형으로 보여주고 있는 것이다. 한편 이 대조적인 두 세계는 순례로 인해 성취되면서 시의 전체적인 구조의 틀을 만들어 주고 있다. 첫 번째 행의 병동(Ward)의 세계에서 출발한 시인의 순례가 여러 과정을 거치고 그리고 그 안에서의 종교적인 알레고리를 거쳐 오면서 마지막 행의 '내가 기뻐하는 곳'이라는 신의 세계의 입성으로 연결되고 있다. 시의 구조 자체가 그의 대조의 기법으로 완결되고 있는 것이다. 이 구조를 연결시키면서 몇 가지의 병치적 상황이 순례자의 변화와 발전을 유도한다. 여기서 병동은 죄로 병든 현실의 세계를 상징한다. 그렇기 때문에 계속 시인은 이 상황을 유치된 채(still in bonds)로 보고 있는 것이며 인간이 벗어나야 할 상황임을 강조하고 있는 것이다.

야곱의 침상(Jacob's bed)과 작은 숲(grove)은 신의 세계로의 입성에 준비적인 단계와 그리고 신의 정원의 의미를 병치시켜 주어 순례자가 곧바로 신의 집에서 즐거움을 발견할 것임을 알려주고 있다. 여기서 등장하는 야곱의 침상은 구약성서의 배경을 갖는다. 야곱이 베델에 머물러 환상 중에 천상과 지상을 연결하는 사다리를 보았다는 배경은 순례자에게 있어서는 신의 무소부재하심과 더불어 이 땅이 신의 세계로 입성하는 하나의 문의 의미를 상징하고 있음을 알 수 있게 한다.

꿈에 본즉 사닥다리가 땅 위에 서 있는데 그 꼭대기가 하늘에 닿았고
또 본즉 하나님의 사자들이 그 위에서 오르락내리락하고 또 본즉 야훼께
서 그 위에 서서 너의 조부 아브라함의 하나님이요 이삭의 하나님이라
네가 누워 있는 네 땅을 내가 어와 네 자손에게 주리니…… 두렵도다.
이곳이여 이것은 다름 아닌 하나님의 집이요 이는 하늘의 문이로다.

한편 작은 숲은 야곱의 침상을 거쳐 입성하게 되는 신의 집(House
of God)을 상징하고 있다. 이 작은 숲의 상징을 본은 자주 그의 시
에 등장시키고 있으며 세속시에서는 사랑과 자연의 결합이 보여주
는 사랑의 연합장소로, 그리고 종교시에서는 신과 자연이 결합되는
장소로 묘사되고 있다.

눈(eye)과 귀(ear)의 병치를 통해서는 신의 세계를 지각하는 감각
의 병치를 읽을 수 있으며, 이미 이미지를 통해 설명한 바와 같이
두 감각기관은 신의 세계를 감지하는 상징적인 요소에 틀림이 없
다. 특히 시인은 이 두 감각기관을 이미지로의 표현과 함께 직접
적인 표현을 사용하여 상징적인 의미의 강화에도 기여하고 있음을
볼 수 있다. 돌과 꽃의 자연 속에서는 죄에서 벗어나 신의 세계를
성취하는 자와 언제나 죄 속에서 방황하며 지상세계에 머무르는
자들의 모습을 병치시키고 있다. 이 생물과 무생물이 병치적인 모
습을 보이면서 상징적인 의미를 내포하고 있다는 것은 상당히 그
의미가 깊다. 두 자연은 실상은 생물과 무생물이라는 서로 상반된
모습을 보여주고 있다. 그러나 본은 무생물을 통해서 신과의 감각
적 교감을 표현하곤 하였다. 그는 인간보다도 무생물 중에서도 최
하위에 존재하는 돌이 자연의 한 부분으로서 신과의 교감을 더욱

잘 이루고 있다고 「돌」(The Stone)에서는 "그 신과 피조물 간의 바쁜 교제는 보이지 않는 것을 통해 지속된다."라고 그려 준다. 그렇기 때문에 돌은 자연의 일부분으로서 꽃과 같은 위치에 놓을 수 있는 것이다. 이 시에서 돌과 꽃의 상징적 체계는 거의 같은 모형으로 등장하고 있다. 이것은 인간의 상황을 두 가지로 구분해 주고 있다. 이미 신의 은혜의 손길이 지상에 임하였지만 이에 순종하는 부류와 지상에 남아 있게 되는 부류를 상징적으로 보여주고 있는 것이다. 그리고 그 둘 중에 어떤 부류가 천상에 입성하게 될 것인가를 알려주고 있다.

샘(fountain)과 바람(wind)의 모형에서 신의 세계로 나아가기 위해서는 수세와 영세가 함께 수행되어야 함을 병치의 모형으로 제시하고 있다. 어쩌면 이것은 천상의 세계로 들어가는 열쇠의 의미와 함께 신이 인간에게 베푸는 최상의 은혜의 표상을 그려 주는 것이다. 즉, 누구에게나 주어지는 구원의 계획이라는 것이다. 시인은 여기서 이 두 상징의 중간에, 앞에서 예시한 돌과 꽃을 장치하여 구원의 구조를 강화시키고 있다. 수세로 인한 구원의 계획 속에 인간의 선택을 위치시키고, 인간으로 하여금 신의 세계의 입성인가 아니면 지상세계의 방황인가를 선택하도록 자율의지를 만들어 주고 있다는 것이다. 순례의 결과는 바로 이 선택에 있음을 강조하고 있는 것이다. 결국 순례자는 앞서의 떠나라는 명령에 순종한 것처럼 천상을 바라고 신의 집에 다다르게 되는 것이다.

본의 종교시적 기법 중에 또 하나의 독특성은 성서의 전후 배치 문제이다. 종교시집 『섬광의 부싯돌』 전편을 통해 그는 작품의 내용을 함축할 수 있는 성서를 작품의 앞과 뒤에 인용하고 있다. 이 시에서는 성서 애가 16장의 '솔로몬의 노래'를 인용하고 있는데 이것은 시의 중심적인 요소를 제공하는 역할을 보여주고 있으며, 시인의 순례가 거의 완료되는 시점에서 바람의 이미지를 통한 성령의 역할에 힘입어 신의 세계로 입성할 수 있음을 보여주고 있다. 이 시에 있어 말미의 성서 삽입에 대해, 루이스 마츠는 작은 숲에서 일어나는 한 광경을 본이 설명하려고 감각적인 묘사를 은유적으로 표현하기 위해 사용한 방법이라고 설명하고 있다.

4.2. 재생의 시대적 해석

이번에는 「재생」을 세속시에서 종교시로 넘어가는 과도기적인 측면으로 해석하는 종교적 정치성향의 관점에서 이를 조명해 보고자 한다. 사실상 이 시는 아직 그가 종교적으로 전환의 모습이 완결된 시기가 아닌, 종교적 전환의 태동기에 있었기 때문에 아직도 세속시에서 완전한 탈바꿈이 이루어지지 않은 상태라는 것을 예의 주시하여야 할 것이다. 당시의 시대는 시민전쟁의 발발로 의회파에 의해 왕당파가 패퇴하였고 크롬웰이 이끄는 의회파가 사실상의 정권을 장악하고 왕권을 억압하던 시기였으며, 청교도 정권이 영국 전체를 장악하면서 남부 웨일즈까지 그 여세가 영향을 주었던 때였다. 다만 영국국교회에 대한 의회파의 진압이 완결된 상태는 아니었다. 그럼에도 당시대의 종교적 정치 상황에 대한 본의 이해는 의회파의 득세로 인하여 상당히 제한적이었던 것이 사실이다. 1646년 본은 당시 자신의 스승이었던 랭가톡의 교구사제 매튜 허버트나, 이웃이며 또한 칸트레프(Cantreff)의 교구사제였던 토마스 파월(Thomas Powell), 랜피간(Llanfigan)의 교구 사제였던 토마스 리위스(Thomas Lewis)와 같은 인물들이 모두 당시의 청교도 사제들에 의해서 대치되었던 사실을 알게 되었다. 이로써 본은 왕의 편에 서서 영국교회를 사수하려는 의도를 품고 있었으며, 그 자신도 이미 시민전쟁에 왕의 편으로 참전한 경험도 갖고 있던 터이었다. 제임스 시몬즈는 당시의 사회적 상황에 대한 본의 태도를 다음과 같이 설명한다.

> 본에 있어, 청교도와 의회파들은 모두 왕의 적군들이었고 교회의 반대파들이었다. 더욱이 그들은 적그리스도의 사탄적인 배반자들이었으며, 신과 종교 그 자체에 대해 적군들이었고, 신에 의해 선택된 백성들에게는 악마와 같은 두통거리였다.

그는 당시의 공화정과 그들이 이끄는 의회파를 적이라 생각했을 뿐 아니라 심지어 교회를 붕괴시키려는 존재로 보고 있었던 것이다. 이러한 연유로 인하여 그의 시의 배경에는 내란에 의해 붕괴된 왕정과 영국교회에 대한 회고가 시의 저변에 깔려 있다고 볼 수 있는 것이다. 그래서 그는 1651년에 발표된 그의 대표적인 종교적 명상 수필집 『올리브 산』에서도 신에게 "어디에도 계시는 신이시여, 교회의 비탄이 지금은 비난받고 있고 닫혀져 있나이다."라고 부르짖으며 간구하고 있다. 본은 이 회고의 생각을 재생의 이미지와 연결시킴으로써 그 시대로의 복귀를 희망하고 있음을 알 수 있으며, 아울러 당시의 사회적인 과정을 그의 종교시에 근간으로 삼아 동일한 의미의 목표를 지상적인 것과 영적인 면 모두에서 성취하려는 시인의 의식이 담겨 있음을 알 수 있다.

「재생」에서 나타나는 병동과 간혀진 채로라는 표현의 실체는 의회파에 의한 억압을 보여주는 세속적인 모습이다. 한편 세속적 의미에서의 순례에는 영국교회와 왕정의 복귀를 희망하는 시인의 열망이 담겨 있음을 볼 수 있다. 시인이 처음 만난 봄과 길가에 피어 있는 앵초꽃 무리는 영국교회가 의회파에 의해서 억압을 받고 있는 상황을 보여주면서 의회파가 극성을 부리고 있는 시인의 고향 웨일즈의 모습을 그려 주고 있다. 앵초꽃은 본의 고향에서 봄에 볼 수 있는 꽃으로서 슬픔과 세상적인 죽음을 상징하고 있다. 이로써 안개 서리 속의 의회파의 지배라는 어두운 이미지 속에서 살아가고 있음을 그려 준다. 그렇기에 다섯째 연에서 작은 숲을 등장시키고 이를 영국교회의 구조물로 암시해 주는 것이다. 본은 의회파가 공포와 함께 바로 이 영국교회를 변형시켰다고 생각하였던 것이다. 물과 바람의 실제적인 모습은 의회파를 거부하는 영국교회의 항쟁적인 모형으로 이해할 수 있을 것이다. 종교적인 의미에서 볼 때는 인간의 영혼과 대화할 수 있는 신의 영을 의미하고 있으며 그 영은 인간의 재생을 알려주는 역할자로 나타나고 있지만 세속적인 의미에서는 현상세계의 왕정복귀의 의미가 담겨 있다는 것이다. 본은 자연의 모습을 묘사해 주면서 독자들로 하여금 영국적인 정치 사회 구조와 그리고 전통적인 제식이 생각날 수 있도록 하였으며, 왕정에 대한 의회파의 승리를 거부하면서 이를 지상적인 것에 대비시켜 여기에서 벗어나지 않으면 재생의 의미를 받아들이지 못하게 될 것임을 강한 어조로 선포하면서 이를 그의 종교시의 대표적인 첫 시인 「재생」에서 왕정 복귀의 희망을 암시적이며 함축적인 면으로 묘사하고 있는 것이다. 그러나 『섬광의 부싯돌』 제1권을 발표한 1650년에는 왕정이 다시 1660년에 복귀될 것이라는 사실을 본 자신도 염두에 두지 못했으며, 아울러 영국의 여러 곳과 그리고 특히 웨일즈의 영국교회가 의회파를 무시하게 될 것이라는 사실을 알리가 없었다. 단지 그가 알게 된 것이라고는 청교도에 의해 만들어진 교회의 교리가 자신으로부터 사회적인 본질로의 영감이나 이미지를 빼앗아 갔다는 사실뿐이었다. 「재생」에서 순례자는 신의 숨소리, 밀려오는 바람을 신의 집으로 인식할 수 있었던 작은 숲에서 듣게 된다. 정원에서의 신의 출현은 교회의 간구와 영국교회와 왕정 복귀라는 개인적인 재생을 찾아다니는 순례자에 대한 응답이다. 거기에는 또한 시인이 "거친 바람이 속삭이는 어디에서 나는 기쁨을 누리는가."라는 자조적인 소리를 들을 수 있는 닫쳐진 정원의 모습도 보인다. 시인은 이 자연의 사원을 영국교회의 건축과 전설적인 제사의식을 생각날 수 있도록 묘사해 주고 있다. 이것은 다시 말해 당시의 의회파의 승리로 인해 변해버린 지상 교회에 대한 시인의 거부를 상징하고 있기도 하다. 결론 부분에 다다르면 순례자의 여정이 즐거움의 장소에서 머무르는데 이것은 바로 왕정이 복귀되고, 그리고 자신의 영국교회가 부활되는 의미를 포함하고 있음을 볼 수 있다. 이러한 관점에서 본다면 본의 「재생」은 세속적인 의미 속에서도 또 다른 시인의 사상적인 깊이를 제공하는 시임에 틀림이 없다. 그러나 본의 이러한 종교적 정치성향을 확연하게 밝혀낸다는 것은 그의 전기적인 사실의 불충분으로 인하여 대단히 어려울 것임에 틀림이 없다.

5 재생과 구원탐색

　본의 종교시 초기 작품인 「재생」은 세상적인 것을 추구했던 육체적인 의미의 봄으로부터 시작하여 영혼이 진정 원하는 진실한 봄으로 이동해 나가는 시인 자신의 개인적인 순례라고 설명한 바 있었다. 풍부하면서도 뜻 깊은 인용을 통해 보여주는 순례 과정의 점진적이면서도 놀라운 발전은 이 시가 영혼의 거듭남이라는 질문에 대한 답변을 제공하는 데 부족하지 않다. 구원을 탐색하는 순례 여행의 중심에는 자연 속에서 찾아낸 '신의 집'이 있으며, 순례자는 그곳에서 은혜와 신앙의 신비스러운 일들을 배우게 되는 것이다. 이러한 의도 속에서 「재생」은 시인의 부싯돌을 상징하면서 그의 1650년판 『섬광의 부싯돌』 제1권의 서두를 장식하고 있는 것이다. 「재생」은 기독교인들의 거듭남이라는 친숙한 주제와 그 사상을 뿌리로 하고 있다. 이 시는 성서의 인용이라는 일반론뿐 아니라 죄인을 신성한 부름에 속하게 하는 길이 모든 인간에게는 공평하게 존재한다는 사실을 알게 해 주고 있다. 본이 「재생」에서 가장 주요하게 나타내려 한 것은 죄 속에 갇혀 있는 인간은 항상 신성한 행위에 대한 영적인 스트레스에 직접적으로 사로잡혀 있다는 것이며 기대치 않았던 신비로운 신의 부름에 대해 응답하는 죄인의 긴장감과 드라마적인 모습이 아울러 보인다는 것이다. 시인은 여러 분야에서 영적으로 성화된 세상의 여러 곳에 대해 알레고리칼 한 여행을 함으로써 재생의 의미를 극화시키고 있다. 여기에 시인은 성서적 지형학과 변화하는 자연의 현실과 실제 그리고 가시적인 것과 비가시적인 모든 것들의 이미저리와 상징적인 체계를 그 작업 속에 내포시켜 주었다. 그러한 행동은 부정적인 신비주의의 무대를 제공할 개연성을 불식시키는 데 기여하였다고 볼 수 있겠다. 이에 따라서 죄인은 신의 은총에 힘입어 회개의 모습을 보이게 된다. 알레고리의 중심에는 아직 그리스도의 구원을 완전하게 인식하지는 못하고 있지만, 죄인의 성숙이 보이고, 그리고 세례를 통해서 새로운 영광의 삶 속으로 가게 하는 기회를 제공해 주는 것이다.

한편 세속시에서 종교시로 전환하는 전환기적 의미에서 볼 때 종교적 정치성에 대한 상호 문맥의 연관성은 「재생」을 설명하는 데 상당한 도움을 주고 있으며, 아울러 자연에 관한 본의 신뢰성을 평가하는 데 아주 중요한 함축적 의미를 제공한다. 그러나 이 종교적 정치성에 대한 견해는 전기적인 배경과 맞물려 다소 어려운 해석으로 평가될 요소가 다분히 있음을 간과할 수 없다. 이것은 단지 본의 종교적 전환이라는 변환기적 현상으로만 이해하는 것이 좋을 것이라 생각된다. 「재생」에서 시인은 자연을 단순하게 구원을 인도해 주는 창조의 교과서로서의 우주적이며 또는 대중적인 의미로서뿐만이 아니라, 자연을 죄인인 인간이 지향해야 할 신의 집 그 자체로 보았다. 이로써 신은 무소 부재한 존재임이 확인될 뿐만 아니라 그의 교회는 자연을 통해 더욱 가깝게 느낄 수 있게 한다는 것이다. 이런 관점에서 이 시의 의의는 그의 종교시의 출발이 얼마나 기독교적이었는가를 알게 해 주고 있다는 것이며 또한 종교시의 전편을 통해 시인이 묘사해 주려 하였던 그의 사상이 의도한 목적의식에 적절히 용해될 수 있을 것이라는 가능성을 짐작게 하고 있다. 특별히 그의 사상의 핵을 이루는 신플라톤사상이라든가 종말회귀론 사상이 기초를 다져 주는 듯이 분포되어 있고 아울러 그가 그리려는 신비적인 자연의 모습이 이미지나 상징적인 체계 또는 대조적인 기법을 통해 적절히 산재되어 있음을 알수 있다. 이런 관점에서 「재생」의 결론부에 도달하면, 그의 순례가 과도한 신비주의나 칼빈주의 교리보다는 기독교적인 구원 탐색의 고행과 죄로 인한 죽음을 알려주는 사상이 담겨 있음을 알게 된다.

그리고 재생의 과정이 아직 결론지어지지 않았음을 독자들에게 알려주면서, 반면에 시인 자신의 변환이 그의 시 전체를 통해 계속 연결되면서 전개되고 있음을 알 수 있다. 다시 말하면, 시인의 순례 여행은 『섬광의 부싯돌』 제1권 전편에 계속적으로 이어지고 있다는 것이다.

1650년판 『섬광의 부싯돌』 제1권의 마지막 시 「또 다른 날을 거닐며」(I Walkt the Other Day)는 이 시집의 첫 시 「재생」과 시인의 순례라는 측면에서 동일한 상황이 나타난다. 이로써 『섬광의 부싯돌』 제1권의 처음과 끝은 순례의 과정이 그 구조를 이루고 있다. 다만 순례의 배경과 그 내면적 의미로 볼 때 직설적인 면과 역설적인 의미가 다르게 나타나고 있다. 첫 시에서는 같은 순례의 모습이지만 봄의 배경 속에서 환상적이며 낯선 가시적 경관과 청각적인 소리가 혼합된 형태로 자연의 모습이 전개되고 있는 반면에, 마지막 시에서는 겨울이라는 배경이 나타나면서 순례의 과정도 느린 상태로 전개되고 있다. 『섬광의 부싯돌』 제1권의 처음과 끝에서 보여주는 계절과 순례의 구조는 인간 삶의 순환 패턴의 구조를 제시하고 있다. 육적인 죽음을 의미하는 겨울과 대조적인 면을 보이면서, 봄은 거듭남의 새로운 삶을 예시해 주고 있으며 순환의 의미 속에서 겨울이 가고 새로운 봄이 도래하듯이 인간의 삶 속에도 재생의 삶이 있을 수 있다는 것을 역설적 구조의 모형으로 보여주는 것이다.

「다른 날에 거닐며」의 결론 부분은 마스크 이미지를 사용하여 숨겨진 부분에서 생동하고 있는 신의 섭리를 알아냄으로써 새로운 삶의 근원을 느끼게 해 준다. "이 마스크와 그늘에서 나는 당신의 / 신성한 길을 봅니다."의 두 행에서 보면 오히려 보이지 않는, 표면이 아닌 이면의 세계(unseen)에서 그리고 밝은 곳이 아닌 어둠의 세계에서 시인은 신의 세계를 볼 수 있는 것이고 이렇게 제시되는 겨울 이미지는 봄의 생동하는 이미지와 대조적인 모습이면서도 또 한편으로는 역설적인 면으로 나타나면서 두 이미지가 죽음으로부터 벗어나 새로운 삶으로 도약하는 동일성의 의미를 보이고 있다. 이것이 바로 본이 그의 1650년판의 『섬광의 부싯돌』 제1권 전체를 통해 묘사하려 했었던 시적 사상이라 볼 수 있다. 이렇게 본다면 「재생」에서 출발한 그의 순례의 과정은 『섬광의 부싯돌』 제1권의 전편을 통해 본의 종교시가 추구하고자 했던 신과의 합일(Contacta Essencia)을 준비하는 전 단계인 구원을 탐색하는 과정을 그려 주는 것으로 볼 수 있을 것이다. 이를 위해서 인간은 회개를 통해 죄에서 벗어나 신께서 값없이 주는 은혜인 구원을 열망할 것을 강조하는 것이다. 이런 관점에서 본다면 『섬광의 부싯돌』 제1권은 본이 목적하는 새 세계의 구체적인 모습이 아직 제시되지 않은 상태에서 구원을 위한 끝없는 순례의 과정을 보여주고 있다는 것이다. 그렇기 때문에 캘훈은 1650년판에는 아직 신의 세계의 구현이 완전히 이루어지지 않았다고 정의하면서 『섬광의 부싯돌』 제1권의 끝 부분에 있는 '간구'(The Begging)의 시는 신의 세계의 구현이라는 시 작업이 아직 끝나지 않았음을 그려 준다. 그래서 그는 "이것이 두 번째 책에서 이것이 계속 이루어질 것이다."라고 강조하고 있다. 결론적으로 본의 종교시에 서막을 알리는 「재생」은 세속시적인 요소가 다소 게재되어 있기는 하지만 그의 종교시 전편에 걸쳐 나타나는 종교적 사상의 발판을 만드는 데 중요한 역할을 보이는 시라고 평가할 수 있겠으며, 죄를 인식한 신앙인의 재생을 향한 구원 탐색이라는 기독교적 기본 사상을 순례의 알레고리적인 과정을 통해 적절하게 표현해 주고 있다고 볼 수 있겠다.

6 죽음과 구원성취

  '죽음을 통해 새로운 삶을 얻는다.'는 정의는 본의 대표적 종교
시집 『섬광의 부싯돌』 전편에 걸쳐 나타나는 광의의 주제이며 또
한 그의 시가 궁극적으로 달성해 보려는 목적이라고 수차례 강조
한 바 있다. 그는 이 새로운 삶의 성취를 그의 신비적인 안목을
통해 신이 내재하는 자연 속에서 찾아내려 하였다. 이미 앞에서
본의 종교적 전환의 과정을 살펴보면서 그의 삶과 시적 사상에 있
어 죽음의 상황이 어떻게 나타났고 그것이 그의 종교적인 전환에
어떤 영향을 주었는가 하는 것을 살펴본 바 있었다. 본에 있어 죽
음의 인식은 다른 사람의 감각과 커다란 차이는 없으리라 보지만
적어도 그가 경험했던 죽음의 감각은 신의 세계를 소망하는 비전
을 제시해 준다는 한 차원 높은 형이상학적인 심오한 측면이 있는
것으로 생각된다. 이에 대해서는 종교적 전환의 배경과 발전과정을
살펴보면서 전체적인 의미를 찾아보았었다. 본이 의사였다는 사실
자체도 그가 죽음과 얼마나 가깝게 있었는가 하는 것을 시사해 준
다. 그는 삶 전체를 통해 많은 죽음을 보아왔을 것이고 특별히 자
기가 아끼고 사랑했던 대상을 죽음에 실려 떠나보내야 했던 경험
을 갖고 있었다. 그렇기 때문에 그의 시에서 보면 그는 죽음의 실
체를 쉽게 보아 넘기거나 가벼운 슬픔 정도로 표현해 준 것이 아
니라, 죽음의 바탕에 깔려 있는 감추어진 비밀을 알아내려는 듯한
인상을 시 속에 표현해 주고 있다. 「시간이 나를 지나갔던 그날에」
를 한번 살펴보자.

오 죽음의 어두운 신비 속에 놓인
고요하고 성스러운 침대
한낮의 구름 없는 빛보다
훨씬 더 밝은 아름다움;
메마른 흙의 녹색의 가지에선 싹이 나고,
그리고 옷들은 어린 양의 피로 표백된다.
O calm and sacred bed where lies
In death's dark mysteries
A beauty far more bright
Than the noon's cloudless light
For whose dry dust green branches bud
And robes are bleached in the *Lamb's* blood.

그는 감추어진 그 비밀에 대해 한낮의 구름 낀 태양 빛보다도 오히려 어둠의 신비가 더 아름답다고 보면서 죽음을 나타내는 어둠의 신비 그 이면이 바로 성스러운 새 세계임을 우리에게 제시해 주고 있다. 그는 그 세계로의 진행에는 구원의 예표가 있어야 한다는 것을 어린 양의 피라는 상징으로 묘사해 주고 있다.

시어란 시인의 의식과 무의식 속에 존재하는 개념이 외부적으로 표출되는 것이라는 관점으로 해석해 볼 때, 그 시인의 시를 이해하는 데 있어 중요한 의미를 제공해 주는 것이라 생각된다. 본에 있어 죽음과 관련된 어휘들은 그의 시 전체를 놓고 볼 때 상당한 부분을 차지하고 있는 것을 보게 된다. 죽음에 관한 주제는 세속시는 물론 종교시에 있어 빈번하게 다루어지고 있음을 알 수 있다. 세속시에서 보여준 죽음에 관한 관점은 물론 종교시에서의 그것과는 크게 양상을 달리하는 것이지만 한 가지 그가 시를 쓰기 시작한 초기부터 죽음에 대한 남다른 관심과 의식이 있음을 알려주는 하나의 단서가 되고 있다.

그의 세속시의 첫 시집 『시편들』의 서두를 장식하는 「나의 영리

한 친구 알 더블류에게」(To My Ingenious Friend, R. W.)의 첫 행
은 '우리가 죽었을 때'로 시작하여 그의 시의 출발이 죽음의 관점
으로 시작됨을 알 수 있게 해 준다. 더욱이 그의 세속시의 대표적
작품인 아모렛 연애시는 사랑의 완전성을 자연과의 관계 속에서
표현하고 있는 사랑의 시임에도 불구하고 곳곳에 죽음의 이미지가
나타나고 있음을 알 수 있다. 「아모렛에게, 한숨」(To Amoret, The
Sigh)에서는 여인의 사랑이 없으면 죽을 수밖에 없음을 "그녀가 나
를 사랑하지 않는다면, 그것은 죽음이야"라고까지 표현해 준다.

『어스크의 백조』에서도 죽음의 주제는 계속적으로 나타난다. 본
래 이 작품집은 서간체나, 엘레지 등으로 구성된 특별한 의도의
시집이다. 이 시집에 등장하는 엘레지에는 본과 같이 왕의 편에서
싸우던 두 병사의 죽음을 애도하는 내용으로 되어 있다. 그러나
초기의 세속시에서 보여주는 죽음의 실체는 인간적인 죽음에 국한
된다. 종교적인 죽음의 실상이 아니라는 것이다. 다만 이 세속시에
나타나는 죽음의 실상은 후일 종교시에 있어 나타나는 이미지의
사전 암시를 보여주는 것에서 의미의 연관성만을 찾아볼 수 있다.

죽음에 대한 표현에 있어 그는 직접적으로 연관되는 표현을 쓰
기도 하고 또는 암시적인 방법을 쓰기도 한다. 1655년『섬광의 부
싯돌』제2권을 발간하였을 때 제1권에 첨가시킨 신에게 드리는 이
시집의 헌사의 노래라고 볼 수 있는 「헌사」(The Dedication)에서부
터 죽음에 관한 표현을 사용하기 시작하였는데 이 시 속에서 그는
그리스도의 죽음과 그 죽음의 필연성이 시인의 삶을 약속하는 죽음
임을 노래하면서 죽음의 의미에 대해 다음과 같이 표현하고 있다.

나의 하나님! 나를 위해 죽으신 당신

여기 당신의 죽음의 열매를 당신께 드립니다;
내게 있어 죽음은 삶이며 빛이었고,
허나 당신의 조망에 어둡고 깊은 고통입니다.
My God! thou that didst die for me
These thy death's fruits I offer thee;
Death that to me was life and light,
But dark and deep pangs to thy sight.

위의 시에서 보면 종교시에서 나타나는 그의 죽음의 문제의 출발이 그리스도의 죽음에서 출발하고 있음을 알 수 있다. 그렇기 때문에 그의 시 전반에 걸쳐 나타나는 죽음의 양상은 인간의 죽음과 그 인간의 죽음을 정복하고 새로운 세계로 이끌어 가는 역할을 담당하는 구세주의 죽음이라는 두 가지 양상으로 나누어 생각해 볼 수 있다. 그의 세속시에서는 인간적인 죽음에 대한 애도와 슬픔이 주종을 이루고 있는 반면에, 그의 종교시에서는 위에서 본 바와 같이 먼저 그리스도의 죽음을 그려 준다. 이것은 그의 종교시가 의도하는 궁극적인 결론인 죽음에 의한 또 다른 세계의 지향성이 그리스도의 죽음과 무관하지 않음을 암시적인 면으로 예시해 주는 것이라 생각할 수 있다. 다시 말하면, 그리스도의 죽음을 통해 인간은 죽음을 벗어나 부활의 모습을 간직하면서 신의 세계로 나아갈 수 있음을 보여주고 있다.

죽음으로부터 새 세계를 얻어내는 데에는 한 가지 조건이 제시된다. 그것은 죄로부터의 해방인데 구원자의 죽음의 의미와 평형을 이루어야 한다는 것이다. 구원자의 죽음이 필요하다는 것의 의미 속에는 인간의 죽음의 원인에 대한 올바른 이해가 선행되어야 함을 전제로 하고 있다. 먼저, 인간의 죄의 결과가 죽음으로 나타나고 있음을 「무지개」(The Rainbow)에서는 다음과 같이 표현해 준다.

오, 사악하고 거짓으로 가득 찬 인간이여! 나의 신은 그의 언약을
언제나 지키시나, 우리는 우리의 약속을 어기고 잠자고 있다.
타락 후에, 첫 번째 죄는 핏속에 있었고
술 취함이 곧 홍수의 뒤를 이었다;
그러나 그리스도께서 죽은 이래로, (마치 우리가 낙원뿐
아니라 그도 잃기로 계획했던 것처럼)
이 두 엄청난 죄에 우리는 참가하고 함께 행동하고,
비록 피와 술 취함이 단지 더럽고, 지겨운 날씨를 만들었음에도.
O foul, deceitful men! My God doth keep
His promise still, but we break ours and sleep.
After the *Fall*, the first sin was in *blood*,
And drunkenness quickly did succeed the flood;
But since Christ died, (as if we did devise
To lose him too, as well as paradise)
These two grand sins we join and act together,
Though blood and drunkenness make but foul, foul weather.

이 시에서 보면 인간은 죄로 말미암아 낙원을 잃게 되었고 그리
고는 피의 살인으로 인하여 죄에 묻혀 살면서 홍수 심판을 받게
되었으며 더욱이 십자가에 그리스도를 죽였음에도 불구하고 계속
적으로 죄와 거짓에 빠져 살아가고 있음을 한탄하고 있다.

「타락」(Corruption)에서도 죄 속에 빠진 채 어둠 속에서 헤매며
살아가고 있는 세상적인 인간의 모습을 보여준다.

여전히 죄는 승리하고, 인간은 그 중심과,
수의 아래로 가라앉는다;
만물은 깊은 잠과 밤 속에 빠져 있다; 짙은 어둠이 깔리고
당신의 백성들 위로 평행선을 긋는다;
Sin triumphs still, and man is sunk below
The centre, and his shroud;
All's in deep sleep, and night; thick darkness lies
And hatcheth o'er thy people;

여기서는 죄 속에 묻혀 죽음을 향해 가는 인간의 모습을 볼 수 있다. 그러나 이러한 인간의 죽음을 본은 그대로 방치하지 않는다. 그 죽음에 그리스도의 죽음을 포함시켜 줌으로써 죽음이 삶의 마지막이 아니요 새 세계로의 시발점임을 밝혀주고 있다는 것이다. 『섬광의 부싯돌』전 작품을 통해 나타나고 있는 죽음의 단계적인 전개 모형은 신의 세계로의 지향과 달성이라는 목적을 이루면서 하나의 연계성 있는 구조를 이루어 주고 있음을 보게 된다. 그러면 1650년판에서 나타나는 죽음의 실상과 1655년판에서 표현되는 죽음의 모습이 어떻게 하나의 연계적 관련성을 가지면서 그 궁극적 목표를 이루고 있는가를 알아볼 필요가 있다. 이것은 본의 시적인 기교와 일치되는 의미를 지니는 것으로서 그도 역시 다른 형이상파 시인들과 같이 놀라운 시적 스타일과 기교를 갖고 종교시를 썼다고 하는 것을 증명하는 것이다.

앞서 그의 시적 전환을 논하면서 전반적인 측면에서 그의 전환과 시의 단계적인 발전의 관련성에 대한 상황을 소개한 바 있었고 자연신비주의의 관점에서 본의 시가 궁극적으로 지향하는 것이 신의 세계와의 합일이라고 정의하였었다. 다시 말해서 그의 종교시는 죽음의 인식에서 출발하여 그 죽음의 요인을 인간의 죄로 인한 결과라고 보고는 끊임없는 기도와 명상으로 죄를 회개하면 그리스도의 죽음을 통해 인간 구원이 실현된다는 것이고, 궁극적인 목표인 신의 세계에 자신의 죽음을 통해 도달할 수 있음을 그려 주고 있다고 생각할 수 있다. 이 마지막 결론에 도달하는 데까지 1650년판과 1655년판의 두 시집에는 구조를 연결하는 과정의 연계적 모형이 나타난다. 캘훈은 이에 대해서 『섬광의 부싯돌』제1권과 제2권은 구조와 과정에 있어 처음부터 끝까지 연계성을 지니고 있다고 말해 준다. 이것은 1650년판에서 죄의 인식을 통해 느꼈던 그의 시적 사상이 1655년판에서는 죄로 인한 죽음을 인식하게 되고 그리고는 천상의 세계까지 인식하게 되는 시의 구조와 과정의 연계성을 설명하고 있는 것이라 생각된다. 먼저 1650년판 『섬광의 부싯돌』에서는 시인이 죽음의 의미를 인식하고, 구원자에 의해 죽음을 벗어나 영원한 세계를 인식하는 과정을 제시해 주고 있다. 이 연계성 있는 구조의 기본을 이루고 있는 시가 인간의 죽음과 재생의 의미를 생각하게 해 주는 1650년판 『섬광의 부싯돌』의 서두를 장식하는 「재생」이라는 것이다.

이 시에서는 당시의 사회적인 배경을 그의 종교시에 근간으로 삼아 동일한 의미의 목표를 지상적인 것과 영적인 면 모두에서 성취하려는 시인의 의식이 담겨 있다고 이미 설명하였다. 여기에서는 재생의 희망을 발견해 내는 방법에 대해 본은 자연과 연관을 지으려 함과 더불어 그 해결 방안도 자연 속에서 찾고 있다. 여기에서 나타나는 바람의 실제적인 모습은 인간의 영혼과 대화할 수 있는 신의 영을 의미하고 있으며 그 신의 영은 인간의 재생을 알려주는 역할자로 나타나고 있다. 본은 자연의 모습을 그리면서 독자들로 하여금 영국적인 구조와 전통적인 제식을 생각나도록 하였으며, 의회파의 승리를 거부하면서 이를 지상적인 것에 대비시켜 이것에서 벗어나지 않으면 재생의 의미를 받아들이지 못하게 될 것임을 강한 어조로 선포한다.

그때 나는 말했다. 주여 내게 하나의 숨을
그리고 내가 죽기 전에 죽게 하소서.
Lord, then said I, *on me one breath,*
And let me die before my death!

이 마지막 행은 이 시가 보여주는 재생의 의미를 가장 극적으로 묘사하는 시인의 영적인 상태를 그려 주고 있다. 지상적인 삶 속에 묻혀 살다가 죽게 되면 영생이 없게 될 것이기에 지상적인 죽음이 아니라 신에 의한 죽음을 소망하고 있는 것이다. 그렇기 때문에 마지막에 와서 시인은 지상적인 죽음에서 벗어나 영적인 죽음을 통해 재생시켜 줄 것을 신에게 호소하고 있다.

이와 유사한 형태를 묘사해 주는 「소나기」(The Shower)에서도 지상적인 삶과 영원세계의 삶을 대비시켜 주면서 소나기의 이미지를 통해 지상세계의 더러움과 안일함을 씻어 버려야 한다고 강조한다.

> 아! 그것은 내게도 그러했다; 게으른 호흡으로 가끔씩
> 나는 하늘을 압박하곤 했다. 그러나 헛되게도 이것은
> 관통하지 못했다. 사랑만이 빠른 접근으로
> 그 길을 연다.
> Ah! it is so with me; oft have I pressed
> Heaven with a lazy breath, but fruitless this
> Pierced not; Love only can with quick access
> Unlock the way

이 시에서는 지상적인 것에 의해서 나태해진 인간들이 자신을 돌아보면서 사랑만이 신의 세계로 나아가는 것을 용이하게 할 수 있음을 그려 준다. 그리고 한편으로는 그 세계를 어렴풋이나마 소망하고 있음을 시인의 탄식으로써 짐작할 수 있다. 그리고 마지막에 가면 신의 은총이 인간 구원을 이루어 주실 것임을 암시적으로 표현해 주고 있다.

(그런 소나기가 지난 후에)
나의 신은 비온 후에 찬란한 햇빛을 주리라.
(Some such showers past)
My God would give a sunshine after rain.

즉, 소나기가 거치고 나면 더욱 밝은 햇살이 지상을 비출 수 있듯이 사랑의 신은 소나기가 그친 후에 밝은 태양 빛을 내려준다는 것이다.

또 다른 시 「강생과 수난」(Incarnation, and Passion)에서도 신의 사랑을 강조하면서 사랑을 통한 신의 인간 구원의 모습을 보여준다. 이 시에서는 그리스도가 천상의 옷을 벗고 지상의 옷을 입고서는 지상세계로 내려와 인간과 같이 생활하면서 자신의 죽음으로 인하여 인간 구원을 이루려 하는 것을 그려 주고 있다. 반면에 인간은 끊임없는 불순종과 반항으로 죽음에 이를 수밖에 없지만, 신은 지상세계에 묻혀 사는 인간들을 죽음보다 더 강한 사랑으로 구원해 준다는 것을 보여주고 있다.

확실히 그것은 사랑이신 나의 주님이었으리라;
왜냐하면 사랑은 죽음보다 훨씬 강하기에.
Sure it was *Love*, my Lord for *Love*
Is only stronger far than death.

특별히 이 시에서는 구원의 은총이 그리스도의 피의 사랑으로 이루어지고 있음을 강조하면서 신의 사랑의 힘을 표현하고 있다.

「내 삶의 기쁨!」(Joy of My Life!)에서 시인은 지상세계를 어둠에 비교하면서 신의 빛이 있어야 인간을 죄로부터 건져내어 신의 세계로 인도할 수 있음을 보여준다.

칼 같은 섬광이
인간에게서 죄를
나가도록 하고; 이 섬광이
그를 *들어오도록* 인도하리라.
A Swordlike gleam
kept man for sin
First *Out*; this beam
Will guide him *In*.

이 시에서 본의 신비적인 관찰력은 신의 은총으로서의 빛의 역
할이 인간의 죄를 제거시켜 주는 의미로 나타나고 있음을 그려 주
고 있다. 처음에는 빛에 의해 지상세계로부터 벗어나게 해 주고,
곧이어 그 빛은 인간을 신의 세계 안으로 인도해 주는 역할을 하
고 있음을 볼 수 있게 된다.

1650년판의 마지막을 장식하는 「다른 날에 걸으며」에서는 이
전집의 첫 시인 「재생」과 동일한 상황의 순례가 그려지고 있다.
그렇기 때문에 『섬광의 부싯돌』 1650년판의 처음과 끝은 순례의
모습으로 그 구조를 이루고 있음을 알 수 있게 된다. 서두의 시에
서는 같은 순례의 모습이지만 봄이라는 배경 속에서 환상적이며
낯선 광경과 알 수 없는 소리가 뒤덮인 자연의 모습을 보여주고
있는 반면에, 마지막 시에서는 겨울이라는 배경을 제시하면서 그
안의 순례도 아주 느린 상태로 전개되고 있음을 보여준다.

지금 겨울은 시골정자 진기한 저장고를
요동치게 하고
난 지금까지 거길 알았었다.
But winter now had ruffled all the bower
And curious store
I knew there heretofore.

이와 같이 1650년판의 처음과 끝에서 보여주는 계절과 순례의 구조는 인간 삶의 순환 패턴의 의미를 보여주고 있으며 인간 삶의 죽음과 재생의 패턴이 무엇인가를 적절하게 구사해 주고 있다. 봄은 육적인 죽음을 의미하는 겨울과 대조적인 면을 보이면서 새로운 삶의 시작을 예시해 주는데, 계절의 순환 패턴을 통해 겨울이 가고 새로운 봄이 도래하듯이 인간의 삶 속에도 재생의 삶이 있을 수 있다는 것을 여기에서 부각시키고 있다. 사실상 본이 이 시 속에서 보고 있는 겨울의 의미는 새로운 삶이 보이지 않는 곳에서 생동하고 있음을 보여준다. 한편 순례의 의미도 인간 삶의 지상적인 의미와 결부되면서 아직까지 지상세계의 울타리를 벗어나지 못하고 있는 인간들의 상황을 상징적인 의미로 부각시켜 주고 있다. 「다른 날에 걸으며」의 결론 부분은 마스크 이미지를 사용하여 숨겨진 부분에서 생동하고 있는 신의 섭리를 알아냄으로써 새로운 삶의 근원을 느끼게 해 준다.

바로 이 가면과 그늘 안에서 난 볼 수 있나니
당신의 성스러운 길을
That in these Masques and shadow I may see
Thy sacred way

여기에서 보면 오히려 보이지 않는, 표면이 아닌 이면의 세계에서 그리고 밝은 곳이 아닌 어둠의 세계에서 시인은 신의 세계를 볼 수 있다는 것이고, 이렇게 제시되는 겨울 이미지는 봄의 생동하는 이미지와 대조적인 모습이면서도 또 한편으로는 역설적인 면으로 나타나면서 두 이미지가 죽음으로부터 벗어나 새로운 삶으로 도약하는 동일성의 의미를 보이고 있다. 캘훈에 의하면 본은 봄이라는 계절에 대해서 지상적인 삶을 조성하는 하나의 요인으로 이해하려 하였다고 주장한다. 그는 오히려 겨울이 신의 세계를 준비하는 데에 있어서 더욱 좋은 시간대라고 보았다는 것이다. 그렇기 때문에 본은 1655년판에서 제시할 신의 세계의 구현을 1650년판의 마지막을 장식하면서 예시적인 표현으로 이를 준비해 놓은 것이다.

이렇게 본다면 1650년판의 시에서 나타나는 종교적인 관점은 그의 시가 결론적으로 도달하고자 하는 신의 세계와의 합일에 대해 이를 준비하는 전 단계인 구원을 암시해 주는 것으로 볼 수 있을 것이며, 인간에 대해서는 회개를 통해 죄에서 벗어나 구원자의 사랑을 기다리라고 말하고 있음을 보여준다. 1650년판에서는 이렇게 본이 목적하는 새 세계의 구체적인 모습이 아직 제시되지 않고 있는 것이다.

1655년판에서는 이미 전 단계에서 제시해 놓은 새 세계를 구체적이면서도, 직접적으로 느낄 수 있도록 전개하고 있다. 서두에서부터 본은 신의 세계로 올라가는 인간의 모습을 제시해 줌으로써 신의 세계에서의 삶을 본격적으로 전개시키고 있다. 이러한 모형을 「승천의 날」(Ascension day)에서는 이렇게 그려 준다.

> 나는 비상하고 상승한다.
> 하늘 그 위쪽 높은 곳으로,
> - - - - - - - - - - - - - - - - - - -
> 그리고 땅과 밤으로부터 부활한다.
> I soar and rise
> Up to the skies,
> - - - - - - - - - - - - - - - -
> And resurrection from the earth and night

이 시에서는 부활 후 사십 일이 지난 다음에 이루어지는 그리스도의 승천을 주제로 하여 인간이 신의 세계에 도달하게 될 수 있음을 암시해 주고 있다. 한편 이 구원자의 승천을 통한 인간의 지상세계로부터의 벗어남이 성취됨으로써 1650년판 『섬광의 부싯돌』은 결론을 맺을 수 있게 된다. 그리고 계속해서 본은 인간이 신의 세계로 나아가게 되는 것을 보여주고 있다. 「승천 찬가」와 「그들은 모두 신의 세계로 갔습니다.」에서는 죽음의 모습이 하늘을 향한다는 사실을 보여준다.

> 죽음이 오기 전에
> 죽는 것을 아는
> 몇몇의 사람들은
> 하늘로 걸어가지만,
> And yet some
> That know to die
> Before death come,
> Walk to the sky
>
> ―
>
> 아니면 나를 망원경이 필요치 않는,
> 저 언덕으로 옮겨주소서.
> Or remove me hence unto that hill,
> Where I shall need no glass.

1650년판에서 보이던 죽음으로부터의 벗어남과 새 세계의 준비가 이제 구체화되면서 1655년판의 첫 세 편의 시에서는 그가 소망하던 신의 세계로 올라가고 있음을 묘사해 주고 있다. 여기에서 한 가지 중요한 것은 신의 세계의 지향이 어떻게 진행되고 있는가

하는 것이다. 본은 그의 신비적인 자연관으로서 신의 세계의 지향
을 「승천찬가」(Ascension Hymn)를 통해 죽음에서 찾고 있다.

> 흙과 점토
> 인간의 먼 옛날의 옷!
> 여기에 너는 머물러야 하지만,
> 그러나 나는 딴 곳에 머문다;
> 영혼은 여기에 머물지만, 휴식이 없다;
> 승천할 사람은, 옷을 벗어야만 한다.
> Dust and clay
> Man's ancient wear!
> Here you must stay,
> But I elsewhere;
> Soul sojourn here, but may not rest
> Who will ascend, must be undrest.

　　이것은 인간은 흙과 먼지로 만들어진 육체를 벗어야만이 신의
세계로 갈 수 있음을 보여주는 것으로서 그렇게 되기 위해서는 죽
음이 필요하다고 강조해 주는 것이다. 그리고 이 죽음에는 앞서
이야기한 바와 같이 구원자의 죽음이 선행되어야 함은 물론이다.
　　「매듭」(The Knot)에서는 신과의 합일이 이루어져 이제까지 지상
세계에서 방황하며 살아가고 있던 인간들이 신의 보호 아래 살아
가고 있음을 보여주고 있다.

> 그러한 매듭을, 어떤 팔이 감히 풀 수 있으며,
> 어떤 생명이, 어떤 죽음이 절단할 수 있을 것입니까?
> 그 안에서 우리를, 그리고 우리 안에서 그를
> 결합하여 영원토록 보존하시옵소서.
> And such a knot, What arms dares loose,
> What life, what death can sever?
> Which us in him, and him in us

United keeps for ever.

「밤」(The Night)에서는 밤의 역설적인 모습을 통해 신의 세계를 제시하면서 죽음을 통한 신의 세계로 인간이 나아갈 수 있음을 보여준다. 더욱이 여기에서 본은 이슬의 이미지를 사용하여 신의 정화의 은총이 인간구원과 관계를 가질 수 있음을 보여주고 있다.

> 신의 고요함과, 탐색하는 비상(飛上);
> 내 주의 머리가 이슬로 가득할 때, 그리고 모든
> 그의 머리채가 밤의 맑은 방울로 젖어 있을 때;
> 그의 고요하고 부드러운 부르심;
> God's silent, searching flight:
> When my Lord's head is filled with dew, and all
> His locks are wet with the clear drops of night;
> His still, soft call;

그러므로 『섬광의 부싯돌』 1655년판에서 나타나는 중심적인 시적 주제의 결론은 신의 세계의 모습과 그 세계로의 진입을 죽음이라는 길을 통해서 갈 수 있다는 것을 제시해 주고 있음을 보게 된다. 한편으로는 이러한 신비적인 안목으로 바라볼 수 있는 구원자의 죽음을 통한 인간의 부활과 구원이 『섬광의 부싯돌』 1650년판에 예시되고 있다. 이것이 그의 종교적 전환이 완성된 시기에 쓰인 1655년판에서는 죽음을 통한 구원이라는 본 특유의 신비적 자연관을 제시해 주면서 새 세계의 삶을 보장받는 것으로 나타나고 있다. 따라서 본의 『섬광의 부싯돌』 제1권과 제2권은 시인 자신이 종교적 전환의 과정을 거쳐 오면서 자연을 통해 신비적인 안목을 단계적으로 넓혀 가고 있음이 나타나고 있다고 결론지을 수 있다.

제4장

인간과 자연, 세상과 천국

1 본의 자연관

17세기 형이상파 시인들 중에서 본만큼이나 자연을 정밀하고 신비스러운 안목으로 바라본 시인도 없을 것이다. 그리하여 본을 자연시인이라 명명하고 있으나, 여기에서 정의해 주고 있는 자연의 의미는 시인이 단지 단순한 인간의 눈으로 자연 그 자체를 본 것이 아니라 신비적인 안목을 갖고 자연을 통해 신의 세계를 보았다는 것이며 또한 신과 인간의 관계를 자연 속에서 발견하였다는 것을 의미한다. 그의 연애시가 자연과 사랑의 관계를 정립시켰다면 그의 종교시에서는 종교와 자연의 관계를 정립시켰음을 보여준다. 몇몇의 비평가들이 그를 자연신비주의 시인이라 부른 이유도 바로 여기에 있는 것이다. 본래 본의 종교시는 허버트에게 영향받은 바가 매우 크며 또한, 여러 가지 측면으로 그의 시를 모방했음도 잘 알려진 사실이다. 그러나 자연에 관한 관찰력과 내면의 세계를 꿰뚫어 보는 예리한 판단력은 허버트에게서 배운 종교적인 사상을 기반으로 하여 본 스스로 창조해 내었다는 것에서 그의 독창적인 면모를 읽을 수 있다. 이러한 측면에서 보아 자연 관조에 있어서는 그에게 영향을 준 허버트보다 훨씬 더 신비적인 면이 강하게 나타난다. 프랭크 커머드(Frank Kermode)는 본이 허버트에게 영향받았지만 그의 영향 위에 자연에 대한 자신만의 신비적인 안목을 첨가시키고 있다고 보면서 "성서로부터 그 자연의 책"을 완성하였다고 본의 자연에 대한 관점을 칭송한다. 그렇기 때문에 그의 신비주의적인 측면에서의 자연 관찰은 당시 시인들 중에서 가장 뛰

어남을 보인다고 생각할 수 있다.

기독교적인 종교 시인으로서 본에 대한 비평가들의 견해는 크게 두 가지 관점으로 나누게 된다. 하나는 그의 작품이 명상적인 측면에서 자연의 모습을 그리고 있을 뿐이라는 순수한 자연시인으로 보는 것이고, 또 하나는 종교적인 측면을 고려하여 그의 자연의 표현은 순수한 자연을 표현한 것이라기보다는 신의 섭리가 내포된 자연의 모습을 그려 주는 신비주의적 자연시인으로 보는 것이 그 것이다. 헬렌 화이트(Helen White)는 본의 시 속에는 다른 시인들이 가지고 있지 않은 신비적인 감각이 항상 존재하고 있다고 보고 있으며, 로스 가너(Ross Garner)도 본을 종교적 체험을 통해 자연을 그리는 시인으로 평가하고 있다. 안토니 로우(Anthony Lowe) 역시 본의 시를 자연신비주의적인 측면에서 설명하면서 그의 종교시에 나타나는 일상적인 태도는 바로 그의 자연에 대한 신비적인 명상에서 기인된 것이라고 강조하고 있다. 특히 알 에이 더(R. A. Durr)는 본의 시를 신비적인 관점에서 분석하면서 그를 신비주의 자연시인이라고 평가하고는 다음과 같이 이를 강조하고 있다.

> 금세기의 첫 20년이 지난 후에 비평가들은 본을 신비적 자연주의 시인으로서 묘사하려는 것을 유력한 견해로 삼는 경향이 있었다.

본을 자연주의 신비시인이라고 부르는 가장 큰 이유 중 하나는 그의 자연에 관한 관조가 신비스러운 관점으로 나타나고 있기 때문이다. 그는 자연을 일반적인 가시적 안목으로서 자연을 본 것이 아니라 그 안에 내재하고 있는 신의 신비를 발견하였다는 것이다. 그러나 그 자연과 신비스러움의 관계에 있어 단순한 암시가 아니라 시인의 내면에 자리잡았던 인간적인 죽음의 공포와 삶의 갈등이 자연을 바라보는 데 신비스러운 안목으로 볼 수 있도록 작용했다는 사실이다. 더욱 중요한 것은 그 죽음의 공포와 삶의 갈등이 단순히 자신만의 해결책에 의해 풀어져 나간 것이 아니라 그에게 영향주었던 성서와 선배시인의 종교시에 의해 새로운 모습으로 승화되었다는 사실이다. 즉, 공포와 갈등을 인간적인 힘으로 극복한 것이 아니요 자연을 관조하면서 그 안에 내재한 신의 모습을 찾아냄으로써 종교적인 측면에서 이를 해결하고 있음을 알 수 있다.

본의 신비적인 관점에서 바라본 자연의 모습과 그 표현 양식은 아마도 그의 고향 어스크 계곡에서 처음 시작되었다고 보는 것이 지배적이다. 자연을 배경으로 하여 성장한 대부분의 시인들이 주변 경관에 매료되어 자연을 찬양하는 시를 썼듯이 본 역시 자기가 살던 고향의 자연 경관을 사랑하고 찬양한 것이 사실이다. 허친슨(Hutchinson)은 본의 전기서에 이렇게 적고 있다.

> 본이 자연경관에 크게 영향받은 것은 사실이다. 그리고 그것은 어스크 계곡이었음도 틀림없는 사실이다. 그 시골에서의 목가적인 삶이 『섬광의 부싯돌』은 쓰게 하는 데 가장 큰 영향을 주었다고 볼 수 있다.

이와 같이 본의 자연관은 자기가 태어나서 뛰어놀고 자신의 동심을 키워주면서 성숙된 삶을 만들어 주었던 고향의 자연 모습을 그대로 묘사해 주는 것으로부터 시작된다. 이러한 이유로 본이 일부의 비평가들에 의해 신비적이기보다 오히려 일반적인 자연예찬의 시인이라 불렸던 것이다. 그러나 이후에 그는 그 자연을 통해 내재된 존재로서의 신을 인간 스스로가 신앙적인 안목을 가지고 발견하기를 원하였고 신앙적인 의미를 시 속에 암시해 주기 시작했다고 보인다. 「재목」(The Timber)에서는 쓰러진 나무의 실제 자연적인 모습을 실사적으로 정교하게 묘사한다.

확실히 너는 한때 번성했었지! 여러 해 봄과,
수많은 밝은 아침이, 많은 이슬이, 여러 번의 소나기가
너의 머리를 지나갔었고; 지금은 죽었지만 수없는
가벼운 심장과 바람이 너의 살아 있는 정자에 머물러 있나니.
Sure thou didst flourish once! and many Springs,
Many bright mornings, much dew, many showers
Pass'd o'er thy head; many light hearts and wings,
Which now are dead, lodg'd in thy living bowers.

여기에서 한때는 아침의 햇살과 이슬 그리고 때맞추어 내리는 비로 인하여 푸름을 갖고 있었던 나무가 이제는 쓰러져 볼품없이 되어 버린 모습을 보여주는 것과 동시에 그 상황 속에서도 새로운 생명이 조금씩이나마 재생되고 있음을 자연의 시간 개념을 통하여 그려 준다. 이것은 죽은 나무에서의 신비적인 자연현상을 통해 인간의 죄에 의한 죽음과 회개를 통한 죄에서의 해방과 자유를 암시해 주고 있다고 볼 수 있다. 이 시를 비롯하여 그의 자연시 안에서 나타나는 작은 숲과 정자(groves and bowers), 언덕의 중턱(hillsides), 깨끗한 언덕(clear heights), 폭포(waterfalls), 시내(streams), 안개(mists), 구름(clouds), 소나기(showers), 광선(beams), 새(birds), 별(stars), 꽃(flowers), 비(rain), 무지개(rain - bow), 태양(sun), 돌(stone)과 같은 어휘들은 독특한 형태의 자연 경관을 묘사해 주는 시어들로 등장하고 있으며 이러한 자연의 모습을 통해서 그의 시는 가장 이상적인 세상을 설계하려 시도하고 있음을 알 수 있다. 한편 이 시어들을 잘 살펴보면 시인의 성서적 배경에 관련된 자연 경관의 모습을 볼 수 있다.

그렇기 때문에 그의 시에서 보여주는 자연의 모습은 에덴을 그리는 이상세계라고 정의할 수 있다. 「승천의 날」(Ascension – Day)에서 보면 그의 에덴을 그리는 자연의 묘사를 읽을 수 있다.

> 나는 모든 것이 에덴보다도 멋지고 신선하게
> 빛나는 베다니의 광야를 걷고 있다.
> 거긴 빛나는 세상, 일곱 번째 날에,
> 인간이 죄를 밖으로 가져오기 전에, 죄가 쇠하리라
> I walk the fields of *Bethany* which shine
> All now as fresh as *Eden*, and as fine.
> Such was the bright world, on the seventh day,
> Before man brought forth sin, and sin decay.

이 시에서 본은 성서적 배경을 통하여 에덴의 세계를 표현해 준다. 그가 그리는 이상세계로서의 에덴은 죄가 아직 생겨나지 않았던 어둠이 없고 빛으로 충만한 세계로 그려지고 있다. 이것은 그의 시가 궁극적으로 제시하려는 빛의 세계와 함께 그 세계로의 지향성을 보여주는 것이다. 「승천찬가」(Ascension Hymn)에서도 에덴의 세계는 다음과 같이 동일한 모습으로 묘사되고 있다.

> *에덴의*
> 영역 속에서
> 옛날 인간은
> 태양 빛과도 같이
> 모두 벌거벗은 채, 순수하고 밝게,
> 그리고 빛처럼 천국과 교제할 수 있었다.
> Man of old
> Within the line
> Of *Eden* could
> Like the Sun shine
> All naked, innocent and bright,

And intimate with Heav'n, as light.

여기서는 특별히 에덴의 인간을 주제로 그들의 삶이 자연과 얼마나 가깝게 근접되어 있고 그러한 자연의 근접을 통하여 인간이 얼마나 신의 세계와 밀접한 관계를 맺고 있는가를 보여준다. 에덴의 인간은 벌거벗은 상태에서 순전하고 때 묻지 않은 태양처럼 빛나는 자연 그대로의 모습을 간직하고 있으면서 신과 가깝게 지내고 있음을 알 수 있다. 본은 이렇게 인간이 신의 세계로 나아갈 것을 갈망하고 있음을 자연 속에서 나타나는 에덴의 비유적 표현을 통하여 구현하려 하였다.

한 가지 그의 자연 묘사에 있어 특이성이 있다면, 결코 그는 자연 그 자체의 표현에 있어서나 그 안에 있는 창조물들과 자연 경관에 이르기까지 거친 형상에 대한 표현은 그의 시 속에 그려 주지 않는 것이다. 그것은 시인의 가시권 안의 세계는 앞서 제시한 것처럼 모두 에덴의 이상세계였기 때문일 것이라 생각된다. 이는 성서의 배경을 갖고 있는 에덴의 세계가 부정적 이미지를 주어서는 안 되기 때문이다. 또 한 가지 그의 자연시 안에는 바다에 대한 표현이 거의 나오지 않는 것도 특징 중의 하나가 될 것인데, 이것은 그의 자연시가 고향 어스크 계곡을 배경으로 하고 있다는 것을 뒷받침해 주는 요소가 되고 있음을 보여주는 것이다.

본이 이렇게 자연을 묘사하는 것은 자연을 예찬하는 것에 머무르지 않는다. 그는 자연을 통해 인간이 살아가야 할 삶의 길을 예비하도록 교습하고 안내하려 하였다. 그의 교습은 두 가지 측면으로 받아들일 수 있는데, 그 첫째는 신의 창조물로서의 인간의 목적이 영혼의 쉼 없는 활동을 통해 그들의 신성했던 본래의 모습으로 돌아간다는 것과 피조물로서의 신을 찬양하는 것으로 볼 수 있다. 「새」(The Bird)에서는 자연을 통한 신의 찬양 모습이 그려진다.

> 그리고 이제 빛처럼 신선하고 유쾌한
> 그대의 작은 심장은 이른 찬가로서
> 신의 섭리를 노래했고, 그의 보이지 않는 팔이
> 그들을 구속했으며, 그대를 따뜻하게 잘 입혔다.
> 존재하는 모든 사물은, 그를 찬양한다; 그리고
> 처음 만들어졌을 때, 그들에게 교훈을 가르쳤다.
> And now as fresh and cheerful as the light
> Thy little heart in early hymns doth sing
> Unto that *providence*, whose unseen arm
> Curbed them, and clothed thee well and warm.
> All things that be praise Him; and had
> Their lesson thaught them when first made.

이 시에서 보면 신의 피조물로서의 인간이 어떻게 신으로부터 보호받고 있으며 그리고 어떻게 신을 찬양할 것인가를 보여주고 있다. 특별히 시인은 그 찬양을 심장으로 한다고 표현함으로써 표면적이 아니라 중심의 찬양이 되어야 함을 강조하고 있다. 여기서 등장하고 있는 심장을 통한 찬양은 허버트의 영향 중 하나로 보아야 할 것이다. 그리고 다시 시인은 신의 메시지를 전달해 주는 전달자로서의 새를 통하여 신의 피조물들이 해야만 되는 것들을 제시한다. 그는 모든 신의 피조물들은 신을 찬양해야 하며 그것을 모든 피조물들에게 가르쳐야 한다고 역설한다.

그리고 「거룩한 성경에게」(To the Holy Bible)에는 인간의 기쁨과 희망 그리고 평화의 대상이며 사랑의 표본이 되는 신의 절대성을 노래하면서 신에게 찬양의 기도를 드리고 있다.

기쁨, 그리고 평화, 소망과 사랑,
성령의 비둘기의 비밀스런 호의,
그녀의 소생시키는 친절, 미소 그리고 입맞춤,
고귀한 쾌감, 최고의 희열,
결실과 연합, 영광, 삶
당신께서 인도하시는, 그리고 계속된 쟁의
Gladness, and peace, and hope, and love,
The secret favour s of the Dove,
Her quickening kindness, smiles and kisses,
Exalted pleasures, crowning blisses,
Fruition, union, glory, life
Thou didst lead to, and still all strife.

　이 시 속에서도 시인은 인간이 신을 위하여 찬양드릴 수 있는 모
든 추상적 언어들인 기쁨과 평화와 희망과 사랑을 사용하여 찬양을
드리고 한편으로는 인간의 육체를 통해 표현할 수 있는 행동적인
어휘를 통하여 신에게 영광과 찬양을 드리고 있음을 볼 수 있다.
　둘째로는 인간에게 피조물로서의 순종과 질서를 가르치는 것이
다. 「인간」(Man)에서 보면 시인은 모든 생물들의 질서를 인간 생
활에 대입시키면서 피조물로서의 질서와 순종을 표현해 주고 있다.

이 낮은 곳에 거주하는 열등한 생물들의
견실함과 위엄의 무게를 헤아리면서,
이곳에서 주의 깊은 시계처럼 새들은, 소리 없이 지나는
날과 시간의 왕래를 구분하고,
이곳에서 벌들은 밤에 집으로 돌아와, 벌집으로 돌아가고
꽃들은 일찍, 그리고 늦게까지,
해와 함께 일어나서는 같은 침실에서 진다;

내 바라건대(나는 말하길) 나의 하나님이
이런 생물의 착실함을 인간에게 주기를 바라노라! 왜냐하면
이것들은 그의 신성한 계약에 언제나 집착하고, 어떤 새로운

일도 그들의 평화를 깨뜨리지 않기 때문이다;
새들은 파종도 추수하지 않지만, 먹고 마신다;
꽃들은 옷 없이 살지만,
솔로몬도 이처럼 화려한 옷을 입지 못했었다.
Weighing the steadfastness and state
Of some mean things which here below reside,
Where birds, like watchful clocks, the noiseless date
And intercourse of times divide,
Where bees at night get home and hive, and flowers,
Early as well as late,
Rise with the sun and set in the same bowers;

I would(said I) my God would give
The staidness of these things to man! for these
To His divine appointments ever cleave,
And no new business breaks their peace;
The flowers without clothes live.
Yet Solomon was never dressed so fine.

이 시에 등장하는 모든 생물들, 새와 벌과 꽃은 인간과 동일한
피조물로서 오히려 신의 섭리와 보호 속에 인간보다 우위적인 모
습으로 묘사되고 있다. 그것은 같은 피조물 속에 속해 있으면서
더욱이 인간보다도 열등하다고 생각하는 생물들이 인간들보다도
그들의 삶의 질서를 더욱 잘 지켜 나간다는 것이다. 본은 그러한
생물들이 순종과 질서를 통해 얻어내는 평화와 안락함을 인간의
삶 속에 비추면서 그런 착실함을 인간에게도 내려주기를 간구한다.
이러한 인간의 조건에 대한 인상적인 표현법을 통해서 본은 창조
의 섭리에 대한 자연관이 나타나는 시를 완성시킬 수 있었다고 볼
수 있다. 「별자리」(Constellation)에서도 예의 자연 속에 나타나는
질서와 순종의 모습이 그려지고 있다.

그럼에도 그는 당신의 *순종*과, *질서*와, *빛*을 찾고,
당신의 고요하고 잘 훈련된 비상도,
거기엔, 비록 영광이 일개의 별들과는 다르지만,
그럼에도 아직 평화가 있고 전쟁은 없는가?
But seeks he your *Obedience, Order, Light,*
Your calm and well-trained flight,
Where, though the glory differ in each star,
Yet is there peace still, and no war?

별에서부터 발산되는 빛을 통해 본은 자연의 내면적 현상을 노래해 주고 있다. 그가 묘사하는 별의 모습은 질서 있는 빛을 발하는 주체이며, 비록 각각의 별마다 간직하고 있는 영광스러움의 정도는 다를지 모르지만 거기에는 아직도 순종과 질서를 통하여 자연이 제공하는 평화와 안정이 있게 된다. 이것이 결국 지상세계를 밝히는 요소로 등장하면서 천상세계의 모습을 암시해 준다.

마지막으로 자연에 대한 본의 태도에서 생각해 볼 수 있는 것은 그의 시 속에서 나타나는 인간의 자연으로부터의 배움이라고 하는 것이다. 이러한 자연을 통한 배움이라는 겸허한 자세가 바로 그의 자연관의 기본이며 그의 종교적 신앙의 근간이 되고 있다고 볼 수 있다. 그는 자연 속의 모든 생물들을 신과 연관 지어 생각해 볼 때에 인간보다도 신에게 더욱 가까운 존재라고 보았으며 반면에 인간이란 신과 분리되어 살아가면서 망각의 삶을 살아가는 존재로 보았던 것이다. 그래서 그는 자연을 인간의 선생으로 보고 있다고 더(R. A. Durr)는 "정말로, 그들 자연은 그의 선생이었다."고 설명한다. 「폭풍」(The Tempest)에서는 자연이 인간보다 신과의 관계에 있어 더욱 가깝게 나타나고 있음을 보여준다.

여기 모든 사물은 그에게 천국을 보여준다; 떨어지는 물은
꾸짖으며 날아오른다. 타락한 포말의 안개가
그들의 첫 침상과 산을 중지시키고, 나무와 풀과 꽃 모두는
계속 상향을 분투한다. 그리고는 집으로 가는 방향을 알려준다.
All things here show him heaven; water that fall
Chide, and fly up; mists of corruptest foam
Quit their first beds & mount; tree, herbs, flowers all
Strive upwards still, and point him the way home.

　자연 속의 모든 생물은 인간이 생각하지 못하는 천상세계를 바라
보고 그곳으로의 지향성을 늘 간직하고 있음을 보여주고 있다. 시인
은 자연을 보면서 인간이 만들어 내지 못하는 자연의 경이로운 현
상을 찬양하면서 그것들만이 가질 수 있는 자연의 힘이 곧 하늘의
세계를 바라볼 수 있는 힘으로 보았다. 이러한 이유를 들어 시인은
인간들이 자연을 통해서 습득해야 할 지혜란 바로 모든 자연 속의
생물들이 지향하는 천상세계의 지향성이라고 정의해 주고 있다.
　본의 신비적 자연관의 중심은 자연의 표면을 보면서 그 이면에
도사린 신의 섭리를 보는 것이라고 강조한 바 있는데, 이러한 신
의 이면을 볼 수 있는 방법이 그의 시에서 나타나는 '마스크'이론
이다. 이것은 천상세계와 지상세계를 분리시켜 주고 신과 인간의
관계를 단절시킨다는 일차적인 의미와 더불어, 신의 세계는 자연을
통해 밝혀지는데 표면적인 형상을 가지고는 그것을 발견해 낼 수
없는 것이나, 그것의 기본적인 개념의 파악과 진실을 알기 위해서
는 신의 가면인 자연의 내면을 보아야 한다는 이차적인 의미를 지
니고 있는 이론이다. 본의 시 전체를 놓고 볼 때, 그의 시가 자연
의 묘사 하나만을 그려 주고 있다고 생각할 때는 자연의 표면적인
의미만을 가지고 해석할 수도 있다. 이에 대해서 헬렌 화이트는

그의 시에서는 자연의 세세한 면의 표현은 거의 나타나고 있지 않고 자연의 일반적인 면모나, 아니면 폭넓은 관점에서 자연을 그려주고 있다고 주장한다. 그렇기 때문에 그의 시에서의 자연은 은유적이거나 도해적 설명에 의해야 한다고 보는 것이다. 이것은 곧 그의 시를 표면적으로 이해하거나 또는 외형적인 자연의 모습만을 가지고 해석해서는 안 된다는 말과도 일맥상통하는 것이다. 본의 시를 신비적인 관점에서 해석하고 이해하려는 것도 바로 이러한 그의 시를 표면적으로 이해해서는 안 되며 그 안에 내재된 가려진 부분을 파악해야 한다는 것에서 출발되는 것이다.

2 본의 인간관

본의 자연관과 가장 밀접하게 관련지어 생각해 볼 수 있는 것이 그의 인간관에 관한 관점이다. 이것이 그의 우주론적인 시 속에서 다루어질 때는 인간이 있어야 할 자신의 자리를 잃어버리고 그 세계에서부터 떨어져 나왔다는 것을 전제로 한다. 그러나 그의 이 자리를 잃었다는 것과 그 세계로부터 추방되었다는 것은 인간의 완전한 타락이라는 의미보다는 단지 일시적인 버림을 받았다는 것으로 간주되는 것이다. 이것은 다시 그 자리로 복귀할 수 있는 가능성을 제시해 주는 깊은 의미를 내포하고 있다. 「무질서와 덧없음」(Disorder and Frailty)에서는 이러한 인간관에 입각하여 신과의 관계가 끊어짐으로써 실낙원하는 모습과 그리스도를 통한 은혜와 구원의 의미를 보여주는 시로서, 인간 영혼이 신의 세계를 인지하는 것을 완성하는 것과 영혼이 지향해야 할 곳이 어디인가를 알아내는 시인의 모습이 다음과 같이 그려지고 있다.

> 당신께서 처음 그 무덤과 어둠의
> 벌레로부터 나를 불러내었을 때에
> 나의 야만적인 혼과, 당신의 헌신자는
> 당신 자신이 될 것입니다. 안내와 탐색으로;
> 바로 그 시간으로부터
> 당신은 내 마음을 소유하고 바람과
> 작은 추위에 흔들거릴지라도,
> 나는 수척하고 위축되어
> 당신과 나의 연결 고리를
> 부수게 됩니다: 오래된 침묵과,
> 죽음 같은 잠 속으로 수시로 기어가고
> 그 모든 오랜 날들의,
> 당신의 항해를 멈추게 되지요
> 그러나 확실히 나의 주시여, 당신을 가장 사랑합니다.
> 아하, 당신의 사랑이여
> When first thou didst even from the grave
> And worm of darkness beckon out
> My brutish soul, and thy slave
> Becam'st thy self, both guide, and scout;
> Even from that hour
> Thou gotst my heart; and though here tossed
> By winds, and bit with frost
> I pine, and shrink
> Breaking the link
> 'Twixt thee, and me; and ofttimes creep
> Into the old silence, and dead sleep,
> Quitting thy way
> All the long day,
> Yet, sure, my God! I love thee most.
> *Alas, thy love*!

이 첫째 연에서 보면 인간의 원죄에 의해 인간과 신과의 관계가 단절됨을 볼 수 있다. 이것이 바로 시인이 보고 있는 인간의 있어야 할 자리로부터의 추방인 것이다. 그러나 신플라톤사상에 의해 다시 그 자리로 복귀할 수 있기 때문에 신과 인간의 관계는 다시 회복될 수 있을 것임을 시사해 주고 있다. 그리하여 마지막에 가서는 "그러나 확실히 당신을 가장 사랑합니다."라고 노래하여 주는 것으로 미루어 볼 때 인간이 취해야 할 신에 대한 기본적인 태도에는 변함이 없음을 보여주고 있다.

둘째 연에서는 플라톤주의의 제1 과정인 천상세계에서 지상세계로 떨어져 나오는 하강을 의미한다. 첫 행의 "나는 천국을 위협했다."의 상태는 인간으로서의 시인의 정신적인 상태가 지상적인 삶에 의해 연약해져 있음을 보여주고 있는데, 이것은 시인의 육체를 의미하는 '흙의 세포'가 연약해져 있는 상태와 혼재된 양상으로 나타나면서 지상세계의 침체된 모습을 보여주고 있다. 그래서 시인은 마지막에 "*아하, 부서지기 쉬운, 잡초여*"라고 자조적인 노래를 부르게 된다. 그러면서도 시인은 '불과 호흡'이라는 구원의 암시와 은혜를 보여주고 또한 그리스도의 구원의 희생을 "당신의 피는/역시, 나의 이슬입니다."라고 표현함으로써 지상적 삶 속에서도 구원의 암시성이 계속 그려지고 있다. 그러면서 시인은 지상의 꽃은 떨어져 나갔지만 뿌리는 지하에 남게 된다는 은유를 통하여 육체는 타락했어도 영혼의 건전함이 인간을 구원에 이르게 하는 요소임을 설명한다.

    그러나 지하로 숨은
    벌거벗은 뿌리가 타락에서 소생한다.

아, 덧없는 잡초!
But the bare root
Hid under ground survives the fall
Alas, frail weed!

계속해서 시인은 인간 영혼의 상승 목표로서 태양을 생각한다. 이것은 플라톤주의에서 기인한다고 볼 수 있는데 인간이 간직하고 있는 나약한 빛에 대한 역설적 진로를 보여주고 있다고 생각한다. 여기에서 태양은 둘째 연에서 등장한 불의 이미지와 연결시키는 역할은 물론 앞으로 나오게 될 불과 씨앗의 이미지로 나아가려는 전제적인 역할도 함께 내포하고 있다.

넷째 연은 시인의 은혜를 갈구하는 기도문이다. 이것은 인간이 갖고 있는 나약한 불은 신이 날개를 주지 않는 한 계속 나약한 존재로 남을 수밖에 없는 것이다. 그리하여 시인은 신의 구원의 날개를 내려 달라는 간구의 기도를 드리게 된다. 여기에서 본의 인간관이 그려 주는 중심적인 모형이 나타나고 있다. 그것은 인간은 본래 그 내면 속에 신의 '불과 씨'를 이미 갖고 있다고 하는 것인데 다만 시인은 인간이 그것들을 신의 세계로 향하는 데 제대로 사용하지 못하고 있음을 안타까워하는 것임을 알 수 있다. 그렇기 때문에 시인은 신의 은총이 절실히 요구됨을 인정하면서 구원을 희구하고 있는 인간의 모습을 다음과 같이 묘사하고 있다.

오, 현재는! 그러나 나의 불에 날개를 주어
그리고는 내 영혼을 부화시킨다. 그것이
당신이 있는 그곳, 당신의 별들 사이로,
약함을 뛰어넘어, 날아올라갈 때까지.
O, is! but give wings to my fire
And hatch my soul, until it fly

Up where thou art, amongst thy tire
Of stars, above infirmity.

　시인은 나약한 존재인 자기의 영혼이 깨어지고 신이 내려주는
날개를 통하여 천상세계로 갈 수 있기를 강하게 희망하고 있음을
알 수 있다.
　「세상」(The World)에서의 인간의 형상은 지상적인 것만 추구하
는 인간의 모습이 천상세계와 대조적인 측면에서 묘사되고 있다.
사실상 이 시는 본 자신이 왕을 옹호하는 편이었기 때문에 내란의
승리자인 올리버 크롬웰을 빗대면서 인간의 욕망과 그 죄로 인한
어둠 속의 삶을 선호하는 모습으로 그려 주고 있음이 주목된다.

　　중압과 비통에 매달린 채 시커먼 정치가가
　　짙은 한밤의 안개처럼, 거기서 매우 천천히 움직였는데,
　　그는 머무는 것도 가는 것도 아니었다;
　　비난받는 생각들이, (슬픈 일식처럼), 그의 영혼 위에
　　잔뜩 얼굴을 찌푸리고,
　　밖에서 울부짖는 증거의 구름들이
　　일제히 함성을 지르며 그를 추격했었다.
　　그러나 그 두더지는 땅을 파고서, 그의 길이 들킬까 봐,
　　지하에서 일했다.
　　거기서 그는 먹이를 잡았다. 그러나 오직 한 분은
　　그 술책을 보았다.
　　The darksome statesman, hung with weights and woe,
　　Like a thick midnight fog, moved there so slow
　　He did nor stay, nor go;
　　Condemning thoughts, (like sad eclipses) scowl
　　Upon his soul,
　　And clouds of crying witness without
　　Pursued him with one shout.
　　Yet digged the mole, and lest his ways be found,

Worked under ground,
Where he did clutch his prey, but one did see
That policy.

여기에서는 당시의 정치 사회적인 배경도 보이고 있는데 이를
통하여 인간이 만들어 놓은 세상 속에 인간의 존재는 어떻게 되고
있는가를 알 수 있다. 여기에 등장하는 '시커먼 정치가'는 왕을 퇴
위시키고 공화정부를 수립했었던 올리버 크롬웰을 지칭한 것인데
그의 모습은 시대에 눌려서 비통해하는 모습으로 그려지면서 어둠
의 이미지로 표현되고 있다. 그의 생각 속에는 온통 악으로 물들
여진 생각뿐이다. 그리고 그는 세상적인 의미만을 간직한 채 살아
가는 인물로 묘사되고 있으며 다른 한편으로는 당시의 시대에 의
해 도전받고 있는 모습으로 묘사되고 있다. 그러면서 시인은 그와
동일한 삶을 살아가는 인간들이 하늘의 세계를 망각한 채 세상적
인 두려움만을 간직하고 살고 있음을 다음과 같이 그려 준다.

> 녹의 더미 위에 앉아서 끔찍스런 구두쇠는
> 평생을 번민 속에 보내며 앉아 있었고, 그 먼지를
> 그의 손에 거의 맡기지 않았었다.
> 그러나 하늘에 한 푼도 투자하지 않고, 도적들에 대한
> 공포 속에서 살고 있었다.
> 거기엔 그 사람처럼 미친 자가 수천 명이나 있었다
> 그리고 각자 그의 돈을 껴안고 있었다.
> 철저한 향락주의자는 감각 속에 천국을 두었고
> 겉치레를 멸시했었다;
> 한편 과도한 부절제에 빠져버린 다른 사람들도
> 이에 못지않은 폭언을 퍼부었다.
> The fearful miser on a heap of rust
> Sat pining all his life there, did scarce trust
> His own hands with the dust,

Yet would not place one piece above, but lives
In fear of thieves.
Thousands there were as frantic as himself
And hugged each one his pelf,
The down – right Epicure placed heav'n in sense
And scorned pretence
While other slipt into a wide Excess
Said little less.

위의 시에서 보면 하늘에 소망을 두지 않는 지상적 인물의 표본이 그려지고 있다. 그러한 모습은 현실 안주의 인물과 현실만을 즐기자는 것으로 표현되고 있다. 그러나 신의 세계에다 소망을 쌓아 두면 세상적인 두려움과 걱정이 없음에도 불구하고 가련한 인간은 지상에 소유를 쌓아 두고 도적을 걱정하고 두려워하고 있는 것이다.

계속해서 시인은 인간의 모습을 천상을 좋아하기보다는 지상을 선호하고 있으며, 빛을 원하기보다는 어둠을 좋아하는 삶을 살아가고 있음을 자탄조의 말로써 부르짖는다. 이것은 그런 삶을 사는 인간들이 어리석은 삶에 대하여 깨닫기를 호소하는 하나의 외침과도 같은 것이라 볼 수 있다.

오, 바보들이여! (나는 말했다) 이렇게 참다운 빛보다
어두운 밤을 더 좋아하다니,
암굴과 동굴에 살면서, 길을 보여준다 하여
햇빛을 싫어하다니,
이 죽음의 어두운 거주지로부터 신에게로
인도하는 길과
당신이 태양을 짓밟고, 태양보다
더 밝을 수 있는 길을.
그런데 이렇게 내가 그들의 광기를 논했을 때

한 분이 이렇게 속삭였다;
이 반지를 신랑은 그 누구를 위한 것이 아니요
그의 신부를 위한 것이라고
O fools! said I, Thus to prefer dark night
Before true light!
To live in grots and caves, and hate the day
Because it shows the way,
The way which from this dead and dark abode
Leads up to God,
A Way where you might tread the sun and be
More bright than he.
But, as I did their madness so discuss,
One whispered thus:
This ring the bridegroom did for none provide,
But for his bride.

　본의 신비적인 안목은 지상세계를 어둠의 세계로 보면서 동굴
속에 거하면서 신의 빛을 거부하는 인간의 무지함을 한탄하고 있
다. 그러나 항상 그의 신비적인 명상 가운데 나타나는 그 이면의
암시적인 의미는 역설적인 방향으로 주장되는 것이 대부분이다. 여
기에서는 자신의 주관적인 안목이 신의 의도와는 반대적인 것임을
결론적으로 말해 주고 있다. 자기의 인간적인 안목으로 볼 때 인
간 모두는 세상적인 삶을 탐하는 죄악과 어둠을 더욱 좋아하여 그
안에서 살아가려 하는 삶의 방식 때문에 마땅히 죽을 수밖에 없는
존재이지만, 그러나 신의 측면에서 보자면 인간은 그 어느 누구를
막론하고 영원의 세계에 갈 수 있다는 것을 제시해 주고 있다. 여
기에서 반지(ring)는 영원세계 즉, 천상세계를 말하고 있으며 그곳
으로 가려고 준비한 사람이라면 신은 누구를 막론하고 그런 기회
를 제공하고 있음을 보여주고 있다.

「인간」(Man)에서 그려지는 인간도 천상세계를 잊고 사는 것으로
나타나고 있다. 그러면서 자신들의 영혼의 고향을 망각하고 사는
인간에 대해서 본은 무생물의 최하위에 있는 돌보다도 더욱 하위
에 인간의 자리를 두고 있다.

> 그는 자기가 집이 있었음을 알지만, 그곳이 어디인지 모른다;
> 그 집이 하도 멀어
> 어떻게 가는지를 까맣게 잊었다고 그는 말한다.
>
> 그는 모든 문을 두드리고, 길을 잃고 헤맨다.
> 아니 그는 돌들이 지닌 만큼의 지혜도 갖고 있지 못하다.
> 그 돌들은, 창조주가 준 감춰진 감각으로
> 캄캄한 밤에 그들의 고향을 찾아낸다;
> 인간은 북이다. 탐색하며 돌아다니고
> 베틀 속을 왕래하는,
> 신이 움직이도록 명령했지만, 휴식은 정하지 않는.
> He knows he hath a home, but scarce knows where;
> He says it is so far
> That he hath quite forgot how to go there.
>
> He knocks at all doors, strays and roams,
> Nay, hath not so much wit as some stones have,
> Which in the darkest nights point to their homes,
> By some hid sense their Maker gave;
> Man is the shuttle, to whose winding quest
> And passage through these looms
> God ordered motion, but ordained no rest.

본향을 잊어버린 인간의 방황하는 모습을 무생물의 최하위에 있
는 돌과 비교하면서, 돌은 그래도 창조의 원리에 따라 창조주와
감각적인 교류가 있는데도 불구하고 인간에게는 그러한 감각조차
없이 무질서하게 그 세계를 찾아 베틀 속을 오가는 북으로 표현하

고 있다. 그렇지만 여기에서도 한 가닥 신의 구원의 섭리를 통한 희망이 암시적으로 표현되고 있음을 '신이 움직이도록 명령했다'의 시어로 알 수 있다. 이와 같이 그의 인간관에서 보여주는 기본적인 개념은 지상세계 속에서 살아가고 있는 인간의 삶이 천상세계를 망각하면서 죄로 물들여져 어둠을 선호하는 삶을 살아가고 있지만 신의 은총은 인간을 그들의 본향으로 돌아가게 하려는 의도하에 있음을 보여주고 있다.

3 세상과 천국

본이 자연신비주의 시인이라 명명될 수 있었던 시적 배경은 앞서 제시하였던 그의 종교적 전환에서 나타난 여러 가지의 영향과 스스로의 명상을 통해서 얻어낸 자연 관조의 비범성이 그의 시의 골격을 이루고 있는 것에서 기인하는 것이라 보는 견해가 지배적이다. 그리고 또 한편으로는 그의 시의 여러 곳을 통해서 나타나는 종말회귀사상에서 기인한다고 보는 견해가 주된 관점이다. 이미 앞의 장에서 신비주의 시의 발전 과정과 자연신비주의 이미저리를 살펴보면서 그의 시를 통해 나타나는 죽음의 모형이 어떠한 의미로 변해 가는가를 살펴보았다. 그렇다면 그의 시적 사상 속에 가장 깊게 자리잡고 있었던 종말회귀사상과 그 의미가 그의 자연신비주의시에서 나타나는 자연의 모습과 죽음의 과정을 거쳐 신의 세계로 돌아갈 수 있음을 보여주는 자연신비주의의 관점에 있어서 어떠한 의미로 작용하고 있는가를 알아볼 필요가 있을 것이다.

본의 시 중에서도 천상세계와 지상세계의 관계를 자연신비주의적인 입장에서 밀도 있게 표현한 시들은 종말회귀사상에 영향받은 것들이 대부분이다. 세속시를 비롯하여 초기 종교시 속에서도 이러한 사상이 다분히 나타나고 있으며 시의 전개 과정을 통해 점진적으로 그 깊이를 더해 가고 있음을 알 수 있다. 물론 몇몇의 비평가들은 그의 시 속에서 이 사상의 비중을 그리 크게 두지 않으려 한다. 페팃의 경우 본의 걸작 시에서 나타나는 영향에 대하여 일부는 수용하면서도 그렇게 커다란 영향은 주지 못했다고 주장하면서 "시인으로서의 본은 종말회귀사상이나 그 아이디어에 있어 큰 영향은 받지 않은 것 같다. 그는 종말회귀사상보다는 오히려 허버트나 성서에 대해 더 많은 영향을 받았다고 보아야 할 것이다."라고 말하고 있으며, 또한 "그의 시 중에서도 주목할 만한 시들은 종말회귀사상을 아주 적게 보여주고 있다는 데에서도 이를 반증할 수 있다."라고 평가하고 있다. 그러나 일반적으로 대부분의 본의 비평가들은 그의 시에서 나타나는 이 사상에 대해 긍정적인 시각을 보여주고 있다. 앨런 러드럼(Allan Rudrum)은 종말회귀사상이 본의 시에 있어서 사상의 깊이를 더욱 깊게 해 주면서 성숙한 면의 시를 만드는 데 영향을 주고 있음을 다음과 같이 설명하고 있다.

> 본에 있어 종말회귀사상은 사실 그의 걸작 중에 있어 사상의 형성이나 또는 성숙한 시적 모형을 보여주는 데 매우 넓게 영향받았다고 보인다.

그는 그 사상의 영향이 본의 자연신비주의시 중에서도 걸작이라고 볼 수 있는 시에 있어 사상의 틀을 형성해 주었을 뿐 아니라

성숙한 시적 모형을 만들어 내는 데 폭넓은 영향을 미쳤다고 주장
한다.

여기에서 종말회귀사상의 본에 대한 영향에 있어서 한 가지 생
각해 보아야 할 부분이 있다. 그것은 비록 그가 이 사상에 영향을
받았다고는 해도 그의 시 속에 기본적으로 담고 있는 시적 사상은
기독교적인 것에 바탕을 두고 있다는 사실이다. 그는 이 사상에
의해 영향은 받았지만 그 사상을 갖고 시를 쓴 것이 아니요, 이를
기독교적인 면으로 변화시켜 기독교적인 입장으로 시를 썼다는 것
이다. 그렇기 때문에 그의 시에서 나타나는 시적인 사상의 영향은
잠재의식적이라 보는 것이 좋겠다. 이와 같이 그의 시 속에 잠재
의식적으로 내재해 있는 종말회귀사상의 영향에 의해 본이 바라본
신비적 자연관의 관점은 천국에 관한 관점, 그리고 그를 통해 궁
극적으로 그의 시가 지향하는 죽음의 역설을 통한 천상세계의 복
귀를 들 수 있다.

본의 시에서 그려지고 있는 종말회귀사상에 근거한 천국에 대한
관점은 크게 두 가지로 나누어 생각해 볼 수 있는데, 첫째는 천상
세계의 지향성에 관한 논의이고, 두 번째는 그 천상세계의 상황에
관한 논의이다. 먼저 지향성에 관한 논의에 있어 생각해 보고자
하는 것은, 이 사상에서 주장하는 인간 영혼의 선 존재 이론에 해
당되는 것이다. 이에 따르면 인간은 본래 신의 세계에서 살았었는
데, 잠시 지상세계로 육체를 입고 나왔다고 주장하면서 다시 그
세계로 되돌아가야 한다고 강조한다. 이 이론은 신플라톤사상에 기
본을 둔 관점이다. 이에 대해서 콕스(J. Cox)는 본의 종교적 직관이
그의 신플라톤사상에서 기인한다고 보면서 "본의 종교적 직관은
신 플라톤 사상의 폭넓은 전통에 속해 있다."고 평가하고 있다. 이

관점은 역설적인 의미로 받아들여질 수 있는데, 그 안에는 유아에 관한 의식이 관련을 맺고 있으면서 후퇴라는 시어를 선택하여 천국을 희구하는 인간 영혼의 모습을 그려 주고 있다. 이러한 관점에서 볼 때 이 영혼의 선 존재 이론은 그의 시가 궁극적으로 바라보고 있는 천상세계의 지향성에 대해 역순적인 방향을 제시하는 것이라 생각할 수 있다. 본이 유아기를 영혼의 선 존재설과 동일 선상에 올려놓은 것은, 전진을 통한 천상복귀보다는 후퇴를 통한 영혼의 이전 천상세계 존재의 상태로 돌아가는 회귀가 더욱 현실적이고 이해하기 쉬울 것이라는 관점에서 출발된 것이다. 그렇기 때문에 그의 영혼의 선 존재설사상의 중심은 유아를 통해 영혼의 세계를 인식하는 것으로 집약시킬 수 있을 것이다. 「후퇴」(The Retreat)는 유아적 관점에서 천국회귀의 방법을 가장 적절하게 표현해 주는 이 이론의 대표적 시이다.

> 행복하였어라 저 어린 시절이여! 내가
> 천사의 동심으로 빛났을 그때에!
> 두 번째의 여행길로 정해진
> 이곳을 내가 이해하기 전에,
> 또는 내 영혼에게 하얀 천상의 생각
> 이외의 것을 상상하도록 가르치기 전에.
> Happy those early das! When I
> Shined in my angel infancy.
> Before I understood this place
> Appointed for my second race,
> Or taught my soul to fancy aught
> But a white, celestial thought;

이 시가 천상세계로 돌아가고자 하는 회귀사상을 보여준다고 생각해 볼 때 그 의미 안에는 이미 천상세계의 삶이 전제되어 있음을 알 수 있다. 그것은 첫 행에서 '행복했던 어린 시절!'로 표현되고 있으며, 그 세계의 삶이 행복하고 평안이 있는 세계임을 알 수 있게 해 준다. 그리고 그것이 '나의 언제'(When I)라는 시점으로 연결되면서 세 가지 관점으로 설명되고 있다. 첫째로는 지상세계로 오기 전의 천상세계의 삶을 그려 주고 있다. 이것을 다르게 표현해 본다면 본의 영적유아관이라 생각할 수 있다. 그리고 다음으로는 신을 바라보면서 살던 그 세계로부터 떠나옴을 보여주고 있으며 마지막은 그의 천국지향의 절정을 보여주고 있는데, 비록 영혼은 육체를 입고 지상에 내려왔지만 아직도 죄악이 만연되고 어두워진 세상인 '속박의 세계'에는 물들지 않았음을 그려 주고 있다. 이것이 바로 본이 주장하는 영혼 선 존재로서의 유아관이 보여주는 중점적인 포인트가 된다. 인간이 천상에서 떨어져 나왔다 할지라도 아직 지상의 때가 묻지 않았으며 천상과 같은 상태는 아니더라도 다만 그것과 유사한 삶을 지향하면서 살아가고 있는 것을 보여주고 있는 것이다. 한편, 인간의 신의 세계 속에서의 삶의 모습이 점점 약화는 되고 있지만 영원의 세계를 바라보고 싶은 욕망은 변하지 않았음도 보여준다는 사실이다. 이러한 의미는 앞서 제시한 인간관에서의 우리 인간의 삶의 형태가 비록 타락하여 지상세계로 떨어져 나오고 죄 속에 머물러 살아가고 있지만, 영혼세계의 인식과 그 세계로의 지향성을 보여주고 있는 상황과 동일한 의미를 갖고 있음을 알 수 있게 된다.

그 안에서 한결 약해진 영광이
영원의 몇몇 그림자들을 엿볼 수 있었을 그때에;
And in those weaker glories spy
Some shadows of eternity;

그러면서 시인은 인간이 얼마나 영원 세계를 회상하며 그 세계로 돌아가고 싶어 하는가를 그려 주면서, 결론적으로 전진도 천상 세계로의 회귀를 이룰 수 있지만 본래의 상태로 되돌아가는 것도 천상회귀의 방법이 될 수 있다는 것을 역설적인 방법으로 묘사해 주고 있다.

오 얼마나 나는 거꾸로 여행하고 싶은가,
그리고 다시 저 옛 여로를 밟고 싶은가!
그리하여 다시 한 번 저 들판에 다다랐으면,
맨 처음 내가 나의 영광스런 행렬을 떠났었던 곳,
그곳으로부터 개화된 혼은
저 그늘진 종려나무의 도시를 본다;
그러나 (아!) 너무 긴 머무름으로 내 영혼은
술 취하여 도중에서 비틀거리는 도다.
어떤 사람은 전진을 사랑하지만
나는 뒷걸음으로 움직이고 싶다.
그리하여 이 흙이 유골 단지로 떨어질 때
내가 왔었던 상태로 되돌아가고자 한다.

O how I long to travell back
And tread again that ancient track!
That I might once more reach that plaine,
Where first I left my glorious traine,
From whence th'Inlightened spirit sees
That shady City of palme trees;
But (ah!) My soul with too much stay
Is drunk, and staggers in the way.
Some men a forward motion love,
But I by backward steps would move,
But when this dust falls to the urn
In that state I came return.

　　결론부분에서 본은 신의 세계에서 살던 인간이 지상세계로 내려오고 지상세계에서 잠시 머물다가 다시금 그 세계로의 복귀를 희망하게 되는데 어떤 사람은 전진을 통해서 이를 이루려 하나 후퇴를 통해서도 이루어질 수 있음을 보여준다. 이러한 「후퇴」에서 보여주는 천국 회귀의 열망에 대해 크로이저(Kreuser)는 "이 시는 사람들이 생활 곳에서 끊임없이 지향하고 있는 천국 삶에 대한 생각으로 이루어졌으며, 그 제목에는 시인의 천국으로의 회귀를 열망이 잘 드러나 있다."라고 설명한다. 그러므로 이 시는 인간이 천국적인 삶으로 되돌아가는 것이 인간 삶의 궁극적 목표가 되고 있음을 시의 중심적인 주제로 설명하고 있다고 볼 수 있다.

「후퇴」에서 보여준 인간 영혼의 본향으로의 복귀를 희망하는 영혼의 선 존재설사상은 「타락」(Corruption)에서도 비슷한 면으로 엿볼 수 있다.

> 확실히 그것은 그러했었다. 초기 시대의 인간은
> 모두 돌도, 그리고 흙도 아니었고,
> 그는 별로 빛나지도 않았고, 저 약한 광선에 의해
> 그의 탄생을 엿보았다.
> 그는 머리 위의 천국을 보았고, 어딘가로부터
> 이리로 (선고받아) 왔다는 것을 알았다.
> Sure, It was so. Man in those early days
> Was not all stone, and Earth,
> He shin'd a little, and by those weak Rays
> Had some glimpse of his birth.
> He saw Heaven o'r his head, and knew from whence
> He came (condemned) hither······

이 시에서는 자신이 어느 곳에서부터 왔는가를 인식하고 있는 인간이 자신의 영혼의 고향인 천상세계를 떠나와 지상세계에 머물면서 그 세계를 바라보고 그리고 그 세계를 열망하며 살아가고 있음을 그려 준다.

그러면 천국관에서 나타나는 천국의 상황은 어떻게 그려지고 있는가를 알아볼 필요가 있을 것이다. 「평화」(Peace)에서 보면 별 저너머에 있는 신의 세계는 우리의 구원자가 계시고 평화의 꽃이 자라나는 곳으로 묘사된다.

> 내 영혼이여, 별 저 너머에
> 모두들 전쟁에 능숙한,
> 날개 돋친 초병들이 서 있는
> 나라가 있다.
> 거기 소음과 위험 위에 감미로운
> 평화가 미소의 관을 쓰고 앉아 있고
> 구유에서 태어난 분이
> 아름다운 병사에게 명령하신다.
> My soul, there is a country
> For beyond the stars,
> Where stands a winged sentry
> All skillful in the wars.
> There, above noise and danger,
> Sweet peace sits crowned with smiles,
> And one born in a manger
> Commands the beauteous files.

위의 시에서는 천상세계에 삼위일체 신이 존재하고 있음을 그려준다. 본의 자연신비주의적인 안목에 의하면 신의 세계에는 달콤한 평화(Sweet peace)로 대변되는 성부와, 구유에서 태어난(Born in a manger) 인물로 나타나는 성자의 존재 그리고 날개 달린 초병(winged sentry)으로 나타나는 성령의 실체가 있음을 보게 된다. 이러한 삼위의 신의 존재는 「삼위일체-일요일」(Trinity-Sunday)에서도 천국의 모습을 동일하게 묘사해 주면서 그려지고 있다.

오 거룩하고, 축복과, 영광의 삼위,
천상에 존재하는 영원한
증인이신, 삼위 중 하나의 신!
O holy, blessed, glorious three,
Eternal witnesses that be
In heaven, One God in trinity!

한편, 본은 삼위일체의 존재에 대하여 성스럽고 축복을 주시며 영광을 받으실 분이라 찬양하면서 긍정적인 시어를 선택하여 천국의 모습을 표현하고 있다. 천국의 모습은 이미 자연신비주의 이미저리를 다루면서 본 바와 같이 빛의 이미지가 그 대표적인 표현이라 볼 수 있지만 그 외에도 아름다운 병졸(beauteous files), 순수한 사랑(pure love), 평화의 꽃(flower of peace) 그리고 거룩함(holy), 축복받은(blessed), 영광(glorious)과 같은 시어를 사용하고 있음을 알 수 있다. 그러나 천국관에 관한 가장 중요한 시각은 바로 인간들이 다시금 돌아가야 할 인간영혼의 뿌리가 있는 곳이라는 설정이다.

본의 자연신비주의시에는 그 배경에 깔려 있는 허버트의 『성전』에서의 영향과 종말회귀사상에서 기인하는 신비적인 감각, 그리고 나름대로 독창적인 수법을 갖고 자연을 관조함에 의해서 얻어낸 이미저리를 통해 구축해 놓은 천상세계와 지상세계가 적절히 대조되고 있다. 「세상」(The World)에서는 천상세계와 지상세계의 대조적인 모습을 시간과 공간의 개념을 통해서 다음과 같이 묘사해 주고 있다.

어젯밤 나는 영원을 보았다.
순수하고 무한한 빛의 커다란 반지 같은
밝았던 것만큼 아주 고요한,
그리고 그 아래에서 회전하며, 시간, 일, 연으로 시간은
천체들에 의해 조종되어,

세계와 그 추종자들이 내던져진 곳에서
거대한 그림자처럼 움직였다;
기이한 긴장 속에 사로잡힌 사랑에 빠진 연인은
거기서 불평했었다.

I saw eternity the other night
Like a great ring of pure and endless light
All calm as it was bright;
And round beneath it, Time, in hours, days, years,
Driven by the spheres,
Like a vast shadow moved, in which the world
And all her train were hurled;
The doting lover in his quaintest strain
Did there complain;

여기서 본은 그의 빛과 어둠의 이미지를 원용하면서 두 세계의 대조를 잘 보여주고 있다. 그가 보고 있는 천상의 세계는 영원의 세계이고, 끝없이 비추어 주는 빛만이 있는 고요와 질서가 확립된 곳으로 표현되고 있다. 이에 대비되는 지상의 세계는 시간에 의해 제약을 받는 세계이면서 어둠으로 덮여져 있는 무질서와 불평으로 만연되어 있는 세계로 묘사된다. 안토니 로우는 「세상」에서 나타난 두 세계를 대조적 관점에서 보면서, 이 시의 첫 행에서부터 '시간의 어두운 그림자'(Dark shadow of the time)와 '영원의 완전한 빛'(A perfect light of eternity)을 그 대표적 주제어로 지적해 준다.

본의 지상적인 삶에 대한 시각은 불안정하고 천상세계를 망각한 채 지상세계의 삶을 더욱 즐겨하면서, 신과 격리된 삶을 영위하는 희망을 잃은 상황으로 보고 있다.

오 바보들이여! (나는 말했다) 이렇게 참다운 빛보다
어두운 밤을 더 좋아하다니,
암굴과 동굴에 살면서, 길을 보여준다 하여

햇빛을 싫어하다니,
O fools (said I) thus prefer dark night
Before true light.
To live in grots, and caves, and hate the day
Because it shows the way.

여기에서 시인은 빛의 의미를 선호하기보다는 어둠의 세계를 좋아하는 인간들의 지상적 삶에 대해 한탄조의 표현으로 질책한다. 이러한 한탄조의 표현은 인간들이 천상세계를 소망할 것을 암시적으로 표현하는 것이다.

「강생과 수난」(The Incarnation and Passion)에서도 어둠을 더욱 선호하는 인간들의 모습과 그러한 삶을 한탄하는 동일한 모습이 그려지고 있다.

빛 대신에 구름을 걸치시고,
새벽별을 먼지로 옷 입히는 것
To put on clouds instead of light,
And clothe the morning star with dust.

이 시에서도 빛보다는 어둠을, 그리고 빛이 가려진 형상을 지상세계의 모습으로 묘사해 주고 있다. 이러한 표현들은 모두 빛이 어둠으로 변해버린 억압의 세계를 의미한다고 볼 수 있을 것이며, 신과 격리된 삶을 보여준다고 볼 수 있다. 또한 지상세계는 죄로 만연된 세계임을 보여준다. 「타락」(Corruption)에서는 죄에 물들어 살고 있는 인간의 모습이 다음과 같이 그려지고 있다.

여전히 죄는 승리하고, 인간은 그 중심과,
수의 아래로 가라앉는다;

만물은 깊은 잠과 밤 속에 빠져 있다; 짙은 어둠이 깔리고
당신의 백성들 위로 평행선을 긋는다;
그러나 들어보라! 무슨 나팔 소리인가를? 천사의 외침을,
일어나라! 당신의 낫으로 밀어 넣으라.
Sin triumphs still, and man is sunk below
The centre, and his shroud;
All's in deep sleep, and night; thick darkness lies
And hatcheth o'er thy people;
But hark! what trumpet's that? what Angel cries
Arise! Thrust in thy sickle.

이 시에서 한 가지 주목해 볼 것은 죄가 만연된 어둠의 삶 속에
서 살아가는 인간들에게 한 가지 경종을 울려 주고 있음을 알 수
있다. 그것은 천상세계의 도래를 알려주는 것으로 트럼펫 소리와
천사의 외치는 소리로 이를 비유하고 있다. 그러면서 시인은 인간
들에게 그 어둠의 세계에서 일어나 천상세계를 소망할 것을 외치
고 있다.

이러한 지상세계와 대조되는 천상세계의 모습은 신의 권능하심
과 조화 그리고 섭리가 충만한 세계를 말한다. 여기에서 생각해
보아야 할 것은 인간의 영혼은 천상세계에서부터 왔기 때문에 그
세계로의 복귀를 지향하고 또한 그러한 지향성의 삶을 위해 살아
가야 함에도 불구하고 인간의 삶은 그 세계로 가는 것조차 망각하
고 살아가고 있음을 그려 주고 있다. 그렇기 때문에 본의 신비적
명상은 천상세계를 목도하면서 영혼의 고향을 망각하고, 희망을 잃
은 채 살아가고 있는 지상세계의 인간들에게 자신의 무지함을 버
리고 죄로 가려진 마음의 문을 열어 무질서하게 살아가는 현세적
인 삶을 탈피할 것을 역설적으로 강조하고 있는 것이다.

제5장

빛과 어둠의 역설

1 빛과 어둠의 이미지

17세기 영국은 당시 유럽의 정신사를 지배했던 신비주의 사상에 의해서 종교시가 발생할 수 있었던 좋은 터전이 조성되어 있었다. 이러한 정신적이며 사회적인 영향으로 인하여 이 신비주의사상은 삶의 기본사상으로서 큰 영향력을 끼치게 되었으며 아울러 당시의 종교시인의 사상에도 큰 영향을 주었다고 볼 수 있는데 스펄전 (Spurgeon)은 이에 대해 "신비주의는 위대한 영국작가들, 특히 영국시인들에 있어 사상의 근저를 이루었다."라고 설명하면서 신비주의 사상이 당시의 시인들에게 상당한 영향력을 행사하고 있었음을 강조한다. 한편 당시의 사회적인 분위기로 볼 때에도 르네상스를 통한 휴머니즘의 사상이 삶과 문학에 중요한 면으로 등장하고 있었던 반면 또 한편에서는 종교개혁의 정신이 나타나면서 갈등과 혼란의 상태가 확산되기 시작하였다. 이런 사회적인 요건들로 인하여 일반 대중들은 명상적인 신앙을 통해서 신과의 만남과 대화를 절실하게 요구하고 갈구하던 시대였다. 따라서 이러한 대중적인 요구를 대변할 수 있는 시인들의 시적인 활동 또한 시대적인 요청에 대한 또 다른 영향을 보여주었다고 평가할 수 있을 것이다. 존 단 (John Donne)을 위시한 형이상 종교 시인들에 있어서도 시대적 기대에 따라 자연스럽게 종교시적 모형이 만들어질 수 있었을 것이고 헨리 본의 자연신비주의시로의 전환도 사회의 전반적인 흐름에 수반된 나름대로의 모형이 제시된 것이라 볼 수 있겠다.

이 장에서 설명하고자 하는 빛의 역설은 빛과 어둠의 이미지가

나타내는 죽음을 거친 후에 '성스러운 빛'(Divine light)에 도달하는
것을 묘사해 준다. 이것은 천상세계를 희구하는 지향성의 예시적
모형이라 생각할 수 있다. 이러한 빛과 어둠의 역설은 그의 세속
시에서부터 출발하고 있음도 알 수 있다. 「알 더블류의 죽음에 대
한 비가」(An Elegy on the Death of R. W.)에서도 빛의 역설을 가
장 잘 표현해 주는 한밤중의 태양(at mid-night, *There was a sun*)
이라는 동일한 이미지가 나타나는데, 이것은 본의 종교시에서 가장
핵심적인 이미지로 나타나는 빛과 어둠의 이미지가 궁극적으로 보
여주는 죽음의 역설적인 의미를 예시적으로 그려 주고 있다.

> 분별없는 문자판과 같이, 그날이 지났을 때
> 한밤중에 우리에게 말할 수 있다. 태양이 거기 있다고.
> As some blind dial, when the day is done,
> Can tell us at mid-night, *There was a sun*.

한밤중의 태양이라는 시어 속에 숨어 있는 빛의 역설적 표현은
그의 여러 종교시에서도 발견할 수 있다. 빛의 역설을 가장 잘 보
여주는 시에는 종말회귀사상을 가장 잘 표현하고 있는 종교시의
후기 대표작 「밤」(The Night)이 있다. 이 시에서는 어둠과 죽음을
의미하는 밤의 시간대가 신과 그의 세계를 상징하는 빛을 느낄 수
있는 가장 최적의 시간대임을 강조하면서 밤의 역할을 적절하게
그려 주고 있다.

> 가장 축복받은 신자인 그는!
> 어둠의 땅에 거하며 안 보이는 눈을 가진,
> 당신의 오랜 기대의 치료의 날개를 볼 수 있었고,
> 당신께서 일어났을 때,

더 이상 이루어질 수 없는 그 무엇으로,
태양과 한밤중에 이야기했었다!
Most blest believer he!
Who in that land of darkness and blind eyes
Thy long expected healing wings could see,
When thou didst rise,
And what can never more be done,
Did at mid-night speak with the Sun!

시인은 밤에 대해 신과 대화하는 데 가장 좋은 시간이면서 오히려 빛의 역할을 더욱 강렬히 느낄 수 있는 시간임을 강조해 주고 있다. 이와 같이 초기 세속시에 나타난 이미지들이 후일 종교시에 있어서의 이미지를 구축하는 데 사실상의 기초가 되고 있음을 알 수 있다.

헨리 본의 시 속에서 중점적으로 나타나는 여러 요소들은 자연 속에 존재하는 여러 대상들과 성서에서 나타나는 에피소드들, 주관적이거나 혹은 객관적으로 느끼고 경험한 죽음의 상황과 신앙의 내적인 경험을 갖고 이러한 죽음의 갈등을 극복해 보려는 시인의 내면적인 상황이 자연을 대상으로 하여 표현되고 있다. 따라서 그의 신비적인 명상이 이러한 내적인 경험과 혼재하면서 독창적인 신비적 종교시를 만들어 내었다고 볼 수 있다. 초기의 시작에서 단이나 허버트에게 영향받았던 그의 시는 종교적 전환 이후에는 그들보다도 더욱 종교적인 깊이가 짙게 나타나고, 또한 감각은 날카롭고 암시적이며 풍부한 형이상학적 요소를 강하게 풍겨 주고 있다. 단의 종교시는 외적인 역경으로 인한 시련이 자신의 의지와의 갈등으로 나타나면서 신에게로 귀의하려는 의지의 표현으로 나타난 것이라 볼 수 있는 것이며, 허버트의 종교시는 그리스도의 고난과 속죄의 역사를 성전이라는 구조 속에 맞추면서 인간의 죄와 신의 사랑의 관계를 순수한 신앙의 표본으로 그려 주고 있다고 생각할 수 있다. 이에 대비되는 본의 종교시는 신비적인 안목을 그의 순수한 종교적 신앙의 경험 위에 더하여 줌으로써 자연을 통해 신비적이고 초월적인 시를 만들어 내었다고 볼 수 있다. 브루스 킹(Bruce King)은 종교적 배경에 바탕을 둔 그의 시 쓰기에 대해 다음과 같이 말한다.

> 의회에서 영국성공회의 예배를 금지시킨 이후 본의 시가 사적인 면을 보인 반면 자연의 세상 속에서 그리고 침묵 속에서 초월적인 것을 찾으려 했다.

여기에 쓰인 초월이라는 어휘는 종교적인 측면으로 볼 때, 신의 섭리와 능력이라 볼 수 있으며 이러한 것들을 그는 자연을 통해 바라보고 희구하였음을 알 수 있다. 이것이 바로 본의 자연에 대한 직관력이다. 본은 다른 어느 형이상 시인들보다도 자연에 대한 감정이 매우 깊고 풍부하게 작용함으로써 이렇게 자연을 신비주의적인 관찰력으로 바라볼 수 있었고 이로써 자신의 경험 세계 속에 신과 교제할 수 있는 새로운 영역을 만들어 낼 수 있었다. 그렇기 때문에 조안 베넷은 "본은 이러한 자신의 스타일의 한계 속에서 새로운 경험의 영역을 가져왔다."고 강조하고 있다.

본의 시에서 자연을 묘사하는 예리한 관찰력과 신비적 안목을 통해 얻어낼 수 있는 가장 중요한 이미지는 빛의 이미지와 어둠의 이미지이다. 이 두 대조되는 이미지는 본의 시를 특징지을 수 있는 종교성이 가장 강한 이미지로서 대조적이며, 한편 상징적인 의미를 보여준다. 두 개념은 삶과 죽음, 천상과 지상세계의 대조적인 모습을 보여주고 있는데, 이러한 빛과 어둠의 이미지의 대조적인 측면에 대해 샌드뱅크(Sandbank)는 다음과 같이 설명해 주고 있다.

> 빛과 어둠의 용어가 본의 시의 주된 시어라는 것을 다시금 논할 필요는 없다고 본다. 자주 지적되곤 하는 빛은 신, 신의 선정, 천국, 삶 그리고 행복을 지칭한다. 반면에 어둠은 악, 파멸, 죽음과 비참함을 말해 준다. 이 두 이미지들은 바로 천상과 지상, 은총과 본성 사이의 대립되는 드라마틱한 세상의 모형을 보여주는 기본적인 차이점이라 하겠다. 이러한 본의 빛과 어둠의 이미저리는 연금술사상, 성서, 기독교 신비주의 그리고 기독신자들의 명상에 그 기초를 두고 있다.

빛이 신의 위치에 있다면 어둠은 빛과는 대조되는 개념인 악의 의미와 죄의 개념을 내포하고 있으며, 또한 빛이 인간 영혼이 돌아가야 할 천상세계를 보여주는 반면에 어둠은 현세적 삶을 누리고 있는 지상세계의 모습과 죽음이라는 제한된 삶을 나타내고 있다. 이 두 이미지 속에는 연금술과 성서, 기독교 신비주의와 종교적 명상을 배경으로 기독교 정신이 짙게 깔려 있다. 이러한 관점으로 두 이미지를 생각해 볼 때 두 이미지들은 대조적인 상징의 의미를 보여주고 있음을 알 수 있게 된다. 빛의 의미는 신의 능력과 섭리가 이룩되는 영역을 나타내면서 어둠으로 인해 격리된 신과 인간의 관계를 개선시켜 주는 역할을 담당하는 의미로도 해석할 수 있다. 이와 같이 신과 현세적 인간의 관계가 새롭게 개선되면서 어둠 속에서 방황하던 인간들을 참된 삶 속으로 인도해 준다는 것이고, 현세적 삶 속에서 그들의 영혼의 고향을 망각한 채 살아가는 어리석은 인간들을 영혼의 안식처로 인도하는 매개체의 역할을 담당하고 있다고 볼 수 있다.

그에게 있어서 빛의 이미지는 신의 세계와 지상세계의 대조적 관점에서 볼 때 신으로부터 발산되는 근원적인 광명을 나타내면서 신의 세계를 보여주고 있다고 생각할 수 있다. 「그들은 모두 빛의 세계로 갔습니다.」(They are All Gone Into the World of Light)에서는 천상의 사람들과 지상에 남아 있는 자신을 비교하는 것으로 시를 시작한다.

그들은 모두 빛의 세계로 갔습니다!
나는 이곳에서 머뭇거리며 홀로 앉아 있습니다.
They are all gone into the world of light!
And I alone sit ling'ring here;

이 시에서 시인은 자신의 신비적인 명상을 통해 빛의 이미지로 나타나는 천상세계와 지금 자기가 거주하고 있는 지상세계의 모습을 대비해서 보여주고 있다. 빛은 지상에 대한 대립 개념으로서 빛의 세계, 곧 신의 세계를 보여주고 있다는 것이다. 여기에서 본의 종교적 관점의 비중이 지상세계보다는 천상세계에 더 우위를 두고 있음을 알 수 있다.

빛의 이미지를 나타내는 또 하나의 시 「세상」(The World)에서는 빛을 영원의 세계로 표현해 주고 있다.

어젯밤 나는 영원을 보았다.
순수하고 무한한 빛의 커다란 반지 같은
밝았던 것만큼 아주 고요한,
그리고 그 아래에서 회전하며, 시간, 일, 연으로 시간은
전체들에 의해 조종되어,
세계와 그 추종자들이 내던져진 곳에서
거대한 그림자처럼 움직였다;
I saw eternity the other night
Like a great ring of pure and endless light,

All calm, as it was bright,
And round beneath it, Time in hours, days, years
Driven by the spheres
Like a vast shadow moved, in which the world
And all her train were hurled.

본은 그의 비전이 평화롭고 무한한 개념의 빛이 존재하는 천상세계에 있음을 지상세계의 유한한 시간적 개념과 비교하면서 제시해 준다. 여기에서의 빛의 의미를 시인은 영원이라는 시간의 세계 속에 있는 광명으로 보면서 그 안에 자신이 늘 바라는 천국적인 의미를 암시하고 있음을 알 수 있게 해 준다. 이러한 면에서 보면 그의 시 속에 나타나는 빛의 이미지는 신의 세계와 지상세계의 대조 속에서 신의 세계 즉, 천상세계를 나타내 주고 있다고 볼 수 있다.

빛과 대조되어 나타나는 어둠의 이미지에는 밤과 죽음이 있게 되며, 천상세계의 희망을 망각한 채 살아가는 현세적인 삶과 무질서와 혼돈만이 난무하는 지상세계로 표현된다. 이것을 본은 죄의 결과로 인해 신과 단절된 세계로 보고 있다. 신과 격리된 삶이 곧 지상세계의 삶이라는 것이고 영원성이 없는 죽음에 의해 유한해질 수밖에 없는 그런 삶을 의미하는 것이다. 「인간」(The Man)에서 보면 인간은 삶의 질서를 잃고 고난과 방황 속에서 살아갈 수밖에 없는 처지로 그려진다.

> 인간은 여전히 완구나 근심거리를 갖고 있다;
> 그는 뿌리가 없고, 한자리에 묶여 있지도 않지만,
> 언제나 쉴 새 없이 불규칙하게
> 이 지상을 뛰어 돌아다닌다.
> 그는 자기가 집이 있었음을 알지만, 그곳이 어디인지 모른다;

그 집이 하도 멀어
어떻게 가는지를 까맣게 잊었다고 그는 말한다.
Man hath still either toys or care;
He hath no root, no to one place is tied,
But ever restless and irregular
About this earth doth run and ride.
He knows he hath a home, but scarce knows where;
He says it is so far
That he hath quite forgot how to go there.

여기에서 그려지는 인간의 모습은 예전에 자기가 거주하던 천상의 집을 잊어버리고 그곳이 어디인지 몰라 방황하는 가련한 인간상으로 그려지고 있다. 시인의 신앙적 영원의 비전은 천상복귀의 희망을 망각한 채 쉼 없고 불규칙한 삶을 영위하고 있는 인간의 모습을 바라보았던 것이다. 또한, 본은 이렇게 무질서하고 불규칙한 인간의 삶의 원인이 인간의 죄로 인한 응보라고 정의하면서 이러한 인간의 죄로 인해 인간과 신의 관계가 단절되어 있음을 암시적으로 표현하고 있는 것이다. 그렇기 때문에 인간의 죄가 신의 은총을 통해 사해져야만이 신과 인간의 관계가 회복될 수 있을 것이고 신과의 합일이 이루어질 수 있을 것임을 강한 암시로 보여주고 있다. 「강생과 수난」(Incarnation and Passion)에서는 이렇게 그려져 있다.

빛 대신에 구름을 걸치시고,
새벽별을 먼지로 옷 입히는 것은 그대를
To put on clouds instead of light
And clothe the morning star with dust.

이 시에서 보여주는 인간 삶의 모습은 빛이 파괴되어 버린 상황 속에서의 생활임을 알 수 있으며, 또한 여기에 등장하는 구름 (cloud)과 먼지(dust)는 인간과 신의 관계를 단절시키는 죄의 실체임을 알 수 있다. 죄로 인하여 우리 인간의 삶은 빛이 없는 어둠 속에서 살아갈 수밖에 없는 상황을 보여주고 있다는 것이다. 그 상황이란 선이 가려지고 악이 더욱 만연되며 인간의 자유는 억압받고 행복했던 모습들이 모두 고통으로 변해버린 그런 세상의 모습을 보여주고 있다. 신과 인간의 관계가 단절되어 버린 상황에 대하여 본은 「타락」(Corruption)에서도 같은 이미지를 사용하여 죄의 문제를 적용하면서 다음과 같이 표현해 준다.

> 나는 안다. 당신의 커튼이 굳게 드리워지고; 당신의 무지개는
> 구름 속에서 너무 희미하게 보이고,
> 여전히 죄는 승리하고, 인간은 그 중심과,
> 수의 아래로 가라앉는다;
> I see, thy curtains are close – drawn; thy bow
> Looks dim too in the cloud,
> Sin triumph still, and man is sunk below
> The center, and his shroud.

본은 신의 실체가 우리의 가시적 거리에서 분리되어 버린 상황을 단절의 상징적 표현인 커튼으로 묘사하면서 인간이 점점 더 죄속에 묻혀 살아가고 있는 상황을 강한 어조로 강조해 주고 있다. 그는 현세적인 삶을 죄에 의해 지배당하는 모습으로 묘사한다. 그가 보여주고자 하는 어둠의 이미지의 일차적인 의미는 바로 이렇게 죄로 인해 단절되어 버린 인간과 신의 관계와 그리고 단절된 가운데서 방황하고 고통받는 인간의 모습을 보여주고 있다.

이와 같이 어둠에 대한 본의 일반적인 견해는 일차적 의미로 생

각해 볼 때 부정적인 의미로 받아들여졌음을 알 수 있다. 그에게 있어 신은 일반적으로 빛의 개념으로만 제시되었었다. 「세상」(The World)에서 보면, 신은 곧 빛이며 어둠과는 적대적인 관계 속에만 존재하는 듯하다.

오 바보들이여! (나는 말했다) 이렇게 참다운 빛보다
어두운 밤을 더 좋아하다니,
암굴과 동굴에 살면서, 길을 보여준다 하여
햇빛을 싫어하다니,
이 죽음의 어두운 거주지로부터 신에게로
인도하는 길과
당신이 태양을 짓밟고, 태양보다
더 밝을 수 있는 길을.
O fools! (said I), Thus to prefer dark night
Before True light!
To live in grots and caves, and hate the day
Because it shows the way,
The way which from this dead and dark abode
Leads up to God,
A way where you might tread the sun and be
More bright Than he!

그러나 두 이미지를 동일선상에 놓고 생각해 볼 때 본의 신비적인 면모를 읽을 수 있다. 그는 두 개념을 양극 논리에 두지 않고 하나의 개념으로 합일시켜 보려고 이를 역설적으로 표현하고 있음을 알 수 있다. 신은 빛으로만 나타나고 어둠과는 적대관계에 있는 것이 아니요 양쪽 모두를 초월한 개념으로 생각해야 한다. 어둠의 이미지는 빛의 이미지를 통해 구현하려는 시인의 새 세계 복귀를 위한 하나의 과정으로 보고 있다. 밤의 의미는 신비적으로 해석한다면 신의 창조물 중 하나로서 빛의 의미와 같은 선상에서 볼 수 있다. 샌드뱅크는 이에 대해 "신은 빛은 물론이려니와 어둠의 창조자이기도 하다."라고 설명하면서 빛과 어둠은 피조물의 근본원리인 신 앞에서는 동일한 개념이라고 주장하고 있다. 그렇기 때문에 본은 밤의 또 다른 의미를 인간에 있어 신비적인 명상의 시간으로 묘사하고 있는 것이며 고요와 휴식 그리고 평화가 존재하는 세계로 표현해 주고 있다. 밤이라는 시간대가 어둠과 혼돈의 시간이라기보다는 그 자체에 있어 인간들에게 신비적인 명상을 제공하는 시간으로 해석될 수 있는 것이 바로 본이 이해한 어둠의 의미라는 것이다. 본 자신도 종교명상집(Devotional Prose)인 『올리브 산』(The Mount of Olives)에서 빛과 어둠의 이미지가 신 앞에서는 동일한 의미로 취급되고 있음을 다음과 같이 표현해 주고 있다.

가장 영광스럽고, 유일하게 전능하신 하나님! 당신에게 있어 빛과 어둠은 동일한 것입니다. 그 거주지는 영원하고, 그 왕국에는 촛불도 태양의 빛도 필요치 않습니다.

그가 종교적 명상을 통해 바라본 신의 세계에서는 빛과 어둠의 존재가 모두 동일한 영원성을 지니는 것이고 그렇기 때문에 빛을 밝히는 촛불이나 빛의 상징인 태양도 불필요하다는 것이다.

본은 밤이라는 시간이 신과 접촉할 수 있는 그것도 영생과 구원에 관계된 대화를 가질 수 있는 가장 좋은 시간임을 「밤」(The Night)에서 강조하고 있다. 요한복음 3장 1절부터 등장하는 니고데모의 예화를 들어 이러한 상황을 묘사하는 이 시에서는 밤의 신비성이 구원에 있어서 없어서는 안 되는 역설적인 모습으로 그려진다. 이러한 역설적인 효과는 본래적 의미에서 본다면 빛은 신(Light is God)이라는 의미를 빛은 곧 태양(Light is Sun)의 의미로 해석하면서 밤의 시간 속에서 빛을 찾아내는 것을 그려낸다. 다시 말하면 빛의 세계로의 지향은 밤이라는 통로를 거쳐 가야 한다는 밤의 신비적인 의미로서의 신성한 어둠(Divine Darkness)을 강조해 주고 있는 것이다. 여기에서 밤의 의미가 전달하는 죽음과의 관련성을 발견해 낼 수 있다. 전술한 샌드뱅크의 정의에서도 보았듯이 어둠의 이미지 속에는 죽음의 의미가 있음을 상기하면서 죽음이 또 다른 세계로 인도하는 하나의 길이 된다는 기독교적인 명제를 신성한 어둠 속에서 찾아볼 수 있다. 또한 기독교적인 입장에서 볼 때 그리스도의 죽음이 모든 인간들에게 있어 삶의 길을 열어 준다고 생각해 본다면 신성한 어둠의 의미를 인식할 수 있다. 또한 어둠의 세계를 거쳐 가야만 새로운 빛의 세계로 나아갈 수 있으며 밤이 지나야 아침을 맞이할 수 있는 측면을 생각해 볼 때에도 신성한 어둠의 의미는 더욱 확연하게 드러나게 되는 것이다. 이러한 측면에서 볼 때 신성한 어둠은 빛의 세계(World of Light)를 지향하는 하나의 필연적 과정이라고 생각된다. 「여명」(The Dawning)에서는 이를 다음과 같이 묘사한다.

> 온갖 창조가 밤을 쫓아 버립니다.
> 그리고 당신의 그림자가 빛을 보았기에,
> 별들은 이제 수없이 사라지고 있습니다.
> 졸린 행성들은 자리를 잡고, 잠이 들고,
> 부풀은 구름들은 해산하여 흩어지며,
> The whole creation shakes off night,
> And for thy shadow looks the light,
> Stars now vanish without numbers,
> Sleepy planets set, and slumber,
> The pursy clouds disband, and scatter.

이 시에서 보면 빛의 이미지가 묘사되면서 아침에 빛의 세계가 다가오는 것으로 묘사하면서 밤의 세계가 사라져 가는 것과 동시적으로 표현해 주고 있다. 그러면서 어둠을 또 다른 빛의 세계로 나아가는 하나의 필연적인 과정으로 강조하고 있음을 볼 수 있다. 그래서 샌드뱅크는 밤의 진정한 의미를 하나의 빛에서 또 다른 빛으로 나아가게 해 주는 연결성의 의미를 갖고 있다고 보고 신성한 어둠의 의미를 다음과 같이 설명한다.

그러나 밤은, 번쩍거리며 빛나는 태양 빛의 정반대의 존재로서, 또 다른 빛 즉, 성령의 진실한 빛으로 인도해 주는 매개의 역할을 해 주기도 한다. 여기 다시금, 빛이 어둠을 비추고 이를 나타낼 수 있는 그림자를 요구한다. 그래서 밤은 기도의 시간이며 보이지 않는 것을 그리는 상상의 시간이 되기도 한다.

그에 의하면 밤이라는 시간대가 빛에 대한 대조적인 존재의 이면에 영혼이 존재하는 참된 빛으로 인도하는 채널의 의미를 가지면서 기도와 명상을 통한 비전을 갖게 하는 시간임을 보여주고 있다.

여기에서 한 가지 생각해 보아야 할 것이 있는데, 매개체의 의미 속에서 나타나는 죽음과 재생이라는 대조적 상징의 암시적 표현이다. 본의 시 전체를 놓고 볼 때 나타나는 죽음과 재생이라는 구조는 이렇게 그의 작품 속에 나타나는 대표적인 이미지인 빛과 어둠의 이미지 안에서 가장 중요한 역할을 담당하고 있음을 알 수 있다. 현세적인 지상의 삶 속에서 인간은 그 누구를 막론하고 영원의 세계를 지향하는 의식을 갖고 있는 것이고 이 지향성의 의식 속에는 죽음을 통해야만이 그 세계로 갈 수 있다는 의식도 함께 포함하고 있음을 알게 된다. 샌드뱅크는 "죽음이 빛의 세계로 인도

한다."라고 하여 죽음의 역설적인 모습을 설명해 주고 있으며, 죽음 중에서도 특히 그리스도의 죽음만이 인류의 구원을 나타내고 있다고 정의하면서 그리스도의 죽음을 통한 인간구원의 모습을 "예수는 인간에게 삶을 주기 위해 죽었다."라고 강조해 준다. 여기에서 죽음은 그 의미에 있어 죽음이라는 종말의 의미에서부터 벗어나 성스러운 어둠의 이미지로 변화되면서 새 세계를 찾아 나가는 하나의 과정적인 의미로 생각할 수 있는 것이며 이로써 시인도 죽음을 '아름다운 죽음이여'라고 표현하거나 '눈부신 어둠'이라는 역설적인 논리로 묘사하고 있는 것이다. 그러므로 빛의 세계는 성스러운 어둠을 통해 영원의 세계인 성스러운 빛의 세계로 연결되는 순환적 의미를 갖게 된다.

빛의 이미지와 유사한 개념을 가지면서 그의 시에서 나타나는 이미지에 백색의 이미지가 있다. 본에 있어서 백색의 이미지는 녹색의 의미와 함께 신의 영원한 세계를 보여주거나 또는 그 세계로 나아가려는 인간의 순결과 깨끗함을 요구하는 것으로 나타난다. 사실상 죄의식이 강한 사람이라면 순결과 깨끗함을 동경해서 자기 스스로 그것에 도달하려고 노력하는 것이 상례이다. 본이 그의 시 곳곳에 이 백색의 이미지를 사용하는 것도 자신의 죄에 대한 순결과 깨끗함을 갈구했기 때문이라 볼 수 있는 것이고 그러한 영혼과 육체의 상태를 가진 채 신의 세계로 나아가야만 한다는 시인의 의지를 뜻하는 것이다. 이 이미지는 순결하다는 의미로 사용되는 성서에 의한 영향이라 생각된다. 한편 그가 살던 웨일즈에서도 천국이라는 의미를 백색의 세상(White World)으로 보았는데 이러한 지방적인 영향도 간과할 수 없는 요인 중 하나라고 볼 수 있다. 「백색의 일요일」(White Sunday)을 들여다보자.

백색 일요일아 어서 오라! 수천의 태양이,
비록 한번 보였다 하여도, 당신에겐 어둠이었소;
그들의 빛 이후에는, 어둠이 오고,
그럼에도 당신의 빛은 영원히 비칩니다.
Welcome white day! a thousand suns,
Though seen at once, were black to thee;
For after their light, darkness comes,
But thine shines to eternity.

이 시에서 본은 인간세상을 죄로 물들여진 말세적인 세상으로
보면서 그리스도의 구원의 빛이 어두워진 세상을 비추어 줄 것을
강하게 갈망하고 있다. 본은 자기가 이상으로 삼고 있는 모든 대
상에 대해서는 이렇게 백색의 이미지를 사용하여 표현하고 있다. 백
색 천국의 생각(White celestial thought)이라든가, 백색 속마음(White
Designs) 등이 이 이미지에 있어서 대표적인 시어로 나타나고 있는
데, 이 모든 의미는 천상적인 것, 신의 모습 그리고는 죄로부터의
해방과 같은 의미로 받아들여지고 있어 그의 시에서 나타나는 대
표적인 이미지인 빛과 어둠의 이미지와의 깊은 관련성을 갖고 있
음을 알 수 있다.

2 이슬과 꽃의 이미지

본의 시에 나타나는 가장 중심적인 이미지는 이미 살펴본 대로
빛과 어둠의 이미지이다. 그것들은 본의 시 속에서 나타나는 자연

신비주의를 가장 잘 드러내는 요소들을 갖고 있다고 볼 수 있으며, 특히 죽음을 통한 천국으로의 회귀를 보여주는 기독교적인 기본사상을 보여주는 대표적인 이미지이기도 하다. 이와 같이 그의 빛과 어둠의 이미지가 주는 자연신비주의적인 의미 외에 이슬의 이미지와 꽃의 이미지 역시 대조적인 모습으로 표현되면서 자연신비주의적인 요소를 담고 있는 이미지 중 하나로 그려지고 있다. 원형적인 의미에서 생각해 볼 때 물의 상징은 창조와 출생 그리고 죽음과 부활의 신비, 정화와 구속, 생식과 성장의 의미를 가지고 있다. 본의 시에 있어서 이슬의 이미지를 신플라톤사상에서 보여주고 있는 인간 삶의 순환 패턴과 연관시켜 보면 신의 능력과 은총은 생명의 샘으로부터 흘러나와 그 모형을 이슬이나 또는 비의 형태를 가지고 지상세계로 내려오게 되며 그것은 다시 샘물이나 강의 형태로 변화되면서 흘러가고 그리고는 증류의 과정을 거쳐서는 다시 천상세계의 생명샘으로 돌아간다는 회귀의 패턴을 보여준다. 이러한 패턴은 빛과 어둠의 이미지에서 보여주는 매개체의 의미와 일맥상통함을 알 수 있다. 지상세계에서의 삶은 물의 형태 그대로를 지니고 있으나 증류의 과정에서는 형태의 변화를 읽을 수 있게 되는데 이것은 이미 정화된 모습으로 나타나면서 죽음을 깨고 새로운 삶의 세계로 가는 과정 속에서 나타나는 변화의 의미로 받아들여질 수 있다는 것이다. 육체의 형태적 변화를 통해야만 천상세계의 비전에 도달할 수 있음을 보여주고 있는 것이다. 이러한 의미에서 보아 이슬의 이미지는 지상적인 것보다는 천상적인 의미가 더 강하게 나타나고 있다고 볼 수 있다.

이슬의 이미지에는 신의 은총으로 받아들여지는 인간 죄의 정화와 속죄를 의미하는 직접적인 표현의 이슬과 비가 있으며, 인간 삶의 재생을 기약하고 구원을 제시해 주는 눈물의 이미지와 피의 이미지가 있다. 이와 같이 이미지의 의미론적인 개념으로 볼 때에 이슬의 이미지는 천상적인 의미에서 나타나는 인간 구원이라는 신의 놀라운 은혜가 암시되고 있음을 알 수 있다. 물의 상징에서 보이는 일반적인 의미에서만 보더라도 이슬의 이미지는 목마른 대지를 비옥하게 만들어 주는 것과 인간 상호 간에 온정을 주고받는 것 그리고 더럽고 추한 인간 생활을 깨끗하게 정화시켜 준다는 것으로 받아들여질 수 있으며, 특히 내면적인 의미로서는 종교적인 의미의 성령이 인간의 마음속에 스며들어 새로운 생명의 세계를 알게 하고 한편으로는 인간의 내면에서부터 지향하고 있는 천상세계의 소망과 희구를 일깨워 주는 것이라 생각할 수 있다. 「아침의 경계」(The Morning Watch)에서는 물의 이미지를 이렇게 그려 준다.

밤의 모든 기나긴
시간과, 잠 그리고
구름의 고요한
수의를 통한 휴식,
이슬이 내 가슴 위로 떨어진다;
아 얼마나 그것이
나의 대지에 *피*와 영을 통하게 하는가! 경청하라!
All the long hours
Of night, and rest
Through the still shrouds
Of sleep, and cloud
This dew fell on my breast;
O how it *bloods*,
And Spirits all my earth! hark! − − −

이 시는 밤사이에 지상에 내려앉은 이슬을 보면서 밤의 고요가 가져다준 평안함과 신과의 보이지 않는 교감의 상황을 그려 준다. 여기에서 대지(Earth)는 인간의 육체를 그리고 영(Spirit)은 인간의 영혼을 나타내고 있다고 볼 수 있는데 두 대상이 대조적인 형태이면서도 밤이라는 신비적인 시간 속에서 보이지 않는 교감을 이루어 내고 있음을 알 수 있다.

본의 시에서 나타나는 이슬의 실제적인 모습은 천상적인 의미가 포함되면서 인간의 영혼이 본래적인 고향인 천상세계로부터 떨어져 나와 잠시 머물러 거쳐 가야 하는 지상세계로 내려온 것이라 생각할 수 있다. 이러한 관점에서 본다면 이슬은 인간 생명의 근본을 이루어 주는 신성한 힘이라는 것이며 한편 구원의 이미지로 해석할 때에는 그리스도의 강림을 암시적으로 표현한다고 볼 수 있다. 아더 클레멘츠(Arthur Clements)는 이러한 이슬의 이미지가 가진 상징성에 대해 다음과 같이 말한다.

> 본의 시에 있어서 이슬의 상징성은 항상 치유하고 구원하는 힘을 갖고 있다는 것으로 이해되고 있다. 이슬은 신의 은총과 예수그리스도의 피를 상징하는 것이다.

그에 의하면 이슬의 의미가 치유와 구원을 간직하는 것으로 이해됨으로써 신의 구원의 은혜와 구원을 성취시켜 주는 구원자의 피의 의미로 생각할 수 있는 것이다.

또 한 가지는 이슬의 이미지를 천상세계의 회귀적인 의미와 관련시켜 볼 수 있다. 천상에 있었을 때의 이슬의 기본적인 속성은 맑고 깨끗하며 밝음 그 자체이었다는 것이고 이러한 속성을 지닌 이슬이 지상세계로 내려오면서 지상세계의 더럽고 추한 모든 것들을 정화시켜 줌으로써 지상세계에서 방황하는 인간들을 다시금 천상으로 복귀시켜 주는 역할을 수행하는 것이다. 이러한 천상적 의미에서의 정화와 구원을 보여주는 이슬의 이미지를 가장 잘 드러내는 대표작 「소나기」(The Shower)를 살펴보자.

그것은 그러했다. 나는 너의 탄생을 목격했다: 연약한
가슴으로부터 잠자는 듯한 호수는 너를 호흡한다. 그녀의
병든 호수의 질병과 그리고 쉬운 전염.
그러나 지금 이 저녁에
하늘에 대해서 너무도 투박한
너는 울면서 넘어지고, 그리고 너의 실수로 인해 운다.

2
아! 그것은 내게도 그러했다; 게으른 호흡으로 가끔씩
나는 하늘을 압박하곤 했다. 그러나 헛되게도 이것은
관통하지 못했다. 사랑만이 빠른 접근으로
그 길을 연다.
연기와 가슴의
발산물 같은 다른 모든 것이 헤맬 때.

3
그러나 마치 네가 녹는 것처럼, 너의 빗방울 행렬이
지상을 부드럽게 함으로써, 내 눈은 내 경직된 마음에
대해 울 수 있으리라, 그것은 묶여 있고 잠이 든다.
아마도 결국에는
(그런 소나기가 지난 후에)
나의 신은 비온 후에 찬란한 햇빛을 주리라.

'T was so, I saw thy birth: that drowsy lake
From her faint bosom breathed thee, the disease
Of her sick waters, and infectious ease.
But, now at even
Too gross for heaven,
Thou fall'st in tears, and weep'st for thy mistake.

2
Ah! it is so with me; oft have I pressed

Heaven with a lazy breath, but fruitless this
Pieced not; Love only can with quick access
Unlock the way,
When all else stray
The smoke, and exhalations of the breast.

3
Yet, if as thou dost melt, and with thy train
Of drops make soft the earth, my eyes could weep
O'er my hard heart, that's bound up, and asleep,
Perhaps at last
(Some such showers past,)
My God would give a sun – shine after rain.

    이 시는 세상 정욕과 안일함에 빠진 채 살아가고 있는 인간의 모습을 제시하면서, 비록 그런 상황 속에 빠져 있지만 신의 은총과 사랑은 끊임없이 베풀어지고 있으며 은총을 깨달은 인간들은 회개의 눈물을 흘림으로써 구원에 이르게 되는 과정을 보여주고 있다. 첫째 연에서는 병든 채 인간적 정욕에 휩싸여 안일만을 생각하는 인간들의 모습을 잠자는 듯한 호수(Drowsy Lake)에 대비시키고 있고, 둘째 연에서는 시인 자신도 현재 지상세계에 살아가는 인간의 한 사람임을 자인하며 천상을 지향하지만 세상적인 것에 휩싸인 자신을 돌아보면서 사랑만이 천국으로 갈 수 있는 유일한 길임을 제시해 준다. 마지막에 가면, 신의 은총이 하늘로부터 흘러내려 인간의 경직된 마음을 녹이고 인간을 구원하는 것으로 결론을 맺고 있다. 여기에서 이 은총의 형태는 비의 모습으로 나타난다. 그것도 갑작스런 모습으로 다가오는 소나기의 형태로서 나타나고 있다. 이때의 비의 이미지는 이슬의 이미지가 갖고 있는 정화의 의미를 보여주면서 신의 구원을 약속하는 의미를 포함하고 있다고 생각할 수 있다. 시인은 여기서 소나기를 신이 우리 인간들에게 구원의 은총을 약속하는 하나의 필연적 요소로 보고 있다. 그러므로 여기에서 나타나는 비의 이미지는 빛과 어둠의 이미지에서 언급했던 성스러운 어둠과 동일한 개념으로 생각해 볼 수 있다. 즉, 어둠이 지나가면 더욱 밝은 빛을 볼 수 있다는 것과 또한 죽음 이후에는 부활의 과정을 거쳐 천상세계에서의 새로운 삶을 기약받는 것처럼 소나기가 내린 이후에 더욱 강한 햇살을 받을 수 있음을 마지막 행에서 "나의 신은 비온 후에 찬란한 햇빛을 준다."라고 표현해 주고 있는 것이다.

여기에서 대조되는 두 개의 시어는 신의 은총으로 대변되는 소나기와 지상세계의 인간의 삶을 보여주는 잠자는 듯한 호수가 그것인데, 세상적인 삶은 정욕과 안일로 가득 차고 천상세계에는 그러한 상황이 어울리지 않음을 보여준다. 그리고는 인간의 관점에서 그 표적이 자신에게로 국한되고 한 인간의 표본으로서의 화자는 자신의 상황을 점검하고 그리고 천국에 가는 유일한 길이 신의 사랑에 의하게 됨을 알게 한다. 마지막으로 화자는 신의 은총으로 인하여 경직된 마음이 녹아내리고 회개의 눈물로 변화되면서 비온 뒤의 햇빛이 더욱 밝게 비추듯 신의 구원이 우리 앞에 다가오게 된다는 것을 제시해 주고 있다.

본은 여기서 죄로 인해 더럽혀진 지상세계의 더러움과 추함을 정화시켜 주는 요소로서 이슬의 역할을 강조하고 있다. 그리고 그 이슬은 구원을 이루는 속죄의 주체로서 등장되고 있는데 이 속죄의 의미는 그리스도의 피로 인한 속죄를 보여주고 있다. 물의 이미지를 그려 주는 또 다른 시 「폭포」(Waterfall)에서도 속죄와 구원의 상징성이 제시된다.

오 유용한 원소와 쾌청함이여!
여기 나의 성스러운 씻음과 깨끗하게 하는 것
어린양이 가는 그 삶의 샘으로 향하는
나의 첫 번째 판매 수탁인!
O useful Element and Clear!
My sacred wash and cleanser here,
My first consigner unto those
Fountains of life, where the Lamb goes?

이 시에서는 이슬의 이미지를 그리스도의 구원의 피로 인한 속죄의 의미와 관련시켜 주면서 그것이 성스러운 씻음과 깨끗함의 의미를 갖고 신의 인간 죄에 대한 구속적인 의미로 나타나고 있다. 이러한 측면으로 볼 때 이슬의 이미지 중에서 인간 구원의 모습을 가장 강하게 표현해 주는 것은 눈물의 이미지와 피의 이미지임을 알 수 있다. 여기에서 눈물은 그리스도의 구속의 역사라는 측면에서 생각 할 때에는 인류의 구원을 계획하고 죄악으로 물들어 있는 지상세계를 긍휼히 여기려는 신의 사랑에서부터 흘러나오는 그리스도의 눈물인 반면에 그러한 신의 놀라우신 은총과 사랑을 깨닫고 신의 구원의 섭리 속에 동참하려고 노력하는 죄 많은 인간들이 흘리는 회개의 눈물로서도 나타나고 있다. 「예수께서 우시다」(Jesus Weeping)에서는 이러한 눈물의 이미지가 잘 묘사되어 있다.

사랑하는 예수여, 우십시오! 이 마지막
영혼의 생동하는 비와, 이 생수를 그들의 죽은
마음에 부어주소서, 그러나 (오 나의 두려움이여!)
그들은 피를 마실 것이고, 경멸하는 눈물을.
나의 사랑하는, 빛나는 주여! 나의 아침의 별이여!
이 생동하는 이슬을 그것을 기다리는 이곳
멀리 떨어진 광야에 뿌려주소서! 기근으로 허덕이는
땅의 신음이 있는 그곳에 한 눈물을 뿌려주소서!

Dear Jesus weep on! Pour this latter
Soul – quickening rain, this living water
On their dead hearts; but(O my fears!)
They will drink blood, that despise tears.
My dear, bright Lord! My morning – star!
Shed this live – dew on fields which far
From hence long for it! shed it there,
Where the starved earth groans for one tear!

여기에서 본은 물의 원형적인 이미지와 물의 변형된 상태에서의
비와 이슬의 이미지를 눈물과 피의 이미지와 서로 혼재된 모습으
로 묘사해 주면서 하나의 의미로 집약시키고 있음을 볼 수 있다.
비(rain), 살아 있는 – 물(living – water), 피(blood), 눈물(tears), 살아
있는 이슬(living – dew)로 묘사되는 이미지의 집합에서 느낄 수 있
는 것은 이슬의 이미지가 보여주는 궁극적인 의미가 신의 세계를
기본으로 한 구원의 은총과 그 실현의 방법을 제시해 주는 것이다.
그리고 시인은 이슬과 눈물로 인해 나타나는 구원의 은총과 실현
방법의 기본이 예수께서 울고 있음에 의한 것임을 전제하고 있다.

또한 피의 이미지에 대해서는 그리스도의 속죄의 의미로 생각해
볼 때, 신의 구원에 있어 없어서는 안 되는 영생의 피, 구원의 피
로 받아들여질 수 있다. 「승천찬가」(Ascension Hymn)를 보자.

구원자의 순수한 피는 죄로 얼룩진 사람을
눈보다 더 희게 만들기 위해 흘러내렸다.
The Fuller, whose pure blood did flow
To make stained man more white than snow.

위의 예시한 시에서 본은 구원자의 온전한 피가 인간의 죄를 씻
어 줌으로써 인간의 더럽고 타락한 영과 육체가 눈보다 더욱 깨끗

해질 수 있음을 그의 신비적인 안목으로 바라보았던 것이다.

신이 창조한 인간은 신이 명령하고 지시한 계율을 어겼기 때문에 아담의 실낙원 이후로 원죄를 갖게 되었다. 이 원죄로 인해서 인간은 영원히 죽음을 피할 수 없게 되었으나 신의 무한한 사랑은 결코 자신의 창조물인 인간을 끝없는 죄의 생활과 어둠 속에서의 방황에 두지 않고 그리스도의 피를 통해 인간의 죄를 사해 줌으로써 구원을 얻을 수 있도록 한다는 것이다. 그렇기 때문에 이슬의 이미지 중에서도 신의 섭리와 은총이 가장 강하게 나타나는 이미지는 피의 이미지라 생각할 수 있다.

여기에서 동시대의 형이상파 시인인 앤드류 마블(Andrew Marvell)의 시에서 나타나는 이슬의 이미지를 대비해 보고자 한다. 그의 시에서도 이슬의 이미지는 신의 은총과 생명, 그리고 신의 섭리에 의해 나타나는 구원의 의미를 강하게 내포하고 있다. 그의 시 중에서 이슬의 이미지를 가장 강하게 보여주는 「이슬방울」(On a Drop of Dew)에서 보면 이슬의 이미지가 구원의 상징성을 갖고 있음을 알게 된다. 마블은 이 시에서 나타나는 이슬의 이미지를 천상으로부터 내려온 존재로 표현한다. 그리고 그것이 지상세계에 머물면서 천상의 빛을 발산하려 하고 있음을 그려 준다. 더욱이 이슬을 통해서 더 큰 천국의 모습을 보여주고 있음을 그는 다음과 같이 표현한다.

그 영혼이, 영원한 날의
맑은 샘물의 방울이며, 빛인,
인간의 꽃 안에서 보이도록 되어,
그것의 이전의 높이까지 기억되어
달콤한 잎들과 푸른 피어남을 피하고;

그리고는, 그들 자신의 빛을 모은다.
그것의 순수하고 순환하는 사고들이 천국
아닌 곳에 큰 천국을 표현해 준다.
So the Soul, that drop, that ray
Of the clear fountain of Eternal Day,
Could it within the human flow'r be seen,
Rememb'ring still its former height,
Shuns the sweet leaves and blossoms green;
And, recollecting its own light,
Does, in its pure and circling thoughts, express
The greater Heaven in an Heaven less.

　　이슬의 순수하고 영롱하게 구르는 듯한 모습들이 이슬이 보여주
고 있는 천국을 통해 그들의 본향인 실제적인 천국의 모습을 그려
주고 있는 것이다. 그러면서 시인은 그러한 천국을 향해 달려가는
인간의 천상지향의 희망을 이슬에 비유하면서 다음과 같이 묘사하
고 있다.

만나의 성스러운 이슬이 증류되어;
비록 응결되어 냉랭하지만, 백색으로 온전하게;
지상 위에 응고되어서는; 그러나 용해되어 달아난다
전능한 태양의 영광 속으로
Such did the manna's sacred dew distil;
White and entire, though congealed and chill;
Congealed on earth; but does, dissolving, run
Into the glories of the almighty sun.

　　한 가지 더 생각해 볼 수 있는 것은 이 시를 통해 마블이 보고
있는 대조적인 비유이다. 그는 피어나는 어여쁜 장미꽃에서 영롱하
게 빛을 내고 있는 이슬방울을 보면서 인간의 육체와 영혼의 관계
를 대조적인 관점에서 설명해 주고 있다. 또한 마블은 장미꽃 위

의 이슬을 이스라엘 백성이 광야에서 굶주렸을 때 신이 내려준 만나에 비유하면서 만나가 이스라엘 백성들이 광야에서 기아에 허덕일 때 구원을 주었듯이 이슬을 통해서 구원의 만나를 얻어 낼 수 있는 것과 이러한 상황하에서 비로소 우리 인간이 천상세계를 지향할 수 있는 신앙적 정신자세를 가질 수 있는 것을 강조하고 있다. 또한 이 만나를 그리스도의 구원의 의미와 관련시켜 본다면 이는 그리스도의 탄생과 속죄를 위한 죽음의 상징으로 표현됨을 알 수 있다. 그리하여 브루스 킹도 이를 "성서적인 예수그리스도의 탄생과 희생의 만나적인 상징"이라는 의미로 해석한다. 결국 마블이 보고 있는 이슬의 이미지는 신의 은총과 사랑이 죄로 인하여 더럽혀진 지상세계의 인간들을 정화시켜 주고 동시에 원죄로 인하여 죽을 수밖에 없는 인간들을 그리스도의 눈물과 피로서 구원에 이르게 한다는 의미를 내포하고 있다. 또 다른 측면에 있어서는 천상세계의 의미를 포함하면서 그 세계로부터 내려와 지상세계를 거쳐 증류의 과정으로 변화하면서 다시 천상세계로 복귀하는 회귀 패턴의 일면까지도 제시해 준다. 이렇게 마블의 이슬의 이미지에서도 보았듯이 형이상시가 보여주는 이슬의 이미지는 같은 모형으로 나타나면서 또한 같은 의미를 포함하고 있음을 알 수 있다. 본의 종교시 역시 나름대로의 신비적인 안목을 가지고 자연 속에서 섭리하는 신의 세계를 이슬의 이미지를 통해 구현하려 하였다고 볼 수 있다.

이슬의 이미지가 천상적인 의미를 포함하면서 신의 은총과 섭리를 통한 인간의 죄를 정화시켜 준다고 본다면, 이것과 대조적인 상징으로 나타나는 꽃의 이미지는 또 다른 신비적인 요소를 내포하면서 신의 세계와 대조적인 측면을 보여주는 지상적인 의미를 표현하는 이미지이다. 이러한 천상세계와 지상세계의 대조적인 상징을 자연을 통해 표현해 주고 있는 관점에서 생각해 볼 때 본 만큼이나 자연에 대해 가장 깊은 통찰력을 가지고 있었던 시인도 드물 것이다. 더욱이 그에게 있어 놀라운 것은 자연의 모습을 순수하게 그대로 보면서도 그 안에서 신의 섭리와 능력을 바라볼 수 있었다는 것과 신의 세계를 그 속에서 발견하였다는 것이다. 조안 베넷의 주장에 따르면 형이상파 시인들 중에서 본만큼 자연을 묘사하는 데 독특한 영역을 만들어 낸 시인도 없다고 보았다. 그녀는 본을 신이 섭리하고 있는 자연에 대해서 특별한 감각과 예리한 통찰력을 가지고 있는 자연신비주의 시인으로 보았다. 그녀는 또한 본의 시 전반에 걸쳐 커다란 영향을 준 단이나 허버트보다도 자연에 대한 묘사나 관찰력은 본에게서 더 풍부하게 나타내고 있다고 보고 있는데 그것은 본만이 나름대로 간직하고 있는 신비주의적인 자연관에서 기초하는 것이라 정의할 수 있을 것이다.

본의 시 속에 나타나는 자연의 묘사 중에서 지상적인 세계관을 표현하는 데 가장 빈번하고 의미 있게 등장하는 것이 꽃의 이미지이다. 본에 있어 꽃의 이미지는 빛과 어둠의 이미지에서 암시되는 대조적 상징과 더불어, 그의 종교시에 있어서 이슬의 이미지와 함께 대조적 상징의 의미를 전달해 주는 이미지라 생각된다. 한편으로 꽃의 이미지가 보여주는 암시적인 의미는 천상세계와 대조되는 모습을 그려 주면서 지상세계에서의 천상적인 재현의 모습이 나타나는 것이다. 즉, 꽃은 영혼과 육체의 대조적인 의미로 해석할 때 육체의 의미로 이해해 볼 수 있는 것이고, 천상세계와 지상세계의 대조적인 면으로 생각해 본다면 지상적인 의미가 나타나고 있는 것이다. 그리고 그 이면에는 지상세계만을 표면화하는 것이 아니라 천상세계의 지상적인 암시가 내포되어 있다.

자신의 유아적 삶을 동경하고 천상세계로의 회귀를 소망하는 주제를 담고 있는「후퇴」(The Retreat)에서 꽃은 영혼의 머무름을 보여주고 있다.

> 어느 황금빛 구름이나 꽃에
> 내 응시하는 영혼이 한 시간이나 머물러
> 그 안에서 한결 약해진 영광이
> 영원의 몇몇 그림자들을 엿볼 수 있었을 그때에;
> When on some gilded cloud or flower
> My gazing soul would dwell on hour.
> And in those weaker glories spy
> Some shadows of eternity.

시인의 눈에 보이는 꽃의 이미지는 천상에 있는 존재가 아니라 지상적인 의미를 담고 있음을 보게 된다. 그러나 여기에서 나타나는 역설적인 모습은 비록 꽃이 지상세계의 것들을 대변하고 있는 듯 보이나 태양 빛에 의해서만 그 존재가 파악된다는 점에서 시인은 여기에다 인간이 지향해야 할 천상세계의 지상적 재현이라는 모형을 암시적으로 표현하고 있는 것이다. 다시 말해서 꽃의 이미지는 지상세계에 있어서의 육체적인 안식처를 제공하는 것과 동시에 천상세계를 지향하고 있는 지상적 거주지의 의미를 함께 내포하고 있다. 꽃의 이미지가 보여주는 이러한 의미는 신성한 어둠이 제시해 주었던 빛의 세계의 지향성을 예시적으로 보여주고 있다는 의미의 관련성을 나타내기도 하며 또한 이슬의 이미지에서 제시해 주었던 비 갠 후에 더욱 밝은 햇빛이 비춰진다는 의미로도 이해할 수 있다. 이러한 관점은 빛과 어둠의 이미지에서 제시하였던 천상의 빛에서 시작하여 어둠이라는 과정을 거쳐 신성한 빛의 세계로 다시 진입하게 되는 회귀적인 모형이, 같은 대조적 상징의 모형으로 나타나는 이슬과 꽃의 이미지에서도 이러한 대조적 상징과 회귀적 패턴에 있어서 동일하게 나타나고 있음을 알 수 있다.

마블의 시에서 나타나는 꽃의 이미지도 본의 이미지에서 보여준 것과 마찬가지로 이슬과 꽃의 관련성을 대조적인 측면으로 보면서 이것을 영혼과 육체의 관계로 묘사하고 있다. 위에서 예시해 보았던 「이슬방울」에서 나타나는 꽃의 이미지를 살펴보자.

> 보라 어떻게 동방의 이슬이
> 슬픔의 가슴으로부터 날리는
> 장미 안으로 스며드는지,
> See, how the orient dew
> Shed from the Bosom of the Morn
> Into the blowing Roses.

마블이 여기에서 주장하는 이 시의 기본적인 주제는 이슬과 인간의 영혼과의 관계가 천상에서 출발하였다는 사실을 전달하고 그리고 꽃에 걸려 있는 이슬방울을 통해서 영혼과 육체의 관계를 그려 주고 있으며 꽃의 이미지를 천상세계에서 내려온 이슬의 지상적인 머무름의 장소로 나타내고 있다. 이슬과 꽃의 대조적 상징에서 생각해 볼 수 있는 것은 이슬로 대변되는 영혼이 지금 안주하고 있는 꽃의 세계를 통해서 천상세계를 바라볼 수 있다. 이러한 면으로 생각해 보면 꽃은 천상세계의 거울과도 같은 의미를 지닌다고 볼 수 있다는 사실이다. 조안 베넷은 마블의 시에서 나타나는 이슬과 꽃의 관련성을 영혼과 육체의 관계로 보면서 다음과 같이 설명해 주고 있다.

다음 행에서는 인간 영혼의 정체성을 명백하게 다루어 주고 있고 그러고 나서는 같은 수의 행들에서 영혼과 육체의 관계를 이슬방울로써 묘사하고 있다.

영혼으로 대변되는 이슬방울은 이 지상세계에서 꽃을 가장 좋은 안식의 장소로 선택한 것인데 그것은 인간 육체의 자연적 의미와 종교적 의미와의 관계 속에서 나타나는 신비적인 연관성을 적절히 표현해 주는 것이기도 하다.

또 다른 측면에서 볼 때 꽃은 신의 섭리와 창조에 있어서의 신의 능력을 강하게 나타내면서 구원의 상징적 의미를 보여준다. 이것은 이미 밝혀둔 바와 같이 영혼의 잠시적인 머무름 속에서 천상세계를 바라보게 하는 지향성의 개념을 함께 내포하고 있기 때문이라고 생각된다. 「인간」(The Man)에서 보면 꽃을 통해서 신의 능력이 어떻게 나타나는가를 잘 설명해 준다.

> 꽃들은 옷 없이 살지만,
> 솔로몬도 이처럼 화려한 옷을 입지 못했었다.
> The Flower without clothes live
> Yet Solomon was never drest so fine.

위의 두 행에서 본은 신약성서의 산상보훈 중 "진실로 이르노니, 모든 영광을 누린 솔로몬도 이같이 치장하지 못하였노라."를 인용하면서 솔로몬의 영광을 신의 창조의 섭리와 대비시켜 주고 있다. 여기에서 우리가 느낄 수 있는 것은 인간의 힘이 아무리 강하고 인간의 지혜가 아무리 높다고 해도, 인간이 누릴 수 있는 명예와 영광이 아무리 크다 할지라도 신의 능력에는 견줄 수 없음을 보여 주고 있다는 것이다. 이러한 논리는 앞서 제시한 영혼과 육체의 관련성에서 육체적인 의미와 관련됨을 감지할 수 있다. 바꾸어 말하면 영혼의 지상의 안식처가 아무리 좋다 하여도 천상세계와는 비교할 수 없다는 것이다. 여기에서 지상세계에 머물고 있는 인간의 육체가 천상세계를 지향하고 있음을 다시 한 번 강조하고 있음을 알 수 있다. 그리고 꽃을 통해서 신의 전능함을 깨닫게 되며 구원의 가능성을 예견할 수 있다. 이러한 신의 권능과 구원의 가능성은 천상세계에서 찾을 수 있는 평화의 꽃(Flower of peace)의 형태로 실현되고 있다.

> 만일 네가 저곳으로 갈 수 있다면,
> 거기엔 자란다 평화의 꽃이,
> 시들 수 없는 장미가
> 그대의 성벽과 그대의 평안함이;
> 그러니 그대의 어리석은 방황에서 벗어나라;
> 왜냐하면 아무도 너를 지켜줄 수 없을 것이니,
> 절대로 변치 않는 너의 신, 너의 생명,
> 너의 치료자이신 오직 한 분 외에는.
> If thou canst get but thither,
> There grows the flower of peace,
> The rose that cannot wither,
> Thy fortress and thy ease;
> Leave then thy foolishes ranges;
> For none can thee secure,
> But one, who never changes,
> Thy God, thy life, thy cure.

꽃의 이미지를 통해서 나타나는 대조적 상징의 종국적인 목표는 신의 세계의 회복임을 시인은 천상세계의 평화와 안식과 신의 존재를 통해 강하게 주장하고 있다.

꽃의 이미지와 유사한 식물이미지로는 씨앗(seed)의 이미지가 있다. 씨앗 이미지는 본의 종교시에 있어서 또 다른 면으로 독특한 체계를 형성하면서 천상세계를 준비하는 모습을 그려 주고 있다. 이것은 식물이 활성화됨과 같이 신앙의 근본과 그 비밀스런 성장에 의해서 천국에 이른다는 것을 암시적으로 보여주는 것이다. 여기에서 제시되는 한 가지의 조건은 세상과는 타협하지 않는 비밀스러움이 있게 되는 것이다. 이것은 지상적인 죄와의 격리를 의미한다고 볼 수 있다. 「남몰래 자라는 씨앗」(The Seed Growing Secretly)을 한번 보자

> 그리하여 그의 비밀스런 성장을 축복하라, 시끄러운
> 소리에 잡히지도 말고, 보이지 않게 말없이 번성하라.
> 항상 깨끗하고, 열매를 맺으며, 생명을 얻어라 그리고 기다려라,
> 하얀 날개를 단 추수 천사들이 오게 될 그때까지!
> Then bless thy secret growth, nor catch
> At noise, but thrive unseen and dumb;
> Keep clean, bear fruit, earn life and watch,
> Till the white winged Reapers come!

이 시에서 보면 씨앗의 비밀스런 성장을 통해 천상세계의 삶이 준비되고 천상세계를 준비하면서 지상적인 생활을 세상적인 것에 유혹되지 않게 살아가야 할 것을 강조하면서 그렇게 하면 신의 구원이 임할 수 있을 것임을 암시적으로 보여준다.

본의 시에서 나타나는 대조적 상징의 이미지들은 궁극적으로 신의 세계와 지상세계의 대조를 보여주고 있음을 알 수 있었으며 한편으로는 인간의 영혼과 육체의 관련성으로도 나타남을 알 수 있었다. 빛과 어둠의 대조에서는 신의 세계에서 떨어져 나와 어둠의 지상세계에서 살아가고 있지만 천상을 지향하며, 역설적인 상황하

에서 죽음을 통해 신의 세계로의 복귀가 이룩됨을 보여준다. 이슬과 꽃의 대조에서는 이슬이 천상세계에서 떨어져 나와 지상세계에 머무르게 되는데 그 머무름의 장소를 천상세계의 지상적인 표현인 꽃을 선택하였다는 것이고, 한편 꽃은 내면적으로는 신의 세계를 암시적으로 포함하고 있는 것이다. 이슬의 이미지는 정화의 의미를 포함하면서 신의 세계에서 시작하여 꽃으로 대변되는 지상세계로 내려와 더러움과 추한 상태에서 방황하는 인간의 세계를 정화시켜 구원에 이르게 하여 증류의 과정을 거쳐 신의 세계로 복귀하고 있음을 그려 준다.

3 자성의 이미지

3.1. 영혼의 교감

헨리 본의 종교시에서 보여주는 가장 독특한 모형의 이미지는 신의 세계의 모습과 그 세계를 지향하는 인간 삶에서 보이는 지상적 삶의 대조적 상징을 그려내는 이미지이다. 다시 말하면 인간의 영혼은 신의 세계로의 복귀를 희망하는 것으로 나타나고 있다고 보았던 것이다. 이것은 시인이 자연의 형상에 대해 어떠한 인위적인 의미를 가미한 것이 아니고 자연 그 자체를 직접적으로 표현하면서 그 자연 안에서 나타날 수 있는 감각과 현상을 인간 영혼의 활동과 비교하여 인간이 자연을 통해 신의 세계를 자연적으로 발견할 수 있도록 유도하려 하였다는 것이다. 한편 본은 종교시에서는 물론이려니와 세속시에서도 자연의 외형적 형상의 직접적인 묘사를 통해서 신의 세계와의 접근을 이루려 하였고 아울러 자연 속에서 나타나는 제반 현상을 통해서도 신의 세계로의 접근을 시도하였다. 이러한 자연현상 속에서의 접근이 바로 자성의 이미지 (Magnetic Image)로서 나타나고 있다. 그는 이 자성의 이미지를 통해 인간을 포함하는 모든 신의 창조물들이 신과 어떻게 교감하는가를 보여주고 있다. 캘훈은 이에 대해 "시인의 내부적인 간절한 바람은 피조물과 창조자 사이에 나타나는 자성에 의한 활동과 아울러 자성의 연합을 창조해 내는 것이다."라고 설명해 주고 있다. 한편 이 자성의 이미지는 본의 시의 결론이라고 할 수 있는 종말회귀사상과 깊은 연관성을 지니고 있다. 이 자성의 이미지는 인간에게 나타나는 신의 세계로의 지향이 지상세계의 존재들과 어떻게 연결되며 죽음 이후에 천상세계로의 성취는 어떻게 이룩되는가를 보여주는 한층 적극적인 모습의 이미지로 나타나게 되는 것이다.

자성의 이미지의 주안점은 창조물과 창조자 사이의 관계를 어떻게 묘사하고 이를 알아낼 수 있게 하는가에 달려 있다. 본의 시가 자연신비주의를 표방하고 있다는 관점에서 본다면 시인은 이를 자연을 통해서 알아내려 하였음을 유추해 볼 수 있다. 그런데 이 자연의 모형은 가시적인 모형일 뿐 아니라 비가시적인 측면도 동시에 갖고 있기 때문에 이 두 가지 모형을 이해하고 분석하는 데에는 나름대로의 사상이 뒷받침되어야 한다고 생각한다. 헨리 본은 이 사상적 배경을 연금술사상에서 차용하였는데 그의 쌍둥이 동생 토마스 본의 영향과 역할이 바로 그것이다. 쌍둥이 동생 토마스는 헨리 본에 있어서 연금술 사상에 많은 영향을 준 인물로 평가되고 있으며 시인 자신도 이를 인정하고 있다. 토마스에 의하면 자성의 이미지의 개념은 지남철이나 자석을 띤 돌에 대한 그 자력의 품질을 논하는 것이 아니다. 철이나 자석이라 함은 그 안에 음모성의 꾸러미들이 있어야 하며 또한 아주 미묘한 독특성이 그 안에 내재해야 한다는 것이다. 그래서 플라톤 주의자들에 따르면 우주적인 자성이란 거대한 틀을 하나로 응집시키고 나아가서는 그것들이 간직한 내재적인 상호성을 서로에게 돌려주어야 한다는 것으로 집약된다. 여기서의 우주적인 자성이라 하는 것은 모든 사물들은 상승 작용이나 또는 개별적인 영향이 없다고 할지라도 물질적이거나 형이상학적이거나 간에 상호 끌어당기고 또한 끌려가게 되어 있다는 것을 말한다.

20세기 초에 들어오면서 비평가들에 의해 형이상파시가 새롭게 인식되면서부터 20년대와 30년대에 본에 대한 해석 비평들은 주로 헨리 본의 시가 자연신비주의적이거나 또는 종말회귀사상적인 철학으로 가득 차 있다고 보았다. 이것은 20세기 초기의 본 연구가인 마틴(L. C. Martin)에 의해 주로 주창되었다. 마틴의 뒤를 이어 더욱 이를 특별하게 연구한 사람이 바로 마릴라(E. L. Marilla)였다. 초기의 마틴을 중심한 비평가군에서는 본이 우주적인 자성을 그의 시에 표현하고 있다고 믿고 있었고 그 이후 마릴라를 중심한 비평가 그룹에서는 본이 그의 시의 모형을 만드는 데 있어서 자성의 이미지를 사용하고 있다고 점진적으로 평가해 나가기 시작했다. 본의 시에서는 천상세계의 구현이라는 궁극적 목적이 실현된다고 볼 때에 이와 연관되는 자성의 이미지가 확실히 나타나고 있음을 알 수 있다.

본은 이러한 자성에 의해서 열등한 대상과 고등한 대상이 서로 상호적인 대화가 가능하게 될 수 있다고 보았다. 그리고 이 자성이 지구상의 영향력 있는 힘 중에서는 대략적으로 중간 정도의 위치를 점한다고 믿었다. 자성의 이미지나 자성이라는 단어 자체는 본의 시에서 보여주는 독특성에 비추어 볼 때 절대로 우연한 느낌을 전달해 주지는 않는다. 이러한 우연성은 역시 다른 이미지에서도 마찬가지로 찾아볼 수 있기 때문에 헨리 본이 자성의 이미지를 사용했다고 하는 것은 그의 자연현상을 바라보는 철학적인 사상을 시 속에 적절하게 보여주고 있다는 사실을 평가할 수 있는 중요한 단서가 된다고 보아야 한다.

본은 동시대의 종교시인 조지 허버트에 의해 상당한 시적 영향을 받았음은 이미 누차에 걸쳐 강조한 바 있었다. 그러나 헨리 본의 시에서 보이는 나름대로의 독창성 있는 독특함으로 인하여 두 사람의 시 사이에는 같은 종교적인 입장을 견지하고 있음이 틀림없으나 선배시인은 교회라는 구체적인 형상을 통해 신의 세계를 보았다고 한다면 본은 자연현상의 묘사라는 이질적인 측면을 통해 다른 방법을 모색하고 있다. 특별히 본의 신의 세계의 표현 방식에 대한 특이성은 허버트의 그것과는 전적으로 다른 모습으로 나타나고 있다. 허버트는 성직자이었기에 그가 신봉했던 영국교회에 대한 정통파 그리스도교의 교리를 갖고 시를 썼으나, 헨리 본은 정통파적인 것을 따르기보다는 자신의 개별적인 종교적 믿음과 상상을 통해서 시를 썼다고 평가할 수 있다. 바로 이러한 시적 태도가 신과 인간 사이에 교감하는 현상들을 더욱 짙게 묘사해 줄 수 있었던 힘이 되었다고 생각된다. 본의 자성의 이미지의 근거는 신플라톤사상에서부터 출발하고 그리고 종말회귀사상으로 발전하게 된다. 이 사상은 초기 영지주의자들에 의해서 영향을 받았는데 그들은 인간을 신의 세계로부터 온 영적인 존재로 보았다. 그러므로 인간의 마음과 영혼을 정화시켜 신에게 귀의함으로써 영혼의 본향인 신의 세계로 돌아갈 수 있다고 보았던 것이다. 그렇기 때문에 종말회귀사상은 기본적으로 신과 인간 그리고 자연 사이에 일어나는 관계를 강조하고 있으며 이것이 바로 자성의 이미지로서 그 토대를 만들어주고 있다고 볼 수 있는 것이다. 앨런 러드럼(Allan Rudrum)은 이 사상이 보여주는 이러한 상호적인 관계에 대해서 종말회귀사상은 신과 인간 그리고 자연 간에 나타나는 관계의 중요성을 강조하는 하나의 시스템과 같은 것이라고 말하면서 거기에는 또한 보이는(seen) 세계와 보이지 않는(unseen) 세계, 육적인(flesh) 세계와 영적인(Spiritual) 세계 그리고 천상세계와 인간세계 사이에 나타나는 유사성에 대해 강조하고 있다. 그러므로 본의 시에서 기본적으로 나타나고 있는 자성의 이미지에서는 보이는 세계와 보이지 않는 세계, 천상과 지상 그리고 영과 육의 교감이 어떻게 이루어지는가 하는 것에서부터 출발하고 발전되었음을 알 수 있다. 이런 면에서 자성의 이미지의 도입은 종교적으로 한층 성숙한 시에서 찾아볼 수 있다.

본의 자성의 이미지는 그 출발점이 종교시에 국한 된 것이 아니었다. 그의 종교시의 사상과 배경이 이미 세속시에서 기본적으로 형성되었다고 볼 때에 자성의 이미지 역시 세속시에서부터 서서히 생성되고 발전되었을 것임에 틀림이 없다. 본은 초기 세속시에서도 자성의 이미지를 채택하였는데 그 이미지들은 모두 본 자신의 정신적인 지략이나 교육을 통해서 습득되고 형성되었다고 특징지을 수 있겠다. 다만 이 세속시에서는 일반적으로 종교시에서 보이고 있는 자성의 암시라는 측면에서 볼 때 특별한 모형들은 찾아볼 수는 없다. 초기 세속시 중에서 「아모렛에게, 그와 다른 연인들 간에 차이, 그리고 진실한 사랑은」(To Amoret, of the Difference 'Twixt Him, and Other Lovers, and What True Love is)에서는 자성에 대해 직접적인 유추를 그 목적으로 하고 있음을 보여주고 있다. 이 시의 마지막을 장식하는 두 연을 읽어 보면 사랑이라는 단어를 통해 창조자와 창조물 또는 창조물과 창조물 사이의 자성에 대한 관계를 볼 수 있게 된다.

힘찬 사랑으로 내가 세련되는 동안,
나의 부재한 영혼과 같은 것이,
그녀에게 무관심,
일견이나, 입맞춤,
그런 정욕과 감각의 요소로서
자유롭게 분배하고
마음을 구애한다.

그래서 자석은 북쪽을 향해 움직이고
매혹된 강철들은 그들을 열망한다:
그래서 아모렛,
나는 감동했다.
날개 달린 광선과, 공생하는 불로서
영혼과 별은 공모한다.
이것이 바로 사랑이니.

Whilst I by powerful love, so much refined,
That my absent soul the same is,
Careless to miss,
A glance, or kiss,
Can with those elements of lust and sense,
Freely dispense,
And court the mind.

Thus to the north the loadstones move,

And thus to them the enamoured steel aspires:

Thus, Amoret,

I do affect,

And thus by winged beams, and mutual fire,

Spirits and stars conspire,

And this is LOVE.

조안 베넷(Joan Bennett)은 이 시구들이 형이상파 시인의 대부라 할 수 있는 존 단의 「고별사: 금지된 슬픔」(A Valediction: forbidding mourning)과는 그 어떤 연관성도 찾아볼 수 없다고 정의하면서 본 시의 독창성을 설명하고 있다. 한편 마릴라는 29행의 그래서(Thus) 가 이 시에 있어서 절대적으로 필요한 요소라고 강조한다. 이 시 어를 통해야만이 전체적인 내용들이 진정한 사랑과 더불어 두 연 인 간에 자성으로 끌리는 기본적인 정체성에 대해 명백한 주장을 이룰 수 있다고 보았다.

마릴라의 해석에 대한 권위는 본의 시 속에서 사랑과 자성의 정 체성에 대한 내용들을 발견해 내었다는 것에 있다. 그래서는 확실 히 유추를 불러일으키고 있음이 확실하다. 상상의 날개를 독자들에 게 부풀게 만들고 있는 것이다. 아주 먼 곳에 위치하고 있는 북극 이 자석에게 영향을 미치는 것과 같이 연인의 구애가 먼 곳에 떨 어져 있음에도 불구하고 서로의 마음속에 작용하고 있음을 암시적 으로 보여주고 있기 때문이다. 한편 30행의 그래서는 돌과 철의 평형성에 대한 유추를 만들어준다. 그리고 그것은 이전에 보여주었 던 연인에 대한 끌림과는 조금 다른 모형으로 비쳐지고 있다. 31 행과 32행은 연인들의 애정 감각에 대한 새로운 유추가 생겨나게 되는데 철이 자석에 대해 끌려가는 향상심의 모습이 나타난다는 것이다. 여기서 유추의 순환적인 연속성을 보게 된다. 그것은 인간의 마음속에서 나타나는 구애가 자성이 보여주는 끌림의 현상과 연인 간의 애정감각과 너무나 유사하다는 것이다. 33행과 34행에서 묘사되는 마지막 유추, 그래서는 앞의 두 행과 함께 앞의 연에서 보여주었던 것들을 다시 한 번 상기하게 만드는데 여기에서는 영혼과 별들 간에 나타나는 상호적인 영향이 연인 간의 상호 마음속에 그려지는 구애의 모습과 동일하게 나타나고 있는 것이다. 유추의 연 속에서 볼 때 각운이 보여주는 A−B−A−B의 운율의 패턴에서 A가 연인 간의 사랑의 행위라고 본다면 B는 그들에게서 보이는 동류의 그 어떤 것들을 나타낸다. 그리고는 마지막 주장이 다가오는데 그것이 바로 결론구인 그것이 사랑이라(And this is LOVE)인 것이다. 즉, 상호 간의 끌림, 바로 그것이 사랑으로 귀결되는데 이것을 자성의 이미지를 이용하여 결론 맺고 있는 것이다. 이에 대해서 마릴라는 사랑이란 바로 자성의 힘에 의해서 작용하는 것으로 보면서 "여기 마지막 두 연의 함축적인 의미는 사랑이 자성으로 서로 끌어당김과 함께 영혼과 별 간에 끌리는 본성적인 우주적인 연합을 설명하는 가장 적절한 표현으로 나타나고 있다."라고 설명하고 있다.

3.2. 자성이미지의 형태와 의미

헨리 본의 자성의 이미지는 세 가지 형태로 나타나고 있는데 제일 먼저 신과 창조물 사이의 교감을 일반적 형태로 다루고 있는 것으로서 이것은 넓은 의미의 교감현상을 의미한다고 볼 수 있다. 이것은 신이 이 세상을 창조하였다는 창조의 섭리에서부터 출발하여 오늘날에 이르기까지 창조자의 섭리 속에 창조물인 자연의 존재가 어떤 실상으로 존재하고 그리고 살아가고 있는가를 보여주는 것이다. 여기서의 자성의 이미지는 역시 자연을 그 대상으로 삼고 있으며 그 안에서 이루어지는 교감의 상황은 여러 형태로 나타난다. 헨리 본의 자연에 대한 신비적 관점은 인간보다도 오히려 자연의 최하위층에 있는 창조물들이 신과의 교감에 있어서 더욱 잘 교감을 이루고 있다고 본 것이다. 무생물 중에서 최하위에 존재하는 돌도 자연의 한 부분으로서 신과 교감을 이루고 있다고 보았다. 그의 시 「돌」(The Stone)에서 보면 이러한 교감이 어떻게 나타나고 있는가를 알 수 있다.

> 그러나 나는 (아아!)
> 어느 날 유리창에서 보았다
> 비록 보이지는 않지만, 신과 창조물
> 사이에 바쁘게 행해지는 교감을. (Ⅱ. 20 – 21)
> But I (alas!)
> Was shown one day in a glass
> That busy commerce kept between
> God and his Creatures, though unseen.

이 연의 바로 앞에서 최하위 창조물인 돌은 자신의 현재적인 위치를 어둠 속에 갇혀 있는 상황과 같다고 표현하면서 그럼에도 창조의 섭리에 의해서 끊임없이 이루어지고 있는 신과 창조물과의 교감을 보여주고 있다. 그러나 그 교감은 표면적으로는 드러나지 않음을 알 수 있다. 창조자와 그의 피조물 사이의 교류는 지속적으로 이루어지고 있으면서도 비가시적인 방법으로 전개되고 있다는 것을 알 수 있게 하는 부분이다.

「수탉의 울음」(Cock‒Crowing)에서는 밤의 어둠 속에서도 신과의 교감이 은밀한 중에 이루어지고 있음을 시인은 다음과 같이 노래한다.

> 그들의 자기력은 온밤 내내 작업하였고
> 그리고 낙원과 빛을 꿈꾼다.
> Their magnetisme works all night,
> And dreams of paradise and light.

여기에서는 피조물인 수탉이 밤이라는 신비한 시간대를 이용하여 자신의 창조자와의 교감을 이루어냄으로써 신의 세계를 갈망하고 있음을 그려 준다. 특별히 이 시에서는 피조물 자체가 신과 교감할 수 있는 자석의 요소를 지니고 있는 것이 더욱 주목된다.

자성의 이미지의 모형을 보여주는 두 번째 형태는 지상세계의 소우주에 대해서 신의 세계인 대우주의 영향이 어떻게 이루어지고 있는가를 보여주는 것이다. 이것은 현상 세계인 지상세계와 영원세계인 천상세계와의 교감이 어떻게 이루어지고 있는가 하는 것을 보여주는 것을 말한다. 여기에는 양자 간 개별적으로 교감할 수 있는 영혼의 매개물이 상호 존재하고 있어야만이 그 교감이 이루어질 수 있다는 전제조건이 뒤따른다.

「별」(The Star)에서는 천상세계와 지상세계의 두 영역 간의 교감과 흡인력이 묘사되고 있다. 먼저 시인은 독수리를 등장시키면서 그 동물이 지닌 강한 이미지를 통해 천상세계의 의미를 부각시킨다.

> 비록 그들의 닫힌 교감이 전일 이루어지지 않아도
> 나의 지금의 탐색은, 별들이 아닌 독수리의 눈으로,
> 최상의 것으로 최저의 것을 남게 했으니
> 가장 높은 선이 은혜가 되는 도다.

Though thy close commerce nought at all imbars
My present search, for eagles eye not stars,
And still the lesser by the best
And highest good is blest:

독수리는 본래 새 중에서는 왕의 위치에 있는 새이다. 고대의
연금술에서도 독수리는 태양의 새라고 명명하면서 독수리에 대해
"태양의 영향력과 동일한 일을 수행하는 피조물"이라고 강조하고
있다. 강한 새의 상징은 신의 교감에 있어서 흡인력이나 영향력을
대변해 주는 것이고 자성이란 끌어당김과 끌림의 상호 작용이 있
어야 한다는 점에서 흡인력의 의미는 중요한 역할을 한다고 볼 수
있다. 따라서 독수리의 상징은 바로 이러한 힘의 의미와 함께 창
조자와 창조물 사이에서 일어나는 교감 속에서 보이는 끌어당김의
강도를 엿볼 수 있게 해 준다.
    그러면서 시인은 이와는 대조적으로 나타나는 지상세계를 보여
준다. 그것은 곧 변화와 파멸의 의미를 갖고 있으며 따라서 별은
지상적인 것에 감염되어 죽음과 쇠잔함의 의미를 엿보게 한다.

먼저, 나는 확신하기를, 높이 평가된 주제가
가장 마음에 내키고, 왜냐면 육체는 감염되어,
타락하거나 죽게 되도다 그대와 함께하는 것은
지속도 아니고, 연민도 아니다.
First, I am sure, the Subject so respected
Is well disposed, for bodies once infected,
Deprav'd or dead, can have with thee
No hold, nor sympathie.

    그렇지만 신의 섭리는 인간을 그러한 죽음의 쇠잔함에 그대로
버려두지 않는다. 교감을 통해서 이를 알아내고는 별에게 모든 것

을 위임한 채로 지속적인 교감을 계속하고 있음도 알 수 있다.

> 이것들이 강하게 움직이고 그대의 빛과
> 사랑으로 온밤을 역사하는 자성이다.
> These are the magnets which so strongly move
> And work all night upon thy light and love,

그렇게 본은 천상과 지상을 대비하면서 양 세계 간의 교감을 자성을 이용하여 연결시키려 하였는데 다만 그 자성의 이미지는 자연의 여러 형태를 통해 구현되고 있다. 이러한 자성의 모형은 점진적으로 종말회귀사상으로 발전하고 이동하게 되어 새로운 헨리 본의 시의 양상을 알 수 있게 해 준다.

마지막으로 자성의 이미지는 인간의 감각과 그들의 개별적인 영혼들이 어떻게 세계정신과의 조화를 이루면서 연합하고 있는가를 보여준다. 이것은 지상의 의미인 자연과 그리고 인간들 사이에서 일어나는 교감의 범위와 그 확장을 묘사하는 것을 말한다. 「확실히 거기엔 육체의 구속이」(Sure, there's a tye of Bodyes)에서는 개별적인 육체의 감각들이 상호적인 조화를 이루고 있으며 한편으로는 이런 조화를 통해 교감이 이루어지고 나아가서는 세계정신으로 다가갈 수 있음을 묘사하고 있다.

> 확실히 거기엔 육체의 구속이 있다! 그리고 그것들이
> 점토로 (그것과 함께) 분해될 때,
> 사랑은 시들고, 그 찬 육체로 가려져
> 기억은 무디어진다;
> 광선이나 행동이 없이 그렇게 사물들은 고정되었고
> 접촉을 주지도 받지도 않는다.
> 그렇게 인간은 금잔화이다. 문을 잠그고, 머리는

매단 채로 이것들은 질주하며 달아났다.
Sure, there's a tye of Bodyes! and as they
Dissolve (with it) to Clay,
Love languisheth, and memory doth rust
O'r‒cast with that cold dust;
For things thus *Center'd*, without *Beames*, or *Action*
Nor give, nor take *Contaction*,
And man is such a Marygold, these fled,
That shuts, and hangs the head.

　첫 행의 구속(tye)이라는 시어는 시 전체의 의미를 집약시키는 중심적 시어로 나타나고 있다. 이것은 바로 육체의 연합을 통해 가져다주는 두 사람의 영혼 사이에 보이지 않는 교감을 그려 주고 있다는 것이다. 스티비 데이비스(Stevie Davies)는 이에 대해 "연합에 있어서의 구속은 두 사람 사이에 보이지 않는 상호 간의 기호만큼이나 견고하고 영원하다."라고 설명해 주고 있다.

　그러나 시가 계속 전개되면서 한 가지 생각해 볼 문제는 교감의 상태는 지속되어 가지만 육체들 간에 일어나는 교감의 상태는 육체가 쇠하여지므로 약화되고 있음을 보여줌으로써 제한적인 의미를 제공한다. 따라서 빛의 역할도 점차 감소되고 육체적 활동마저 저하되어 상호 간 접촉이 둔화되어 감을 알 수 있게 된다. 그러나 비록 육체적으로는 거리를 두고 있다 할지라도 인간 영혼의 감각은 교감의 연합을 지속적으로 도모하고 있음을 알 수 있다.

삶의 영역 속에서의 부재와, 그리고 감각은
멀리 떨어진 것들을 결합한다.
약초는 동쪽에서 잠자고, 닭들은 거기에서
빛의 회귀를 본다.
그러나 마음은 그처럼 자연스럽지 못하다: 거짓된 순간의 쾌락들은 이 세상이 아름다운 것이라 우리에게 말해 준다.
그리고 믿을 만한 무덤 넓이만큼의 상상의
비약으로 우리들을 감싸준다.
Absents within the Line Conspire, and Sense
Things distant doth unite,
Herbs sleep unto the East, and some fowls thence
Watch the Returns of light;
But hearts are not so kind: false, short delights
Tell us the World is brave,
And wrap us in Imaginary flights
Wide of a faithful grave.

여기에서 자성의 이미지가 보여주는 궁극적인 목적은 신과의 교감을 통해 천상을 지향하는 것으로 집약할 수 있다. 이것은 헨리 본의 자연신비주의를 대표하는 이미지인 빛의 이미지와 연결되면서 종말회귀사상의 기본 원리인 신플라톤사상에서 말하는 우주적 상호교감으로 확장된다. 그리고 한편으로는 자성의 이미지의 확장을 보여준다. 교감의 폭이 더욱 크게 변화함을 볼 수 있는 것이다. 「폭풍」(The Tempest)에서 보면 이러한 우주적인 상호교감의 사상이 더욱 극명하게 드러난다.

뿌리를 지닌 식물들은 땅과 어울리고,
그들의 잎은 물과 습기로 어울리며,
꽃들은 공기와 영묘하게 다가서게 되고,
그리고 씨앗들은 친족의 불로 하늘과 연결된다.
Plants in the *root* with earth do most comply,
Their *leaves* with water, and humidity,
The *flowers* to air draw near, and subtlety,
And *seeds* a kindred fire have with the sky.

여기서 시인은 독특한 형식의 이탤릭체를 이용하여 시의 의미를 증폭시키고 있다. 여기서의 이탤릭체는 식물을 시의 의미를 대표하는 모형으로 만들어주고 있다. 그리고 시의 문맥상으로 볼 때도 씨앗(seeds)이 땅에 떨어지게 되면 뿌리(root)를 포함하는 식물(plants)로부터 출발하여 잎(leaves)으로 옮겨가고 그것이 다시 꽃(flowers)으로 발전하면서 결국은 씨앗(seeds)으로 되돌아와 마감하는 시계열적인 식물의 성장과 마감을 보여준다. 이것은 삶의 생태적인 요소를 나타내는 것으로서 식물의 성장과 마감을 통해서 우주적인 교감을 인식하도록 하는 시인의 의도로 볼 수 있다. 천상으로부터 인간 영혼에 떨어지고 그것이 활성화됨으로써 그 결과 영혼은 식물처럼 싹이 트게 되고 영혼의 싹틈이라는 형이상학의 본질이 생성된다. 그리고 그 영혼은 지상세계에서 식물의 생성과 변화와 그리고 쇠퇴함과 마찬가지로 생에서부터 죽음으로 나아가고 그리고는 천상으로 재복귀한다는 것을 보여준다. 그리고 또 한편으로는 이미지의 확장을 통해 신의 세계로 나아가는 종말회귀사상의 궁극적 목표에 도달하는 것이다.

3.3. 종말회귀사상의 관련성

헨리 본의 종교시에서 나타나는 자성의 이미지에서는 일반적인 주제의 발전적 측면에서 볼 때 초기 자연의 현상에서 느꼈던 신의 세계의 갈망이 하나씩 점진적으로 성취되고 있음을 알 수 있다. 이것은 시에 있어서 이미지의 발전이며 나아가서는 주제의 발전과도 같은 의미를 지닌다. 따라서 헨리 본 시의 자성의 이미지는 본의 종교시에서 나타나는 이미저리 발전에 가교적인 역할을 수행하고 있다고 말할 수 있다.

또 한편의 시 「기묘함」(The Queer)의 마지막 연에 등장하는 신성함(holyness)은 아주 단순한 메타포이면서 자성의 이미지를 내포하고 있음을 보여준다.

확실히, 자성은 *신성함*이며,
구혼하도록 하는, 사랑과 유혹이다:
그댈 알게 하는 아주 탁월한 지복을
만들어서는, 거의 알 수 없게 하는구나.
Sure, *holyness* the *Magnet* is,
And *love* the *lure*, that woos thee down:
Which makes the high transcendent bliss
Of knowing thee, so rarely known.

이 연의 처음 행에서 신성함과 자성의 이미지 모두가 영적인 힘을 갖게 된다는 사실을 알 수 있다. 여기서 유혹(lure)의 의미에 대해 시인은 이 시어를 매 사냥꾼이 자기의 새를 다시 돌아오게 만들 때에 쓰는 하나의 기술적인 장치를 보여줌과 동시에 또한 새를 돌아오게 만드는 자신의 새에 대한 부르짖음을 의미한다는 양면성을 묘사하고 있다. 따라서 이 서술은 확실히 강한 비유적인 의미를 포함하고 있으며 이를 통해서 자성의 의미를 인지할 수 있도록 해 준다.

자성의 이미지를 보여주는 또 다른 시 「인간」(Man)의 네 번째 연은 인간과 무생물의 신에 대한 교감을 다음과 같이 보여주고 있다.

그는 모든 문을 두드리고, 길을 잃고 헤맨다.
아니 그는 돌들이 지닌 만큼의 지혜도 갖고 있지 못하다.
그 돌들은, 창조주가 준 감춰진 감각으로

캄캄한 밤에 그들의 고향을 찾아낸다;
인간은 북이다. 탐색하며 돌아다니고
베틀 속을 왕래하는,
신이 움직이도록 명령했지만, 휴식은 정하지 않는.
He knocks at all doors, strays and roams,
Nay hath not so much wit as some stones have
Which in the darkness nights point to their homes,
By some hid sense their Maker gave;
Man is the shuttle, to whose winding quest
And passage through these looms
God ordered motion, but ordained no rest.

이 묘사에서 확실하게 질의되는 것은 여기에 등장하는 돌들(some stones)이 확실하게 자성을 띠고 있는 물체인가 하는 점이 아니며, 다만 시인은 그것이 자성을 갖고 있건 아니건 간에 돌들이 가진 지략이 사람보다 못하지 않다는 점을 지적하려 의도했다는 점이다. 『섬광의 부싯돌』의 다른 시에서도 돌은 창조물 중에서 가장 생명력이 결여된 물체이지만 신과의 상호관계가 지속되는 물체로 등장하게 된다. 그러나 이 시에서 나타나는 인간의 모습은 신과의 직접적인 관계가 성립될 수 있는 길을 상실한 대상으로 묘사되고 있다. 여기서 보여주는 길을 잃어 방황하며 배회하는(strays and roams) 인간들과 확실히 한 치의 오류도 없이 자기들의 거처를 가리키고 있는 돌들은 확실한 비교가 되고 있다. 이것들이 바로 내재적 상호작용이 아닌 또 다른 방법을 통해 길을 안내해 주는 자료들이 되고 있다. 본은 확실히 자성의 정점에 대해 말하고 있음을 알게 된다.

이와 유사하게 「수탉의 울음」(Cock Crowing)에서 묘사되는 자성의 이미지는 비유적인 의미로 사용되는 초기의 실례가 되기도 한다.

빛의 아버지여! 어떤 빛의 종자나,
어떤 한낮의 눈짓을 그대는
이 새 속에 가두어 놓았는가? 모든 종족들에게
그대는 이 생기 넘치는 광선을 배당했었다;
그들의 자기력은 온밤 내내 작업하였고
그리고 낙원과 빛을 꿈꾼다.
Father of light! What Sunnie seed,
What glance of day hast thou confin'd
Into this bird? To all the breed
This busy Ray thou hast assign'd:
Their magnetism works all night,
And dreams of Paradise and light.

본이 자성의 이미지를 의식하면서 비유적인 의도로 시를 썼거나,
아니었거나 간에 여기서는 본의 시가 묘사할 수 있는 내재적 의미
의 어떤 모형도 만들어 줄 수 있는 가능성은 보이지 않는다. 서술
의 구조적 측면으로 볼 때는 이들이 형이상학적인 해석은 가능하
게 만들 수 있을지도 모른다. 그러나 같은 관점에서 이 시편들이
종말회귀사상의 의미를 많이 담고 있다고 볼 때에 시인은 다분히
시의 전체적인 문맥에 있어서 자성의 이미지를 조심성 있게 채용
하고 있음을 알 수 있다. 한 가지 특이할 사항은 본에게 있어 종
말회귀사상을 완성시키기 위해서는 자성의 이미지의 구현이 선행
되어야 한다는 것이고 따라서 그의 자성 이미지는 그의 시의 단계
적 발전의 모형을 만들어 가고 있다고 볼 수 있다.
『섬광의 부싯돌』의 전체 시를 통해서 볼 때 표면적으로는 본은
태양과 빛의 이미지를 신과의 대화를 암시하는 대상물로 사용했고
또한 구름이나 어둠의 이미지를 통해서는 대화의 단절을 보여주려
했었다. 빛은 본의 시에 있어서 가장 보편적인 메타포로 나타나는
데 이것은 가장 열등한 것과 가장 고등한 것과의 상호 유대를 유

도하는 비유적인 의미로 쓰인다. 따라서 자성의 이미지는 어둠 속에서도 신과의 교감을 활발하게 이룰 수 있게 하기 때문에 어찌보면 빛의 이미지의 대리적인 의미가 아닌 보완적인 관계로 생각해 볼 수 있다.

아울러 위에 열거했던 시편들은 모두 본의 자성의 이미지를 보여줌과 동시에 밤과 관련이 있음도 함께 보여주고 있다. 역설적인 의미에서 헨리 본의 시에서 나타나는 밤의 의미는 신과 대화할 수 있는 가장 좋은 시간이기 때문에 신비하고 알 수 없는 흥분을 느끼게 하는 시간으로 묘사된다. 그러므로 기도를 통해서 신과의 교감이 지속되는 시간인 것이다. 스티비 데이비스는 "본의 시에 나타나는 밤의 시간대는 신비한 시간이며 장엄한 자극이 있는 순간이다. 또한 밤은 끈기 있는 기도를 요구하는 시간이 되기도 한다."라고 본의 시에 나타나는 밤에 대한 의미를 강조해 주고 있다. 그러므로 본의 종교시에서 자성의 이미지는 그의 빛과 어둠의 이미지를 대리해서 사용할 수 있는 가장 적절한 이미지로 생각해 볼 수 있다. 그것은 빛과 어둠의 이미지가 보여주는 신과 인간 세계의 관계를 자성의 이미지가 적절하게 연합시키고 관련시켜 줄 수 있기 때문이다.

본이 그의 시 속에서 어떻게 이 자성의 이미지를 특별한 모형으로 사용하는가 하는 것을 알아내는 데는 과학과 자연의 법칙을 응용하는 방법이 있다. 자석의 방향침이 보여주는 경이로운 현상은 모든 항법장치들이 안개 속에서나 어둠 속에서 무용지물이 되었을 때라도 그 방향과 갈 길을 확실하게 가리켜준다는 사실을 응용하는 것이다. 본의 종교시에 나타나는 자성의 이미지도 역시 같은 양상으로 나타난다. 빛이 차단된 밤이나 또는 안개와 구름이 가려진 세계라 할지라도 신의 영향력은 변함이 없다는 것이고 이것이 바로 그의 자성의 이미지로서 구현되고 있다.

헨리 본의 자성 이미지 형성에 가장 직접적인 영향을 준 윌리암 길버트(William Gilbert) 『자성』(De Magnete)에 나타난 "어둠이 깔린 하늘이나 깜깜한 밤 아래에서도, 나침반은 자성을 갖고 있는 바늘이 동서남북 세계 어디이든지 간에 가리킬 수 있다는 것이다."라는 자성의 이미지의 기본적인 이론을 예로 들지 않더라도 본은 그의 시 속에서 안개와 구름 또는 어둠을 뚫고 새로운 세계를 바라보는 시적인 감각을 계속 지속시켜 나갔다. 그에 의하면 자석은 주변의 환경적 변화를 무릅쓰고도 확실한 영향력을 행사할 수 있다는 것이다. 이러한 관점으로 자성의 이미지가 사용되기 때문에 본은 계속해서 그의 시 속에 자성의 이미지를 넓혀 가고 있었고 그것은 한편으로 신과 인간 사이에 단절되었던 관계를 회복시켜 주는 면으로 작용하고 있음을 알 수 있다. 헨리 본이 그의 종교시에서 특별하게 자성의 이미지를 사용하는 것은 그의 이러한 문제점들을 보강하고 또한 그가 길버트에 의해서 영향받았다는 점을 다분히 강조하기 위한 부분도 없지 않다. 결국 이러한 그의 의도는 일반적인 자석이 나타내는 자성의 의미와는 약간 동떨어진 면에서 일면의 발전적인 모형을 그려 주고 있음을 알 수 있다.

결론적으로 종교시에서 보여준 헨리 본의 자성의 이미지는 비유적인 요소를 다분히 담고 있으며 또한 문맥상으로 볼 때 연금술적인 요소들이 다분히 게재되어 있음을 알 수 있다. 그리고 한편으로는 연금술적인 우주직인 자성의 이미지로 발전되고 있다는 것이다. 그러나 본의 자성의 이미지의 사용은 그의 전체 시를 대변할 수 있는 자연신비주의에서 보여주는 독특함이 확실히 내포되고 있음을 알 수 있다. 그리고 이 자성의 이미지는 본의 종교시 속에서 나타나는 대표적인 이미지인 빛의 이미지의 대리적인 의미로서도 쓰이고 있다. 여기서 그가 주안점으로 다루려는 것은 바로 신과 인간의 관계 설정에 있다. 그것은 곧 돌이나 나무 같은 하등한 것에서부터 인간과 신의 세계 표방에 이르기까지 상호의 관계는 지속되어야 한다는 것이고 본은 바로 그의 시에서 이러한 상호적인 교감을 자성의 이미지로 묘사해 주고 있다. 본은 길버트의 영향에 의해서 이전에 다른 자성의 이미지를 파악하려는 철학자들이 보여 주었던 이론들은 포기하고 자신의 독특한 이미지를 구축하는 데 더욱 노력을 기울였다. 다만 본은 자신의 자성의 이미지가 바로 길버트의 영향에 의해 영향받은 사실에 대해서도 자신 있게 설명 하였고, 그것이 결국은 자신에게 있어서 광대무변한 질서 있는 자 성의 이미지로 고착되었다고 확신했다.

헨리 본은 그의 종교시나 세속시 모두에서 철과 자석의 물리적 인 관계 현상을 논하려는 의도는 아니었다. 단지 그는 모든 물체 들은 물질적 또는 형이상학적을 막론하여 나름대로의 끌림과 당김 이 있다는 것이고 그것이 바로 자성의 이미지의 연금술적인 해석 이 된다고 보았다. 본의 자석에 관한 철학적 논리는 비록 영향은 받았지만 그의 연금술사 동생인 토마스와는 다소 구분된다. 본의 자성의 이미지는 신과 대화할 수 있다는 관계론과 함께 또 한편으 로는 신의 세계에 대한 새로운 인상을 더욱 짙게 만들어 줌으로써 동생 토마스보다 더욱 정통적인 신앙을 보여주고 있다. 한편 이 자성의 이미지는 비록 다른 형태의 모형들이 보이고는 있지만 세 속시에서 먼저 형성되었다고 생각한다. 다만 그의 세속시가 아직 활발하게 연구되지 못한 현실에서 종교시와 세속시에 나타나는 자성의 이미지의 분석과 해석상 차이가 있기 때문에 차후 연구과제가 되어야 할 것이다. 그리고 다른 한편으로 자성의 이미지는 그의 종교적 전환과도 밀접한 관련이 있음이 확실시됨으로 이 역시 또 다른 연구과제 중의 하나가 되어야 할 것임에 틀림이 없다. 결국 본의 자성의 이미지는 창조자와 창조물 간의 영적인 교감과 창조물 사이의 상호 교감을 그려 주는 이미지로 나타나고 있으며 이것은 또한 인간의 신의 세계의 회귀라는 네오플라토닉과 더불어 신의 세계의 지향을 추구하는 종말회귀사상과 관련지어진다. 따라서 자성의 이미지는 인간의 신의 세계 구현을 연결하는 매개체적 역할을 보여주고 있는 것이다.

4 명상의 구조와 역설

『섬광의 부싯돌』 제1권의 마지막 시는 「나 어느 날 걸었었네」(I walked the other day)이다. 루이스 마츠는 그의 비평서 『명상의 시』(The Poetry of Meditation)에서 이 시를 헨리 본 시 가운데 명상적 구조를 발견할 수 있는 가장 뚜렷한 실례로 여기고 있다. 이 시는 9개의 연을 3연씩 3개로 구분해 살펴볼 수 있는데 처음 3연에서 본은 자신의 명상이 집중하게 될 이미지를 구성해 주고 있으며 중간부분인 4연에서 6연까지는 그 이미지의 영적 암시를 표현하는 데 할애한다. 그리고 마지막 3연에서 명상은 기도 즉, 명상의 적절한 목표로 여겨졌던 신과의 대화(colloquy with God)로 변화된다.

시의 첫머리를 보면 본이 어떻게 명상의 경험을 쓰려 하는지 그 의도가 명백해진다.

> 나 어느 날 걸었었네(시간을 보내기 위해서)
> 광야 속으로
> 그곳은 화려한 꽃을 피우기 위한 토양으로
> 내가 종종 보아 왔던 곳이었다.
> I walked the other day(to spend my hour,)
> Into a field
> Where I sometimes had seen the soil to yield
> A gallant flower,

여기서 시간을 보내기 위해(spend my hour)의 구절은 확실히 본이 매일 한 시간 동안 규칙적으로 명상하는 습관이 있었음을 암시해 주고 있다. 그의 작품과 그의 동생 토마스의 작품을 잘 이해하고 있다면 본이 명상하기 위해서 들로 나가는 것은 당연한 것으로 여기게 될 것이다. 그가 글을 썼던 17세기는 피조물에 대한 명상의 전통이 잘 확립되어 있었고 또한 모든 사람들에게 잘 전파되어 있었다. 본이 좋아했던 구약성서의 인물 가운데 하나도 역시 같은 일을 했었다. 창세기 24장에 보면 이삭의 이야기가 나오는데 "이삭이 저물 때에 들에 나가 묵상하다가"라는 성구가 바로 그것이다. 하지만 이 시에서는 본의 명상의 초점이 되는 꽃은 나타나고 있지 않다. 왜냐하면 현재의 시점이 겨울이기 때문이다. 그래서 시인은 땅을 파기 위한 노력을 모색해 본다. 그리고는 지상이 아닌 땅 속에서 식물을 찾아낸다.

> 그리고는 이윽고
> 나는 홀로 누워 있는 따뜻한 은둔자를 보았다.

신선하고 푸르른 곳에서
그는 보이지 않게 우리와 살고 있었다.
And by and by
I saw the warm Recluse alone to lie
Where fresh and green
He lived of us unseen.

감추어져 있고 초라하지만 풍성한 생명의 이미지는 본의 상상력에 가장 크게 영향을 미치고 있음이 드러나는 대목이다. 자신이 사랑했던 사람들이 죽음의 상태인 영적 상태가 되어 창조자 안에서 그리스도와 더불어 감추어진 삶을 영위하고 있다는 사실과 그렇게 살기 위해서 세상을 완전히 포기했던 자로서의 본 자신에 대한 의식을 전달하기 위해 시인에게는 일상의 명상이 필요했다는 사실이다.

그런 이미지에 대한 본의 이해가 4연에서는 그 자신이 완전하게 인식하고 있듯이 특별히 새로운 것은 나타나지 않는다. 그가 도달한 이해는 물론 고린도 전서 15장의 죽음과 부활에 대한 성 바울의 변론에 기초하고 있다. 그러나 그것은 그를 명상의 중심으로 이끌기에 충분한데 이를 통해 그 시의 숨겨진 주제가 바로 자신의 죽은 동생임이 분명히 드러난다.

행복한 죽음이여!
어떤 평화가 지금
여기서 그를 잠들게 묶어 놓았나?
Happy are the dead!
What peace doth now
Rock him asleep below?

본의 시들이 독자들의 성경 지식을 당연시하는 방식의 좋은 예가 여기에 있다. 예를 들자면 그는 독자들로 하여금 인용부를 완성하기를 기대한다는 사실이다. 이 시의 배경은 요한계시록 14장 13절이다. "주 안에서 죽는 자들은 복이 있도다…… 저희 수고를 마치고 쉬리니." 중요한 것은 본이 죽은 모든 자나 죽은 모든 피조물의 복에 대한 일반적인 언급을 하고 있지 않는 것이다. 그의 말은 주 안에서 죽은 자들의 상태를 언급하는 것으로 이해되어야만 한다.

본의 명상 바로 그 중심에서 빛에 관한 개인적인 주제가 다소 희미해지는데 시의 6연을 보면 그 시가 기록하는 명상 과정에 대한 설명으로 가득 차 있다. 본은 피조물에 대한 명상의 유용함을 이미 인지하고 있었던 것이다. 시 7연에서 하나님을 부르며 본은 자신의 현재 주제에 중요한 속성들 중 몇 개를 골라낸다.

> 오 그대여! 어느 영이 첫 번째 불사름을 수행하는가
> 그리고 죽음의 따뜻함도,
> 그리고 성스러운 부화로 양육되어
> 이 불꽃의 삶으로서
> 한때는 존재도 형태도 이름도 없었던
> O thou! whose spirit did at first inflame
> And warm the dead,
> And by a sacred Incubation fed
> With life this frame
> Which once had neither being, form, nor name,

여기에는 한 가지 분명한 주장이 있다. 신이 태초에 죽은 물질로부터 생명을 창조할 수 있었다는 사실은 그가 우리 개개인 육체의 죽은 물질로부터 생명을 창조할 수 있고 우리 모두를 부활시킬 수 있다는 보증이 된다는 사실이다. 러드럼은 본의 시 「책」(The

Book)을 분석하면서 이 시에 암시된 주장이 비록 성경적 근거를 가지는 것으로 여겨질 수도 있지만 본은 이미 신비주의 기독교 작가들에게서 이런 사상들을 발견했을 수도 있다고 생각하였다. 그래서 본의 기도와 명상은 계속되었던 것이다. 신의 피조물 속에서 신을 아주 성공적으로 찾아내어 결국은 신 자신의 빛을 보고 빈약한 뿌리의 감추어진 생명을 보았듯이 다시 자신의 생명을 볼 수 있기를 기원하는 것이다. 말없는 단지에서 / 그해 내내 나는 슬프다는 아름답게 구성된 시를 읽는다거나 또는 본이 그려내는 인물과 대상을 성공적으로 혼합한 시를 보거나, 기독교 명상 형식을 시도해 본 사람이라면 누구나 그것을 매우 성공적인 명상으로 간주할 수 있을 것이다.

기독교에는 일종의 역설이 담겨 있다. 패배 위에 세워진 승리의 역설, 십자가상의 죽음에서 일어나는 영생의 역설이 그것인데 성경이나 기독 신학을 좀 읽어보면 반드시 기독 언어는 역설적 경향이 있음을 인식하게 된다. 또한 죽음이 부활로 이어지고 천국으로 들어가는 연결과정이 기독교의 가장 핵심적인 역설임과 동시에 본의 시에서 그려지는 신비적인 드라마라는 것이다. 사실 이러한 역설은 시어와 본질적으로 유사한 방식으로 작용하는 것으로 몇몇 신학자들에 의해서 이미 분석되었었다. 기독교의 중심 역설로 불렸던 내용들은 누가복음 17장 33절의 역설적 진술과 관계가 있다. "무릇 자기 목숨을 보존하고자 하는 자는 잃을 것이요 잃는 자는 살리라."의 역설이 바로 기독교의 역설의 중심이라는 사실이고 이러한 역설이 바로 본의 시의 핵심이라는 사실이다.

본의 명상이 자신의 죽은 동생과 관계되어 있음은 이미 주지한 사실이다. 그 이미지는 본의 글을 읽을 때 우리가 가지는 느낌, 진정한 생명은 대다수의 사람들이 그것을 전혀 구할 가능성이 없는 곳에 있다는 느낌과 일치한다. 이런 추상적인 방식으로 나타낸다면 이것은 충분한 기독교적 주제인 것처럼 보이는데 어느 정도까지는 그러하다. 그러나 이 주제에 대한 본의 표현은 대다수 다른 종교 시인들의 그것과는 다르며 경건한 독서의 단순한 산물이라기보다는 오히려 그의 감각의 깊이로부터 솟아오르는 것 같은 인상을 준다. 그것은 많은 특징적인 이미지들 속에 표현되어 있다. 겨울 땅속에 숨겨진 뿌리, 자궁으로서의 무덤과 자궁으로서의 침대가 그것이다. 그 속에서 죽음이 생명으로, 어둠이 빛으로, 잠이 깸으로 강렬해지는 것을 보게 되는 이 특이한 이미지군과 관련해 토마스 본의 죽음에 대한 정의는 흥미롭다. 그는 이렇게 썼다. 죽음은 생명이 감추어지는 후퇴의 의미를 지니고 있다는 사실이다. 한 조각의 전멸이 아니라 숨겨진 본성들이 드러나기 이전에 그것들이 있었던 똑같은 상태로의 물러섬이다. 본의 시 「부활과 영생」(Resurrection and Immortality)에는 죽음의 본질에 대한 유사한 느낌이 나타나 있다.

아무것도 떨어지게 할 수는 없지만 그러나
교묘하게 연합되어 간다.
그리고는 돌아와서, 사물의 내부로부터
보배로운 것들을 이끌어 낸다.
불사조 같은 것들이 생명과 젊음으로
새롭게 태어나
보존된 영은 아직 이 군중을 통해서
흠 없이 지나간다.
For no thing can to Nothing fall, but still
Incorporates by skill,
And then returns, and from the worm of things
Such treasure brings
As phoenix – like renew'th

Both life, and youth;
For a preserving spirit doth still pass
Untainted through this mass

　이 시로부터 우리는 본이 모든 존재가 본질적으로 순환하는 것으로 여김을 알 수 있다. 그의 글을 읽을 때 종종 느끼게 되는 것은, 죽음에서 생명으로 나아가는 과정은 신의 영이 직접 그 현상에 작용하는데 그것도 비밀스러울 때 가장 두드러지게 작용함으로써 일어난다는 것이며, 분명 죽어 있던 것 위에서 일어나게 된다는 사실이다. 다트마우스(Dartmouth) 대학의 노포드(D. P. Norford) 박사는 그의 논문에서 본의 이런 이미지들은 무의식적인 생각의 재생 잠재성을 나타내는 것으로 여길 수 있다고 말하고 있다. 그러하기에 융 심리학(Jung Psychology) 범주가 본의 시적 산물의 이런 특징적 요소를 생각하는 데 적합한 것처럼 보인다. 이제까지 언급했던 역설들과 이미지군의 중요성은 본의 위대한 명시선집들, 특히 「아침의 경계」(The Morning Watch), 「밤」(The Night), 「어릴 적」(Childhood) 등을 고려함으로써만 제시될 수 있다.

　「아침의 경계」에 대해 철저하게 연구해 온 페팃은 이 시를 짧은 행의 양식에 대하여 글로서는 조금 길며 다소 형식적인 것처럼 보일 수도 있다고 말한다. 우리가 눈을 통해 빠르게 얻을 수 있는 형식적 딱딱함의 느낌은, 그 시를 활력 있게 만드는 찬란한 서정적 충동을 기쁘게 인식함으로써 사라진다. 그러나 그 시의 시각적 양식이 중요한데 어떤 점에서는 「부활절 날개」(Easter Wings)와 같은 시에서의 조지 허버트의 양상과 비슷하다. 여기서 각 쌍의 장행과 각 쌍의 단행이 하나의 단락으로 간주되는 그 시가 9개의 단락으로 되어 있다는 사실과 이것이 의미심장한 수로 본의 창조 조화의 주제에 주어져 있다는 사실을 유념하게 되는데, 이는 성서에 기초한 것으로서 아홉 등급의 천사와 아홉 행성계를 보여주는 것으로 유추된다.

이미 살펴보았듯이 본의 글을 읽을 때 그가 인용하거나 암시하는 때를 인식하는 것이 도움이 될 수 있고 이것은 그의 글이 성경에 적용되는 만큼이나 거의 조지 허버트의 시와의 관계에 적용된다. 「아침의 경계」(The Morning Watch)의 첫 행은 "오 책이여! 끝없는 달콤함이여!"(Oh book! infinite sweetness!)로 시작되는 허버트의 「성서(Ⅰ)」(The Holy Scriptures Ⅰ)의 첫 행을 되풀이하고 있음을 볼 수 있다. 페팃은 그 자연의 책이 그 속에 담고 있는 신성한 교훈에 있어 성서와 진정으로 비교될 수 있다는 암시적 주장을 하기 위해서 본이 허버트의 시에서, 아마도 그 정황을 참고하겠다는 의미로 그 구절을 사용했을 것이라 생각한다.

「아침의 경계」(The Morning Watch)를 쓸 때 본이 허버트의 그 특정한 시를 마음에 두었을 가능성은, 기도하여(to pray)를 의미하는 "나를 오르게 하소서"(O let me climb)의 행이 정확한 어법은 아니지만 허버트의 소네트 마지막 행의 의미를 되풀이한다는 사실로 증명할 수 있다. 본의 산문 작품에 대한 지식은 그의 종교시를 이해하는 데 있어 유용한 배경과 정황을 제공해 준다. 예를 들자면, 일곱 번째 행 "이 이슬이 내 가슴으로 떨어지고"(This dew fell on my breast)는 본의 『올리브 산』의 한 구절과 대조해 봄으로써 이해될 수 있는데, 이슬 이미지를 통해 구원의 의미가 대두된다는 것이다. 본이 마음에 두었던 것은 사실적인 이슬이 아니라 성삼위의 제3격인 성령의 작용이라는 사실이다.

어떤 반지로서,
빠른 세상의 찬미의 순환이
일어나서는 노래한다;
일어나는 바람과,
그리고 낙하하는 샘들,
새들과 짐승과 모든 것들이
그들 종류로서 그를 찬양하고,
이런 모든 것들이 집어 던져져
성스런 찬양과 질서와 풍성한 종소리와
자연의 교향곡 안에서.
In what Rings,
And Hymning Circulations the quick world
Awakes, and sings;
The rising winds,
And falling springs,
Birds, beasts, all things
Adore him in their kinds.
Thus all is hurled
In sacred Hymns, and Order, The great Chime
And Symphony of nature.

여기서 본은 재창조라고 말할 수도 있는 자연의 질서와 생명력
을 일깨우는데 이는 고대 신학자들이 우주에서 성부 하나님의 작
용을 드러내기 위해 생각했던 질서와, 성자 그리스도의 작용으로
생겨난다고 여겼던 생명력이다. 질서를 경배한다는 구절은, 시간을
측정하게 하는 천체의 순환 운동이 우리에게 움직이는 영원의 이
미지를 제공한다고 주장하는 세계 창조에 대한 대화 플라톤의 티
매우스(Timaeus)로까지 거슬러 올라간다. 여기서 등장하는 표현인
반지들 / 그리고 찬양하는 순환(rings, / And hymning circulations)과
같은 시어들은 분명히 플라톤과 피타고라스의 전통에 속한다고 보
인다. 천체의 순환 운동이 찬양을 일으킨다는 생각은 행성 사이를

나누는 수학적인 간격이 천체의 조화를 나타낸다는 피타고라스의 생각으로 거슬러 올라간다. 한편 이 시에 나타난 이런 개념들은 밀턴(John Milton)의 「예수그리스도의 출생의 아침에 대해」(On The Morning of Christ's Nativity)의 고급판 주석에서도 찾아볼 수 있다. 그러나 본은 순환, 규칙성, 천체에 대한 개념에 국한하지는 않는다. 아마도 그에게 더 관심 있는 것은 우주에서 감지되는 생명력과 활력이라 볼 수 있다. 그는 산다는 것(living)의 옛 의미인 살아 있는(quick)을 사용하여 살아 있는 세계(the quick world)라고 썼다. 그의 동생 토마스의 「인지신학론」(Anthroposophia Theomagica)로부터의 인용은 본의 의미하는 바를 훌륭하게 보여주는 것이 된다. 신이 지으신 세계는 영과 살아 있음과 삶으로 가득 차 있다는 것이다. 피조물에 관한 책을 묵상하며 천체와 같은 훌륭한 피조물에 국한되지 않는 것은 본의 매우 전형적인 특징이다. 그는 자연의 모든 계층에 관심을 가지고 있었으며, 새, 짐승과 같은 자연계 모든 것들에 대해 관심을 보였다.

르네상스 시에서 흔히 볼 수 있듯이 처음 볼 때는 순수한 자연적 서정풍으로 일반화되어 보이던 것이 좀 더 세밀히 살펴보면 주의 깊게 짜인 것으로 드러나는 경우가 있다. 이 경우에 인용된 구절은 순환성의 언급과 자연의 찬양으로 되돌아오는 하나의 유사 개념으로 시작하고 끝나는데 시행들이 순환성을 드러내고 암시하기 위해서다. 아침의 경계에서 내던져진(hurled)이라는 단어를 페릿은 이 시의 오점으로 여긴다. 그리고 또 그는 성스런 찬양과 질서(sacred hymns and order)의 문맥에 대해 강제로 운을 달아 놓은 부적절한 것으로 여기고 있다. 그러나 이것은 페릿 교수가 그 단어의 함축적 의미를 폭력적 선동과 무질서로 여기기 때문일 것이다.

그러나 이를 반대로 생각해 본다면 이 단어는 시의 완벽을 위해 선택된 것이라 생각할 수 있다. 왜냐하면 그것은 이제까지 살펴왔던 질서의 의미와 생명력과 그리고 활력의 의미를 모두 통합시키기 때문이다. 이것은 옥스퍼드 영어사전 수록어휘에서 나타나는 소용돌이 침(whirl)과 내던져짐(hurl)의 두 단어 사이에 나타나는 관련성 때문이다. 그러나 페팃 교수는 이를 간과하고 있다는 사실이다. 소용돌이 침의 의미를 중점적으로 이해해야 하며 이는 빠른 순환운동을 암시하기 때문이다. 반면에 시어의 형식은 자연의 활력과 생명력을 나타낸다. 단어 차임벨이 그려내는 이미지는 모든 요소들이 조화를 이루고 그 비율과 관계의 일치를 보여주는 체계라 볼 수 있다. 또한 단어 교향곡(symphony)은 라틴어 의미로 일치와 조화(concord and harmony)로 이해될 수 있다. 우리가 엘리자베스시대 사람이 음악을 별들의 운행, 행성들의 조화, 천체의 궤도에서 나온 것으로, 어떤 의미로는 그런 것들의 모방이 되는 것으로 간주할 수 있었음을 상기해 본다면 그 단어의 적절함을 아마도 더 잘 이해할 수 있을 것이다. 이 구절이 의심할 나위 없이 보여주는 기쁨의 의미는, 우주 조화에 대한 본의 주장 내용을 고려할 때 신학적으로 해석함이 적절하다. 사실 정통 기독교 전통에 따르면, 우주의 조화는 밀턴의 실낙원에 상당 부분을 차지하는 인간의 타락 때에 이미 파괴되어 버렸기 때문이다. 딕슨(Dixon)이 시사해 주는 바와 같이 자연의 화음을 들음으로써 본은 실제 타락하지 않은 인간의 의식 속으로 들어갔으며 한편 이러한 암시는 처음 볼 때는 놀라운 것처럼 보이나 신학적으로 그리 적절하시 못하다. 그럼에도 불구하고 분명 그 시가 확실히 표현코자 했던 기쁨의 의미를 설명하는 데는 도움을 주고 있다. 그리고 본과 가까운 동시대 사람인 실레지아의 신비주의자 제이콥 베먼(Jacob Behmen)의 말을 기억할 때 그 개념에 대한 신학적 정당성을 발견할 수 있다. 그에 따르면 타락 때에 낙원은 파괴된 것이 아니라 단지 신비 속으로 즉, 계시된 물체의 세계 안에서 단지 사라졌다는 것이고, 그리고 그것은 본질상 변경된 것이 아니라 단지 우리 시야에서 물러나 있을 뿐이라는 것이다. 언젠가 우리 눈이 열리면 낙원을 보게 될 것이라고 그는 주장한다. 베먼은 또한 그리스도 안에서 변화되어 새롭게 태어난 의인은 낙원에 들어갈 수 있다고 주장한다. 그의 주장하고 있는바, 타락 이전 아담과 이브가 누렸던 낙원은 여전히 그곳에, 말하자면 우리가 인지할 수 있는 현상들 아래에 숨겨져 있고 거듭난(reborn) 사람에 의해 향유될 수 있다는 것이다. 사실 이 개념은 본의 여러 다른 시에도 관련되어 있다고 확신할 수 있으며 이 개념을 본의 특정한 시와 연관 지어 받아들인다면 시의 첫머리와 분명 연관된 물, 성령, 말씀으로 거듭나는 성경적 체험으로 나타나게 될 것이다. 그것은 이미 본이 「재생」에서 다루었던 또 하나의 주제를 다루는 것이다. 이제 시의 22행에 나오는 "어떤 메아리가 천국의 기쁨인가"의 의미는 하늘의 복은, 물리적 상황이 올바를 때 말 뒤에 메아리가 나는 것처럼 지금 여기서 기도하는 사람이 즉각적이고 확실하게 얻을 수 있는 것이다. 하늘의 복은 메아리가 말에 응답하는 것처럼 기도에 응답하는 것임을 보여준다는 사실이다.

「아침의 경계」의 중심 의미에 대해 「재생」과 관계되는 것으로 여긴다면, 두 시의 중요한 차이는 「재생」의 시에서 본이 상징적인 풍경을 지나며 걸어가는 주인공임을 강하게 느끼게 해 주는 반면, 여기서는 시 도입부에 언급된 인물인 내 영혼에 대해서 작은 세계로부터 거시적 우주 즉, 더 큰 세계로 돌아서는 시인의 모습을 볼

수 있게 된다는 것이다. 만일 독자들이 본이 익숙해 있었던 신비
주의 문학을 폭넓게 읽어 보았다면 나라는 의미가 희미해지는 시
적인 변화에 대해 전적으로 놀라운 것이 아니라는 사실을 인지하
게 될 것이다. 정통 기독교가 인간과 다른 피조물과의 차이를 강
조하는 경향이 있었던 반면, 신비주의 기독교인들은 인간이 자연의
일부임을 오히려 강조했는데 사실 인간과 다른 피조물과의 관계를
보는 그들의 태도는 어떤 점에서 생태계에 대한 21세기의 관심과
일맥상통한다고 보겠다. 그러한 개인적인 것에서부터 공동의 관심
사로 변해 가는 그런 변천은 다음 행에서도 쉽게 찾아볼 수 있다.

> 이 이슬이 내 가슴에 떨어지고
> 오 어떻게 그것이 피를 흘리며
> 나의 온 땅을 활기차게 하는가!
> This Dew fell on my Breast;
> O how it Bloods,
> And Spirits all my Earth!

여기서 나의 땅(my earth)이 암시하는 시어는 시인의 죽을 육체
와 그가 속한 물리적 우주를 언급한 것으로 이해할 수 있다. 전자
의 의미는 작은 세계이지만 후자는 곧 이어질 큰 세계에 대한 구
절을 보여준다. 이 시에 대해 좀 더 이해를 넓혀 보고자 한다면
설명해야 할 것이 많이 남아 있다. 예를 들어 본이 아름다운 음향
효과를 어떻게 성취하는지 조사해 본다면 단지 시의 종지부에 국
한된 것이기는 하지만 셰익스피어의 복잡하고 아름다운 소네트에
서 그 효과를 인용한 것처럼 보인다.
「아침의 경계」가 본 자신의 명상 습관에서 나왔다는 생각은 교
훈시 「규율과 과업」(Rules and Lessons)에서도 찾아볼 수 있다. 이

시의 두 번째 연에서 본은 태양이 뜨도록 결코 자지 말기를 주장
하면서 더 나아가 일어나 태양을 앞서라고 권하고 있음을 본다.
그의 아침 기도가 피조물에 대한 명상으로 둘러싸여 있음은 세 번
째 연에서 확실하게 대비시켜 볼 수 있다.

> 그대 동족들과 같이 걸어가라: 잠잠함에 주의하라
> 그리고 그들 가운데서 속삭여라, 거기엔 샘도 없고
> 풀잎도 없지만 그의 아침 찬양은 있다. 각각의
> 덤불과 참나무는 내가 누군지 알고 있다.
> Walk with thy fellow – creatures: note the hush
> And whispers amongst them. There's not a *spring*,
> Or *leaf* but hath his *morning – hymn*; each *bush*
> And *oak* doth know I AM.

한편 시어 아침의 찬양(morning hymn)의 의미를 생각해 볼 때
이미 「아침의 경계」에서 본 것처럼 피조물 자신이 신을 찬양하고
있다는 본의 견해를 읽을 수 있게 된다. 찬양을 신께 드리는 자는
바로 창조의 피조물의 제사장인 인간이라는 것이며 여기서 신을
보기 위한 자연신비적인 의미를 보게 된다. 사물에 대한 애니미즘
(Animism) 혹은 생기적인 해석을 수용하는 것이야말로 본의 시를
이해하는 데 필수적 요소라 본다. 모세오경에 기록된 인류의 초기
시절처럼 신과의 밀접한 관계의 즐거움을 자연의 세계만이 간직하
고 있다고 보는 본의 감각도 또한 신비주의를 이해하는 대표적 요
소가 될 수 있다. 그의 본능적인 감각은 인간의 타락 때에 자연이
타락했다는 정통주의적인 입장과는 반대의 의사를 갖고 있었다. 본
에게 이른 아침이 특히 관심을 끌었다면 아침과 찬양, 그리고 신
과의 대화가 이루어지는 아침의 의미는 그의 시를 이해하는 데 있

어서 중요한 이해의 요소가 되는 것이다. 「규율과 과업」(Rules and Lessons)에서는 그 이유에 대해 깔끔하게 표현된 단서 하나가 있다.

> *아침은 신비스럽다*; 그 첫 세계의 *젊음*
> 인간의 *부활*과 미래의 *꽃봉오리*가
> 그들의 탄생을 가리고 있다.
> *Mornings* are *mysteries*; the first world's *youth*,
> Man's *resurrection*, and the future's *bud*
> Shroud in their births.

본에게 있어 신비라는 단어는 신학적으로 해석되는 전문적인 의미와 다르지 않게 사용되고 있다. 그는 아침이 어떤 영적 진리들을 부분적으로는 드러내고 부분적으로는 감추고 있는 일종의 신성한 의미를 가지는 것으로 여기고 있다. 본의 초기적 상상력은 분명 성서에 의해서 발휘되었다고 보인다. 그 속에서 그는 타락 이후에도 창조주 신이나 그 신의 사자들과 대화할 수 있는 타락 전의 능력을 간직한 그런 세상을 발견했다는 사실이다. 「재생」과 「아침의 경계」에서 우리는 인간의 갱생이라는 개념이 어떻게 시인의 상상력을 자극했는지를 살펴보았다. 매일 아침 새로운 갱생 즉, 한 인간의 삶을 붙잡고 그것의 색조와 방향을 변화시키는 갱생이 일어난다고 믿었던 것이다. 물론 다른 시에서는 죽은 자들로부터의 부활을 그려 주려 노력했다. 약간은 미묘하지만 본의 대부분의 시에서는 소위 잠재성 철학(a philosophy of potentiality)을 감지할 수 있는데 이는 본의 시 작품의 한 요소로서 신비주의 철학에 대한 그의 관심에시 비롯된다. 너군다나 이러한 신비적 요소들은 윌리엄 블레이크(William Blake)나 로렌스(D. H. Lawrence)와 같은 후대 예술가들과의 친화성도 함께 보여준다. 예를 들어, 「나 어느 날 걸었

네」에서 하찮은 뿌리(poor root)에 대한 본의 관심은 분명 물러난 겨울이라는 존재로서의 본질이 아니라 그런 물러남과 감추어짐이 무엇을 준비하고 있느냐에 달려 있다는 사실이다. 「부활과 영생」 (Resurrection and Immortality)에서 볼 수 있듯이 본은 죽음의 실체 그 자체를 부인하고 있는 듯이 보인다.

잠재력에 대한 본의 철학은 자연의 동력론인 그의 시의 또 다른 특징적 관심과 관련을 맺고 있는 것처럼 보인다. 계속 움직이면서 그리고 끊임없이 한 양상에서 또 다른 양상으로 이동하고 있는 자연 세계에 대한 이러한 감각은 그의 시를 통해 자주 표현된 감각이다. 「규율과 과업」에서는 이렇게 묘사된다.

> 여기 *샘들이* 흐르고
> *새들이* 지저귀며, *짐승들은* 먹으며,
> *물고기는* 뛰어오르고 *땅은* 굳게 선다
> 상공의 쉼 없는 *움직임*, 쏟아지는 *빛들*
> 크게 선회하는 *푸른 하늘*, 변덕스런 *구름*, 낮, 밤·
> here *fountain* flow,
> *Birds* sing, *beast* feed, *fish* leap and the *earth* stands fast;
> Above are restless *motions*, running *lights*,
> Vast circling *azure*, giddy *clouds*, days, night.

혹은 「폭풍」(The Tempest)에서, 자연의 물리적 행동은 명백하게 자연의 영적 열망과 관련되어 있음을 볼 수 있게 된다.

> 여기 모든 만물들은 그에게 천국을 보여준다; 물은 사납게
> 떨어지고, 날아오른다; 아주 더러워진 거품 안개는
> 최초의 침상을 떠나서 오른다; 나무들, 약초들, 꽃들, 모두는
> 여전히 위로 향하려 하고, 그에게 본향으로 향하는 길을 알려 준다.
> All things here show him heaven; water that fall

Chide, and fly up; mists of corruptest foam
Quit their bed & mount; tree, herbs, flowers, all
Strive upwards still, and point him the way home.

여기서 그는 물론 자연 세계 속에서 신을 통해 주어진 교훈을 배워야만 하는 인간이다. 더욱이 자연이 인간에게 주는 것은 바로 천상을 향하는 길을 예시한다는 것이다. 문제는 인간의 무지가 천상의 열망을 파악하지 못하는 데 있다는 사실이다.

위에서 인용하고 있는 시의 공통적인 특색은 움직임, 에너지 그리고 자연관의 한 과정이 그려지고 있다는 사실이다. 이러한 특색은 초기 세속시에서보다는 오히려 『섬광의 부싯돌』에 나타난 시의 특징이다. 이러한 시는 말하는 그림이 되어야 한다는 오랜 비평적 전통을 만족시켜 줄 수는 없다. 더구나 본은 색이나 구성, 그리고 대상의 모양이나 형태에는 특별한 관심을 기울이지 않는 습관이 있었다. 사실 비록 많은 그의 이미지들이 어느 정도 시각적이기는 하지만 이미지의 시각적 특색은 그리 주목의 대상이 되지 못한다. 다만 여기서 주목해야 할 것은 에너지, 운동, 양상의 변화에 대한 감각이라는 사실이다. 헬렌 오그래디(Helen O'Grady)는 이에 대해 "감각적 이미지의 단계에서 본의 강조점은 항상 활동성, 감동의 역동적 특색이다. 그의 힘찬 세계는 끊임없는 움직임, 변화, 빛과 그림자 그리고 역동적 형태의 만화경이다."라고 설명한다. 본이 노력한 것은 끊임없는 이동에 의해서 생성된 역동적 조화 즉, 스쳐가는 순간에 이해하기 힘든 감동이라는 것이며 이는 본의 시의 특성에 대해 가장 정확하고 적중하는 묘사라 여겨진다.

본의 시에서 보이는 이러한 특색은 누구나 느끼는 것으로서 이는 그가 햇살, 구름, 소나기의 변화 그리고 흐르는 물의 끊임없는 소리를 지닌 어스크 계곡에서 살았던 사실과 관련이 있다. 또한 이것은 그가 가장 어린 시절부터 무의식적으로 몰두했을 사물에 대한 감각 강화훈련이라 할 수 있는 종말회귀사상에 대한 그의 관심과도 관련이 있다. 연금술을 신비적인 관점에서 설명하는 종말회귀사상은 무엇보다도 과정과 관계가 있다. 연금술 공정의 진수는 물질의 가능성들이 차례로 존재의 다양한 등급을 통한 변모의 과정 속에서 실현된다는 것이다. 더 순수하게 철학적인 면에서 본다면 종말회귀사상은 발산과 근원으로 되돌아가는 것인데, 끊임없는 순환적 움직임에 의해 창조된 세계를 말해 준다. 연금술에서는 우주에서 계속되는 작용인 에너지를 자주 강조하고 있음을 느끼게 되는데 위에서 인용했던 본의 시 「규율과 과업」의 구절을 마음에 새기면서 다음의 종말회귀사상의 설명을 숙고해 보자.

신은 게으르지 않다. 만약 신이 게으르다면 모든 만물이 게으를 것이다. 왜냐하면 모든 만물은 신으로 가득 차 있기 때문이다. 아니, 우주 안에서도 또한 게으름은 어느 곳에도 없다. 게으름은, 조물주의 것이든 그가 만드는 것이든, 의미 없는 낱말이다. 모든 만물은 존재가 되어야 하는 것이 필요하고, 그러한 만물은 항상 그리고 어디에서든 존재되고 있다. 왜냐하면 조물주는 모든 만물 속에 계시기 때문이다. 그분의 거처는 어떤 한 장소가 아니고 그는 또한 한 장소를 만들지도 않는다. 아니, 그분은 모든 만물을 창조하시고, 모든 곳에서 작용하고 있는 것이다.

토마스 본이 코넬리우스 아그립파(Cornelius Agrippa)를 번역한 구절도 본의 종말회귀사상에 영향을 주었기에 이 또한 고찰해 볼 필요가 있을 것이다.

그러나 흩어지는 한가운데서 사멸하는 과정을 통해 영혼이 소멸한 후에는 영혼은 즉시 모든 불결한 것으로부터 정화되고, 무수한 형태로 변하여 여기서는 약초로 저기서는 돌로 혹은 비범한 동물로 나타난다. 그러나 때때로 구름으로, 진주로, 어떤 보석으로 혹은 금속으로 변하기도 한다. 어떤 때는 불그스름한 불꽃으로 매혹적으로 빛나기도 하면서 영혼은 계속해서 수많은 빛깔의 변화를 통해 스쳐 지나가고 언제나 작용자와 경이로운 마술사로 살며 결코 노역으로 지치지 않고 그런 까닭으로 힘과 에너지를 지닌 젊은이로 산다.

헨리 본의 종말회귀사상에 대해 설명할 수 있도록 인용된 두 문장처럼 시 속에서도 같은 사상이 자주 표현되고 있으며 헬렌 오그래디가 그의 시 속에서 약간의 이미지의 연금술적 변화 즉, 20세기 시와 비평 속에서 길러진 독자들 속에서 수동적인 신중함을 일으킨다고 지적한 것은 놀랄 만한 일은 아니다. 헬렌 오그래디의 설명은 정확한 것처럼 보인다. 본의 대부분의 독특한 시들은 에너지, 과정, 영원한 천상의 세계와 지상의 세계 사이에서 일어나는 상호관계와 친교의 감각을 표현해 주고 있다. 그리고 주어진 그의 환경과 지적 관심 속에서 사람들은 삶의 어떤 주입도 없이 목수의 나무 작품처럼 만드는 것보다는 살아 있고 생명이 있는 영혼으로 가득한 세계를 그의 시에서 불러내도록 하였다. 사실 본의 이미저리는 자연 혹은 자연 너머에 있는 영역에 대한 인식이라 생각하기보다는 오히려 물질적 세계 안에 있는 물질 너머에 있는 영역에 대한 인식을 통해 자연 혹은 자연 너머에 있는 것들을 표현하는 것이다. 그리고 이러한 표현법이야말로 종말회귀사상에서 그려내는 시적 기대감인 것이다.

5 죽음의 역설적 모형

　전장에서 이미 설명하였듯이 본의 종교시에서 나타나는 기본적 사상은 천상에서 잠시 떨어져 나온 인간이 천상의 갈망하고 물과 피로서 정화됨을 통해 새로운 재생의 길로 접어들어 간다는 것이라 말할 수 있다. 한편 이러한 천상회귀의 가장 중요한 핵심은 죽음이라는 과정을 통해야만 한다는 것이기에 죽음은 마지막이 아니라 오히려 새로운 삶으로 나아가는 채널의 역할을 제공한다는 역설적 모형이 그려진다는 사실이다. 본의 작품 중에서도 가장 걸작으로 꼽히는 「밤」(The Night)은 이러한 죽음의 역설을 잘 표현해 주는 작품 중 하나이면서 그의 천상세계의 지향과 성취의 희망이 가장 잘 묘사되는 자연신비주의의 대표적인 작품이다.

> 　그 순수한 성처녀의 사당과
> 당신의 영광스런 정오를 내리덮은 성스러운
> 가면을 통해 사람들은 반디불빛 비추듯 보면서 살아가며,
> 달과 마주하고 있다.
> 현명한 니코데모는 밤에 그로 하여금
> 그의 신을 알게 만들었던 그러한 빛을 보았다.
>
> 　가장 축복받은 신자인 그는!
> 어둠의 땅에 거하며 안 보이는 눈을 가진,
> 당신의 오랜 기대의 치료의 날개를 볼 수 있었고,
> 당신께서 일어났을 때,
> 더 이상 이루어질 수 없는 그 무엇으로,
> 태양과 한밤중에 이야기했었다!
> Through that pure *Virgin—shrine*,
> That sacred veil drawn o'er thy glorious noon

That men might look and lives as Glo – worms shine,
And face the Moon:
Wise *Nicodemus* saw such light
As made him know his God by night.

Most blest believer he!
Who in that land of darkness and blind eyes –
Thy long expected healing wings could see,
When thou didst rise,
And what can never more be done,
Did at mid – night speak with the Sun!

이 시는 성서의 요한복음 3장 2절의 내용을 기본으로 하고 있는데, 신의 능력으로 기적을 이루고 있는 예수 그리스도를 한밤중에 찾아온 니고데모가 구원자로 여기고 있는 예수 그리스도와 대화를 나누는 것을 배경으로 하여 시작된다. 여기에서 본은 니고데모가 한밤중에 찾아왔다는 사실을 중심적인 사건으로 다루어 주면서 그의 시적 명상을 동원시키고 있음을 알 수 있다. 그것은 곧 니고데모가 이미 밤의 신비를 알고 있었음을 전제해 주는 것이기도 하다. 일반적인 사람들의 견해에 의하면 신은 빛이요 정의로운 것이며, 신의 기적은 모두 밝은 태양 아래에서만 존재하는 것으로 생각하였을 터인데 니고데모는 밤이 신과 가장 만나기 좋은 시간대임을 인지하고 있었던 것이다. 또한 그는 신의 신성한 빛에 대해 갈망하면서 그 빛에 대한 특별하고도 적절한 의미를 찾고 있었다. 니고데모의 갈망에 대한 예수 그리스도의 대답이 바로 이 시가 전체적으로 암시하고 있는 주제적인 의미를 전달하고 있다. 천상의 세계를 소망하며 그곳으로 갈 수 있는 방법을 묻는 니고데모에게 그리스도는 다시 태어나야 한다고 가르치면서 다음과 같이 말해 주고 있다.

예수께서 대답하여 그에게 이르기를, 사람이 다시 태어나지 않으면 하나님의 나라를 볼 수 없느니라. 니고데모가 예수께 되묻기를 "어떻게 사람이 나이 들어 다시 태어날 수 있단 말씀입니까? 그의 어미의 자궁 속으로 다시 들어가 태어나라는 말씀입니까?" 예수께서 대답하시길, 물과 성령으로 거듭나지 않으면 하나님의 나라에 들어갈 수 없느니라.

여기에서 나타나는 중심적인 의미는 다시 태어나지 않으면 신의 세계를 보거나, 신의 세계로 들어갈 수 없음을 보여주고 있다. 이러한 다시 태어남의 주제가 바로 죽음의 역설이며 본의 시가 궁극적으로 보여주려는 신의 세계로의 지향과 그 성취인 것이다. 클레멘츠(A. Clementz)는 본의 시에서 나타나는 재생의 의미에 대해서 "이 재생의 역설이 바로 본의 시의 핵심이다."라고 하여 이것이 그의 시에 있어서 가장 중심이 되고 있음을 강조한다. 그렇기 때문에 이 시의 전체적인 분위기를 이끌고 있는 밤의 이미지는 니고데모가 밤에 태양과의 대화를 이루었다고 하는 사실을 통해서 재생의 의미는 밤의 역설적인 의미나 또는 다른 표현으로 죽음의 역설을 통해야만 새 세계의 입성을 이룰 수 있다는 암시적 의미를 전달해 주는 것이라 생각된다.

셋째 행에서의 반디벌레의 상징은 밤의 빛을 더욱 강조해 주는 의미로 볼 수 있다. 그것은 달빛에 의해 빛을 내는 존재이며 태양 아래에서는 아무 의미가 없다는 것을 보여줌으로써 밤의 신비적 의미를 강조해 주는 역할을 해 주고 있다. 시인은 이 반디벌레를 현세를 살고 있는 인간의 모습과 병치시켜 주면서 신을 알게 하는 빛이 밤에 더욱 강하게 빛나고 있음을 니고데모의 고백을 통해 인식하도록 해 준다. 그러면서 시인은 니고데모가 비록 어둠 속에서 살아가고 있고 눈은 어두워졌지만 신의 구원을 인식하고 있음을 보여주고 있으며, "밤에 태양과 대화했다."라고 묘사해 줌으로써 오히려 밤이라는 시간에 빛과의 접근이 더욱 쉽게 이루어질 수 있다는 역설적인 결론을 내려주고 있다.

계속해서 시인은 공간적인 의미에 있어서 니고데모가 선정하고 있는 장소가 신성한 사원이 아니었음에 주목한다. 그의 논리에 따르면 단지 신의 섭리가 도달하는 곳이라면 장소란 아무 의미도 없는 것이고, 그곳이 어디든지 간에 그의 영광이 나타날 수 있는 곳으로 보았던 것이다. 셋째 연과 넷째 연은 이러한 공간적인 개념을 갖고 숲과 정원이라는 밤의 외부적 풍경과 유태교 성당의 내부 모습을 대비시켜 주고 있다. 이러한 대조적 모습 속에서 천상과 지상의 대비가 드러난다. 다섯째 연에서는 밤의 신비를 낮과 동일한 의미로 보면서 밤이라는 시간대가 명상과 기도의 최적의 시간임을 보여준다.

> 사랑스런 밤이여! 이 지상세계는 패배한다;
> 어리석은 짓의 멈춤; 근심하는 마음의 조심과 억제;
> 성령들의 날; 나의 영혼의 고요는 방해
> 받지 않은 채 후퇴한다!
> 그리스도의 사역과 그의 기도 시간;
> 높은 천국에서 종이 울리는 시간.
>
> 신의 고요함과, 탐색하는 비상;
> 내 주의 머리가 이슬로 가득할 때, 그리고 모든
> 그의 머리채가 밤의 맑은 방울로 젖어 있을 때;
> 그의 고요하고 부드러운 부르심;
> 그의 두드리는 시간; 성령들이 그들의 친절한
> 동반자를 발견할 때 영혼의 무언으로 바라본다.
> Dear night! this world's defeat;
> The stop to busy fools; care's check and curb;
> The day of spirits; my soul's calm retreat

Which none disturb!
Christ's progress, and his prayer time;
The hours to which high Heaven doth chime.

God's silent, seaching flight:
When my Lord's head is filled with dew, and all
His locks are wet with the clear drops of night;
His still, soft call;
His knocking time; the soul's dumb watch,
When spirit their fair kindred catch.

　　본의 명상적 수법으로 밤의 신비를 그려 주는 이 시는 나름대로
의 독특성을 지니면서 구도와 분석 그리고 토의의 세 부분으로 나
눌 수 있다. 앞서 이야기한 니고데모의 밤의 방문과 대화가 나타
나는 첫째 연과 둘째 연이 전체 시의 구도를 이루고 있으며, 신의
세계를 갈망하면서 영적인 어둠의 현상세계에서 살아가고 있는 인
간들이 어떻게 그 상황에 돌입할 수 있는가 하는 의문이 점증되고
있는 셋째 연에서부터 여섯째 연까지는 기도와 사랑으로 신과의
거리를 좁힐 수 있다는 분석을 내려주고 있다. 본은 여섯째 연에
서 성서를 인용하여 신의 현상세계의 방문을 생생하고 아름답게
묘사해 주고 있으며 마지막 행에서는 종말회귀사상을 배경으로 인
간의 영혼이 천상세계의 영혼과 관계를 맺고 있음을 노래하여 줌
으로써 인간이 천상세계와 가까워질 수 있는 신비적인 비전을 제
시해 주고 있다. 구약성서의 아가서가 인용된 여섯 째 연에서 보
면 우리네 인간이 비록 잠들어 있다 할지라도 마음은 깨어 있음을
보여줌으로써 영혼의 쉬지 않는 교감의 상태를 읽을 수 있게 한다.
　　일곱 번째 연에서 마지막 연까지는 토의의 의미를 갖는 부분이
다. 이 토의는 빛나는 어둠(dazzling darkness)과의 연합을 보여주는

인간의 가장 최종적이면서도 영원한 질문에 대한 마지막 답변을 보여주는 것이다. 그렇기 때문에 마지막 연은 이 시가 결론적으로 제시하고 있는 밤의 신비적인 역할이 신의 세계로 갈 수 있는 길이라는 것을 구체적으로 설명해 주면서 끝을 맺는다. 본이 본 밤의 시간은 신의 세계로 가는 유일한 길임을 증명해 주고 있다. 클린스 브룩스(Cleanth Brooks)는 이 시의 마지막 연에 대해 "본은 마지막 연에서 어둠의 이상을 신의 본성 안에 집어넣음으로써 최상의 절정을 맞게 만들어 성취시켰다."고 말해 준다.

> 신에게 있어서는 (어떤 이가 말하길)
> 깊지만, 눈부신 어둠이 있다고 한다; 이곳에 있는 사람이
> 그것이 늦고 어스름하다고 말한다. 왜냐면 그들은
> 모든 걸 명확하게 볼 수 없기에;
> 오 그 밤을 위해서! 그 안에 있는 나는
> 보이지 않고 희미하게 살 것만 같다.
> There is in God (some say)
> A deep, but dazzling darkness; as men here
> Say it is late and dusky, because they
> See not all clear;
> O for that night! Where I in him
> Might live invisible and dim.

이 연에서는 신의 세계로의 지향은 빛나는 어둠을 거쳐 가야 한다는 것을 역설적인 수법을 통해 그려 주고 있음을 느낄 수 있게 한다. 이것은 앞서 이미지를 논의하면서 설명한 바와 같이 성스런 어둠을 거쳐야 성스런 빛에 이른다고 하는 것을 보여주는 것이다. 여기에서 한 가지 중요한 깃은 이 성스런 어둠에 관한 관점을 시인 자신의 주관이 아닌 어떤 이의 말(some say)이라고 하여 객관화시킨 것이다. 이것은 성스런 어둠이 성스런 빛으로 지향해 나가는

것을 독자들로 하여금 진실로서 쉽게 받아들여질 수 있도록 의도하였음을 알 수 있다.

죽음의 역설적인 모습은 「그들은 모두 신의 세계로 갔습니다.」에서도 적절히 묘사되고 있다. 이 시는 먼저 죽음을 통해 신의 세계로 간 사람들을 신비적인 안목에서 보면서 자기의 지상세계의 삶을 자탄하고 그리고 죽음을 통해 그 세계로 가야 한다는 지향성에 대하여 다음과 같이 노래하고 있다.

> 사랑스런, 아름다운 죽음이여! 정의의 보석이여,
> 오로지 어둠 속에서만 빛나는,
> 무슨 신비가 당신의 흙 저 너머에 있느냐;
> 인간이 그 경계너머를 바라볼 수 있게 하소서!
> Dear, beauteous death! the jewel of the just,
> Shining nowhere, but in the dark;
> What mysteries do lie beyond thy dust;
> Could man outlook that mark!

위의 시는 어떻게 보면 죽음을 미화하려는 죽음의 예찬과도 같은 분위기를 느끼게 한다. 그러나 시인이 궁극적으로 바라보고자 하는 것은 죽음 뒤에 있는 세계의 모습임을 알아야 한다. 그리하여 시의 마지막에 오면 시인은 속박의 이 지상세계에서 빨리 벗어나게 해 달라고 신에게 간구하는 것을 볼 수 있다.

> 오 영생의 아버지시여, 그리고 당신 아래
> 창조된 모든 영광들이여!
> 당신의 영혼을 이 속박의 세계로부터
> 참다운 자유로 회복하게 하소서.
>
> 그들이 지날 때 이 안개들을 흩뜨려 주시옵소서

내 전망을 아직도 더럽히고 가득 채우는,
아니면 나를 망원경이 필요치 않는,
저 언덕으로 옮겨주소서.
O Father of eternal life, and all
Created glories under Thee
Resume Thy spirit from this world of thrall
Into true liberty.

Either disperse these mists, which blot and fill
My perspective still as they pass;
Or else remove me hence unto that hill
Where I shall need no glass.

이러한 의미에서 본이 바라본 인간의 세계는 죄와 어둠의 세계이나, 신의 구원의 은총은 끊임없이 인간세계에 영향을 미치고 있어 인간을 구원하려는 신의 섭리가 작용하고 있는 것이고 그는 자연의 모습과 그 현상 속에서 이러한 신의 섭리를 발견해 주고 있다. 더욱이 그는 보이지 않는 가면(Unseen Mask)의 개념에서 나타나는 죽음의 정의가 바로 인간이 살고 있는 지상세계임을 강조하면서 새 세계로의 지향은 어둠과 죽음의 지상세계를 통해서야만 이루어진다는 본 특유의 사상을 그의 자연신비주의의 관점으로 표현해 준다. 그러므로 본의 시에서 나타나는 신의 세계의 성취는 죽음을 통해서야만 이룩되고 있음을 그의 자연신비주의시를 통해 역설적 드라마로 구현되고 있는 것이다.

제6장

삶과 구원의 메시지

1 구원의 가능성

　본의 종교시에서 중점적으로 나타나는 시적인 요소들은 자연 속에 존재하는 여러 대상들과 성서의 에피소드 그리고 주관적이거나 객관적으로 느끼고 경험하는 죽음의 상황이 포함된 신앙의 내적인 경험이라 정의할 수 있다. 그는 죽음에 대한 갈등을 극복하려는 의도로서 자연을 여기에 대입시켜 주고 있는데 여기에 그의 신비적인 명상이 내적 경험과 혼합되면서 독창적이며 신비적인 종교시를 만들어 내었다. 따라서 본의 종교시는 신비적인 그의 안목을 그의 순수한 종교적 신앙의 경험 위에 더해 줌으로써 자연을 통해 신비적이고 초월적인 시를 만들어 내었다는 것이다. 브루스 킹(Bruce King)은 종교적인 배경에 바탕을 두고 있는 본의 시작에 대해 다음과 같이 설명해 주고 있다.

> 의회가 영국교회의 예배를 금지시킨 이후에 쓰인 본의 시들은 아주 개인적이고 그리고 자연의 세계와 그리고 고요함 속에서 초월의 사상을 찾고 있었다.

　여기서 쓰인 초월의 의미는 종교적인 측면으로 생각해 볼 때 신의 섭리와 능력이라고 볼 수 있으며 그는 이러한 신의 놀라운 은혜의 단면을 자연을 통해 희구하고 있음을 알 수 있다. 이것이 바로 본의 자연에 대한 직관력이라 정의할 수 있을 것이다. 본은 다른 어느 형이상파 시인들보다도 자연에 대한 감정이 매우 깊고 풍부하였다고 볼 수 있다. 이러한 직관은 바로 신비주의적인 관찰력으로 해석할 수 있으며 이를 통해 신과 대화하고 교제할 수 있는 지상적인 여건을 조성하고 있다는 사실이다. 따라서 조안 베넷(Joan Bennett)이 "본은 당시의 형이상파 시의 스타일의 한계 속에서도 경험의 새로운 영역을 가져다주었다."라고 평가한 말이 타당성 있다고 여겨지는 것이다.

「세상」(The World)이 네 개의 연으로 구성되어 있듯이 「인간」(The Man) 시도 네 개의 연으로 구성되어 구조적인 측면에서 두 시는 매우 유사성을 보여주고 있다. 그러나 「세상」과 「인간」이 차별화를 보여주는 것은 「세상」과는 달리 「인간」 시 속에는 자연의 이미지를 더 많이 적용시키고 있다는 것이다. 자연의 법칙을 시 속에 적용하면서 시인은 이를 통해 천상의 세계를 묘사하고 회귀의 실현 가능성과 더 나아가 신과의 합일을 설명하려 했다는 것이다. 두 시에서는 공통적으로 당시의 인간상에 대해 직접적인 표현을 쓰고 있음을 시의 전체적인 면에서 알 수 있는데 여기서는 이러한 인물상들의 구체적인 모습을 당시의 인간상에 비추어 보면서 본의 인간에 관한 관점을 생각해 보려 한다. 처음 생각해 보고자 하는 인간상은 정치가에 대한 것이다. 본이 여기서 등장시키고 있는 정치가는 크롬웰을 지칭한다. 본은 본래 왕당파 편에서 시민전쟁에 참여하였으며 끝까지 왕당파의 편에 서 있었다. 이러한 경험을 갖고 있기에 그는 크롬웰의 정치에 대해서 강한 반발심을 갖고 있었음에 틀림이 없고 이러한 그의 반발심을 그의 시 속의 소재로 삼으면서 지상세계의 타락한 군상을 묘사해 준다. 이러한 타락의 묘사는 특히 천성세계와의 대조적인 모형을 보여주려는 시인의 시적 의도라 생각할 수 있을 것이다.

중압과 비통에 매달린 채 시커먼 정치가가
짙은 한밤의 안개처럼, 거기서 매우 천천히 움직였는데,
그는 머무는 것도 가는 것도 아니었다;
비난받는 생각들이, (슬픈 일식처럼), 그의 영혼 위에
잔뜩 얼굴을 찌푸리고,
밖에서 울부짖는 증거의 구름들이
일제히 함성을 지르며 그를 추격했었다.
그러나 그 두더지는 땅을 파고서, 그의 길이 들킬까 봐,
지하에서 일했다.
거기서 그는 먹이를 잡았다. 그러나 오직 한 분은
그 술책을 보았었다.

The darksome states – man hung with weights and woe
Like a thick midnight – fog moved there so slow
He did not stay, nor go;
Condemning thoughts (like sad eclipses) scowl
Upon his soul,
And clouds of crying witnesses without
Pursued him with one shout.
Yet digged the mole, and lest his ways be found
Worked under ground,
Where he did clutch his prey, but one did see
That policy,

시인은 그를 타락한 시커먼 정치인으로 묘사하면서 그가 펼치는
정치에 대해 강하게 반박한다. 그로 인해서 세상이 더욱 어두워졌
고 그리고 그의 추종자들 역시 얼굴을 찌푸린 채 불만과 걱정의
삶으로 정치가의 주변을 맴돌고 있다고 보고 있다. 시인은 정치가
의 삶과 정치가 두더지의 삶처럼 지하세계로 숨어들었다고 묘사한
다. 그것은 빛을 찾기보다는 더욱 어둠을 선호하며 어둠 속으로
숨어들어 간다고 묘사함으로써 당신의 인간들 모두가 빛보다는 어
둠을 더욱 선호하고 있음을 그려 주고 있는 것이다. 계속해서 시
인은 당시의 시대 상황으로 배경을 옮겨놓는다. 교회의 동조와 정

치가를 둘러싸고 있는 사람들의 맹목적인 추종에 대해 극도의 부정적인 시각을 그려 주고 있다. 피와 눈물의 비유는 이러한 타락한 세상의 한 줄기 희망으로 나타난다. 여기서 제시한 피와 눈물은 그리스도의 물의 이미지에서 볼 수 있는 속죄와 구원의 상징적 표현이다. 따라서 피와 눈물의 상징적 의미는 종말회귀사상에 대입시켜 볼 때 인간 구원의 암시적인 표현이라 볼 수 있다. 본은 첫째 연에서는 한 송이 꽃을 보여주었고 그리고 두 번째 연에서는 피와 눈물을 묘사하면서 인간의 천상회귀라는 희망적인 돌파구를 제시해 준다. 마지막 행에서 마신다는 행위는 긍정적이기보다는 부정적인 요소를 제공해 준다. 본래 물과 피는 정화를 의미해 주면서 구원의 강한 메시지를 담고 있다. 그러나 여기에서는 이것을 그냥 마셔버림으로 인하여 정화보다는 오히려 그냥 소멸해 버린다는 의미만을 전달해 주어 일면의 갈증 해소로 그친다는 사실이다.

두 번째로 생각해 볼 수 있는 인물은 구두쇠(miser)의 이미지이다. 구두쇠란 본래 경제적인 의미로 비추어 생각할 수 있는 인물이다. 본이 구두쇠를 등장시킨 것은 지상의 인간이라면 신플라톤사상에 입각하여 다시 돌아갈 신의 세계를 늘 준비하여야 한다는 것이고 이를 위한 투자가 있어야 함에도 구두쇠는 이런 일련의 준비과정을 자신의 이익만을 생각하여 준비하지 않고 있음을 지적하는 것이다. 천상회귀의 목적을 알고 있는 인간이라면 자신의 가진 것을 모두 하늘에 투자하여야 한다는 사실을 강조해 주고 있다는 것이다. 구두쇠는 이러한 일련의 준비과정을 제대로 이행하지 않고 있기 때문에 지상세계에 쌓아둔 보물과 재산에 대해 늘 걱정과 번민 속에서만 살아가는 운명에 처해진다는 사실이다.

녹의 더미 위에 앉아서 끔찍스런 구두쇠는
평생을 번민 속에 보내며 앉아 있었고, 그 먼지를
그의 손에 거의 맡기지 않았었다.
그러나 하늘에 한 푼도 투자하지 않고, 도적들에 대한
공포 속에서 살고 있었다.
거기엔 그 사람처럼 미친 자가 수천 명이나 있었다
그리고 각자 그의 돈을 껴안고 있었다.

The fearful miser on a heap of rust
Sat pining all his life there, did scarce trust
His own hands with the dust,
Yet would not place one piece above, but lives
In fear of thieves.
Thousands there were as frantic as himself
And hugged each one his pelf,

　이것은 또한 나눔이 단절된 세상적인 욕망에 찌들려 사는 삶의
모습을 그려 주는 것이다. 구두쇠의 이미지는 욕망의 표상으로 등
장한다. 그리고 그는 욕망으로 인해 자신이 어둠의 감옥에 갇혀
있다는 사실을 망각하고 있는 것이다. 다만 걱정과 번민 속에서
자신의 욕망을 계속 보존하려는 것에만 온 정신이 집중되어 있음
을 알 수 있다. 도적이 몰려올까 봐 세상의 삶은 온통 걱정과 고
통 속에 묻혀 살고 있다는 것이다. 계속해서 시인은 구두쇠와 같
이 세상적인 부(富)에 집착한 사람들을 등장시키고 이러한 부류의
수천 명의 세상적인 인물들도 역시 스스로의 감옥 속에서 벗어나
지 못하고 있음을 보여준다. 이렇게 타락한 인물들은 이런 감옥이
자신의 천국인 것으로 착각하고 있음도 그려지고 있다. 그들의 감
각은 바로 이렇게 지상적인 것에만 고착되어 있다는 사실이다.

철저한 향락주의자는 감각 속에 천국을 두었고
겉치레를 멸시했었다;
한편 과도한 부절제에 빠져버린 다른 사람들도
이에 못지않은 폭언을 퍼부었다.
한층 연약한 자들은, 하찮은 천부들을 노예로 삼고,
그들을 멋지다고 생각한다.
그리고 가엾고, 멸시당한 진리는 그들의 승리를
헤아리며 앉아 있었다.
The down – right epicure placed heaven in sense
And scorned pretence
While others slipped into a wide excess
Said little less;
The weaker sort slight, trivial wares enslave
Who think them brave,
And poor, despised truth sat counting by
Their victory.

또 한 부류의 사람들은 절제를 모르는 사람들이다. 세상적인 감
각과 향락에 대해 절제를 모르고 살아가면서 세상에 대해서는 각
양의 목소리를 내고 있다. 이렇게 세상에 집착하고 세상의 삶에
고착된 사람들은 또 다른 인간들을 괴롭히며 살아간다. 사람과 사
람 간에 있어서는 안 될 부적절한 관계를 묘사하고 있는 것이다.
세 번째 연의 마지막 행에 시인은 또 다른 메시지를 제시한다. 멸
시당한 진리가 바로 그것이다. 천상세계를 지향해야 하는 진리는
그만 세상적인 논리에 의해 눌림을 당하고 멸시를 당하게 되는 상
황으로 전개되고 있다는 것이다. 언젠가는 승리할 줄로 알지만 그
시와 때를 아직 가늠하지 못한 채 멸시당한 진리는 천국의 도래만
을 기다리고 있다는 사실이다.

한편 「인간」에서 그려지는 인간의 모습은 근심과 걱정에 휩싸여
세상을 살아가며 목표와 방향이 분명하지 못한 채 이곳, 저곳을

방황하는 상황으로 전개되고 있다. 더욱이 인간이 자신의 본래 고향인 천상의 세계를 망각하고 살아가고 있다는 사실이다. 그러나 이러한 방황과 망각을 통해 독자들은 본의 천상지향과 회귀의 사상을 읽을 수 있게 됨과 동시에 지상의 세계는 천상의 세계로 나아가는 하나의 순환 패턴의 구조 속에 있다는 사실을 깨닫게 된다.

> 인간은 여전히 완구나 근심거리를 갖고 있다;
> 그는 뿌리가 없고, 한자리에 묶여 있지도 않지만,
> 언제나 쉴 새 없이 불규칙하게
> 이 지상을 뛰어 돌아다닌다.
> 그는 자기가 집이 있었음을 알지만, 그곳이 어디인지 모른다;
> 그 집이 하도 멀어
> 어떻게 가는지를 까맣게 잊었다고 그는 말한다.
> Man hath still either toys, or care,
> He hath no root, nor to one place is tied,
> But ever restless and irregular
> About this earth doth run and ride,
> He knows he hath a home, but scarce knows where,
> He says it is so far
> That he hath quite forgot how to go there.

그러면서 본은 인간의 존재를 자연 속에 미물보다도 더욱 나약하고 무지한 존재로 평가한다. 심지어 돌들이 가진 지혜보다도 더욱 미약한 존재라고 인간을 평가하고 있다는 것이다. 본이 보는 돌은 창조주의 감각을 지니고 있어 신의 세계와 교감을 보이고 있고 자신들의 본래적인 거처도 탐지할 수 있다는 것이다. 그럼에도 불구하고 인간은 방황과 무지 속에서 자신의 영혼의 고향을 잊고 살아가는 불우한 처지 속의 존재로 인식되고 있다는 것이다. 그래서 본은 인간을 이곳저곳을 돌아다니는 북이라고 표현하고 있는 것이다.

그 돌들은, 창조주가 준 감춰진 감각으로
캄캄한 밤에 그들의 고향을 찾아낸다;
인간은 북이다 탐색하며 돌아다니고
베틀 속을 왕래하는,
신이 움직이도록 명령했지만, 휴식은 정하지 않는.
Which in the darkest night point to their homes,
By some hid sense their Maker gave;
Man is the shuttle, to whose winding quest
And passage through these looms
God ordered motion, but ordained no rest.

    돌은 무생물이라 해도 신과의 신비한 교감을 계속하고 있으며 이로 인해서 천상세계를 이해하고 또한 감지하고 있다는 사실이다. 반면에 인간은 그만한 지혜도 가지지 못한 채 무지와 망각 속에 살아가고 있다고 인간의 삶을 탓하고 있다. 여기서의 은유적 수법은 인간과 베틀의 북을 하나로 묶어 놓는다는 사실이다. 감각도 없이 그냥 왔다 갔다 하면서 지상적인 삶을 살아가는 인간을 말하고 있는 것이다. 인간은 신의 명령대로 움직이지만 천상의 세계를 생각할 수 있는 기회를 제공받지 못하고 있음을 알 수 있다. 무지와 망각으로 인하여 인간은 신의 세계를 잊은 채 지상에서 방황하거나 지상을 맴돌고 있으며 그러한 인간의 모습은 가장 열등한 돌보다도 못하고 또한 새와 벌과 꽃보다도 못하다는 것을 강조하면서 인간의 삶 속에서 자연을 통해 천상의 세계를 바라볼 수 있는 안목을 키워 나가야 함을 강조하고 있다.

2 명상과 종말론

17세기 영국에서는 사회 문화적인 측면에서 종교적 운동이 활발하게 전개되고 있었으며, 한편으로는 신비주의가 활발하게 사회적으로 전파되면서 명상이 종교적 감정으로는 매우 중요한 것처럼 인정받아 왔고 또한 오래도록 지속되었다. 그리고 그 명상은 죽음과 밀접한 관계를 유지하고 있었다. 형이상시대에 여러 시인들이 서로 어떻게 다른가를 분석하는 방법으로는 죽음을 다루고 있다는 것과 기독교 종말론 즉, 심판, 천국과 지옥의 주제를 비교해 보는 데 있었으며 한편으로는 명상에 관한 문제도 중요한 요소 중에 하나였다. 예를 들면, 「그의 성스런 소네트」(His Holy Sonnet)에서 신에 대한 단의 설명은 우리가 본에게서 발견하는 것과는 상당히 다르다는 사실이고 허버트 역시 전적으로 다르게 나타난다.

중세부터 가톨릭 정신의 중요한 요소인 그리스도의 생애에 대한 명상은 루이스 마츠(Louis Martz)가 그의 비평서 『명상의 시』(Poetry of Meditation)에서 표현해 준 것처럼 17세기 당시의 문학과 사회에 많은 영향을 미쳤다. 비록 본이 그의 형제 토마스처럼 그 자신을 영국국교의 정신이 투철한 프로테스탄트로서 묘사하고는 있지만 그는 가톨릭이 표방하는 정신적 글쓰기의 사용을 주저하지 않았다. 여러 편의 그의 시 속에는 그리스도의 생애에 대한 명상이 묘사되어 있는데, 예를 들면, 「탐색」(The Search), 「강생과 수난」(The Incarnation and Passion), 「수난」(The Passion), 「그리스도의 탄생」(Christ's Nativity), 그리고 「승천일」(Ascension Day), 「종려주일」

(Palm – Sunday), 「예수우시다(Ⅰ, Ⅱ)」(Jesus Weeping Ⅰ, Ⅱ), 「거주지」(The Dwelling – Place), 「밤」(The Night) 등이 바로 그것이다.

　루이스 마츠는 그리스도 생애의 명상에 대한 중세와 반개혁적인 가톨릭의 가르침 사이에 있어 중요한 차이에 대해 초기에는 그리스도의 인간성을 강조하였으나 후일 이것이 신인(God – made – man)의 역설에 강조점을 두었다고 설명하고 있다. 이러한 점에서 볼 때 본은 당시의 시대적인 흐름을 잘 간파했던 것 같다. 이는 그의 산문집인 『올리브 산』(Mount of Olive)에서 명상적인 훈계와 주님의 만찬에 이르기 전에 사용되는 기도문에서의 훈계에 해당하는 부분을 참고해 보면 잘 알 수 있다. 마츠의 『예수그리스도의 생애에 대한 명상』(Meditations on the Life of Christ)에서 다루고 있는 가톨릭의 배경은 위에 열거한 시의 이해를 위해서라도 매우 필수적이다. 그러나 신교도와 영국교회를 막론하고 동등한 차원에서 중요하게 여겼던 종말회귀사상은 본에게 있어 더 직접적인 배경이 된 것처럼 보인다.

　「탐색」(The Search)의 시에서는 그러한 생각을 확연하게 제시해 준다. 종교개혁과 반종교개혁이 대립하는 기간 동안 교리상의 논쟁에 대한 주된 문제가 확대되어 어디서, 어떻게 그리스도를 찾을까 하는 문제를 본은 이 시를 통해 해결하려 시도한다. '어디서'가 그리스도와 그의 제자들 사이에서 첫 대화의 주제였다는 것은 요한복음에 확실하게 기록되어 있다. "그들이 주님에게 물었다. 랍비여, 당신은 어디에서 거주하시나요? 주께서 그들에게 말했다. 와서 보라." 이에 대해 본은 「탐색」에서 주고받기의 암시를 숙고하면서 다음과 같이 그려낸다.

나의 존귀한 하나님! 나는 어디에도 어떻게도
아닌, 무엇이 주님을 거주하게 하는지 모릅니다;
그러나 나는 확신합니다. 주님께서 이제 오시는 것을
자주 궁핍하고 검소한 방에,
주님은 또한 가장 작은 곳에도 계십니다.
나의 주님, 나는 나의 죄 많은 마음을 의미합니다.

My dear, dear God! I do not know
What lodged thee then, nor where, nor how;
But I am sure, thou dost now come
Oft to a narrow, homely room,
Where thou too hast but the least part,
My God, I mean my *sinful heart*.

어디에서 그리스도를 찾을 것인가의 문제는 성찬식에서 상징화
되는 그리스도의 실제적 존재와 밀접한 관계가 있다. 한편으로 성
찬식에서 빵과 포도주가 그리스도의 몸과 피가 된다는 것은 로마
가톨릭의 입장이었고 다른 한편으로 영국국교에서는 이 성스런 변
환의 교리를 성서의 평범한 말에 반대하는 것이나 또는 미신적 행
위에 기회를 주는 것으로 간주했었다. 그럼에도 로마 가톨릭 교리
에 대한 반대는 영국교회의 사고를 폐쇄하지는 않았으며, 관심 있
는 독자는 모어(More)와 그로스(Gross)의 명시선집 『앵글리카니즘』
(Anglicanism)에서 이에 대한 가치 있는 토론을 발견하게 된다. 단
은 그의 설교주제를 통해 "주님은 여기 안 계시다. 그분은 하늘로
승천하셨기 때문이다."라고 주장했는데 이것은 종교적인 논쟁 중에
서도 중요한 문구이다. 그리스도의 실존과 '어디'라는 물음에 대한
확실한 대답이 된다는 것이다. 하늘이라는 장소가 여기서 채택되고
있는 것이다.

본은 그의 정신 속에 시대적 명상의 배경을 갖고서는 왕당파가
패배한 후에 관습적인 종교적 의식을 허용치 않는 영국교회의 일

원으로서 그 자신과 다른 사람을 위해 영적 불꽃을 피우려 노력하
면서 어디에서 그리스도를 찾을 수 있는지 탐색했다. 이런 환경에
서 명상에 의해 드러나는 그리스도의 생애에 대한 시각화는 상당
한 유용성을 지닌다. 본은 신교도의 주관적인 성향에 깊이 영향을
받았는데 당시 17세기의 영국 국교도들은 그들 자신을 확실한 신
교도들로 간주했다. 그래서 그들은 "신의 왕국은 네 자신 안에 있
다."라는 누가복음 17장 21절의 성구를 자주 인용하곤 했다. 특히
베먼과 같은 신비적 신교도들은 개인적 구원의 필요성에 커다란
중점을 두었고 성찬식이 내면적 재생의 상징으로서 간주되지 않는
다고 하면서 교회의 성찬식을 무익한 것으로 여겼다. 그래서 그리
스도의 생애에 관한 본의 시들은 대부분 가톨릭교회의 접근인 객
관성과 더불어 신교도 접근 방식인 주관성 사이의 상호작용을 보
여주고 있다고 보아야 할 것이다.

「탐색」은 실로 객관성에서 주관성까지의 분명한 진보를 보여주
는데 이 시는 다른 시와는 달리 두드러지게 현재 시제로 시작하고
있음을 알 수 있다.

> 화창한 날: 나는 빛나는 동쪽에서
> 장미꽃 봉오리를 보며,
> 순례의 태양을 발견한다.
> 'Tis now, clear day: I see a Rose
> Bud in the bright east, and disclose
> The pilgrim - Sun;

여기서의 장미는 성처녀 마리아를 의미하는 것으로 보이는데 시
인은 이 성처녀의 상징을 통해 그리스도의 구원의 의미를 포착함
과 더불어 신의 은총을 동시에 발견해 내고 있음을 알 수 있다.

더욱이 이 시행들은 다분히 문학적 묘사로만 꾸며진 것인지도 모른다. 우선 전체 시를 감상하고 난 뒤에 다시금 그 구절들로 돌아갔을 때 독자들은 상징적 반향을 발견하게 될 것이다. 이때 비로소 시인은 즉시 과거시제의 구조로 이를 변환하면서 21행에서부터 역사적 현재로 변조하는 과거시제로 방향을 바꾼다. 이에 뒤따르는 제재로서 그리스도의 생애에 관한 묵상을 지지하는 기대심리가 드러난다. 그러나 자주 나타나는 동사와 함께 본의 시적 전개의 신속성은 4째 행의 배회하는 황홀(roving ecstasy)이라는 강한 어구를 통해 빠르게 정당화된다. 그리고 그 어구 자체가 어떻게 시인이 기교상의 용어를 순간적으로 바꿀 수 있고 한편으로 경험적인 것으로 만드는지를 보여준다. 내가 되었다(have been)와 보았다(have seen)와 같은 동사들은 경건한 안내서와 관련되어 있는 것 같으나 이는 본과 다른 형이상학 시인들, 특히 단과 관련되고 있음을 느끼게 해 준다. 그럼에도 불구하고 본 자신은 나름의 극적인 상황을 여기에 부여해 주고 있다. 역시 본의 특성은 많은 시가 증명하듯이 21행에서부터 그가 존경했던 원로들보다 더 이전 시대로 안내해 주고 있음을 느끼게 된다.

본의 연구자들은 거의 필연적으로 성경학자가 되어야 하는데, 왜냐하면 신약성서는 예수 자신이 성서에 관한 장면을 스스로 만들어 주고 있으며 또한 지속적인 설교를 보여주고 있기 때문이다. 16행에서 20행까지는 2세기에 나타나 자칭 메시아라고 선언한 시몬 바 코츠바(Simon Ba Cotzva)의 반란이 붕괴된 후 서기 135년에 예루살렘이 파괴되는 역사적 사실을 그려 주는데 이는 본이 늘 그의 종교시에서 도입했던 인간 삶의 순환패턴의 이미지를 여기에서 사용할 기회를 주고 있다. 이 시를 가만히 읽다 보면 본이 영적인 눈을 통해 실제 그 사실을 목도한 것처럼 묘사하고 있음을 느낀다.

작은 먼지, 그 도시를 위한
한 무더기 먼지, 어떤 사람들이
작은 밝은 불꽃은 침소였다는 곳에서
어느 날 (기둥 밑에서)
깨어나서는 전체를 정화시킨다.
A little dust, and for the Town
A heap of ashes, where some said
A small bright sparkle was a bed,
Which would one day (beneath the pole,)
Awake, and then refine the whole.

도시는 재로 숨겨졌지만 그것의 정화를 위해서 깨어나야 한다는
본의 경고와 부르짖음은 신비적이기보다는 오히려 현재적인 갈망
이라 할 수도 있다. 여기서 그려지는 이미지들은 본이 「규율과 과
업」(Rules Lessons)에서 그리고 「아침의 경계」(The Morning Watch)
의 끝 부분에서 사용한 새로운 불꽃의 잠재력은 지니고 있는 더
이른 불의 잔재와 같은 이미지이다. 이는 본에게 심오하면서도 매
우 중요한 주제 혹은 모티브였던 것을 구체화하였기 때문에 매우
독창적인 이미지라 생각된다. 잠재력의 주제를 그는 이런 방식으로
다루어 주고 있으므로 아마도 이것은 명백히 「나 어느 날 걸었네」
(I walk't the other day)의 하찮은 뿌리(poor root)의 이미지와도 밀
접하게 연관될 것으로 여겨진다. 「탐색」에서 본이 잠재력을 통해
다루는 이미지는 부활된 예수와 재림을 기대하는 것으로 언급된다.
앞서 이야기한 부활절 날 설교에서 단은 그의 청중들에게 예수의
부활은 성경에서 언급된 죽음으로부터 단지 부활하는 것이 아니라
인류 구원의 상징적인 목소리로 나타난다고 하였으며 반면에 본의

시에서는 그리스도의 부활은 능동적인 음성으로 언급된다. 사도바울이 이 시에 덧붙인 성서적 시행에서 그리스도 안에서 우리가 살고, 움직이고, 그리고 우리의 존재를 지니게 된다고 말하고 있는 것은 그리스도의 잠재력의 탁월성 때문이다. 사도행전 17장 27절에서 28절을 살펴보자.

> 이는 사람으로 혹 하나님을 더듬어 찾아 발견하게 하심이로되 그는 우리 각 사람에게서 멀리 계시지 아니하도다. 우리가 그를 힘입어 살며 기동하며 존재하느니라

지상에서 그리스도의 삶의 과정을 따른다는 연대기적 설계는 시인이 예수가 행했던 것처럼 '나는 황야로'라고 결정하는 시점에서 깨지고 만다. 이에 대해서 루이스 마츠는 왜 그래야만 하는지를 잘 설명한다.

> 그리스도의 황야로의 은둔은 보통 기도와 묵상을 위한 영혼의 은둔이라는 상징으로써, 명상의 텍스트로 다루어지고 있다. 황야의 은둔 그 자체는 현실적 고독이거나 혹은 '정신적 은둔'이 된다. 사실 은둔 그 자체는 함축적으로 보인다. 특히 본에게 있어 자연의 고독은 예수의 신부의 역할을 수행해야 한다는 신앙심 속에서 영혼의 정신적 은둔을 위한 하나의 상징이 된다. 그럼에도 은둔을 통한 기도와 묵상의 주안점은 간절히 구하고 찾는 자가 주님의 대답을 들을 것이라는 해결의 의미를 갖게 된다.

그리고 여기서 마츠는 67행 이후가 시의 절정을 보여주면서 시의 언급이 황야로 옮기는 이 과도기적 지점의 암시적 종결임을 알려준다. 황야로의 언급은 지금까지 이 시의 내용을 제공한 성서적 역사의 '외면적인 것들'과 그리고 또한 본의 다른 명상적 시의 주제를 제공한 자연의 '외면적인 것들'을 언급하기 위해 이 어구들을

사용한 것이라 여겨진다. 그러나 이러한 서술 방식은 함께 제시된 역사와 자연에 대한 지적 혼돈을 야기할 수도 있다. 아마도 이에 대해서는 본이 찬성한 정통 기독교 체계 안에서 생각해 볼 가치가 있는데, 역사와 자연 모두는 원죄에 대한 인류의 타락으로 조건 지어짐으로써 양자 모두 타락한 인간의 감각에 단편적 진실만을 주게 된다는 사실이다. 예를 들면, 빛을 볼 수 있는 것은 오직 신의 빛에 의해서만 빛을 볼 수 있게 된다는 것이다. 이것은 구원에 이르는 방식이 그리스도의 구속의 역사 위에서만 이루어진다는 것을 함유하고 있다. 루이스 마츠는 시의 마지막 부분을 서정적으로 유용하게 설명하고 있다. 시의 도입부에서 그리스도를 찾는 방식이 제시되는데 그것은 자신 안에서만이 가능하다는 것이고, 성찬의 요소인 만나를 받는 과정을 통해 그리스도와 하나가 되는 완전의 세계를 그려 주고 있다는 것이다. 이 해석은 정확히 우리 몫의 영적 만나가 될 것을 위한 성찬식을 받아들이기 위한 준비로써 신중한 자기반성이 필요하다는 사실이며 이는 본의 명상수필집 『올리브 산』에서 그려지는 본의 권고와도 일치한다. 한편 마지막 세연에서 찾아볼 수 있는 것은 상당히 일반적인 면으로 치우쳐 있다는 사실이다. 그것은 "신은 오직 인간의 마음속에 계시다."라는 일반론의 사실이다. 그것은 인간은 적어도 무언가를 안다고 말할 수 있거나, 베먼이 사도서한에서 쓴 것처럼, 신의 모든 업적 안에 인간은 눈 멀어져 있고 신의 호흡이 없으면 인간은 진실한 지식은 갖지 못하며, 더군다나 그의 내적 근원마저도 찾아낼 수 없다는 사실을 알려주고 있다는 것이다.

「탐색」이 역사적 과거를 언급하면서도 현재 시제로 시작하고 한편으로 그리스도의 생애에 관한 묵상에 극적 요소와 직접성을 제공한다면 시가 그려 주는 그리스도의 구원의 메시지는 매우 강렬한 것이라 여겨진다. 다른 한편으로 시가 시작되는 방법은 고요 속에서 회상되는 정서로서 혹은 목표가 달성되는 탐색의 설명으로써 매우 독특성을 제공해 주고 있음을 느끼게 한다. 마츠가 지적했듯이 장미는 성처녀 마리아의 전통적 상징과 관련이 있다는 것을 알게 되고 태양에 관한 언급에서 전형적인 17세기의 말장난(pun)을 보게 된다. 아무튼 예수와 관련한 구속의 편력은 본의 시 속에서 자주 발견된다는 사실이다.

지상에서 예수의 삶은 단지 순례하며 죄인을 찾아내고, 그리고 그들을 완전하게 만들어야 하는 죄인들을 뒤쫓는 고된 탐구에 지나지 않았다.

우리는 이 말 속에서 이 시가 아이러니에 토대를 두고 있음을 느끼게 된다. 왜냐하면 죄인의 탐색이 결국은 죽음에 이르는 것이고 그 죽음이 바로 그 죄인을 다시 구속시킨다는 사실을 알게 해 주기 때문이다. 「탐색」을 다룸에 있어서, 우리는 신의 부재함과 그의 실재감에 대하여 불분명한 진술을 간파할 수 있다. 동시에 우주를 통해 진정한 자신을 드러내면서 이미 경험했었고 그리고 다시 잃어버렸던 신과의 교제와 정신적인 경험의 모방에 대한 열망의 표현을 보게 된다. 본의 작품에서는 반복해서 신을 묵상하는 그를 발견한다는 사실이다.

신의 내재성은 「밤」(The Night)이라는 제목의 본의 걸작 시에서 찾아볼 수 있다. 이 시는 많은 학술적 연구를 이끌어 왔고 그 표면 밑에 암시되고 있는 상당한 난해함 또한 이 시를 더욱 미궁으로 빠지게 한다. 시의 첫 행에서 그려지는 처녀 - 사당(Virgin - shrine)

이라는 시어는 의미심장한 메타포를 전달해 준다. 3행에서도 개똥벌레의 직유의 정확한 의미는 무엇인지가 확실치 않다. 상징으로 가득 찬 시라고 생각되는 것이다. 깊지만 그러나 빛나는 어둠(deep but dazzling darkness)의 본질에 관해 말하고 있는 50~52행에 직유법은 어떻게 해석해야 할지 갈피를 잡을 수 없다. 진실하거나 혹은 상상적인 복잡성이 이런 아름다운 서정시의 즐거움을 망쳐 놓는다면 시의 본질 추구는 고사하고 시의 느낌마저도 손상을 주게 될 것이다. 아마도 이 시는 예수의 생애에 기초를 둔 확실히 본의 가장 좋은 명상록임이 분명하다. 그럼에도 이 시를 죽음을 통한 신의 세계의 성취라는 본의 시의 대주제를 대입해 본다면 시의 이해에 빠르게 다가갈 수 있을 것이다.

「밤」은 예수 생애에 대한 묵상이며 그 시작점은 요한복음의 3장에 그 근간을 두고 있다. 만약 이 시를 「탐색」(The Search)과 그리고 「승천 일」(Ascension day)과 비교해 본다면 그것들이 훨씬 더 분명하게 성서적 참고나 복음서의 자료에 훨씬 더 정밀한 '역사적' 참고가 될 수 있을 것이다. 본이 제목을 밤이라고 기술한 것은 요한 3장 2절의 인용을 갖고 '밤에'(By night)라는 용어에서 인용한 것으로 보인다. 그러나 동시대의 해설자 죤 디오다티(John Diodati)에 따르면 니고데모가 밤에 예수에게 온 역사적 이유는 적어도 표면적인 것에 머무르지는 않는다고 보았다. 그것은 또한 특별한 흥미에 의한 것도 아니었다. 즉, 밤은 예수 생애에 묵상뿐만 아니라 천상을 바라는 인간 삶의 중요한 묵상의 시간이라는 것이다. 이미 이러한 사실은 「아침의 경계」(The Morning)에서도 읽은 바 있었다. 이미 전 장에서 밤에 대한 이해를 서술한 바 있지만 여기서도 밤이 명상의 주제를 드러내고 있다는 관점에서 몇 가지 상세하게 「밤」

을 고려해야 할 필요가 있기에 시를 인용해 보면서 중요한 시어들을 살펴보고자 한다.

> 그 순수한 성처녀의 사당과
> 당신의 영광스런 정오를 내리덮은 성스러운
> 가면을 통해 사람들은 반디불빛 비추듯 보면서 살아가며,
> 달과 마주하고 있다.
> 현명한 니코데모는 밤에 그로 하여금
> 그의 신을 알게 만들었던 그러한 빛을 보았다.
> Through that pure *Virgin-shrine*,
> That sacred veil drawn o'er thy glorious noon
> That men might look and live as glow-worms shine,
> And face the moon:
> Wise *Nicodemus* saw such light
> As made him know his God by night.

「성처녀-사당」의 시어에 대해 비평가들은 밤하늘과 예수가 세상 육신을 입었다는 것 두 가지 모두를 나타낸다고 주장해 왔다. 한편, 러드럼은 밤하늘에 대해 여왕과 사냥꾼(Queen and Huntress), 순결과 정결함(chaste and fair), 다이애나여신(Diana)인 달을 뜻한다고 주장하고 있다. 그러나 러드럼은 달과 그리고 본의 시 「매듭」(The knot)의 첫 행에서 언급했던 하늘의 밝은 여왕으로서의 동정녀 마리아와의 가능한 관련성을 알아내는 데 실패하고 있다. 르네상스 예술에서는 마리아의 도해상의 상징을 하늘의 여왕으로서 그려낸다. 그녀는 여왕으로 왕관을 쓴 초승달 위에 서 있는 그림으로 그려져 있다. 빈번히 왕관은 요한 계시록에서 나타나는 12별을 가진 자와 동일하게 묘사되기도 한다. 「성처녀 사당」의 시어가 예수의 육신을 정말로 언급한다는 사실은 히브리서 10장 20절에 나오는 장막(the veil), 다시 말해서, 그의 육체라고 언급하고 있는 그

행에서 그 성스런 장막(That sacred veil)과 동격을 보여준다. 따라서 밤 자체는 사람들의 눈으로부터 태양을 감추어 준다는 것으로 생각될 수 있으므로 예수의 육체는 그 안에서 역설적으로 신을 드러내기도 하고 또한 숨기는 것으로서 생각될 수 있다는 것이다.

그대의 영광스러운 정오(thy glorious noon)의 시어는 정의의 아들로서 전통적인 예수의 상을 보여준다. 사람은 맨눈으로 절대 태양을 볼 수 없다는 것을 기억해야 한다. 그래서 아무도 아무 때나 신을 볼 수 없다(no man hath seen god at any time)고 강조해 주는 것이다. 그리고 또한 신을 본 자는 죽을 수밖에 없다(who sees god's face must die)는 사실을 상기해야만 한다. 그러나 예수는 보이지 않는 신의 형상(the image of the invisible god)이기에 예수를 본 자는 신을 본 자와 같다는 사실이다. 그러므로 예수의 사상에서 육신은 태양을 가리는 밤하늘과 비슷하게 받아들여지는 것이다. 그러나 달은 육체를 과감하게 드러낸다는 것이 이 시의 결과로 등장한다. 그리고 그것은 창세기 1장 16절이 우리에게 생각나게 하는 것으로서, 신은 작은 광명으로 밤을 주관하게 하신다는(the less light to rule the night) 사실이다.

죽음의 주제는 종말론과 연관을 갖게 되는데, 종말론을 주제로 다루는 본의 취급방법은 매우 색다르다. 그리고 이 종말론은 당시의 다른 종교시인들보다 본에 의해 더 확고한 모형이 만들어졌다. 종말론 주제의 취급 방법에 있어서 통일성 표현 자체에 대한 본의 감정은 특이하다. 그의 종말론의 기초는 연금술에서나 보여 왔던 잠재력과 변용의 모형으로 그려지고 있다. 때때로 비평가들은 지식 속에 암시된 이론을 의미하는 인식론과 사물의 마지막 상태를 일컫는 종말론의 용어로 본의 종말론 주제를 이해하려는 경향이 있다. 그러나 이러한 주제에 대한 본의 취급방법이 그의 시나 학문적인 배경 속에 어떻게 관련 있는가를 찾아보는 것은 매우 중요하다고 생각한다. 본의 시에서 종말론적 주제가 두드러진다는 것은 사실 그리 놀라운 것은 아니다. 초기의 기독교인시대로부터, 그리스도의 수천 년간의 통치시대를 기대했던 그 중세를 걸쳐서 종말론은 계속 고개를 들었고 또는 그리스의 영광으로 돌아가려던 사람들의 시대로부터 종교 개혁의 시대까지 사람들은 그들이 아는 것처럼 다양한 방식으로 역사의 결말을 기대했으며, 그 시기에 신이 그의 적들에게 자신의 정당성을 증명하고 그의 선민을 어떻게 구원하는가를 기대하였다. 본의 당대에 시민전쟁에 의해 받은 감정적인 충격은 기독교의 종말론적인 요소가 다시 한 번 현저히 나타나는 것을 가능케 하는 동기가 되었다. 바빌론에 속국이었던 이스라엘 민족은 예루살렘으로의 귀향과 사원의 재건을 열망하였으며, 이로 인해서 크롬웰 지배하의 정신적 속박을 걸치며 살아온 불안한 영국 국교도인들은 그들의 반대자들에 대해 신의 적들이라는 생각으로 그리고 결국 신께서는 스스로를 증명하고 충실한 지지자들을 복위시킬 것이라는 생각을 버리지 못했다.

정신분석학자들은 성인들이 어린 시절의 상태를 이상화할 때는, 그들의 실제 어린 시절은 고통과 상실, 억압된 기억으로 가득 채워졌을 것이라는 가능성을 전제로 삼는다. 초기의 상실에 대한 경험은 마음 즉, 독선적인 심리 과정이 치유하려고 추구하는 감정의 손상을 가져다준다. 정신분석학자들에 따르면 아주 고통스러운 성인의 경험들은 상징적으로 가장 고통스러운 어린 시절의 경험을 재생산하기 때문이라고 한다. 본의 경우에는 군주와 교회에 대한 애정에 의해서 이를 치유받으려 했는지 모른다. 본이 그렇게 강렬하게 고수하던 이들 단체들의 완전한 파괴는 원초적인 상실을 수반했던 고통의 재생산을 이끌어 냈을 것이 분명하다. 치유하기 위한 이들 대용물에 대해 애정이 파괴될 때 두 번째 죽음의 상실은 종말의 의미를 본에게 더욱 굳히는 계기가 되었을 것이다. 작가에게 있어서 이러한 상황은 시의 언어로 만들어 낼 수 있는 패턴과 구조를 그려줄 수 있을 것이다. 그래서 시민전쟁과 찰스 1세의 처형은 결국 1646년의 『시편들』과 1651년의 『어스크의 백조』라는 시편들을 『섬광의 부싯돌』의 시편들로 전환하는 변환의 과정을 만들어 주었다.

앞서 말한 일반화는 실제 본의 시편들에서 일어나는 것을 분석해 봄으로써 증명되어야 한다. 그리고 그의 시를 종합하여 결론을 맺는다면 네 가지로 압축할 수 있는데 이는 죽음, 심판, 그리고 천당과 지옥이라고 결론지을 수 있다. 이밀다 터틀(Imilda Tuttle)의 헨리 본 시 용어색인은 『섬광의 부싯돌』에서 나타나는 죽음이란 단어의 쓰임을 상당히 빠르게 조사할 수 있게 만들어 준다. 죽음에 의한 그리고 종말에 대한 본의 시를 생각해 볼 때 제일 먼저 떠오르는 인용은 「부활과 영원불멸」(Resurrection and Immortality)이란 시이다.

> 우리가 만드는 죽음은
> 얼마나 큰 실수인가,
> 그 *어느 것*도 낙하하지는 않는 것이다.
> And how of death we make
> A mere mistake,
> For nor thing can to *Nothing* fall

여기서 나타나는 명백하고도 직접적인 문맥은 그리스도의 희생과 부활의 효과가 기독교의 교리에 의한 것보다는 종말회귀사상에 의한 것으로서 죽음의 경험을 겪은 본 자신이 죽음의 실체를 부인하는 것으로 설명하고 있다. 그는 죽음에 대해 인간이 만든 최대의 실수라고 하면서 죽음을 부정하고 죽음은 마지막이 아니고 새로운 세계 즉, 천상의 본향으로의 진입을 보여준다고 설명하는 것이다.

「관찰」(The Check)의 세 번째 연은 또 다른 좋은 예이다. "새들, 짐승들, 각각의 나무, 이 모든 것들은 성장하거나 숨 쉰다. 하나의 위대한 언어, 죽음을 갖는다."에서 죽음은 보편적이며 그 사실로부터 종말을 깨닫게 하는 교훈이 된다는 것이다. 이 교훈은 우리가 신으로부터 '얻으려 애쓰고 있다.'로 이해하면 좋을 것이다.

> 어떤 힘이 진흙을 만들기 위해
> 최상이 되는 것인가
> 영과 진정한 영광은 먼지와
> 돌 속에 거주하노니
> Whose power doth so excel
> As to make clay
> A spirit, and true glory swell
> In dust, and stone

신께서 먼지와 돌에서, 그리고 진정한 영광 속에 인간을 거주토록 하였다고 하는 이 연의 마지막 부분은 본이 새들, 짐승들, 각각의 나무의 죽음을 경고함으로써 그를 따르는 사람들에게 단지 충고를 주려는 것만은 아님을 암시하고 있다. 그리고는 그들의 개인적 영원불멸을 확신시키고 있음을 알 수 있다. 바울이 로마서 8장

21절에서 주장하는 것처럼 신에 의해 창조된 모든 것들은 그 자체로 타락의 굴레로부터 영광스러운 신의 자녀가 되어 자유로 인도된다는 사실이다.

본의 개인적 경험의 삶에서의 사건들 즉, 남동생의 죽음과 몇몇 친구들의 죽음에 대한 슬픔, 전쟁을 통해 죽어가는 사람들, 자신의 지병과 그리고 왕정 군주제와 교회의 파괴에 대한 본의 반응은 한 시기의 억압이 자신에게 심각한 위태로움을 제공했음을 보여준다. 『섬광의 부싯돌』의 시들은 그가 영원불멸로부터 멀어진 자신을 천상지향의 결말로 이끌어 가려는 시적 에너지의 결과물이다. 여기서 형용사 '죽은'을 그의 마음에 적용한 것이나 또한 그리스도의 부활에 병행하는 기적이 그의 마음에 영향을 미침으로써 신과 구세주를 본다는 것은 죽음을 초월하는 힘을 그에게 제공했다고 보인다.

「예수 우시다 Ⅰ」(Jesus Weeping Ⅰ)에서 본은 "그리스도께서 이 최후의 영혼을 소생케 하는 비, 살아 있는 물을 그들의 죽은 심장에 쏟는다."라고 표현해 주고 있으며 「예수 우시다 Ⅱ」(Jesus Weeping Ⅱ)에서는 "그리스도의 숨결은 인간을 죽게 하고 육체를 흩뿌리게 하고, 그리고는 하나로 결합하고는 동시에 그 죽음을 모두 소생시킬 수 있다."라고 묘사해 주고 있다. 이를 통해서 죽음이 물의 이미지와 어떻게 연결되고 그 물이 어떻게 인간의 재생을 가능하게 하는가를 제시해 준다. 형용사 '죽은'이나 명사 '죽음'이 본의 시에서 나타날 때에는 그것은 신의 생명을 주는 권능이나 그리스도의 희생을 상기하는 문맥으로 그려진다. 게다가 죽음은 본에게 있어서 단이 이끌어 오던 긍정적인 실체와는 조금 다르게 나타난다. 예를 들어 단의 소네트에서는 죽음을 의인화시켜 "죽음이여 자만하지 마라, 비록 사람들이 너를 어둡고 무서운 것이라 부를지라도"라고 표현하고 있다. 단은 죽음에 대해 그리스도의 죽음 정복이라는 유효성을 달성하기 위해서 또는 심지어 극적 강조를 위해서조차도 죽음을 과장할 필요도 없었던 것이다. 그러나 본의 작품에서는 죽음에 대한 두려움은 나타나지 않고 있다. 오히려 본은 「그들은 모두 빛의 세계로 갔습니다.」에서 죽음에 대해 "그대, 아름다운 죽음이여! 정의의 보석이여"라고 하여 죽음을 찬양하는 어조를 보이고 있다는 사실이다. 이것은 제임스 호그(James Hog)의 죽음에 대한 즉흥적인 표현과는 달리 죽음의 이미지에 대한 워즈워드의 표현과 비교될 수 있을 것으로 여겨진다. 죽음에 대한 본의 태도는 사실은 시간에 대한 절대적 동경에서 유래한다. 「수탉의 울음」(Cock Crowing)에서는 삶에 대한 사후세계에 대해 언급하면서 "오, 그것 죽음을 가져가라."라고 그는 기도하고 있다.

> 빛의 아버지여! 어떤 빛의 종자나,
> 어떤 한낮의 눈짓을 그대는
> 이 새 속에 가두어 놓았는가? 모든 종족들에게
> 그대는 이 생기 넘치는 광선을 배당했었다;
> 그들의 자기력은 온밤 내내 작업하였고
> 그리고 낙원과 빛을 꿈꾼다.
>
> 그들의 눈은 아침의 색깔을 기다리고,
> 밤을 추방하는 그들의 미미한 착색은
> 마치 그것이 빛의 집으로 가는 길을 아는 것처럼,
> 그렇게 빛을 내며 노래한다.
> 그들의 촛불이 태양에 불을 무쳐서는
> 어찌되었든 빛을 내게 하는 것처럼 보인다.
> Father of lights! what sunny seed,
> What glance of day hast thou confined
> Into this bird? To all the breed
> This busy ray thou hast assigned;

Their magnetism works all night
And dreams of Paradise and light.

Their eyes watch for the morning – hue,
Their little grain expelling night
So shines and sings, as if it knew
The path unto the house of light.
It seems their candle, howe'r done,
Was tinned and lighted at the sun.

　　종말론적 주제에 대한 본의 독특한 경향을 계속 논하기 위해 그
의 몇 편을 더 이해할 필요가 있다. 「영국교회」(The British Church)
의 13행에서 묘사되는 그날(The day)은 최후의 심판의 날을 언급
하고 있고 수양은 인간 죄에 대한 대속의 의미로서 그리스도의 구
원의 이미지로 등장시키고 있음을 느끼게 한다. 그러나 일부의 비
평가들은 그날에 대해 일반적인 의미로 해석하고 있다. 이는 베드
로후서에서 그려진 배경에 대한 의미를 잘못 인식했기 때문이며,
그날의 의미에 대해서 그리스도와 연관되는 날로 해석하기보다는
단지 보통 명사적인 '그날'이라는 자연주의적인 의미로 이를 해석
하여 읽었기 때문이다.

　　아! 그가 달아났다!
　　여기서 이들이 그들의 안개와 그림자를 여는 동안,
　　나의 영광스러운 머리는
　　몰약과 향내 나는 언덕을 바라본다.
　　서둘러라, 서둘러라 내 사랑아,
　　여기 있는 병사들은
　　다시금 그늘의 처소 안으로 내던져지고,
　　유대인도 손대지 않은
　　그 이음새 없는 코트를,
　　이들은 감히 나누고, 그리고 물들인다.

오 그대의 날개를 얻어내라!
혹은 지금까지 그대 있던 곳에(이 구름이 떠나고,
날이 밝을 때까지)
체재하는 것이 좋다고 그대가 생각했다면,
그대 책 속에 써 넣으라
나의 강탈된 모습을
죽어버린 무리, 약탈된 양털들을,
그대를 그렇게 서두르게 하라
마치 어린 알이
향로 언덕 위에 놓인 것처럼
Ah! he is fled!
And while these here their *mists*, and *shadows* hatch,
My glorious head
Doth on those hills of myrrh, and incense watch.
Haste, haste my dear,
The soldiers here
Cast in their lots again,
That seamless coat
The Jews touched not,
These dare divide, and stain.

O get thee wings!
Or if as yet(until these clouds depart,
And the day springs)
Thou think'st it good to tarry where thou art,
Write in thy books
My ravished looks
Slain flock, and pillaged fleeces,
And haste thee so
As a young roe
Upon the mounts of spices.

이미 본 것처럼, 죽음에 대한 그의 관점은 훨씬 더 개인적임을
알 수 있다. 그리고 이런 관점은 지옥과 천당에 관한 그의 관점과
밀접하게 연결되며, 또한 인간의 영혼에 대한 궁극적인 운명에 대

한 관점보다도 더 밀접하게 연결된다. 그럼에도 그의 시에서는 천당과 지옥에 대한 전통적인 개념과는 조금 동떨어진 면이 드러나고 있다. 그럼에도 심판에 대해 본은 비교적 전통적인 관점으로 이를 다루고 있다. 그래서 당대의 교육받은 거의 모든 기독교인들은 그의 생각을 쉽게 이해하고 수용하였던 것 같다. 종말론적 관점에서 바라보는 인간 최후에 영혼의 운명에 관한 본의 관점은 그의 가장 특이한 몇몇 주제들과 연관된다. 그렇기 때문에 본의 종말론적 시에서 집중되는 주제나 모티브는 아주 특이하거나 혹은 개인적이라 볼 수 있다는 것이다. 앨런 러드럼은 본의 작품을 통해 잠재 상태의 주제나 모티브에 주목했으며 모든 주제가 은닉이라는 용어와 관련이 있음을 밝혀내었다. 본은 영원한 현상이나 단지 표면적인 모습에 관계되는 것이 아닌 보이지 않고(unseen) 생존하지도 않는(unexistence) 것에서부터 성장, 재생, 변형의 가능성이 관계됨을 파악하였다. 만약 아리스토텔레스 학설 중에 엔텔레케이아(Entelecheia)에 대한 개념 즉, 각각의 사물은 적절한 완성이란 종자를 그 자체에 포함하고 있다는 개념이 종말회귀사상의 확대를 고려해 줄 수만 있다면 본의 시에 나타나는 이 주제야말로 그의 종말론적 사고와 관련을 갖게 될 것이다. 그러나 본과 같은 기독교적 종말회귀론자는 순수한 자연주의적 배경하에서 죽음을 통한 새 세계의 복귀라는 개념을 취하게 될 것이 분명하다. 파라셀서스(Paracelsus)의 비평처럼, 각각 다른 꽃들은 영원한 그들만의 장소가 있다. 르네상스 시기의 종말회귀론자들은 아퀴나스처럼 전통적인 그리스정교도 신학자와는 달랐다. 물론, 잠재력에 대한 본의 철학과 종말에 대한 그의 생각과의 연관성은 성서적 근원에서 연유한다. 특히 마가복음 4장 26절의 자라나는 씨앗의 비유에서 보면 잠재력을 의미하는 씨앗은 그것이 실현되는 추수와 관련을 맺고 있기 때문에 복음의 추수는 최후 심판의 날을 은유한다는 사실을 알게 한다. 신께서 그의 곡식을 걷으시고 곡식 옆에서 성장한 잡초들을 멸할 그날을 언급하고 있는 것이 바로 본이 보는 심판의 의미이다.

3 천상회귀의 근본

영국 종교시의 주류는 형이상파 시인들에 의해서 형성되었다고 해도 과언은 아니다. 물론 밀턴이나 그 이전의 시인들에 의해서 종교시가 쓰이기는 했지만 형이상파에 이르러서 비로소 종교시의 대중적인 기틀을 조성하고 그 맥락을 이어 나갈 수 있는 여건이 조성되었다는 것이다. 형이상파 시인들이 활동하던 17세기 영국은 국가적으로나 사회적으로 볼 때 종교적 활동이 활발하게 전개되던 시기였다. 형이상 종교시 연구자인 안토니 로우(Anthony Lowe)는 당시의 시대상을 설명하면서 설교모음집과 신앙 논문, 종교적인 논증을 비롯한 모든 종류의 종교적 저술활동이 활발하게 전개되던 시기였다고 진술하고 있다. 이러한 시대적인 배경은 당시의 많은 시인들에게 시적 영감을 얻을 수 있는 기회를 제공하였고 이를 통하여 다수의 시인들이 종교시를 쓸 수 있게 되었던 것이라 믿어진다. 형이상파시의 대부라 일컬어지는 존 단(John Donne)을 비롯하여 조지 허버트(George Herbert)와 그리고 헨리 본(Henry Vaughan)

도 이러한 시대적인 영향을 적지 않게 받았을 것이라 생각된다. 단은 세속적인 행동을 시로 옮김과 더불어 여기서 얻은 시적 천재성을 종교시로 승화시킨 시인이었고 허버트의 경우는 독실한 신앙심을 통해 자신의 시적 영감을 종교적인 입장으로 풀어 낸 시인이라 볼 수 있다. 비록 허버트의 시가 종교적인 의미로 볼 때 사적인 기록이라는 의미가 짙게 풍겨나기도 하지만 그의 시는 고도의 절제된 감정을 느낄 수 있게 하며 복잡하지 않은 구조와 내용으로 독자들이 쉽게 시인의 감정 속으로 몰입하게 만들고 있다. 헨리 본의 경우는 의사라는 직업을 통해 주변 인물들의 죽음을 목도하면서 그 죽음은 인간이 어찌할 수 없는 신의 섭리라는 점을 강조하면서 신의 현현인 자연의 모습을 통해 자신의 종교적인 신앙을 그려 주었다고 볼 수 있다. 그렇기 때문에 본의 종교시의 기본적인 주제는 인간의 구원 문제를 다루고 있으며, 그리고 그 구원의 실현은 천상회귀를 통한 신과의 합일로 요약해 볼 수 있는데 구원의 실현에 있어서 나타나는 인간의 죄와 죄의 문제 그리고 그 죄를 통해 나타나는 결과를 독창적인 수법으로 그의 시 속에 그려 주고 있다.

본의 종교시는 성서와 함께 두 선배 시인의 영향하에서 자연 속에 존재하는 신의 모습을 그려 내려 하였고 특히 자연을 통해 신의 세계를 그려줌으로 인하여 인간의 궁극적인 목적이 신의 세계로 나아가야 한다는 것을 보여주고 있다. 한편 이를 달성하기 위해서는 인간 구원이 선행되어야 한다는 것과 죄의 문제에서의 해방이 선결되어야 한다고 주장하고 있다. 그리고 그 구원의 실현은 천상회귀를 통한 신과의 합일로 요약해 주고 있는데 구원의 실현에 있어서 나타나는 인간의 죄와 죄의 문제 그리고 그 죄를 통해 나타나는 결과를 자연의 실제적 모형과 아울러 자연의 섭리로 이를 설명하려 하고 있다. 사실 본의 자연신비주의는 비평가들마다 제각각의 해석으로 나타나고 있다. 일련의 비평가들은 그의 시가 자연의 일반적인 서술에 치중하고 있다고 보고 있고 그 내면의 깊이가 그리 깊지 않다고 보고 있었던 것이 사실이다. 물론 그의 작품이 그리 많지 않다는 약점과 함께 종교시와 연애시가 조금은 혼재되어 발간되었다는 점에서 그의 시적 사상이 미약하다고 보고 있다는 사실이다. 그러나 그의 시가 개인적인 영감을 넘어 문학의 기본적인 것을 주장하고 있다는 논쟁은 역설적인 의미로 간주해 볼 때 본을 의식 있는 예술가로 인정하는 것을 입증하는 주장이라 볼 수 있다. 그 이유는 매우 간단하다. 종교적인 주제를 나타내는 데에는 사실상 예술적인 성취보다는 종교적인 경험에 의해야 된다는 것이 타당성 있다고 여겨지기 때문이다. 본과 같은 시인들은 영적인 직관력에 대한 효과를 가지고 화려한 문장들을 써 내려가는 신비적인 기술을 익힌 사람들이다. 따라서 사물을 직관할 때 그 안에 신의 섭리가 내재되어 있음을 본다는 사실이다. 어찌 보면 이것은 매우 작위적인 행동이 될는지도 모른다. 또한 말의 유희적인 수법이 될 수 있을지도 모른다. 그러나 작위적인 행동과 말의 유희는 순간에 머무르고 그 기복이 심하게 나타나게 될 수 있지만, 본의 경우에는 이러한 기복이 나타나지 않고 일관된 관점과 직관을 통해 영적인 문제를 탐구하고 있다는 데에서 그의 시가 보여주는 종교적 신비성을 인정해 줄 수 있다는 것이다.

본의 종교시의 근본은 우리 인간은 본래 천상세계에서 살았으나 지금은 잠시 지상세계로 떨어져 나와 살고 있으며 다시금 천상세계로 돌아간다는 천상회귀의 사상으로 집약해 볼 수 있다. 아울러 이 천상회귀의 사상은 바로 죽음이라는 관문을 통해야 한다는 역설적 의미를 보여주고 있다. 그의 천상회귀의 사상에 작용하는 사상은 크게 둘로 나누어 생각할 수 있는데 그것은 신플라톤사상과 종말회귀사상이라고 해석할 수 있는 허메티시즘(Hermeticism)사상이다. 신플라톤사상은 인간 영혼은 천상에서 떨어져 나와 지상세계로 왔기 때문에 천상세계를 지향하며 살아가고 있고 그리고 다시금 천상세계로 돌아간다는 것이다. 신의 은총으로 인하여 신의 세계로 복귀할 수 있는 가능성을 제시해 주는 사상을 말하는 것이다. 이와 함께 종말회귀사상에서는 인간은 본래 죄를 갖고 태어났고 그리고 죄 속에서 살아가기 때문에 인간의 본래적 고향인 천상세계로 돌아가기 위해서는 신에게로 귀의하고 하나님의 은혜를 입어야 한다는 것이다. 다시 말하면, 인간은 비록 지상에 거주하고 있지만 천상을 지향하는 삶을 살아가야 하며 그 지향성을 통해서 천상을 성취할 수 있다는 것을 기본으로 하고 있다. 하지만 여기에는 정화의 과정을 거쳐야 한다는 전제가 수반된다. 본의 시를 이해하는 데는 이 두 사상이 근간을 이룬다는 사실을 알아야 하며 모든 종교시를 여기에 대입시켜야 이해할 수 있다는 것이다. 확실히 본은 개인적인 영감을 가지고 문학적인 힘보다도 더 큰 시를 작성했다고 말할 수 있을 것이다. 그것은 시의 효과가 만들어 내는 즐거움이나 깨달음이 그대로 나타나고 있다는 사실이다. 본은 그의 시 속에 적절한 지적인 문맥을 이해하게 만드는 시의 통합을 만들어 주고 있다. 그리고 이러한 문맥의 자취 속에서 두 개의 전통적인 배경에 초점을 맞추고 있다. 그 하나는 그의 시가 종말회귀론 사상에 기인한다는 것이고, 또 다른 하나는 비록 이것이 신플라톤사상에 의해 강하게 연관을 맺게 되지만 거기에는 신학적인 요소가 가미된다는 사실이다.

본의 종교시에서는 전반적으로 대립되는 두 세계가 등장하는데 표면적으로 보면 두 세계가 극명하게 대립되는 형태로 보이지만 그 이면에는 두 세계의 연결 고리를 읽을 수 있게 된다. 빛으로 대변되는 천상의 세계와 함께 어둠으로 대변되는 지상세계가 그것이다. 그러나 그의 시적 사상의 배경에 의하면 천상세계는 지상세계를 필히 거쳐야 한다는 순환적인 의미를 발견하게 된다는 것이고 또한 지상의 세계는 천상의 세계를 가기 위한 하나의 길이며 과정이 된다는 것이다. 이것이 본의 시가 그려내는 삶과 죽음의 역설적 드라마인 것이다. 그러면서 이 두 개의 사상과 세계 속에 게재된 문제가 인간의 죄와 구원의 문제이고 그것을 해결하는 키 워드는 죽음으로 나타나고 있다. 본에 있어서 죽음의 문제는 본의 종교시에서 나타나는 가장 핵심적인 주제가 되고 있다. 본의 시에서 삶은 빛의 이미지로 그리고 죽음은 어둠의 이미지로 나타나고 있는데 여기서 그는 빛을 구원과 그리고 구원을 통해 성취해 내는 천국으로 보았고, 어둠을 죄와 그 죄로 인해 신의 세계로부터 격리된 지상세계로 표현하고 있다. 일반적인 비평적 관점에서 죽음은 어둠의 이미지에 포함시키고 있으나 본의 시에 있어서의 죽음은 빛과 어둠을 이어주는 매개체(channel)의 의미를 갖고 있으며, 죽음이 없이는 지상의 인간이 천상세계로 회귀할 수 없음을 그려 주고 있다. 이러한 죽음의 역설이 바로 그의 종교시의 핵심이라는 것이다.

19세기 종교시인 제랄드 맨리 홉킨스(Gerald Manly Hopkins)는 찰스 다윈과 동시대의 인물로서 자연의 세계를 아주 깊게 관찰하여 반영한 시인이었다. 그의 일기에는 다양한 나무들과 꽃 그리고 새들과 일몰과 구름과 같은 것들이 잘 묘사되어 있으며, 그의 작

품 속에는 살아 있는 세계에 대한 비전들이 잘 묘사되어 있는데 이
는 찰스 다윈(Charles Darwin)의 진화론의 새로운 이론들과 잘 어
울려 있기 때문이라 여겨진다. 그는 자신을 둘러싼 세계의 세세한
모습을 즐겼다. 따라서 독자들은 그의 시 속에 나타나는 시어들을
통해서 자연의 정밀한 묘사들을 드러내는 예술적인 음미를 알아낼
수 있게 되는 것이다. 그는 아주 작은 세목들에 주목하면서 아주
작은 자연의 모습을 스케치하는 법을 체득하였다. 그는 자신의 자
연에 대한 열정이 어떠한 것인가를 보여주고 있는데 자연주의자로
서의 잘 정련된 예술가의 전형을 볼 수 있게 되는 것이다. 기본적
으로 자연의 아름다움은 특별한 아름다움이라 말할 수 있다고 그
는 믿었다. 이를 통해 그는 수년 후에 새로운 시적 용어인 인스케
이프(Inscape)를 만들어 내었고 독창적인 면모의 리듬인 스프링 리
듬(Sprung Rhythm)을 만들어 내었다. 이것들은 사물을 특별나게
규정지어주는 힘을 갖고 있다. 그의 대표작 「알록달록한 아름다움」
(Pied Beauty)은 그가 그의 일기에 기록해 놓은 자연의 관찰로부터
얻어 낸 것인데 자연의 서로 다름과 다양성의 즐거움은 빛나는 단
어의 그리기로 확실하게 설명된다.

> 알락달락한 사물들로 인하여 하나님께 영광을 돌리자 –
> 얼룩소처럼 두 겹 색깔의 구름을 띄운 하늘,
> 헤엄치는 송어의 등에 박힌 장미색 반점,
> 선명한 석탄불처럼 떨어지는 밤알, 작은 참새의 날개,
> 구획된 네모꼴 대지의 풍경 – 울타리 쳐진 땅, 놀리는 땅, 경작지,
> 그리고 온갖 생업, 그들의 도구와 장치와 손질로 인하여,
>
> 만물은 서로 대립하구 독창적이고 진귀하며 참신하다.
> 변하기 쉬운 것은 무엇이든 슬픈 것과 느린 것, 감미로운 것과 신 것,
> 눈부신 것과 희미한 것과 합쳐 얼룩져 있다(그 이치를 누가 알까?)

이 모든 것을 만드신 분, 그분의 아름다움은 변치 않는다.
그분을 찬양하라. -
GLORY be to God for dappled things —
For skies of couple — colour as a brinded cow;
For rose — moles all in stipple upon trout that swim;
Fresh — firecoal chestnut — falls; finches' wings;
Landscape plotted and pieced — fold, fallow, and plough;
And áll trádes, their gear and tackle and trim.

All things counter, original, spare, strange;
Whatever is fickle, freckled (who knows how?)
With swift, slow; sweet, sour; a dazzle, dim;
He fathers — forth whose beauty is past change:
Praise him.

홉킨스의 시집 제3판의 편자인 가드너는 그의 항구적인 가치를 다음과 같이 세 가지로 들고 있다. 첫째로 그는 우리의 종교시인 가운데서 가장 힘차고 심오한 시인의 한 사람이고 또한 영국시인 중에서도 이른바 '자연시인' 중에서 가장 만족스러운 시인의 한 사람으로 보고 있으며, 둘째로 그의 모든 특질의 본질적인 부분 중에서 장점을 분리시킨다면, 그는 독창적인 스타일을 가진 공인된 대가 중의 한 사람으로서 시의 언어와 리듬에 있어 놀라울 만큼 성공한 시 형식의 개혁자 중의 한 사람이라는 것이다. 또한 셋째로는 그의 산문은 독특한 예술적인 인격의 발전을 크게 밝혀주는 한 묶음의 자서전적이며 비평적인 저술을 우리에게 제공하고 있다는 것이다.

그는 자연을 소재로 하여 많은 소네트(Sonnet)를 발표하였는데 여기에는 그의 부에노(Bueno) 대학 시절의 아름다운 삶의 시기를 종교적인 필치로 그려 주고 있다. 근처에 있는 교회로의 산책에서 그는 평화로운 들판과 고요한 피난처를 만나게 된다. 여기서 그는 지상에 있는 소들과 하늘에 떠 있는 구름을 보면서 천국과 지상의 세계를 동시에 바라볼 수 있었다. 갈색과 흰색, 청색과 흰색의 조화와 비교를 알아냄으로써 그의 자연의 알록달록한 패턴을 즐기고 있음을 느낄 수 있었다. 그럼에도 그의 시는 사물의 다양한 독특성에서 전혀 동떨어져 있지 않다. 「알록달록한 아름다움」에서도 창조자와 창조물 사이의 관계를 알 수 있게 만들어 주며, 또한 지상의 사물들은 그 안에서 잡색의 아름다움을 얻게 된다는 사실을 알게 해 준다. 자연의 낯선 아름다움 속에서 사물의 이상스러움이 그 자체에서의 평범함으로 인하여 사람들을 놀라게 만든다. 「알록달록한 아름다움」은 홉킨스가 일상에서 느낀 사상을 표현한 것일 뿐이라는 것이고, 이것을 다른 말로 표현한다면 이상적인 대화라 부를 수 있다는 것이다. 홉킨스에 있어서 구름과 하늘의 실체는 여러 다른 살아 있는 실체들만큼이나 아름다운 것이다. 정말로 그는 자연의 알록달록한 아름다움을 통해 여러 색깔로 나타나는 하늘을 묘사하고 있다는 것이다. 이것은 일몰의 표현으로도 드러난다.

본과 홉킨스의 시는 여러 측면에서 동일한 면을 찾아볼 수 있다. 비단 그것은 두 시인의 시가 종교시라고 하는 것에서 기인하는 것만은 아니다. 본과 홉킨스의 시는 먼저 자연을 그 소재로 삼고 있다는 것에서 그 동질성을 찾을 수 있으며 선악과 악의 모형이 빛과 어둠의 이미지로 나타나고 있음도 알 수 있게 된다. 특별히 구원의 의미가 두 시인에게 특별하게 나타나고 있다는 것이 다른 종교시와는 구분되는 독특성이라 할 수 있을 것이다. 본의 시가 죽음을 통한 부활을 그려 주면서 인간의 영혼이 천국으로 돌아가야 한다고 주장하는 반면 홉킨스의 시에서는 자연을 소재로 하는 신의 섭리를 통해 부활의 의미를 강조해 주고 있다. 하지만 그는 인간의 영혼이 천국으로 회귀하는 것이 아니라 신이 예비해 놓은 지상낙원을 인간이 회복하는 것이라 생각하고 있다는 것이다.

4 지상세계의 삶

헨리 본의 시 「세상」(The World)과 「인간」(The Man)은 죽음 후에 오는 영혼의 귀향이라는 종말회귀론 사상의 묘사에 기초하고 있다. 그것은 인간이 사후에 이 지상세계에서 탈출하여 영원의 영역으로 상승하는 것을 의미한다. 두 시는 시의 형식과 내용에 있어 유사한 점이 발견되고 있으며 또한 제목이 주는 함축적인 상징도 역시 같은 의미로 인식된다. 특히 이 두 작품에서는 본의 상징성이 두드러지게 나타나는데 그것은 그의 종교시 전편에 걸쳐 나타나는 자연신비주의를 적절히 묘사해 주는 역할을 보여주고 있다. 많은 비평가들은 이런 관점에서 이 두 작품을 풍부한 종교적 상징주의가 내포되어 있는 시로 평가하면서 인간의 천상지향의 목적과 결론을 내포한 시라고 규정지어주고 있다.

「세상」에서는 천상세계와 대비되는 지상세계를 묘사하면서 그 안에 존재하는 인간들의 타락상과 그리고 시간 속에 제약받고 있는 인간들의 삶의 모습을 그려 주고 있다. 천상세계와 대비되는 지상세계의 타락하고 퇴폐한 모습을 묘사함으로써 천상세계를 지향해야 하는 인간의 삶을 역설적으로 강조해 주고 있는 것이다.

시인은 인간이 살아가고 있는 세상의 시간적 제약과 사회적 제약 그리고 그들이 보여주는 억압된 정치와 더불어 세상 사람들의 정욕에 얽매인 삶을 각양각색의 비유를 대입시켜 묘사해 주고 있다.

> 그는 모든 문을 두드리고, 길을 잃고 헤맨다.
> 아니 그는 돌들이 지닌 만큼의 지혜도 갖고 있지 못하다.
> 그 돌들은, 창조주가 준 감춰진 감각으로
> 캄캄한 밤에 그들의 고향을 찾아낸다;
> He knocks at all doors, strays and roams,
> Nay hath not so much wit as some stones have
> Which in the darkest night point to their homes,
> By some hid sense their Maker gave;

또 다른 시 「인간」에서는 이러한 세상 속에 살아가는 인간의 모습을 그려 주고 있다. 그래서 주제적인 측면과 시작 수법도 매우 유사한 모형을 보여주고 있다. 「세상」이 네 개의 연으로 구성되어 있듯이 이 시도 네 개의 연으로 구성되어 구조적인 측면에서도 유사성을 보여주고 있다. 다만 이 시가 「세상」과 구분되는 것은 「세상」과는 달리 자연의 이미지를 더욱 깊게 적용시키고 있다는 것이다. 자연의 법칙을 시 속에 적용하면서 시인은 이를 통해서 천상의 세계를 묘사하고 있다는 것이다. 이것은 바로 본의 종교시의 중점적인 주제로 등장하는 것이다.

이 시에서는 창조의 법칙 속에서 형성된 자연의 법칙을 그려 주고 있는데 고등동물과 하등동물이 공존하면서 나름대로의 규칙과 정체성을 가지면서 자기들의 삶을 영위하며 살아간다. 새들은 시간과 공간을 규칙적으로 운행하고 있다. 벌들도 규칙적인 삶을 살아가는 곤충이라고 묘사된다. 한편 꽃들도 한낮에는 태양과 함께 얼굴을 내밀지만 한밤의 어둠 속에서는 잠들고 만다고 생각하고 있다. 그러면서 시인은 이러한 새와 벌과 꽃들이 보여주는 자연의 규칙적인 삶을 우리 인간에게도 적용되기를 신에게 간구하게 된다. 다음으로 시인은 새와 꽃과 대비되는 인간의 삶의 모형을 그려 준다. 언제나 인간은 걱정과 번민 그리고 근심 속에서 살아가고 있음을 보여주면서 인간은 정착도 없이 방황하고 있음을 그려 주고 있다. 꽃은 뿌리가 있어 방황함이 없이 고정된 삶을 살아가고 있음을 그려 주어 인간의 방황하는 삶과 대조시킨다. 벌이나 새도 다시 제자리로 돌아오지만 고착을 모르는 인간의 불규칙한 방황은 자신의 거주지를 망각하고 있다는 것이다. 천상을 망각하는 인간의 지상적인 삶의 모습을 그려 주는 것이다. 여기서 주목할 것은 인간이 자신의 거주지를 망각하고 있다는 사실인데 그 망각의 거주지는 본이 그려 주는 천상회귀의 갈구와 병치의 모습으로 그려진다. 인간은 천상에 있는 영혼의 고향을 갈망하지만 그것을 지상세계에 도취되어 잊어버리고 있다는 것이다. 결론에 이르면 인간의 무지를 돌보다도 못한 존재로 묘사한다. 돌은 무생물이라 해도 신과의 신비한 교감을 계속하고 있고, 이로 인해서 천상세계를 감지하고 있다는 사실이다. 반면에 인간은 그만한 지혜도 가지지 못한 채 무지와 망각 속에 살아가고 있다고 인간의 삶을 탓하고 있다.

> 이곳에서 주의 깊은 시계처럼 새들은, 소리 없이 지나는
> 날과 시간의 왕래를 구분하고,
> 이곳에서 벌들은 밤에 집으로 돌아와, 벌집으로 돌아가고
> 꽃들은 일찍, 그리고 늦게까지,
> 해와 함께 일어나서는 같은 침실에서 진다;
> Where birds like watchful clocks the noiseless date
> And Intercourse of times divide,

Where bees at night get home and hive, and flowers
Early, as well as late,
Rise with the sun, and set in the same bowers;

　여기서는 인간의 삶이 베틀 속 북으로 비유되고 있음을 볼 수
있다. 시인이 사용한 은유적 수법은 인간과 베틀의 북을 하나로
묶어 놓았다는 점이다. 아무런 감각도 지니지 못한 채 지상에서
방황하면서 살아가는 인간의 모습을 그려 주고 있다. 다른 한편
인간의 삶 그 자체는 신의 명령에 따라 움직이고는 있지만 천상세
계를 생각할 수 있는 기회를 제공받지 못하고 있다는 사실이다.
어찌 보면 인간은 스스로의 무지와 망각으로 인하여 신의 세계를
잊은 채 지상에서 방황하며 살아가는 가장 열등한 돌이나, 새와
벌 그리고 꽃보다도 못하다는 만물의 영장이 아니라 만물의 하등
동물에 불과하다는 것을 강조하면서 인간은 세상적인 삶 속에 살
아가지만 신이 제공한 자연을 통해 천상의 세계를 바라볼 수 있는
안목을 키워 나가야 한다는 것을 강조하고 있는 것이다.
　또 다른 시 「승천찬가」(Ascension Hymn)에서도 본은 인간은 본
래 영혼의 존재였다고 묘사한다. 그래서 인간의 육체를 옷(cloth)이
라 말하면서 인간 영혼은 육체 속에 머물러야 한다고 말한다. 최
초의 인간은 비록 육체를 가지고 있었지만 영원의 생활과 같은 삶
을 살았다. 그들에게 옷이 필요치 않았다고 하는 것은 바로 이러
한 영원의 삶을 그려 주는 것이다. 벌거벗은 그들의 모습은 순수
와 빛으로 감싸임을 당하고 있다. 그리고 시간에 의해 제약받기
이전의 사람들은 영원과의 교제를 이룰 수 있었고 이것은 바로 인
간이 지상세계의 시간의 틀을 벗어나면 다시금 천상으로 돌아갈
수 있음을 보여준다.

*에덴*의
영역 속에서
옛날 인간은
태양 빛과도 같이
모두 벌거벗은 채, 순수하고 밝게,
그리고 빛처럼 천국과 교제할 수 있었다.
Man of old
Within the line
Of *Eden* could
Like the Sun shine
All naked, innocent and bright,
And intimate with Heaven, as light;

그러나 천상회귀를 통한 영생의 삶을 얻기 위해서는 그리스도의
죽음이 전제되어야 한다. 그리고 영원의 세계로 인간들이 올라가기
위한 방법으로 그리스도의 피의 속죄가 매개체로서의 역할을 수행
해야 한다는 것이다. 이때의 그리스도는 빛의 상징으로 나타나고
그의 옷은 빛을 대신하고 있다. 인간들은 죄로 인해 시간의 틀에
갇혀 있다. 마지막으로 그리스도만이 영원의 세계로 인간을 돌릴
수 있는 존재임을 가르쳐 준다. 육체의 승천의 모습은 그리스도의
구원의 능력에 의해서만 이루어진다는 것이다.

마침내 그가 왔도다!
그의 강한 빛은
그의 옷을
천국처럼 온통 빛나게 만들었고;
구원자의 순수한 피는 죄로 얼룩진 사람을
눈보다 더 희게 만들기 위해 흘러내렸다.
But since he
That brightness soiled,
His garments be

All dark and spoiled,
And here are left as nothing worth,
Till the Refiner's fire breaks forth.

「평화」(Peace)의 시에서는 구원자의 도래를 평화의 상징으로 묘사하면서 천국의 상황을 그려 주는 시이다. 그리고 시의 배경으로서 예수 그리스도가 존재하고 있는 천국을 지칭하고 있다. 이 시 역시 본의 중심 사상인 신플라톤사상을 바탕으로 쓰인 시로서, 천상세계를 그려 주면서 이를 지상세계와 대비시키고 그리고 천상의 평화와 지상의 억눌림을 대조적이며 역설적으로 묘사해 주면서 인간이 지상을 탈피하여 천상세계로 돌아가야 함을 강조해 주고 있다.

거기 소음과 위험 위에 감미로운
평화가 미소의 관을 쓰고 앉아 있고
구유에서 태어난 분이
아름다운 병사에게 명령하신다.
그분은 너의 인자하신 친구,
그리고 (오 내 영혼이여, 잠깨어라!)
There above noise, and danger
Sweet peace sits crowned with smiles,
And one born in a manger
Commands the beauteous files,
He is thy gracious friend,
And (O my Soul awake!)

「그들은 모두 빛의 세계로 갔습니다.」(They are all gone into the world of Light)도 역시 앞에서 묘사한 「승천찬가」와 함께 인간 영혼의 영적인 구원의 모습, 다시 말해 인간의 천상회귀 모형이 잘 그려진 작품이다. 인간은 그리스도의 구원의 역사를 통해서 더러워진 육체가 정화되고 그리고 천상의 세계로 복귀할 수 있다고 보는 것이다.

> 그들은 모두 빛의 세계로 갔습니다!
> 나는 이곳에서 머뭇거리며 홀로 앉아 있습니다.
> 그들에 대한 뚜렷한 기억은 확연하게 빛나고,
> 내 슬픈 생각을 명백하게 해 줍니다.
> They are all gone into the world of light!
> And I alone sit ling'ring here;
> Their very memory is fair and bright,
> And my sad thoughts doth clear.

먼저 시인의 신비적 안목을 통해 신의 세계를 갈망했던 사람들이 구원을 통해서 신의 세계로 복귀한 모습을 보여주고 있는데 지상에서 머물며 천상을 잊은 채 방황하는 시인은 바로 이러한 천상의 세계를 신비적인 눈으로 바라보고 있다. 그러면서 시인은 지상의 세계와 천상의 세계를 대비시켜 준다. 천상에 있는 그들의 모습과 지상에 남아 방황하는 자신의 모습을 대비시키면서 시인은 자신의 지상세계의 처지를 슬퍼한다. 여기서 뚜렷한 기억(very memory)이란 바로 천상에 있는 사람들의 지상적인 삶에 대한 기억이다. 그들은 지상세계에 있을 때에 철저하게 천상세계를 꿈꾸어 왔던 사람들이며 그곳으로의 회귀를 바랐던 사람들이었고 그리고 그것을 이루기 위해 노력했던 사람들이었다. 그들은 이미 천상회귀를 성취한 사람으로 비쳐지고 있는 것이다. 그런데 그것이 지금의 자신의 생활에 비추어 볼 때 자신을 슬프게 만드는 요인으로 작용하고 있음을 보게 된다. 시인은 그들에 대한 기억으로 인해서 자신 역시 구원의 길에 들어설 수 있음을 암시적으로 예상한다. 그것은 빛의 이미지로 인해서 긍정적인 요소로 작용하고 있음도 알고 있다. 그러나 아직은 미미하다. 그래서 시인은 은유적인 수법을 통해서 이를 서서히 접근하려고 시도하고 있는 것이다. 어둠침침한 숲 위의 별, 해 저문 후 언덕에 비치는 명멸해 가는 햇빛은 바로 이러한 천상회귀의 방법론을 암시적으로 묘사해 주는 것들이다.

계속해서 신비적인 눈이 작용하여 천상에서 평화로운 걸음을 걷는 사람들을 바라보게 된다. 그리고 그것이 자신에게도 적용될 수 있음을 감지하고 있다. 천상세계의 인간들을 대비해 보고 자신의 삶을 대비시켜 봄으로써 자신의 지상적인 무가치한 삶이 서서히 빛으로 전환되어 가고 있음을 그려 주고 있다. 신의 긍휼과 사랑은 시인에게 천상세계의 사랑을 신비적인 눈으로 보게 만들어 줌으로써 자신은 지상세계를 벗어나 천상세계의 비전을 보게 되었음을 알려준다. 여기서 성스러운 희망과 지고한 겸양이 시인의 차가운 사랑과 극명한 대조를 보이고 있지만 시인은 그 대조를 통해 자신의 차가움이 불같이 뜨거워지고 있음을 확신하면서 그것이 바로 신에 의한 긍휼과 자비심의 사랑임을 묘사한다.

> 오 성스런 희망! 저 위의 천상만큼이나
> 지고한 높은 겸양이여!
> 이것이 당신의 길이며, 내 차가운 사랑을 불붙이기 위해
> 당신은 그들을 내게 보여주었습니다.
>
> 사랑스런, 아름다운 죽음이여! 정의의 보석이여,
> 오로지 어둠 속에서만 빛나는,
> 무슨 신비가 당신의 흙 저 너머에 있느냐;
> 인간이 그 경계너머를 바라볼 수 있게 하소서!
> O holy hope! and high humility,
> High as the Heavens above!

These are your walks, and you have showed them me
To kindle my cold love,

Dear, beauteous death! the jewel of the just,
Shining no where, but in the dark;
What mysteries do lie beyond thy dust;
Could man outlook that mark!

　여기서 시인은 그러한 신의 세계의 회귀는 어떻게 이룰 수 있는 가를 단적으로 묘사해 주는데 그것은 바로 죽음이라고 설명한다. 그러면서 이를 역설적으로 아름다운 죽음이라고 표현한다. 여기서 그려지는 사랑스런, 아름다운 죽음(Dear, beauteous death!)이라는 시어는 본의 종교시의 가장 핵심적인 주제를 표현하는 시어이다. 그의 빛의 이미지의 핵심이 바로 죽음인데 죽음을 통해 천상의 세계로 갈 수 있다는 것으로 하여 아름다운 죽음으로 표현되는 것이다. 그리고 그 아름다운 죽음이 바로 정의의 보석이라고 말해 준다. 사실 이것은 빛이 아니라 어둠의 세계에 속하는 것이다. 그러나 어둠의 세계 속에서 가장 역설적인 모형으로 등장하기 때문에 어둠속에서만 빛난다고 표현해 준다. 흙 너머라는 시어는 죽음의 저편, 아무도 알 수 없는 세상을 그려 준다. 그렇기에 인간은 그 세계로 가는 것을 두려워하고 죽음을 무서워하는 것이다. 시인의 신앙은 바로 그 자신이 그 너머의 세계를 알 수 있게 해 달라는, 그래서 죽음의 공포를 벗어날 수 있게 해 달라는 기원으로 나타나고 있다. 계속해서 새와 새 둥지의 모습을 통해서 천상의 세계가 인간의 눈에 비쳐지지 않기 때문에 사람들의 의혹은 더욱 크게 작용하고 있다는 사실을 설명해 준다.

　마지막에 다다르면 인간들은 무의식중에 이미 자기의 본향을 생각하게 되며 그에 따라서 천상의 세계를 무의식중에 꿈꾸게 된다는 것이다. 스스로 하늘의 영광을 엿볼 수 있게 된다는 것이다. 한 가지 시인이 인간이 영혼의 본향인 천상세계를 그리게 되는 것에 대해 인간들의 이상한 생각이라고 말해 준다. 여기서의 이상이란 정상이 아니라는 의미가 아닌 남이 간파하지 못하는 것을 깨닫는 정상에서의 잠정적 탈피를 의미하는 것이다. 그렇기 때문에 그러한 생각이 일상의 문제를 초월하게 되는 것이다. 시인이 천상을 그리워하는 생각을 이상한 생각이라고 규정한 것은 천상세계를 망각하고 사람들이 보편화된 상황이기에 오히려 정상적으로 천상을 꿈꾸는 사람이 이상하게 보이는 것이다. 계속해서 나오는 별의 상징은 그리스도의 구원의 표상이다. 여기서의 그리스도의 모형은 홉킨스의 시에서 그려 주는 별과 그리스도의 이미지의 병치를 느끼게 해 준다. 그리고 이를 통해서 인간의 구원은 그리스도의 죽음과 부활의 역사 속에서 이루어질 수 있음을 보여준다. 갇혀 있는 별이란 바로 예수 그리스도의 인간 구원을 위한 죽음이며 감금되었던 손이 풀리는 것은 바로 부활의 메시지이다. 그래야만 그 별이 천체를 비춘다고 하였는데 바로 그리스도의 구원의 완성이 비로소 이루어질 수 있음을 그려지는 것이다.

더불어서 천상세계로 나아가려는 시인의 간구는 결론적으로 신에 대한 구원의 간구로 나타난다. 시인의 신앙적인 욕구는 영광의 아버지를 직접적으로 찾아나서는 것으로부터 시작된다. 그러면서 이 지상세계에서 자신의 영혼을 자유하게 하여 영원의 세계, 신의 세계로 나아가게 해 달라고 간구한다. 그리고 이 천상의 세계를 늘 그리며 꿈꿀 수 있게 하기 위해서 자신의 열망을 가리는 세상적인 정욕을 씻어낼 수 있도록 해 달라고 간구한다. 이것은 간구이면서 자기 스스로 그렇게 되기를 각오하고 약속하는 것이 되기도 한다. 망원경이 필요치 않다는 것은 바로 그곳으로 보내달라는 간곡한 부탁이며 갈망이다. 여기서 저 언덕은 신의 세계이다. 거기는 이제까지 자신이 꿈속에서 보았던 세계가 자신의 실제적인 눈으로 들어오는 세계인 것이다.

5 신과의 합일

계속해서 강조하고 있는바, 본의 종교시의 기본적인 주제는 영혼의 천상지향이라는 인간의 구원 문제를 다루고 있다는 것이다. 이는 그가 주변 인물들의 죽음을 목도하면서 그 죽음의 현상이 인간으로서는 어찌할 수 없는 신에 의지에 따른 섭리라는 점을 강조하고 더 나아가 신의 현현인 자연의 모습을 통해 자신의 종교적인 신앙을 그려 주었다고 볼 수 있다. 그리고 구원의 실현에 대해서는 천상회귀를 통한 신과의 합일로 요약해 주고 있는데 구원의 실현에 있어서 나타나는 인간의 죄와 죄의 문제 그리고 그 죄를 통해 나타나는 결과에 대해 묘사해 주는 것이다. 사실 본의 자연신비주의를 비판하는 비평가들은 그의 작품의 양적인 열세를 들어 그의 시적 사상이 취약하다고 비판하고 있으며 이에 따라 그의 시가 자연의 일반적인 서술에만 치중되어 있다고 보면서 내면의 깊이는 그렇게 깊지 않다고 평가하고 있었다. 그러나 그의 시가 흔히 종교시의 단점으로 지적하는 개인적인 영감을 넘어 문학의 기본적인 것을 담아내고 있다는 수많은 논쟁은 역설적인 의미로 생각해 보건대 본을 의식 있는 신앙시인으로 인정하는 것을 입증하는 주장이라 볼 수 있다. 이에 대해 시몬즈(J. Simmonds)는 본이 그려낸 자연은 인간의 눈에 보이는 단순한 자연 그 자체가 아니라 신비적인 내면을 갖고 있다고 보았고 또한 자연 속에서 신과 인간의 관계를 파악하고 있다고 보았다.

그의 시 「세상」(The World)과 「인간」(The Man)은 죽음 후에 오는 영혼의 귀향이라는 종말회귀사상에 기초하고 있다. 그것은 인간이 사후에 이 지상세계에서 탈출하여 영원의 영역으로 상승한다는 사실을 의미한다. 이미 소개하였거니와 본의 시적 사상의 기초를 이루는 두 사상의 설명을 덧붙이면 신플라톤사상이란 플라톤의 전통에 입각하여 2~6세기에 유럽에서 융성하였던 그리스 철학의 일파를 가리키는 사상의 명칭으로서 창시자는 암모니오스 사카스(Ammonios Sakkas)이고 이 사상을 완성한 학자는 플로티노스(Plotinos)로 알려져 있다. 이 사상은 만물의 본원인 일자로부터 모든 실재가 계층적으로 유출하여 보다 낮은 계층은 그 상위의 것을 모방한다는 근본적 이론을 갖고 있다. 또한 만물은 관조에 의해 일자에 계층적으로 되돌아가려고 애쓰고 있으며 이 상하 두 방향에의 운동이 실재를 구성한다는 것이다. 인간 역시 이 운동에 의해서 지상적인 감각을 벗어나 구원자로 향하며 구원자와의 직접적인 합일 즉, 탈아의 경지에 도달하기를 희구해야 한다고 하였다. 본이 신플라톤사상에 접하게 된 직접적인 원인은 그의 전기적 사실의 부족으로 인하여 확실히 알 수는 없으나 그가 라틴에 능통하였고 많은 라틴 시를 번역하였으며 특히 신비적인 성향이 강하게 그의 삶 속에 개재되어 있다는 사실이 그가 이 사상에 대한 많은 지식을 갖게 되었을 것이라 여겨진다. 특히 신의 세계와 지상의 인간 세계를 규정짓는 그의 대부분의 종교시에는 신플라톤사상이 만들어 낸 유일신에 대한 합일의 요망이 확실하게 표현되고 있음을 볼 수 있다. 종말회귀론 사상의 이론에 대한 주장은 본의 동생 토마스의 영향과 역할이 지대하였다고 보이며 한편으로는 후기 라틴 시인인 캐시미어 사비브스키(Cashmier Sabivski)의 영향을 들 수 있을 것이다. 그의 시 속에서는 종말회귀론 사상에 의해 영혼의 천상을 향한 상승이 그려지는데 그의 시를 본이 여러 편에 걸쳐 번역해 주고 있어 아마도 이러한 번역에 의해서 본은 종말회귀사상에 대한 영향을 받지 않았을까 생각된다. 캐시미어의 대부분의 시 속에는 미래적인 환상이 등장하는데 이 미래적인 환상은 인간의 죽음 후에는 영혼이 육체의 속박으로부터 해방되어 자기 영혼이 살았던 곳으로 상승하는 것을 보여준다. 이러한 그의 사상은 한때 영국 시인들에게 대중적인 인기를 끌게 되었으며, 결국 17세기 후반과 18세기 초반에까지 많은 시인들이 이를 모방하였기에 이르렀다.

캐시미어의 영향하에서 본의 「세상」과 「인간」에도 같은 주제가 보이고 있다. 종말회귀론 사상에 의해서 쓰인 시들이나 다른 사상에 의해 영감받은 또 다른 시나 간에 본의 시를 비교해 볼 때 신비주의 시인으로서 본의 위대한 능력을 느낄 수 있게 된다. 본의 시를 읽는 독자들은 영혼이 상승하면서 거쳐 가야 하는 일곱 개의 구체 중 하나가 어떤 특별한 장치와 연결되어 있다는 연금술의 사상을 인식하게 되는데 이를 인식하기 전까지는 유일신과의 연합에 관한 느낌이 매우 어려울 것이다. 이것은 바로 인간의 죄가 구체에 의해 조정되는 이 세계의 시간이라는 비전과 직접적으로 연결된다는 것을 의미한다.

신과의 합일이 이루어진다는 사실은 종말회귀적인 의미의 영향 뿐만 아니라 시간의 숫자가 바로 일곱이라는 것에서도 기인한다. 시간은 일주일이라는 칠 일을 정점으로 하여 계속 회전하면서 나타난다. 그것은 일곱 개의 시간적인 개념으로 나누어지는 창조에 관한 이야기로 거슬러 올라간다. 칠 일이라는 의미는 시간의 흐름에 의해서 다시금 회귀한다는 것이고 신과의 합일은 칠 일을 주기로 하여 계속하여 반복적으로 일어날 수 있다는 것이다. 인간의 신과의 합일은 시간의 개념이 지나가면 반드시 일어날 수 있음을 보여준다는 것이다. 본이 그의 종교시 속에 그리고 있는 종말회귀의 사상에는 바로 이러한 시간의 개념과 인간이 거쳐야 하는 지상세계의 삶이 순환적 의미로 보이고 있다는 것이다.

본의 종교적 신비주의를 잘 표현하고 있는 대표적인 시 「세상」과 「인간」은 시의 형식과 내용에 있어 매우 유사한 점을 발견할 수 있다. 또한 제목이 주는 함축적인 상징도 역시 같은 의미로 인식된다. 특히 이 두 작품에서는 본의 상징성이 두드러지게 나타나는데 그것은 그의 종교시 전편에 걸쳐 나타나는 자연신비주의를 적절히 묘사해 주는 역할을 보여주고 있다. 많은 비평가들은 이런 관점에서 이 두 작품을 풍부한 종교적 상징주의가 내포되어 있는 시로 평가하고 있다. 「세상」은 천상세계와 대비되는 지상세계를 묘사하면서 그 안에 존재하는 인간들의 타락상과 그리고 시간 속에 제약받고 있는 인간들의 삶의 모습을 그려 주고 있다. 한편 「인간」 역시 지상세계에서 방황하면서 신의 세계를 지향하고자 하는 인간들의 모습이 묘사되고 있다. 그리고 두 시에서는 동일하게 천상세계를 망각하고 살아가는 지상세계 인간의 어리석은 삶을 그려 주고 있다. 그러나 무엇보다도 중요한 것은 그러한 삶 속에 살아가고 있을지라도 신의 놀라운 구원의 은총은 그러한 인간을 버려두지 않는다는 사실이며, 이를 인지한 인간은 신을 향한 부단한 노력을 통해 신의 세계를 쟁취할 수 있으며 신과의 합일을 이룩할 수 있다는 것이다.

본의 종교시에서는 전반적으로 대립되는 두 세계가 등장하는데 표면적으로 보면 두 세계가 극명하게 대립되는 형태로 보이지만 그 이면에는 두 세계의 연결 고리를 읽을 수 있게 된다. 빛으로 대변되는 천상의 세계와 함께 어둠으로 대변되는 지상세계가 그것이다. 그러나 그의 시적 사상의 배경에 의하면 천상세계는 지상세계를 필히 거쳐야 한다는 순환적인 의미를 발견하게 된다는 것이고 또한 지상의 세계는 천상의 세계를 가기 위한 하나의 길이며 과정이 된다는 것이다. 천상세계에 대한 본의 정의는 구원의 의미가 강하게 내포되어 있으며 아울러 자연 속에 드러난 신의 세계를 볼 수 있게 한다는 사실을 알려준다. 이에 반하여 그의 지상세계에 대한 관점은 두 시에 너무나 유사하게 나타나고 있음을 볼 수 있다. 그의 종말회귀론 사상이나 신플라톤사상에 의하면 지상의 세계는 천상세계를 준비하면서 잠시 머물러 가는 곳으로 정의되고 있다. 그러나 한 가지 생각해 보아야 할 것은 그러한 지상세계에 거주하는 인간들이 천상세계로 돌아가야 한다는 사실을 망각하고 살아가고 있다는 사실이다. 이미 천상세계는 예비되어 있는 상황임에도 불구하고 지상의 인간들은 이를 무시한 채 세상의 삶에 취해 살아가고 있다는 것이다. 두 시에서는 이러한 지상세계에서 방황하며 살아가는 삶에 대해 아주 구체적이고 확실하게 명시해 주고 있다.

먼저 「세상」에서 보면 지상세계의 인간들의 삶의 모습이 여러 가지 상황으로 묘사되고 있는데 시인의 눈에 비친 지상의 세계는 천상의 영원세계와 대조되는 시간에 의해 제약된 세계를 보여준다.

> 그리고 그 아래에서 회전하며 시간 일 년으로 시간은
> 천체들에 의해 조종되어,
> 세계와 그 추종자들이 내던져진 곳에서
> 거대한 그림자처럼 움직였다;
> And round beneath it, Time in hours, days, years
> Driven by the spheres
> Like a vast shadow moved, in which the world
> And all her train were hurled;

여기서 시인은 시간적 제한의 모형으로 시간(hours), 일(day), 연(years)을 등장시켜 주고 있는데 이러한 시간의 개념들은 천체 즉, 해와 달 그리고 별의 주기에 의해 지배됨이 그려진다. 이것은 밤과 낮, 삶과 죽음이 시간에 걸려 있음을 뜻하기도 한다. 이렇게 지상세계의 삶이란 제한적인 삶을 보여주면서 죽음에 의해 지배되고 제약받고 있음을 표현해 준다. 다시 말하면 지상의 삶이란 죽음이라는 결과를 향해 줄달음치고 있는 한시적인 것이며 제한적인 삶이 된다는 것이다. 그러나 이를 역설적으로 생각해 본다면 지상은 잠시 거쳐 가는 것이며 영원은 결국 천상에만 존재한다는 사실을 더욱 부각시켜 주고 있다는 것이다.

제한적인 시간의 모형은 「인간」(The Man)에서도 그려지고 있다. 본의 지상세계의 삶의 모습은 「세상」에서 본 바와 같이 바로 이렇게 제약된 삶의 모습이라는 것이다.

> 이곳에서 주의 깊은 시계처럼 새들은, 소리 없이 지나는
> 날과 시간의 왕래를 구분하고,

이곳에서 벌들은 밤에 집으로 돌아와, 벌집으로 돌아가고
꽃들은 일찍, 그리고 늦게까지,
해와 함께 일어나서는 같은 침실에서 진다;
Where birds like watchful clocks the noiseless date
And Intercourse of times divide,
Where bees at night get home and hive, and flowers
Early, as well as late,
Rise with the sun, and set in the same bowers;

시인은 긴이 만들어 낸 창조의 법칙에 따라 형성된 자연의 법칙을 이 시 속에 그려 주면서 그 자연의 모습이 고등한 생물은 물론 열등한 무생물에 이르기까지 모두 똑같이 적용되고 있음을 알려준다. 그곳이 바로 인간을 포함하는 고등한 생물과 열등한 무생물이 공존하고 있는 지상세계의 모습이다. 그러나 그들 모두는 나름대로의 정체성을 가지면서 자기들의 삶을 영위하면 살아간다. 그리고 그 삶은 규정된 규칙을 만들어 내면서 그 규칙 내에서 움직이고 있다. 새들은 시간과 공간을 규칙적으로 운행하고 있으며, 벌들도 규칙적인 삶을 살아가는 곤충이라고 묘사된다. 한편 꽃들도 한낮에는 태양과 함께 얼굴을 내밀지만 한밤의 어둠 속에서는 잠들고 만다고 생각하고 있다. 흔히 본의 시에서 묘사되는 꽃의 상징은 지상세계를 의미하게 되는데 여기서 등장하는 자연물들은 인간과 동일한 의미를 제시하고 있다고 볼 수 있다는 것이다. 그들은 모두 시간의 제약 속에서 살아가고 있음을 볼 수 있는데 본래 자연이란 제약이 없음을 누구나 다 아는 사실이다. 그렇기 때문에 새들은 거처와 음식을 걱정하지 않는다. 역시 꽃이나 벌도 마찬가지다. 그들의 삶은 시간의 제약과는 아무런 관계가 없다는 사실이다. 그러나 시인이 이들에게 시간의 제약을 부여한 것은 바로 지상세계에

살고 있는 인간의 모습을 상징적으로 표현하려고 했다는 것이다. 「세상」에서 그려진 세상적 분류법의 시간 개념이 「인간」에 와서는 자연 속에서 행해지는 인위적인 제한으로 묘사되고 있다는 것이다. 그러나 여기서 한 가지 생각해 볼 문제가 있다. 본은 이들 생물들의 시간적인 제약을 이들이 인간에게 전해 주기를 다음 연에서 기원하고 있다는 점이다. 분명히 자연 속에서는 제약이 없음에도 불구하고 그들 생물들이 제한되어 있다는 상황을 가정하고는 이것을 인간에게 전달해야 한다고 주장하는 것은 시인의 역설적인 기원이라 할 수 있다. 인간에게 있어서는 이러한 제한이 있어야 한다는 사실이다. 그것은 곧바로 종말회귀사상에서 말하고 있는 천상회귀의 전제조건이 되기 때문이다. 다시 말하면 신과의 합일을 이루는 전제조건으로 이를 제시하고 있다는 것이다. 시인이 자연에 대해 제한점을 시사하고 그것을 인간에게 전달해야 한다고 주장하는 것은 지상의 세계란 천상을 예비해야 한다는 하나의 단계로 인정하여야 한다는 것을 보여주기 위함이라는 사실이다.

> 내 바라건대(나는 말하길) 나의 하나님이
> 이런 생물의 착실함을 인간에게 주기를 바라노라!
> I would (said I) my God would give
> The steadness of these things to man!

한편으로 본은 이러한 지상세계의 제한적인 삶의 원인이 교회의 타락도 하나의 요인이 되고 있다고 설명한다. 아마 신비주의적인 안목을 갖고 있었던 본의 눈에는 당시의 교회의 모습이 너무 초라하고 부패한 모습으로 비쳐졌는지 모른다. 본에 의하면 당시의 교회의 역할이란 세상 속에 살아가는 인간들로 하여금 신의 세계를 생각하고 기원하며 이를 지향하는 신앙적인 자세를 갖도록 만들어야 한다고 생각하였다. 그러나 당시의 교회는 그러한 종교적인 사명을 감당하기는커녕 오히려 지상세계를 제한적으로 만드는 데 한 몫을 담당한다고 보았던 것이다. 그래서 본은 그러한 신앙의 태도로서는 천상세계로 복귀할 수 없을 것이라는 단호한 입장을 보여 주고 있는 것이다.

> 거기서 그는 먹이를 잡았다. 그러나 오직 한 분은
> 그 술책을 보았었다.
> 교회와 제단이 그를 길렀고, 거짓 맹서는
> 각다귀나 파리만치도 중요치 않았다;
> Where he did clutch his prey, but one did see
> That policy,
> Churches and altars fed him, Perjuries
> Were gnats and flies,

마지막으로 본의 종교시에 대한 결론을 내리고자 한다. 본의 대표적 종교시집인 『섬광의 부싯돌』은 자연을 통해서 신의 세계를 성취하는 작업을 인간에게 제시해 주고 있으며 지상에서 방황하는 인간은 그리스도의 피와 눈물의 구송을 통해 신의 세계로의 회귀를 달성하게 된다는 대주제를 담고 있다고 볼 수 있다. 특히, 죽음을 통해 그가 궁극적으로 도달하려는 '신과의 합일'(Contacta Essencia)의 구현이 어떻게 이루어지고 있는가를 확연히 알 수 있게 해 준다. 이러한 그의 자연을 통한 종교적 사상은 이미 세속시에서부터 다져온 시적 영감이었고 이것이 자신의 신앙과 합치되면서 놀라운 자연신비주의시로 승화되었다는 것이다. 그렇기에 '죽음을 통해 새 삶을 얻는다'는(By dying, I gain a new life.) 주제는 본의 대표적 종교시집『섬광의 부싯돌』1권, 2권의 전편에 걸쳐 나타나는 광의의 주제가 되고 있으며 또한 그의 시가 궁극적으로 추구하는 목적이기도 하다.

헨리 본 연보

1621 4월 17일 쌍둥이 동생 토마스(Thomas)와 함께 영국 웨일즈 (Wales) 지방의 브레콘 주(Breconshire), 란산트프리드(Llansa-ntffread) 교구 내 뉴톤 – 어폰 어스크(Newton – upon – Usk)에 서 출생하다.

1628 동생 윌리엄(Willam) 본이 태어나다. 본은 동생 윌리엄을 극 진히 사랑했고 일찍 사망한 그의 죽음을 애도하여 몇 편의 시를 썼다.

1632 헨리와 토마스는 랭가톡(Llangattock)의 교구 목사였던 매튜 허버트(Matthew Herbert)로부터 개인적 가르침을 받다.

1638 5월 4일 쌍둥이 동생 토마스 본이 옥스퍼드(Oxford)의 예수 대학(Jesus College)에 입학이 허용되다. 비록 본에 대한 입학 허용에 대한 기록은 남아 있지 않지만 이로 미루어 볼 때 헨리 본 역시 함께 입학하였을 것으로 추정된다.

1640 법학을 공부하기 위하여 옥스퍼드에서 런던(London)으로 이 주하다.

1642 고향 브레콘 주 판사인 로이드(Lloyd)의 비서가 되어 돌아오 다. 이때부터 런던에서 배운 의술을 고향에서 베풀기 시작하 였고, 의사의 생활을 통해 보아 왔던 죽음에 의해 신앙적인 변화의 또 다른 계기가 마련된다. 한편 당시의 청교도는 영

국국교회에 대해 탄압을 시작한다.

1646 캐서린 와이즈(Catherine Wise)와 결혼하다. 그녀와의 사이에
서는 외아들 토마스와 3명의 딸 루시(Lucy), 프랜시스(Frances)
그리고 캐서린(Catherine)을 낳았다. 그의 최초의 세속시집인 『시
편들』(*Poems with Tenth Satire of Juvenal Englished*)을 출간하다.

1647 12월 17일 그의 두 번째 세속시집 『어스크의 백조』(*Olor Iscanus*)
를 탈고하였지만 종교적 갈등으로 출간을 미루다.

1648 7월 가장 사랑했던 동생 윌리엄이 죽다. 동생의 죽음은 그의
종교적 변화에 새로운 전기를 마련한다.

1650 본의 대표적 종교시집 『섬광의 부싯돌』 제1집을 출간하다.

1651 3년 전에 써놓은 세속시집 『어스크의 백조』가 친구의 도움
으로 출간되다. 등록일은 4월 28일. 9월에 쌍둥이 동생 토마
스가 레베카(Rebecca)와 결혼하다. 이후 2년간에 걸쳐 오랜
중병(Long Illness)에 걸렸고 거의 사경에까지 이르다가 극적
으로 회생하다. 이 시기의 중병도 또한 그의 종교적 변화에
큰 발전의 모형을 만들어 준다.

1652 그의 대표적인 명상 수필집으로 분류되는 『올리브 산』(*Mount
of Olives*)을 출간하다.

1654 본의 두 번째 명상 수필집인 『꽃의 고독』(*Flores Solitudinis*)을
출간하다.

1655 5년 전에 출간된 대표적 종교시집 『섬광의 부싯돌』에 제2집을
첨가하여 증보판을 출간하다. 아내 캐서린이 죽자 그녀의 동
생인 엘리자베스 와이즈(Elizabeth Wise)와 두 번째로 결혼하
였고, 그녀와의 사이에서도 아들 헨리와 세 딸 그리셀(Grisell),
루시(Lucy), 레이첼(Rachel)을 얻다.

1658 쌍둥이 동생 토마스의 아내 레베카와 아버지가 사망하다.

1666 본의 시적 사상에 가장 큰 영향을 주었던 쌍둥이 동생 토마스가 옥스퍼드 근처 올보리(Albury)에서 사망하다.

1678 시작을 중지하던 중 그동안의 시와 동생 토마스의 시를 한데 묶어 『탈리아의 소생』(*Thalia Rediviva*)을 출간하다.

1689 본의 맏아들 토마스의 의견에 따라 고향 뉴톤(Newton)을 떠나 부부가 함께 씨쓰록(Scethlog)의 오두막집으로 거처를 옮기다.

1695 4월 23일 헨리 본 신의 부름을 받아 본향으로 돌아가다. 고향 교구인 란산트프리드의 교회묘지에 안장되다.

Bibliography

Editions

Alexander B. Grosart, THE WORKS IN VERSE AND PROSE COMPLETE OF HENRY VAUGHAN, SILURIST, FOR THE FIRST TIME COLLECTED AND EDITED: WITH MEMORIAL INTRODUCTION: ESSAY ON LIFE AND WRITING, The Fuller Worthies' Library, 1871.

E. K. Chambers, THE POEMS OF HENRY VAUGHAN, Lawrence & Bullen, London and Charles Scribner's Sons, New York, 2 vols., 1896.

L. C. Martin, THE WORKS OF HENRY VAUGHAN, Oxford University Press, 1914; second edn., 1957.

E. L. Marilla, THE SECULAR POEMS OF HENRY VAUGHAN, Essays and Studies on English Language and Literature XXI, Uppsala, Harvard and Copenhagen, 1958.

French Fogle, THE COMPLETE POETRY OF HENRY VAUGHAN, Doubleday & Co., New York, 1964; Norton, New York, 1969.

Christopher Dixon, A SELECTION FROM HENRY VAUGHAN, Longman, 1967.

Alan Rudrum, HENRY VAUGHAN: THE COMPLETE POEMS, Penguin, London, 1976.

Bibliographies and Concordances

Robert E. Bourdette, Jr, 'Recent Studies in Henry Vaughan', ENGLISH
    LITERARY RENAISSANCE, Ⅳ no.2(1974), pp.299 – 310.
E. L. Marilla, A COMPREHENSIVE BIBLIOGRAPHY OF HENRY
    VAUGHAN, University of Alabama Studies, no.3, 1948.
E. L. Marilla and James D. Simmonds, HENRY VAUGHAN: A
    BIBLIOGRAPHICAL SUPPLEMENT, 1946 – 1960, University of
    Alabama Studies, no.16, 1963.
lmilda Tuttle, CONCORDANCE TO VAUGHAN'S SILEX SCINTILLANS,
    Pennsylvania State University Press. Pittsburgh, 1969.

Biography

F. E. Hutchinson, HENRY VAUGHAN: A LIFE AND INTERPRETATION,
    The Clarendon Press, 1947; reprinted 1962; corrected reprint 1971.

Selected Critical Studies

Don Cameron Allen(ed.), 'Henry Vaughan: "Cock Crowing", in IMAGE
    AND MEANING: METAPHORIC TRADITIONS IN RENAISSANCE
    POETRY, Johns Hopkins University Press, Baltimore, 1960,
    pp.154 – 69.
S. L. Bethell, THE CULTURAL REVOLUTION OF THE SEVENTEENTH
    CENTURY, Dobson, 1951.
Edmund Blunden, ON THE POEMS OF HENRY VAUGHAN, Richard
    Cobden – Sanderson, 1927.

A. U. Chapman, 'Henry Vaughan and magnetic philosophy', SOUTHERN REVIEW(Adelaide), IV, iii(1971), pp.215 – 26.

Wilson O. Clough, 'Henry Vaughan and the hermetic philosophy', PUBLICATIONS OF THE MODERN LANGUAGE ASSOCIATION OF AMERICA, XL VIII(1933), pp.1108 – 1130.

Robert Allen Durr, ON THE MYSTICAL POETRY OF HENRY VAUGHAN, Harvard University Press, 1962.

Kenneth Friedenreich, HENRY VAUGHAN, Boston, Mass., 1978.

Ross Garner, HENRY VAUGHAN: EXPERIENCE AND THE TRADITION, University of Chicago Press, 1959.

Elizabeth Holmes, HENRY VAUGHAN AND THE HERMETIC PHILOSOPHY, Blackwell, 1932.

Merritt Y. Hughes, 'The theme of pre – existence and infancy in "The Retreat", PHILOLOGICAL QUARTERLY, XX(1941), pp.484 – 500, reprinted in Baldwin Maxwell et at., RENAISSANCE STUDIES IN HONOR OF HARDIN CRAIG, Folcroft, Stanford, 1941, pp.292 – 308.

A. C. Judson, 'The Source of Henry Vaughan's ideas concerning God in Nature', STUDIES IN PHILOLOGY, XXIV(1927), pp.592 – 606.

Frank Kermode, 'The private imagery of Henry Vaughan', REVIEW OF ENGLISH STUDIES, New Series, 1(1950), pp.206 – 25.

Margherita Leardi, LA POESIA DI HENRY VAUGHAN, La Nuova Italia Editrice, Florence, 1967.

M. M. Mahood, POETRY AND HUMANISM, Cape, 1950; corrected edn., Norton, New York, 1970.

L. C. Martin, 'Henry Vaughan and the theme of infancy', in John Purves(ed.) SEVENTEENTH CENTURY STUDIES PRESENTED TO SIR HERBERT GRIERSON, The Clarendon Press, 1938, pp.243 – 55.

L. C. Martin, 'Henry Vaughan and "Hermes Trismegistus", REVIEW OF ENGLISH STUDIES, (1942), pp.301 – 307.

Louis L. Martz, THE POETRY OF MEDITATION, Yale University Press and Oxford University Press, 1954.

Louis L. Martz, THE PARADISE WITHIN, Yale University Press, 1964.

Earl Miner, THE METAPHYSICAL MODE FROM DONNE TO COWLEY, Princeton University Press, 1969.

William R. Parker, 'Henry Vaughan and his publishers', THE LIBRARY, 4th series, XX(1940), pp.401 − 11.

E. C. Pettet, OF PARADISE AND LIGHT: A STUDY OF VAUGHAN'S SILEX SCINTILLANS, Cambridge University Press, 1960.

Jonathan F. S. Post, 'Vaughan's "The Night" and his "late and dusky" Age', STUDIES IN ENGLISH LITERATURE, 19(1979), pp.127 − 141.

Maren − Sofie RoStVig, THE HAPPY MAN, STUDIES IN THE META MORPHOSES OF A CLASSICAL IDEAL, vol. 1, Universitetsforlaget, Oslo and Blackwell, 1954; vol. 2, Universitetsforlaget, Oslo and Blackwell, 1958.

A. W. Rudrum, 'Henry Vaughan's "The Book": a hermetic poem', JOURNAL OF THE AUSTRALASIAN UNIVERSITIES LANGUAGE AND LITERATURE Association(1961), pp.161 − 6.

A. W. Rudrum, 'Henry Vaughan and the theme of transfiguration', SOUTHERN REVIEW(Adelaide), I (1963), pp.54 − 68.

A. W. Rudrum, 'Vaughan's "The Night": some hermetic notes', MODERN LANGUAGE REVIEW, LX Ⅳ (1969), pp.11 − 19.

Alan Rudrum, 'Vaughan's "Each" ESSAYS IN CRITICISM, 21, No.1(1971), pp.86 − 91.

James D. Simmonds, 'Vaughan's "The Book": hermetic or meditative', NEOPHILOLOGUS, XL Ⅶ(1963) pp.320 − 8.

James D. Simmonds, MASQUES OF GOD: FORM AND THEME IN THE POETRY OF HENRY VAUGHAN, University of Pittsburgh Press, 1972.

Arthur J. M. Smith, 'Some relations between Henry Vaughan and

Thomas Vaughan', PAPERS OF THE MICHIGAN ACADEMY OF SCIENCE, ARTS, AND LETTERS, XVIII(1933), pp.551 – 61.

Bain Tate Stewart, 'Hermetic symbolism in Henry Vaughan's "The Night" PHILOLOGICAL QUARTERLY, XXIX(1950), pp.417 – 22.

Joseph H. Summers, THE HEIRS OF DONNE AND JONSON, Chat to & Windus, 1970.

Harold R. Walley, 'The strange case of OLOR ISCANUS', REVIEW OF ENGLISH STUDIES, XVIII(1942), pp.27 – 37.

R. H. Walters, 'Henry Vaughan and the alchemists', REVIEW OF ENGLISH STUDIES, XXIII(1947), pp.107 – 22.

R. M. Wardle, 'Thomas Vaughan's influence upon the poetry of Henry Vaughan', PUBLICATIONS OF THE MODERN LANGUAGE ASSOCIATION OF AMERICA, LI(1936), pp.936 – 52.

Helen C. White, THE METAPHYSICAL POETS, Macmillan, 1936.

장인수 ────────────────────────────────────

▌약력

서울 출생
충남대학교 인문대학원 영어영문학과 문학석사
한남대학교 인문대학원 영어영문학과 문학박사
문학과 종교 총무이사, 정보이사(현)
현대영어영문학회 섭외이사, 부회장(현)
시문학동인회 무천문학 회장
현 혜천대학교수

▌창작시집

도시 삶 그리고 사랑
예정된 어울림
벌거벗은 울타리

▌번역서

헨리 본의 섬광의 부싯돌

▌연구논문

헨리 본: 'Regeneration'에 나타난 구원 탐색의 과정
헨리 본: 세속적 자아의 종교적 변용과정
헨리 본 종교시와 세속시에 나타난 사랑의 모형
헨리 본 종교시의 발전과 죽음의 관계
헨리 본의 세속시: 사랑과 자연
헨리 본의 종교시 「세상」과 「인간」 속에 그려진 천상회귀의 실현
헨리 본의 천상세계와 홉킨스의 지상낙원
G. Herbert 종교시에 나타나는 시적 기법
G. M. Hopkins의 종교시에 나타난 부활과 구원
조지 허버트의 '성전': 자아인식과 신앙

헨리 본의 삼광의 부싯돌

삶과 죽음의 역설적 드라마

초판인쇄 | 2009년 3월 30일
초판발행 | 2009년 3월 30일

지은이 | 장인수
펴낸이 | 채종준
펴낸곳 | 한국학술정보㈜
주   소 | 경기도 파주시 교하읍 문발리 513-5 파주출판문화정보산업단지
전   화 | 031) 908-3181(대표)
팩   스 | 031) 908-3189
홈페이지 | http://www.kstudy.com
E-mail | 출판사업부 publish@kstudy.com

등   록
가   격   34,000원

ISBN   978-89-534-1419-8 93840 (Paper Book)
        978-89-534-1421-1 98840 (e-Book)

내일을여는지식 ■ 은 시대와 시대의 지식을 이어 갑니다.